HANS HERLIN

Freunde

BASTEI
LÜBBE

BASTEI-LÜBBE-TASCHENBUCH
Band 10 651

Lizenzausgabe: Gustav Lübbe Verlag GmbH, Bergisch Gladbach
Printed in Western Germany 1985
Einbandgestaltung: K.K.K.
Titelbild: Mall Design
Satz: ICS Computersatz GmbH, Bergisch Gladbach
Herstellung: Ebner Ulm
ISBN 3-404-10651-2

Der Preis dieses Bandes versteht sich
einschließlich der gesetzlichen Mehrwertsteuer

Für Julia

Wer ein einziges Mal das Strahlen des Glücks auf dem Gesicht eines geliebten Menschen gesehen hat, weiß, daß es für einen Menschen keine andere Berufung geben kann, als dieses Leuchten auf den ihn umgebenden Gesichtern hervorzurufen . . . und der Gedanke an das Unglück und die Nacht, womit wir durch unser bloßes Dasein die Gemüter der Menschen erfüllen, denen wir begegnen, zerreißt uns das Herz.

Albert Camus, Tagebuch 1924–1951

Der Autor hat sich verpflichtet, Namen von Personen, die in der Aktensammlung des Landratsamtes Landsberg am Lech festgehalten sind, nicht zu veröffentlichen oder schriftlich oder mündlich an andere Personen weiterzugeben. Alle Personen und Orte der Handlung sind frei erfunden, eine Ähnlichkeit mit lebenden oder verstorbenen Personen wäre rein zufällig.

Madrid, 7. Oktober 1969

Sie ging voraus, die steilen Treppen hinunter, die zum Tresorraum der Bank führten. Ihr Haar kräuselte sich, und die Haut in ihrem Nacken war, selbst für eine Spanierin, sehr dunkel. Ich sah nur den Nacken, das Stückchen Haut und das dünne goldene Kettchen, das sie um den Hals trug, und ihre Beine, ebenfalls dunkel unter den hellen Strümpfen, zwei schmale schlanke Beine unter dem engen blauen Rock. Ich achtete auf ihre Beine und auf ihren Nacken und versuchte nicht an das Geld zu denken, um nicht zu aufgeregt zu erscheinen.

Sie führte mich an einen Tisch, an dem ein Mann in einer blaugrauen Uniform saß. Sie nannte meinen Namen, und er schob mir ein Buch hin; er deutete auf eine Stelle, und ich setzte meine Unterschrift zwischen die beiden Linien, Hans Pikola, und folgte dann den Beinen weitere Stufen hinunter. Die Español de Crédito war eine alte Bank, und, obwohl sie in der Paseo de la Castellana, einer der bekanntesten Geschäftsstraßen Madrids, lag, keiner dieser modernen Marmorpaläste; sie war alt und ehrwürdig, und dort ein Safe zu mieten, war für einen gewöhnlichen Sterblichen schlechthin unmöglich; die Safes wurden von Generation zu Generation weitervererbt, wie die guten Plätze in einer Stierkampfarena. Aber für Fritz Lehr war nie ein Ding unmöglich gewesen, und das Safe war auf seinen und meinen Namen gemietet; obwohl ich plötzlich Zweifel hatte, daß das Geld wirklich da sein würde.

»Ihren Schlüssel, Señor.« Ich hatte nicht bemerkt, daß wir

bereits in der Stahlkammer waren. Wir standen vor einer Wand mit vielen gelben Fächern. Der Raum war hoch und eng, und der Lack um die Schlüssellöcher herum war abgekratzt. Sie hatte ihren Schlüssel in das Fach gesteckt und wartete, daß ich meinen hervorholen würde. Ihre Bluse stand am Hals offen, und ich sah das goldene Kreuz auf der dunklen Haut, und ich dachte, daß Julia nie Schmuck getragen hatte. »Ihren Schlüssel, Señor«, wiederholte sie, lächelnd. Ich hatte ihn die ganze Zeit in der Hand gehabt. Er war heiß und feucht, und ich wunderte mich, daß er paßte und sich drehte. Sie schwang die kleine Klappe zur Seite, zog den mattglänzenden Metallkasten halb hervor und lächelte mich an. Sie deutete hinüber zu ein paar Tischen und wandte sich dann ab und ließ mich allein; der Geruch eines Parfüms, das ich nicht kannte, verschwand mit ihr; ich blieb allein zurück, tief unter der Erde, in dem Gewölbe, das plötzlich wie eine Grabkammer roch.

Ich nahm meine Tasche und die Kassette und trug beides hinüber zu den Tischen, die wie kleine Wahlkabinen durch halbhohe Trennwände voneinander abgeschirmt waren. Nur eine alte Dame saß dort; sie hatte Papiere vor sich liegen und schnitt die Coupons ab und stapelte sie sorgfältig neben sich auf. Ich sah, daß sie eine eigene Schere dazu benutzte, nicht die, die an einer Schnur an der Seite des Tisches herabhing; die Schere war klein und golden wie das Amulett der Spanierin. Die alte Dame trug viele Ringe und Armbänder, und wenn sie die Schere benützte, gab es jedesmal ein leises Geräusch.

Ich verschwand hinter meiner Abschirmung. Ich stellte die leere Tasche, die ich mitgebracht hatte, neben meine Füße. Die mattglänzende Kassette stand vor mir. Ich war überrascht, wie klein sie war, und wieder hatte ich für einen Augenblick das Gefühl, dies alles sei nur ein verrücktes Spiel, eines von diesen Kinderspielen, bei dem einem die Augen verbunden werden, und dann wird man im Kreis herumge-

führt, in die falsche Richtung; ich war darauf vorbereitet, daß die Kassette, wenn ich sie öffnete, leer war.
Ich hob den Verschluß und stellte den Deckel hoch, lehnte ihn gegen das Holz der Umrandung. In der Mitte der Kassette lag ein Gegenstand, der von einem weichen, gelben Tuch umschlossen wurde, und darum herum lag das Geld. Ich brauchte den Gegenstand nicht zu berühren, um zu wissen, was das Tuch zudeckte; ich hatte, als ich mit Fritz Lehr über den Auftrag sprach, mich gefragt, woher ich die Waffe bekommen sollte; ich konnte sie nicht gut im Flugzeug mit mir führen, und ich kannte niemand in Madrid, der sie mir hätte besorgen können; ich hatte mich einfach nicht darum gekümmert, so als hätte ich geahnt, daß ich die Waffe hier finden würde.
Ich starrte auf die gebündelten Banknoten; aber das Eigenartige war, daß ich jetzt, da die Unsicherheit vorbei und das Geld wirklich da war, nicht die erwartete Freude spürte. Es war fast wie in dem Augenblick, als ich mir ausgerechnet hatte, wieviel 250 000 Dollar in D-Mark waren. Ich hatte, als Lehr die Summe nannte, gedacht, es müßten gut und gerne eine Million sein. Eine Million, das war eine magische Zahl, viel mehr als 250 000 Dollar. Als ich mir dann die Kurse angesehen hatte, stellte ich fest, daß der Dollar weiter gefallen war und ich nur DM 3,80 bekommen würde; das bedeutete, daß es nicht ganz eine Million war, nicht genau jedenfalls, nur 950 000, und ich war enttäuscht gewesen, ich kam mir betrogen vor, als hätte mir jemand die fehlenden 50 000 D-Mark gestohlen, als käme es genau auf diesen Betrag an.
Mich beunruhigte das Geld. Es waren neue 100-Dollar-Noten, sauber gebündelt, mit Banderolen der Bank versehen, glatte Rechtecke, wie Blöcke aus Metall; in dem künstlichen, hellen Licht wirkte das Notenpapier grau, unecht. Ich starrte die Bündel an, als handle es sich um eine Währung, die nicht existierte. Ich nahm eines der Rechtecke heraus. Es fühlte sich noch immer nicht wie Geld an. Ich zog einzelne Scheine

heraus; sie waren kalt und glatt und ohne Leben. Ich begann, das Geld zu zählen, ein Bündel nach dem anderen, ich verzählte mich, und dann gab ich es auf und steckte die Scheine in die Banderolen zurück; sie paßten plötzlich nicht mehr in die schmalen gelben Streifen hinein, und das war das erste Mal, daß ich die Empfindung hatte, daß es wirkliches Geld war. Ich fing von vorne an, einfach, daß ich die Scheine aus den Bündeln nahm, sie flüchtig durchzählte und versuchte, sie wieder in die Banderolen zurückzustecken. Die alte Dame hatte sich erhoben. Sie trug ihre Kassette unter dem Arm, und als sie an mir vorbeiging, warf sie einen Blick hinter die Abschirmung und lächelte zu mir herüber; so als seien wir Partner in einer Verschwörung; es war dieses Lächeln, das mich schließlich überzeugte, daß das, was ich hier gezählt hatte, wirklich Geld war, 25mal 10 000 Dollar, eine Million Mark, oder doch fast eine Million.
Eine Million — es wurde Zeit, sich an den Gedanken zu gewöhnen, daß das Geld mir gehören konnte, daß ich zwar einen Auftrag dafür zu erfüllen hatte, daß es aber dann mir gehörte, mir, Hans Pikola, dem Fotografen, der, was Geld anbelangt, immer ein Versager gewesen war, sich immer zu schnell zufriedengab. Ich hatte mich gefragt, ob die alte Reisetasche ausreichen würde für das Geld; und natürlich reichte sie, ich brauchte nichts von meinen anderen Sachen im Hotel zurückzulassen. Niemand würde es mir anmerken, niemand würde dem Mann besondere Beachtung schenken, der in ein paar Stunden aus dem Hotel Fénix treten würde, eine Tasche als einziges Gepäck in der Hand, der die Straße überquerte, auf die Straßenseite gegenüber, die am Nachmittag in der Sonne lag, der an den Geschäften vorbeiging, der die Auslagen nicht mehr beachtete, der alle die Dinge plötzlich nicht mehr brauchte, weil er sie haben konnte; ein Mann, der schneller ging als sonst, um zu den Taxis zu kommen, und dabei kaum sichtbar ein wenig den rechten Fuß nachzog, jedenfalls weniger als sonst, wenn er lange im

Freien fotografiert oder in der Dunkelkammer gearbeitet hatte.
Kein Fotografieren mehr für Hans Pikola! Keine Werbefotos mehr, das, was einem wirklich an die Galle ging: drei Filme zu verschießen, bis der Bierschaum genau im richtigen Augenblick über den Rand lief – und dann stellte sich heraus, daß sie das Glas nicht genug gekühlt hatten und die Tropfen, die Frische suggerieren sollten, abgeflossen waren; keine Kindermoden, mit Modellen, die affektierter waren als die größten Stars unter den Mannequins; überhaupt keine Menschen mehr, Gesichter – Julia hatte die Fotografien katalogisiert, in große Stahlkästen eingeordnet, 15 000 Bilder, die Ausbeute von dreißig Jahren; 15 000, das bedeutete eineinhalb Bilder für jeden Tag; es war weiß Gott genug; nur das eine Bild hätte ich mir noch gewünscht, eine Aufnahme von mir, die Tasche in der Hand, bevor ich in das Taxi steigen würde, um mich zum Flughafen hinaus bringen zu lassen. Die Fotografie würde *nicht* zeigen, was ich wußte, was ein Mann von Fünfzig besser vor einer Vierundzwanzigjährigen verbirgt: die künstliche Kniescheibe in meinem rechten Kniegelenk; die drei fehlenden unteren Rippen auf der linken Seite; der auf ein Drittel wegoperierte Magen; der künstliche Unterkiefer, bei dem jeder der prachtvoll aussehenden Zähne mehr als eine Kamera gekostet hatte; und, eigentlich schon nebensächlich, die 2,5 Dioptrien auf jedem Auge – »Wie alt sind Sie«, hatte Dr. Blum bei der letzten Untersuchung vor drei Tagen gefragt. »Fünfzig? Aber das ist dann eine ganz normale Altersschwäche der Augen, zumal in Ihrem Beruf; ich muß sagen, das kommt eigentlich sogar relativ spät bei Ihnen.« – Die Fotografie würde nur einen großen, schlanken Mann zeigen, blond, ein schmales Gesicht, ein Nichtraucher-Nichttrinker-Gesicht, ein Mann, der viel an der Luft war, ein etwas rauhes Gesicht, sehr durchschnittlich, ein Typ, der in einem Versandhaus-Katalog Bekleidung tragen konnte, Bergstiefel, grobe Kordbundhosen. Man müßte ihm dazu nur die Haare

schneiden. Sie waren etwas zu lang für einen Mann von Fünfzig, sie standen hinten auf dem Hemdkragen auf, aber Julia mochte sie so; sie hatte mich dazu gebracht, sie seit einem halben Jahr nicht mehr schneiden zu lassen.
Julia! Ich war sechsundzwanzig Jahre älter als sie. Und Dr. Blum, der mit einer um vierzig Jahre jüngeren Frau verheiratet war, hatte gesagt, daß das ganze Geheimnis darin bestehen würde, Geld zu haben. *Sie müssen nichts anderes haben als eine Menge Geld, dann geht es gut.* Hier war das Geld. Ich brauchte es nur später abzuholen, in ein, zwei Stunden, nachdem ich meinen Auftrag erledigt hatte . . .
Ich nahm das gelbe Tuch aus der Kassette und schlug es an den Ecken auseinander. Im Gegensatz zu dem Geld sah die Waffe gebraucht und sehr echt aus. Es war eine amerikanische Waffe, eine Armeepistole, Kaliber 45. Ich ließ das Magazin herausschnappen; es war gefüllt. Ich schob es wieder hinein und probierte den Schalldämpfer, der neben der Waffe gelegen hatte; er paßte sich nahtlos dem Lauf an. Es war eine mächtige Waffe, viel zu gewaltig für den Zweck, für den sie gedacht war, für einen einzigen Schuß aus kurzer Entfernung, denn der Mann, der jetzt in seinem Motel-Zimmer an der Avenida de Burgos auf mich wartete, hatte mich nie gesehen, obwohl *ich* ihn gut kannte. Ich wog die Waffe in der Hand, und ich spürte eine leichte Übelkeit.
Ich hatte mich zu entscheiden. Die Waffe oder das Geld. Brachte ich ihm das Geld, so bekam ich fünf Prozent der Summe. Nahm ich die Waffe und tötete ihn, so gehörte mir alles. Es war meine Entscheidung, aber es kam mir nicht so vor, als hätte ich wirklich die Möglichkeit zu wählen. Fritz Lehr hatte nicht umsonst mich ausgesucht, er hatte mich richtig eingeschätzt, damit gerechnet, daß mein Haß den Sieg davontragen würde.
Ich nahm die Waffe und steckte sie in meine Tasche. Ich warf die Geldbündel in die Kassette zurück, verschloß sie und trug sie hinüber und schob sie in das einzelne offenstehende Fach

zurück. Ich schloß ab und steckte den Schlüssel zu mir. Ich holte meine Tasche und schritt auf den schmalen Ausgang zu. Die Stahlkammer glich mehr denn je einer Gruft.

Ich hatte mir den Rest so oft vorgestellt, daß ich wie im Traum handelte: Gegenüber der Bank stieg ich in den Schacht der Metro hinunter, fuhr bis zur Plaza de Castilla, nahm den Bus bis Chamartin und von dort ein Taxi. Ich ließ mich an der Ecke Avenida de Burgos und Avenida de Manoteras absetzen. Die Tasche in der linken Hand, ging ich dann weiter und hielt Ausschau nach der Renault-Werkstatt.

Die Gegend war trist, eine richtige Industriezone, und die Avenida de Burgos, die Nationalstraße 1, war hier draußen eine jener breiten, unfreundlichen Ausfallstraßen, die nirgendwo zu beginnen und nirgendwo zu enden scheinen und die überall gleich aussehen, mit ihren billigen Würstchenbuden und Tankstellen und Schrottplätzen. Man sah kaum Häuser, und so hatte man einen weiten Blick über die Ebene bis hin zu den Guadarrama-Bergen; sie lagen in einem leichten grauen Dunst, aber ich meinte, ich sähe Schnee auf den Kuppen. Ich hatte mich in der Bank, vor allem unten in der Stahlkammer, wie ein Fremder gefühlt; aber das Eigenartige war, daß ich mich hier bewegte, als sei mir dies alles bekannt, als sähe ich nichts Neues, nichts, was unerwartet war, überraschend. Die Gaskessel auf der rechten Seite, rötlich verrostet, ein Areal mit alten, außer Dienst gestellten Autobussen, die Autofriedhöfe, ein flacher Supermarkt mit vielen Fähnchen; es schien, als sei ich diesen Weg hundertmal gegangen, seit vielen Jahren, jeden Schritt; und als dann das Motel auf der linken Straßenseite auftauchte, gleich hinter der Renault-Werkstatt, wie Lehr gesagt hatte, wußte ich sofort, daß ich mein Ziel erreicht hatte

Das Motel lag etwa zwanzig Meter zurück von der Straße. Es war so trist wie die Gegend, ein flacher Gebäudetrakt, von dessen Putz die rote Farbe abblätterte. Treppen führten zu

dem höher liegenden Eingang, zum Empfang und einem Restaurant. Die einzelnen Räume lagen an einem Gang über den Garagen. Hinter einer Verkleidung aus Holz sah man schmale, braungestrichene Türen mit den Zimmernummern. Nur links und rechts des Eingangs gab es etwas kümmerliches Grün, sonst stand das Gebäude auf einer Betonfläche, schmutzig und grau, mit Ölflecken vor den Garagen. Ein rotes Neonlicht über dem Eingang, ein Pfeil, der trotz des Tageslichts immer wieder aufleuchtete, vermochte dem Ganzen nichts von seiner Schäbigkeit zu nehmen. Aber sicher war es vom Standpunkt des Mannes aus, der sich dort verbarg, ein gutes Versteck. Man konnte jeden beobachten, der sich dem Motel näherte; kein Baum, keine Gebäude, es gab nichts, was den Blick beeinträchtigte.
Nur drei Wagen standen vor den Garagen, alles alte Modelle. Vorne an der Straße lag eine Tankstelle, an der ich vorbei mußte. Ein Mann in einem fleckigen Overall pumpte mit einer Handpumpe Benzin in den Tank eines Wagens. Sonst war niemand zu sehen. Das Motel schien leer und verlassen, trotz des Neonzeichens. Es änderte sich auch nichts, als ich näherkam, im Gegenteil, die Türen sahen nun aus, als führten sie nirgendwohin, so als bestünde das ganze Gebäude in Wirklichkeit nur aus einer Fassade wie bei einer Filmkulisse und dahinter sei nichts, und wenn man die Türen öffnete, würde man nur den Himmel sehen.
Zimmer Nummer 16 lag am Ende des Ganges, am rechten äußeren Ende, das letzte in der Reihe. Vor der Garage, die dazugehörte, stand ein Wagen. *Vor*, nicht in der Garage. Vermutlich steckte der Schlüssel, und der Wagen war aufgetankt. Ich sah, daß sich eine zweite kleine Treppe am Ende des Ganges befand, unmittelbar neben Zimmer 16, so daß er den Wagen auf dem schnellsten Wege erreichen konnte. Es war wirklich der beste Ort und das beste Zimmer – genau das, was ein Mann auswählen würde, der daran gewöhnt war, sich zu verbergen. Er tat nichts anderes seit einundzwanzig Jah-

ren. Aber für mich machte es keinen Unterschied. Ich dachte sowieso nicht über den Augenblick hinaus, da ich vor seiner Tür stehen und klopfen würde. Es war unmöglich. Es war unmöglich, sich vorzustellen, daß ich eintreten und in das Gesicht blicken würde, das Gesicht, das ich nur einmal in meinem Leben gesehen, und da nur auf einer Fotografie, die einen Mann zeigte, der um fünfundzwanzig Jahre jünger war. Ich konnte mir nicht vorstellen, wie ich ihn töten könnte; aber dann konnte ich mir ebensowenig vorstellen, daß ich es nicht tun würde!

Ich ging zuerst zu dem Wagen unter der Nummer 16. Es war ein alter Dodge. Ich öffnete die Tür an der Fahrerseite, und wirklich steckte der Schlüssel in der Zündung. Ich beugte mich in den Wagen, drehte den Schlüssel herum und blickte auf die Skala des Benzinanzeigers. Der Zeiger stieg langsam und wanderte über die Skala, bis er auf »Voll« stand. Ich empfand Genugtuung bei dem Gedanken, daß ich auch das vorausgesehen hatte. Ich stellte meine Tasche auf den Fahrersitz, nahm die Waffe heraus und schob sie unter den Gürtel meiner Hose. Ein geübtes Auge würde die Waffe dort sofort entdecken, aber das machte wenig; wenn er vorsichtig war, mußte er ohnehin damit rechnen; er konnte sich nicht sicher fühlen; keinen Augenblick in diesen einundzwanzig Jahren hatte er sich sicher fühlen können; und es war beides möglich, daß das seine Wachsamkeit verschärft oder aber eingeschläfert hatte.

Ich ging zurück zum Eingang. Ich wollte ganz sichergehen. Es war immerhin möglich, daß er Verdacht geschöpft und den Ort gewechselt hatte. Er mußte nicht nur die Angst kennen, sondern in jenen Jahren einen besonderen Instinkt für alle Gefahren entwickelt haben. Wenn man sich einundzwanzig Jahre lang erfolgreich verbirgt, mußte das fast zur zweiten Natur geworden sein. Vor den Scheiben des Restaurants hingen keine Gardinen. Ich sah keine Gäste, nur einen Mann hinter einer Bar, der vor sich ein Transistorradio stehen hatte.

Ich betrat die Empfangshalle. Es gab einen Tisch und an der Wand dahinter ein Gestell mit sechzehn Fächern. Der Schlüssel von Nummer 16 war nicht da. Es gab noch ein Plakat mit den Abfahrtszeiten der Züge und ein zweites mit Kinoanzeigen. Ich hörte das Radio, aber niemand kümmerte sich um mich.

Ich trat hinter den Tisch und fand das schwarze Buch mit den Eintragungen über die Gäste. Ich blätterte die Seiten vier Wochen zurück, bis ich seinen Namen fand. Er hatte sich unter Clemente Stoeber eingetragen, aber das war nicht sein wirklicher Name.

Die Unterschrift hatte keine Ähnlichkeit mehr mit derjenigen, die ich so oft in den Akten gefunden und immer wieder studiert hatte; damals hatte er noch Karl Boettcher geheißen, und seine Unterschrift war unleserlich gewesen, so eben, wie die Unterschriften von Ärzten es meist sind. Diese hier war leserlich, in der Art, in der die Unterschriften von Kindern leserlich sind. Und, auf die Unterschrift blickend, auf den fremden Namen, fragte ich mich, warum alle diese Mühe, warum so einen weiten Weg machen, um einen Mann zu töten, der seinen Namen wie ein Kind schrieb . . .

Erstes Buch

1 Natürlich weiß ich jetzt, wie und wann alles begann. Damals war es mir nicht klar, als ich den silbergrauen Mercedes unter den Kastanien am alten Stadtgraben parken sah und Christina Lehr ausstieg. Es war in der zweiten Septemberwoche, und überall tauchten die Plakate für die Wahlen am 28. September 1969 auf, auch hier draußen in der Augsburger Lechvorstadt. Ich hatte meine Wohnung und mein Atelier dort, in einem der vom Verfall bedrohten Häuser.

Es war ein heißer, sonniger Tag, aber auch in der Sonne wirkten die Häuser heruntergekommen; Putz und Stuckornamente bröckelten ab, die Fenster waren ungestrichen und die Balkongitter und Fahnenhalter verrostet. Im Graben unterhalb der Reste der alten Stadtmauer war der Wasserspiegel abgesunken, ein stumpfes Abwasser, und bei Ostwind war es besser, die Fenster nicht aufzulassen. Am Graben führte ein Fußweg entlang, und dort parkte der Wagen, im Schatten der Kastanien. Ich achtete erst darauf, als jemand meinen Namen rief.

Ich blieb stehen, überrascht, daß eine Stimme sich in fünfzehn Jahren so wenig verändern konnte; so lange hatte ich sie nicht gesehen. Natürlich hatte ich ihren Weg verfolgt, von Christl Stempa zu Mrs. Christina Weinberger, dann schlicht Christina, das Modell, das *Fräulein-Wunder*, und jetzt, seit einigen Jahren Christina Lehr, die Frau des bekannten Bauunternehmers.

Ihre Beine kamen zuerst aus dem Wagen, lange, schmale Beine, denen man nicht ansah, daß sie Strümpfe trug. Dann der Körper, ebenso lang und schmal; er schien weniger mit einem Kleid bedeckt als einfach mit etwas Grünem, grüner Farbe vielleicht, direkt auf die Haut aufgetragen – und dann das Gesicht, in dem man zuerst die beiden zu weit auseinanderstehenden Schneidezähne bemerkte, wenn sie lächelte.
Mit ihr kam ein Geruch von den Lederpolstern des neuen Wagens, von Parfüm, aber ich beachtete nur die auseinanderstehenden Zähne. Man sah sie nie auf den Fotografien von ihr; schon damals hatte sie, wenn ich Aufnahmen zu machen hatte, einfach einen falschen Zahn aufgesteckt, der genau die Lücke schloß. Ich hatte es wirklich vergessen, erst jetzt erinnerte ich mich daran. »Hallo«, sagte ich. »Hallo, Funny Face«, was auch einer ihrer Namen gewesen war.
Sie kam näher, und ich mußte denken, daß alle großen Fotomodelle Ausnahmen von der Regel sind. Wer immer das gesagt hat, es traf auf Christina zu, immer noch, obwohl sie diesen Beruf lange aufgegeben hatte. Sie mußte jetzt neununddreißig sein, oder vierzig. Sie war zu flach, zu dünn, zu groß, 1,78, wenn ich mich recht erinnere. Und wer hatte nicht alles über ihre Schuhgröße – vierzig oder einundvierzig, glaube ich – geschrieben. Die Wirkung, die von ihr ausging, hatte nichts mit den Maßstäben gewöhnlicher Schönheit zu tun, sondern mit jener besonderen Ausstrahlung, die große Modelle haben: Sie sind *da*, voll und ganz, jeden Augenblick, sie schaffen eine bestimmte Stimmung, sie animieren . . . es war noch immer so mit ihr, ich spürte es, als wir zusammen weggingen.
Sie hatte den Wagen abgeschlossen, die Schlüssel in ihre Tasche fallenlassen und mich untergehakt: »Ich war nicht wirklich sicher, daß all dies hier noch existierte.« In der Art, wie sie sprach und wie sie die Sätze baute, merkte man, wie lange sie in Amerika gelebt hatte.
»Hier ändert sich nichts«, sagte ich. »Nicht viel jedenfalls,

und es wird sich nie viel ändern. Dies ist keine Stadt, die Änderungen liebt.« Natürlich hatte sich viel geändert; aber ich wollte nicht von damals sprechen. »Was bringt dich hierher?«

»Ich komme von Zeit zu Zeit hierher. Ich habe hier einen Astrologen, den ich von Zeit zu Zeit aufsuche; er würde es sicher nicht gern hören, wenn ich ihn so bezeichne, aber mehr oder weniger ist er das.«

Wir waren vor dem Haus angelangt, das wie alle anderen seinen Verfall nicht verbergen konnte. Sie blickte es an, als messe sie es an ihrer Erinnerung. »Schon damals hast du es gehaßt«, sagte sie. »Und alles, was du wolltest, war, hier wegzukommen.«

»Ja, aber wie du siehst, ist nichts daraus geworden.«

»Das Schild ist nicht mehr da. Fotografierst du nicht mehr?«

»Doch, was sollte ich sonst wohl tun.« Ich sah sie an. »Aber keine Modelle mehr.«

Wenn man das Haus betrat, war es eigentlich noch schlimmer; mit dem Marmorboden, der einmal gewesen war, den Resten der Jugendstilfenster; es gab sogar einen Lift, ein vergittertes Ungetüm; die Messingbeschläge glänzten, aber er war seit Jahren außer Betrieb, von der Baupolizei gesperrt; sie lächelte, als wäre alles andere eine Enttäuschung für sie gewesen. »Wirklich, geändert hat sich hier nicht viel.«

Ich brauchte ihr nicht den Weg zu zeigen; sie wußte, zu welcher Tür sie gehen mußte, das Wohnatelier war immer noch da, die beiden großen ineinander übergehenden Räume, nur daß alles noch überfüllter war, zu viele Möbel, zu viele Bilder, zu viele Dinge, die ich zusammengetragen hatte, Wertvolles und Minderwertiges. Sie bewegte sich darin, als würde sie sich selbst im Dunkeln auskennen; sie nahm Gegenstände in die Hand, blieb vor der Vitrine mit der Uhrensammlung stehen, las Buchrücken, betrachtete die drei Vergrößerungen, an denen ich gearbeitet hatte und die zum Trocknen aufgehängt waren. Auch mir wurde klar, wie wenig

sich hier geändert hatte; bis auf die Reihe grauglänzender Metallkästen im Nebenraum, in dem die Abzüge und Negative eingeordnet waren.
Ich wollte ihr einen Stuhl freimachen, aber sie setzte sich auf die niedrige Bettcouch, auf die breite Decke aus Fuchsfellen.
»Du bist immer noch mit ihr verheiratet?« fragte sie.
»Ja, immer noch.« Ich mußte erst nachrechnen. »Siebenundzwanzig Jahre. Kann ich dir etwas anbieten?«
»O nein, nichts. Und wie geht deine Ehe?«
Sie hatte es so einfach und natürlich gefragt, daß ich so natürlich wie möglich antwortete. »Sie geht nicht.«
»Ich habe immer gesagt, du taugst nicht zum Heiraten.«
»Ich habe auch nicht gedacht, daß *du* dafür taugst.«
»Aber ja! Ich tauge ideal zur Ehe. Eine Frau kann so immer noch am leichtesten zu Geld kommen. Schon als kleines Mädchen wollte ich reich sein. Ich wollte nie etwas anderes geschenkt bekommen, keine Puppen, kein Spielzeug, am liebsten war mir immer Geld. Es ist eine natürliche Veranlagung bei mir. Und ich hab' dazugelernt, manchmal leicht, manchmal schwerer, aber gelernt habe ich es. Man kann wirklich fast alles für Geld kaufen, und ich mag Leute nicht, die das nicht zugeben. Ich wußte immer, ich wollte Geld. Du fühlst dich sicherer. Das ist es.«
»Du mußt viel Geld verdient haben als Modell.«
»Du verdienst viel, aber du gibst es auch wieder aus. Du kannst das Geld nicht zusammenhalten als Modell. Du hast Erwartungen zu erfüllen. Ich kenne keine von uns, die dabei reich geworden ist, ich meine, reich, wohlhabend. Und dann, du weißt, woher das Geld kommt, du weißt, wie du dich dafür geplagt hast – das nenne ich nicht Reichtum; reich bist du erst, wenn du dich nicht mehr fragst, woher das Geld kommt. Und das erreichst du als Frau nur in der Ehe.«
»Und wie ist die Ehe mit Fritz Lehr?«
»In Ordnung, glaube ich. Er gibt mir, was ich will, und ich versuche, ihm all das zu geben, was ihm wichtig ist. Und wir

haben zwei Kinder. Frag nicht nach Fotografien, ich hab' keine, aber ich bin eine gute Mutter. Sie sind drei und fünf, ein Junge und ein Mädchen. Erstaunt dich das?«
»Ich lese Zeitungen, auch die, in denen so etwas steht. Ich lese von deinen Kindern und deinen Parties, und wenn du eine Kunstausstellung eröffnest, und ich sehe die Fotografien, auf denen du mit jungen, langhaarigen Künstlern zu sehen bist, und ich frage mich . . .«
»Das fragt sich jeder.« Sie lächelte und zeigt dabei die auseinanderstehenden Zähne. »Jeder möchte gerne wissen, ob ich mit ihnen schlafe, aber ich bin eine sehr treue Ehefrau, so treu, daß ich mich manchmal frage . . . Nein, meine Ehe ist in Ordnung, in Grenzen, wie das so ist. Aber wenn du wußtest, daß ich zurück bin, warum hast du dich nicht gerührt? Fritz war doch einmal dein Freund.«
»Wir haben uns aus den Augen verloren.«
»Hast du ihn nie mehr gesehen?«
Ich hatte ihn gesehen, aber warum darüber reden; es war wirklich ein Ereignis, Christina anzusehen, wie sie dort saß, in dem grünen, ärmellosen Kleid am Rand der Couch, die Beine untergeschlagen; sie hatte sich nicht bewegt, saß von Anfang an in derselben Stellung. Diese Fähigkeit zur absoluten Bewegungslosigkeit, das hatte es so leicht gemacht, mit ihr zu arbeiten. Stunden konnte sie so sitzen, wenn man es von ihr verlangte, im grellen heißen Scheinwerferlicht, geschminkt, bis ihre Muskeln oft sichtbar zu zittern begannen aus Verkrampfung, bis Tränen aus den Augen traten, die man dann mit einem Fön aus dem Bild wegblasen mußte; aber die Fotos zeigten nie etwas von diesen körperlichen Beschwerden.
»Hast du ihn noch mal gesehen?«
»Einmal.«
»Und?«
»Schwierig.«
»Wenn du nicht darüber reden willst.«
»Nein, warum nicht. Es war einfach schwierig mit ihm nach

so vielen Jahren. Wir hatten uns seit 1945 nicht mehr gesehen. Es war in München, in einem Restaurant, er spielte den großen Boß; ein vornehmes Restaurant, wo die Kellner dich hochnäsig behandeln, aber um ihn sprang alles herum; es war wirklich kein günstiger Augenblick für ein Wiedersehen. Zuerst wußte er nicht, was er mit mir anfangen sollte, aber dann zeigte er mir Bilder von seinen Kindern und seiner damaligen Frau, dieser Amerikanerin; jedenfalls wußte ich am Schluß alles über sein neues Haus, über das Gut bei Steingaden, ich kannte seine letzten Umsatzzahlen. Aber daß wir uns wirklich noch etwas zu sagen hätten, kann ich nicht behaupten; und keiner von uns beiden hat sich dann wieder gemeldet.«

»Wann war das?«

»Elf, zwölf Jahre nach dem Krieg. Du warst noch nicht zurück. Es muß so 58 gewesen sein, ja, kurz nach meinem Unfall.«

»Du hattest einen Unfall? Du warst eigentlich ein guter Fahrer, eher vorsichtig.«

Es war zwei Jahre, nachdem ich den Postkarten-Verlag übernommen hatte. Ich brauchte den Wagen, wegen der umfangreichen Fotoausrüstung für die verschiedenen Außen- und Innenaufnahmen. Schon einmal waren mir wertvolle Apparate gestohlen worden, und so hatte ich jetzt immer einen Hund dabei, der beim Wagen blieb und so scharf war, daß ich den Wagen unbesorgt offen stehen lassen konnte. Ich hatte an jenem Tag eine Lechschleife fotografiert, eine ziemlich unzugängliche Stelle; als ich zurückkam, war der Wagen ausgeraubt, und der Hund lag da, vergiftet, und ich war so zornig und krank, daß ich wie blind gefahren sein muß, und vielleicht auch zu schnell; es war ein Herbsttag mit einem starken, peitschenden Föhnwind gewesen, und der erfaßte den leichten Wagen, als ich aus dem Waldstück herauskam.

Ich hatte noch Glück. Der Wagen war Schrott, aber mir mußte man nur drei Rippen entfernen; und ich hatte einen

zertrümmerten Unterkiefer, nichts, was ein guter Kieferchirurg nicht richten konnte. Sieh dir es an; ich habe nie so schöne Zähne gehabt.« Ich kehrte von mir zu Fritz Lehr zurück: »Es war einfach schwierig mit uns beiden. Es gibt Dinge, über die wir vielleicht nicht reden wollten.«
»Ich glaube, ihr zwei würdet euch sicher wieder verstehen. Ich hoffe doch, daß ich dich jetzt wieder öfter sehe. Du kennst unser Haus am See, zwischen Utting und Holzhausen, gleich hinter dem Gelände des Augsburger Segler-Vereins? Wir sind jetzt fast immer dort. Es ist natürlich nicht mehr ganz das alte Haus, ich hab' einiges ändern lassen, aber der Park ist so wie früher, kein Baum ist weggekommen. Schrecklich, ich rede nur von mir, und du?«
»Das siehst du ja.«
»Malst du noch?«
»Ich habe nie gemalt!« Ja, ich mochte auch das Thema nicht, nichts von der Vergangenheit. Sie war verschlossen und versiegelt, und so sollte es bleiben. »Und du hast geschworen, nie mehr in diese Stadt zu kommen, wenn du erst einmal weg bist«, erinnerte ich sie.
»Ach, Pikola! Die Schwüre junger Männer und junger Mädchen. Daran soll man niemand erinnern, du hast recht. Ich spreche nicht mehr über deine Malerei und du nicht mehr über meine Schwüre. Dabei habe ich das wirklich alles vergessen. Vorhin, als du das zu mir sagtest, *Funny Face*, da mußte ich mich wirklich erst erinnern, wann und von wem ich den Namen bekommen habe. Ich fürchte die Vergangenheit nicht mehr, ich träume nicht mehr davon wie damals. Eine Frau in meinem Alter hat nur eines zu fürchten, die Zukunft.«
Ich sah sie an, schüttelte den Kopf und sagte: »Du siehst besser aus denn je. Du hast nie besser ausgesehen.«
»Ich werde vierzig in drei Wochen – vierzig, weißt du, was das für eine Frau heißt?«
Ich hätte ja sagen können, ich brauchte nur an Thea zu denken, aber ich sagte: »Du siehst nicht wie zwanzig aus, aber

du versuchst auch gar nicht so auszusehen. Vielleicht siehst du deshalb aus wie dreißig.«

»Jetzt redest du wie mein Arzt. *Jugend ist an die Jugend verschwendet*, wie? Das wahre Leben der Frau beginnt mit vierzig. Mein Arzt nennt es das Alter, in dem die Frau den größten *Preissprung* macht – man ist in allem mehr wert, man ist in allem besser! Die Jahre, in denen eine Frau besser aussieht und sich besser fühlt denn je. Sie ist anziehender, erfahrener, sinnlicher. Vor allem viel sinnlicher! Sie hat mehr Vergnügen an allem, kann alles mehr genießen: Orte, große Dinge, kleine Dinge, und natürlich die Menschen in ihrem Leben – die Freunde, die Kinder, die Männer! Vor allem die Männer! Sie bekommt jetzt die richtigen Männer! Sie fallen ihr nur so in den Schoß. Alles fällt ihr in den Schoß, weil sie eine Frau ist, die *Vertrauen* zu sich hat! – Ich höre das alle vierzehn Tage von meinem Arzt, und damit es nicht bei Worten bleibt, spritzt er mir dieses herrliche Vitamin E und pumpt mich voll mit diesen noch wundervolleren Östrogenen.« Sie lachte. »Das ist das, was du mir ansiehst. Die richtigen Östrogene spannen deine Haut, lassen dein Haar glänzen, festigen deine Brüste, so du welche zum Festigen hast, sie . . . well, they spruce up your vagina too, and not to forget, your clitoris. Nun, du weißt sicher, wie direkt Ärzte reden können.« Sie bewegte sich zum ersten Mal. Sie stand auf und kam zu mir, stützte sich mit beiden Händen auf die Lehnen des Sessels, in dem ich saß. Ihr Gesicht, ihr grüner Körper waren über mir. »Weißt du, was er noch sagt! Im Gegensatz zu *jüngeren* Frauen, die sich beklagen, daß ihr Ehemann den Liebesakt häufig von ihnen verlange, haben die Frauen über vierzig das Problem, daß sie ihren Ehemann zu häufig plagen. Nimm dich also in acht vor mir. Deine Frau kann nicht plötzlich hier hereinkommen?«

»Nein. Sie arbeitet, und sie betritt diesen Raum nie. Manchmal glaube ich, sie hat die Vorstellung, daß hier

schreckliche Dinge geschehen. Sie haßt diesen Raum geradezu, und besonders das Fuchsfell findet sie einfach geschmacklos.«
Sie sah auf das Fell, als sehe sie es erst jetzt. »Es paßt wirklich nicht ganz zu dir«, sagte sie. »Hast du es gekauft?«
»Nein. Ich habe es geschenkt bekommen.«
Sie merkte, daß ich nicht darüber reden wollte.
Sie nahm wieder ihre Wanderung durch den Raum auf. Dort, wo ich die Filme entwickelte, waren zwei rote Lichter. Sie knipste sie an. Sie sah zu mir herüber, lächelnd. »Sag mal, bist du noch so gut wie früher?«
Sie hatte immer solche direkten Fragen gestellt. Sie war die einzige Frau, die ich kannte, die solche Fragen stellen konnte, und die einzige, der ich geantwortet hatte; so sagte ich, wobei ich ein Jahr unterschlug: »Ich bin neunundvierzig.«
»Aber Pikola! Das sind Fähigkeiten, die sich nicht verlieren.«
Ich war nicht sicher, ob sie wirklich von mir sprach. »Hast du Probleme mit ihm?« fragte ich und kam mir wie ihr Arzt vor. Sie antwortete ganz sachlich: »Nicht gerade Probleme.«
»Junge Mädchen?«
»Wie kommst du darauf?«
»Es könnte sein. Er ist ein Jahr älter als ich, und man sagt . . .«
»Nein, keine jungen Mädchen; die jungen Mädchen von heute fürchte ich nicht. Sie sind hübscher als wir waren, cleverer, ich kann sie oft beobachten bei mir, wenn sie auf der Jagd sind; vielleicht kenne ich die falschen Mädchen, aber die, die ich beobachte, die unsere Herren Direktoren anschleppen an den Wochenenden, die sind alle kühl und eisig – sie beherrschen alle Tricks, nur haben sie selber keinen Spaß an der Sache; sie sind todernst dabei! Ich habe das alles selber gemacht, aber ich war nicht so kalt dabei,

ich war immer bereit, dafür etwas herzugeben. Nein. Fritz hat das durchschaut, darin ist er eben ein Reicher, ich meine, von Haus aus reich; er durchschaut, wenn es um sein Geld geht, *nur* um sein Geld.«
Ich mußte an Julia denken, die ein junges Mädchen war, aber ganz anders als die Mädchen, von denen sie sprach, anders auch als Christina; aber ich hatte nicht die Absicht, von ihr zu sprechen, zu niemandem.
»Nein, wirklich keine jungen Mädchen, es sei denn, es käme eines, das ganz anders ist . . . Nein, ich weiß nur, daß Fritz manchmal in München in einen dieser Massagesalons geht, nach einer Sitzung, oder wenn er aus dem Ausland zurückkommt, und es nicht weiter auffällt, wie er meint; *Massage und kleines Bad, auch für Nichtschwimmer;* er geht immer in denselben, in der Arcisstraße 51, zweimal läuten bei Micklich.«
»Das weißt du alles?«
»Ich finde, es ist besser, ich weiß es.«
»Du bist immer noch so sehr geradeheraus.«
»Ja, ich weiß, es ist nicht sehr fraulich.« Sie hatte sich dem Fenster genähert. Dort waren Rollos angebracht, damit ich den Raum auch am Tag verdunkeln konnte, wenn ich entwickelte. Sie zog sie herunter. Die beiden roten Lampen brannten, und in ihrem Licht verschwand das Grün aus ihrem Kleid. »Ich habe versucht, alles zu berechnen, seit ich von dir weg bin«, fuhr sie fort. »Es ist nicht das schlechteste, oder? Ich glaube, meine Träume sind in Ordnung. Ich wollte Sicherheit, und ich habe sie bekommen. Aber ich bin natürlich nicht mehr die, die ich damals war. Wie war ich damals?« Sie erwartete keine Antwort. Sie beugte sich über mich: »Ich möchte gern, daß du mit mir schläfst.«
Ich versuchte, mich zu erinnern, welche Farbe Ihr Kleid gehabt hatte, aber ich konnte es nicht. In dem rötlichen Licht hatte es die Farbe ihrer Haut. Ich bemerkte nicht, *wie* sie sich auszog, wohin sie das Kleid legte und ob sie überhaupt etwas anderes trug als das Kleid.

Als ich im Bett neben ihr lag, sagte sie: »Ich war erst wenig über sechzehn, als du zum ersten Mal mit mir geschlafen hast, und du warst der erste Mann überhaupt. Ich bin dein Geschöpf, vergiß das nicht!« Sie wurde plötzlich still, als ihre Hände sich bewegten, und dann lachte sie neben mir, sehr leise, so als ob man auch beim Lachen flüstern konnte, und ebenso leise sagte sie: »You feel like old times . . . very much so.«

Die Rollos schlossen nicht ganz dicht an den Rändern; ich blickte auf die zwei Streifen Licht und dachte, daß es höchste Zeit war, sie zu erneuern. Da war vieles, was mich zurückhielt, zu vieles; warum sagte ich es ihr nicht? Man kann Vergangenes nicht zurückbringen; aber sie schien zu glauben, man könnte es; wie sollte ich sie widerlegen. Ich fühlte ihren Körper, die alte Verwunderung, wo unter dem Kleid diese Formen Platz gehabt hatten. Ich erinnerte mich an etwas anderes und nahm eines der Kissen und schob es ihr unter den Bauch; ich hörte wieder ihr Lachen: »So you still remember that too.« Daß sie es aussprach, machte es nicht besser; aber jetzt konnte ich es tun – auf die Art, die sie am liebsten hatte.

2

Sie war hinterher so natürlich wie zuvor. Sie hatte sich angezogen, ohne daß ich es richtig bemerkte. Sie mußte nichts zusammensuchen, nichts lag herum. Selbst um das Bett in Ordnung zu bringen, schien sie nur ein paar Handgriffe zu tun. Und als ich die Rollos hochließ und sah, daß ihr Kleid grün war, saß sie wieder in der ursprünglichen Stellung am Rand der Couch. Sie öffnete ihre Tasche, blickte in einen Spiegel und entschied, daß sie keinen Puder, keinen Lippenstift brauchte, sie legte sich das Haar ohne Kamm, nur mit den Händen. Sie holte eine Uhr aus der Tasche, blickte kurz darauf und sagte dann: »Sag, hast du alte Fotos von mir aufgehoben? Kann ich sie sehen?«

Es gab mir Zeit – Zeit, in den Nebenraum zu gehen, die grauen Metallkästen anzustarren. Ich sah unter C nach, *Christina.* Aber dort waren nur Zeitschriften-Ausschnitte, eine ganze Reihe von Vogue-Titelblättern, auf denen sie abgebildet war. Aufnahmen aus den frühen sechziger Jahren, die nicht von mir stammten. Ich zog den Schub St heraus und fand eine prall gefüllte Hängemappe mit einem Reiter: *Christl Stempa s. a. Christina, Weinberger, Lehr.* Was Julia machte, machte sie mit Perfektion. Ich sah mir die Mappe zuerst an; das meiste waren Aufnahmen für Zeitungsreklamen; Christina als Sparta-4711-Mädchen, Christina, die zu einem anderen Mädchen sagt: »Vor zehn Minuten gabst du mir eine Spalt-Tablette, und jetzt sind meine Kopfschmerzen weg« –, und dann die vielen Aufnahmen als Modell: Christina in Hüten von Velois, Strandanzüge von Hödesmann, Popelinmäntel von Jobis, Skianzüge von Bogner. Es waren alles Fotos aus den Jahren 48 bis 50, und sie kamen mir vor, als seien sie ein Jahrhundert alt. Ich suchte weiter, bis ich ein bestimmtes Foto fand, ein 6-mal-9, ein schlechter Abzug auf schlechtem Papier. Ich nahm es an mich und ging zurück und legte Christina die Mappe hin.

Sie breitete die Fotos auf dem großen Bett um sich aus. Ich saß in meinem Stuhl und blickte auf die kleine, schlechte Amateuraufnahme: Ein amerikanischer Militärjeep, ein amerikanischer Leutnant auf dem Beifahrersitz und hinter dem Steuer ein Junge in einer Uniform, die eine getreue Kopie der Leutnantsuniform war, einschließlich des Schiffchens und des regenbogenfarbenen Divionszeichens. Die Windschutzscheibe war heruntergeklappt; man sah das Gesicht des Jungen genau, der breit lächelte und das Steuerrad mit beiden Händen umklammert hielt. Der Junge hatte zwei Schneidezähne, die zu weit auseinanderstanden.

Es war eine Aufnahme von ihr, Christina, *Funny Face,* so wie ich sie zum erstenmal gesehen hatte, im Juli 1945. Im Hintergrund des Bildes war die amerikanische Kaserne zu sehen, in die Gulbies, der Lette, mich an jenem Tag mitgenommen hatte, weil er mich Leutnant Schwartz vorstellen wollte. Ich blickte auf die alte Fotografie, die jetzt vierundzwanzig Jahre alt war, und ich war nicht sicher, ob Christina das sehen wollte; nicht einmal, ob *ich* mich erinnern wollte.

Ich hörte damals ihre Geschichte von Duncan, dem Leutnant auf dem Bild; einiges von ihr; vieles aus den Träumen, die sie hatte, nachdem sie zu mir gezogen war. Sich jetzt zu erinnern, was brachte es zurück? Natürlich fielen mir die Rollschuhe ein: eine Stadt, Dresden, im Krieg, und ein junges Mädchen, das auf Rollschuhen die Stadt durchstreifte, um ausfindig zu machen, wo es etwas zu verdienen gab – am Altmarkt Autos bewachen für zwanzig Pfennig die Stunde, den Fischern an der Elbe Würmer verkaufen –, davon hatte sie viel erzählt. Wenig von zu Hause, zwei Brüder, die gefallen waren, der Vater, ein Schmied, der seinen Beruf nicht mehr ausüben konnte, weil ihm im Ersten Weltkrieg eine Hand weggeschossen worden war und er nie damit fertig wurde; die Mutter, die arbeiten mußte, das Mädchen zur Arbeit anhielt: *Was sitzt du immer da und putzt an deinen Rollschuhen herum. Ich weiß gar nicht, was es da noch zu putzen gibt!* Und sie war schon wieder unterwegs auf ihren Rollschuhen, teure, fest mit den weißen Stiefeln verbunden, einen dicken Schal umgeschlungen, Fäustlinge; es war kalt, Februar 1945, und morgen hatte ihre Mutter Geburtstag, am Vierzehnten. Das Mädchen hatte einen Brustbeutel umhängen, aber was konnte man schon kaufen; und so war sie unterwegs, nachmittags, nach der Schule, das letzte Schuljahr; sie wußte sich zu helfen, sie wußte, wo es Blumen zu stehlen gab.

Sie erwischten sie dabei, sperrten sie ein. Sie war ohne Ausweis, *eine Nacht* würde ihr nicht schaden; das konnte man am Morgen klären, ob das stimmte, der Name, Christl

Stempa, die Adresse, das mit dem Geburtstag; Februar 45, so viele Flüchtlinge in der Stadt, so viele stehlende Kinder, das mußte geklärt werden, beizeiten. Die Nacht zum Vierzehnten, der schwere Luftangriff auf Dresden: Das Mädchen, immer noch die Rollschuhe an den Füßen, sitzt in einer großen Gemeinschaftszelle. Man läßt sie in der Zelle während des Angriffs. Ein Trakt wird getroffen. *Das Haus hat gezittert, und sie haben gebrüllt, und in der Wand war ein brandrotes Fenster.* Das weißt du noch von ihr, und daß sie am Morgen in dem wüsten Durcheinander davonlaufen konnte.

An diesem Morgen brannten sogar die Straßen, der Asphalt hatte sich entzündet; es war das einzige, was sie immer wieder erzählte, was in ihren Träumen wiederkehrte: Das Mädchen kam nicht voran, der heiße Asphalt klebte an den Rollen; sie stocherte ihn heraus, aber schon klebte wieder alles fest, rollte sich auf, zog dunkle Fäden . . . *Ich komme nicht vorwärts . . .* schrie sie im Traum, und dann erwachte sie und drehte sich zu mir um und fragte: »Habe ich geträumt?«

In der Kaulbachstraße stand das Haus der Eltern nicht mehr, überhaupt keines mehr; es hatte keinen Sinn, nach Leichen zu graben. Jemand hatte ihr geholfen, die Rollen von den Stiefeln zu schrauben, irgendein Junge, der ihr von seinen toten Eltern hätte erzählen können, es aber so wenig tat wie sie.

Es gab viele solche Jungen, und sie schloß sich ihnen an. Sie hatte keine Verwandten in der Stadt. Die Schule stand noch, aber der Junge lachte sie aus: Wer würde jetzt noch daran denken, in die Schule zu gehen? Sie wollte nicht von den Jungen ausgelacht werden. Sie schnitt sich die Haare ab und blieb bei ihnen, bei den Jungen, die umherzogen, stahlen – ohne Lebensmittelkarten mußte man stehlen –, weiterzogen, vor der nahenden Front her. Sie kam mit ihnen bis vor Prag, wich nach Wien aus, Salzburg. Sie trug längst Jungenkleider und nannte sich Christian. In Bad Reichenhall war der Krieg zu Ende, sah sie die ersten Amerikaner. Sie stand dabei,

immer noch in ihren weißen Stiefeln, und sah zu, wie die Amerikaner deutschen Kriegsgefangenen Uhren, Ringe und Wertgegenstände abnahmen. Ein junger Leutnant hielt eine Leica in der Hand und blickte sich um, suchte ein Motiv für die erste Aufnahme mit der erbeuteten Leica und rief dann dem Jungen zu: »Hey, you, yes you with that funny face, come here, what's your name? Was ist dein Name, funny face?« Ich blickte auf von der alten Fotografie und sah ein Gesicht, glatt, faltenlos; nichts erinnerte an das Mädchen mit den durchgelaufenen weißen Stiefeln, nicht einmal der Zahn. »Was ist? Was ist mit dem Bild?« Sie schien es schon ein paarmal gefragt zu haben. Ich war nicht sicher, ob ich es ihr zeigen sollte, aber ich stand auf und ging zu ihr. »Es ist von dir und Duncan. Erinnerst du dich an Leutnant Duncan?« Sie betrachtete die Aufnahme lange, ohne daß sich etwas auf ihrem Gesicht änderte. Dann sagte sie: »Natürlich erinnere ich mich an Duncan. Er gab mir den ersten Rat in meinem Leben, mit dem ich wirklich etwas anfangen konnte.« Aber dann verstummte sie und sah das Bild an, so wie ich es angesehen hatte.
Ich wünschte ihr nicht, sich an das zu erinnern, was mir bei der Fotografie in den Sinn gekommen war. Aber vielleicht dachte sie nur an die erste Begegnung mit Duncan und an das, was danach gekommen war: Es war nichts Ungewöhnliches, daß amerikanische Kampfeinheiten in jener Zeit einen der zahllos auf den Straßen umherirrenden Jungen mit sich nahmen. Es gab viele Einheiten, die sich einen Jungen hielten wie andere einen Kompaniehund. Es war ihr Maskottchen, ihr Talisman, er bedeutete Glück. Duncans Einheit hatte *Funny Face* behalten. Sie zog mit ihnen, bis nach Augsburg, in der Uniform, die extra für sie geschneidert worden war, komplett mit den Insignien der Division, dem bunten Regenbogen. Sie lebte mit ihnen, aß in ihren Casinos, sah ihre Filme. Sie hatte die Schlüssel zu Duncans Verpflegungskiste und zu seinem Jeep. Aber dann, von einem Tag auf den anderen, kam das

Ende, die Kampftruppen wurden abgezogen, und es war aus mit der Maskottchenzeit. Damals war sie zu mir gezogen. Thea saß in Siebenbürgen, ich wußte nicht einmal, ob sie noch lebte.

Christina hatt die Fotografie aus der Hand gelegt. »Weißt du noch, daß wir am Schluß mit ihm fuhren, bis nach Bremerhaven? Und was Duncan mir im letzten Augenblick sagte, bevor er aufs Schiff mußte? *Smile and advance.* Es war das erstemal, daß ich wieder Mädchenkleider trug, und Duncan beugte sich herab und küßte mich auf die Wange und sagte: ›Never look back, funny face, just smile and advance.‹ Es war ein guter Rat. Ich hab' immer versucht, mich daran zu halten.« Sie machte eine Handbewegung. »Ich wußte nicht, daß du das alles aufgehoben hast.«

»Du hast recht, man sollte es nicht tun. Aber einen Fotografen plagt immer der Gedanke, irgend jemand könnte irgendwann kommen und ein bestimmtes Bild oder Negativ verlangen, das er irgendwann einmal gemacht hat. Ein Fotograf kann nichts wegwerfen. Er muß einfach alles aufheben.«

»Es war keine schlechte Zeit damals, oder?« sagte sie. »Ich meine, es ging uns schlecht, aber es war eine gute Zeit, ich meine all die guten Vorsätze, die wir hatten. Und denkst du manchmal noch an die Eishockeyspiele? Erinnerst du dich noch an das Spiel in Garmisch? Ihr habt damals gewonnen, nur mit einem Tor. Es fiel ein einziges Tor, und ihr hattet Riessersee geschlagen, den SC Riessersee, der dann im Jahr 1948 Meister wurde. Was macht eigentlich dein Knie? Das passierte doch in dem Spiel in Garmisch, nicht wahr? Ihr habt nie verloren, wenn ich dabei war! Wenn ich damals nur mit nach Bad Nauheim gefahren wäre, vielleicht wärt *ihr* dann Meister geworden. Ist das Knie in Ordnung? Ich habe vorhin nicht gemerkt, daß es dich stört.«

Ich wollte, sie hätte das Letzte nicht gesagt. Aber sonst hatte sie recht; wir hatten damals ein gutes Team, und die zertrümmerte Kniescheibe war den zweiten Platz wert. Sie nannten es damals, ein bißchen abfällig, das »Lettenteam«, weil viele Letten darin spielten, die hier nach dem Krieg hängengeblieben waren. Gulbies spielte in dem Team, und niemand wußte, daß er bei der SS gewesen war; und Ansons natürlich, der Torwart, den ich schon 1936 in Garmisch-Partenkirchen bei der Weltmeisterschaft gesehen hatte; Ansons war das halbe Team, und er hatte mehr verloren in den vielen Spielen als nur eine Kniescheibe.

»Weißt du eigentlich, was aus den anderen geworden ist?« fragte sie.

»Ein paar sind hiergeblieben und spielen immer noch. Die meisten sind nach Amerika ausgewandert, so wie du damals; ich habe mit keinem Verbindung mehr.«

»Gulbies habe ich drüben einmal getroffen. Er hat es weit gebracht, er ist vielfacher Millionär. Er kauft Grundstücke, setzt fertige Häuser darauf, in einem komischen bayrisch-nordischen Stil, mit wuchtigen steingemauerten Kaminen in jedem Haus, und verkauft sie dann sündhaft teuer. So bin ich ihm wiederbegegnet; ich bekam eines seiner Häuser nach meiner Scheidung von Mister Weinberger. – Warum bist du damals nicht mit mir gegangen? Du hättest mitkommen können, das weißt du. Wir hätten beide Karriere gemacht, und du wärst vielleicht immer noch der erste Mann in meinem Leben.«

Vielleicht. Aber es war weit und fern, eine Vergangenheit, die nicht mehr existierte. Jacques Fath hatte Fotos von ihr gesehen und wollte sie als Modell. Sie war allein nach Paris gegangen, 1950, und drei Jahre später hatte ich sie noch einmal gesehen. Sie war schon Mrs. Christina Weinberger, frisch getraut mit einem amerikanischen Film-Offizier, und ihr Schiff, die *America*, ging am nächsten Tag von Le Havre nach New York. *Smile and advance.* Sie hatte Duncans Rat wirklich befolgt.

»Wir hätten vielleicht Karriere gemacht«, sagte ich. »Aber der einzige Mann wäre ich sicher nicht geblieben.« Aber es hatte

andere Gründe gegeben. Thea, die 1950 die Möglichkeit hatte, endlich nach Deutschland zu kommen, und Julia natürlich, das Kind, aber davon sprach ich nicht. Aber sie schien den Gedanken von meinem Gesicht abzulesen.
»Von Julia hast du noch gar nichts erzählt«, sagte sie. »Sie muß jetzt schon erwachsen sein, eine junge Dame. Wie alt ist sie jetzt?«
»Vierundzwanzig.«
Sie erhob sich und sah sich um. »Ich sehe nirgends ein Bild von ihr. Hast du kein Foto von ihr?«
»Nein.« Vielleicht war es dumm, das zu sagen. Aber ich wollte ihr keines zeigen, ich zeigte niemand Bilder von Julia.
»Kein Bild? Ist sie hübsch?«
»Ich weiß nicht.«
»Sieht sie dir ähnlich?«
»Man sagt ja.«
»Du mußt sie mitbringen! Sie wird sich sicher nicht mehr an mich erinnern. Aber ich sehe sie noch genau vor mir; sie war immer schrecklich ernst, wenn wir sie in diesem Kloster besucht hatten und wieder fortgingen und sie allein zurückließen. Versprich mir, daß du sie mitbringst. Ich gebe ein Gartenfest zu meinem Geburtstag! Du bist eingeladen, und du bringst Julia mit. Es ist schließlich mein Vierzigster. Weißt du das Datum noch – der 28. September, eine Anfangswaage, regierender Planet Sonne. Es ist der Sonntag, und ich gebe ein Gartenfest. Das Wochenende wird schön sein, mein Astrologe hat es mir vorausgesagt; und was Zgodda sagt, ist bisher immer noch eingetroffen; beim Wetter kannst du dich absolut auf ihn verlassen. Der September ist schlecht für Gartenfeste, der Oktober ist meistens viel schöner. Im September muß man vorsichtig sein, außer ich frage Zgodda, he really is fabulous.«
Sie war plötzlich ganz Christina Lehr, die Gattin des Industriellen, die sich mit linken Schöngeistern umgab, elegant,

kühl – und ich war jemand, der jetzt in ihren Plänen für ihr Fest eine Rolle bekommen hatte.
»Ach, du hast ja kein Auto. Ich schick' dir einen Wagen.«
»Julia kann mich fahren«, sagte ich.
»Also ich rechne mit euch. Die schriftliche Einladung kommt nach. Ich muß jetzt gehen, aber ich hoffe, wir sehen uns jetzt öfter wieder.«
Das war der Augenblick, glaube ich – schon an der Tür –, in dem sie den Vorschlag mit der Festschrift machte. Ich muß sagen, ich nahm es damals nicht so ernst, weder die Einladung zu ihrem Gartenfest, das *in jedem* Fall bei schönem Wetter stattfinden würde, noch die Festschrift, die ich zusammenstellen sollte. Es wirkte damals eher auf mich so . . . nun, als hätte ich ihr einen Gefallen getan und sie wolle sich nun dafür revanchieren; als sei es ihr im letzten Augenblick noch eingefallen, daß eine Einladung doch nicht genug war für meine *Dienste.* Vielleicht tat ich ihr Unrecht, vielleicht war es einfach ihre Art, daß sie kleine *favors* auf Männer verschwendete, auf linke Autoren und progressive Künstler und Fotografen, die sie einmal gekannt hatte; *little favors are something that you will be remembered by* . . . Vielleicht ein Rat von Mr. Weinberger?
Jedenfalls: Die Firma Friedr. Lehr KG bestand am 1. November 1969 einhundert Jahre, und sie planten, zu diesem Jubiläum eine Festschrift herauszugeben.
»Du könntest das doch leicht machen, Pikola«, sagte sie. »Dafür hast du doch ein Auge und ein Gespür. Fritz wird sich dann rühren oder sein Bruder Gottfried. In Ordnung? Wie gesagt, ich hoffe, daß wir uns jetzt öfter sehen.«
Um Vitamin-E-Spritzen zu sparen? Ich weiß, ich war in einer eigenartigen Stimmung, als sie ging, und nahm es deshalb auch nicht ernst, was sie von der Festschrift gesagt hatte, und war vollkommen überrascht, als Gottfried Lehr mich zwei Tage später anrief. Aber das ging mir nicht durch den Kopf, als Christina mich verließ, als ich am Fenster stand und ihr

nachsah. Sie stieg in den Wagen, der Körper zuerst, dann zog sie die langen Beine nach, und ich sah, wie sie lange, weiße Handschuhe anzog. Sie wendete den Wagen, und im Vorbeifahren, bei heruntergedrehtem Fenster, winkte sie mit der linken Hand; die Bewegung war nicht auf ein bestimmtes Fenster gerichtet.

Die Fotos lagen noch verstreut auf dem Bett. Ich räumte sie zusammen. Ich war froh, als sie wieder in ihrer Mappe in dem Metallkasten hingen. Ich stand dort und starrte die Kästen an. Sie wirkten plötzlich wie eine Reihe grauer Grabsteine auf mich; wie gut es war, daß sie dort fest verankert standen und die Vergangenheit begruben. Was für einen Wert hatte es, sich zu erinnern? Es gab keinen Zusammenhang zwischen dem Mädchen dort auf der schlechten 6-mal-9-Fotografie und der Frau, die ich wiedergesehen hatte. War Christina nicht der schlagende Beweis dafür, daß man aus dem schmerzvollen Zustand, den man das Leben nannte, das Beste machen konnte, immer und zu allen Zeiten und unter allen Umständen? Oder hatte Thea recht, die sagte: Und wenn ich noch einmal von vorne anfangen könnte, ich würde sicher wieder nicht bekommen, was ich mir gewünscht habe, und sicher würde ich wieder alle Fehler machen, die ich in meinem Leben gemacht habe.

Und ich dachte noch: Man sollte sich wirklich nicht, wenn man nicht dazugehört, in die Nähe der Reichen wagen. Und, würde ich heute hinzusetzen, nicht in die Nähe der Glücklichen, wenn man nicht zu ihnen gehört.

3 Der Frisiertisch stand in der Fensternische. Thea wechselte die Plätze, wo sie den Akolhol aufhob. Aber die Seitenfächer des Frisiertisches waren eine gute Stelle, um mit der Suche zu beginnen. Ich hatte ihr Schlafzimmer lange nicht mehr betreten. Der Anblick war ein ziemlicher Schock; sie war morgens immer in Eile, und es mußte schwer sein aufzustehen, nach einem Abend mit der Flasche, jeden Tag neu sich wieder aufzuraffen, das Licht hereinzulassen, sich anzuziehen, zu frühstücken, der Krankenpflegerin der Mutter Anweisungen zu geben, während das Taxi draußen wartete. So sah der Raum auch aus, nach schnellem Aufbruch: die halboffene Schranktür, die Kleider auf dem Bett, die sie herausgenommen, aber nicht angezogen hatte, offene Schubladen, ein Paar Strümpfe, an denen sie im letzten Augenblick Laufmaschen entdeckt hatte. Am Fuße des Bettes lag der Morgenmantel, Seide und Violett – von allen Farben ausgerechnet Violett! Auf dem Nachttisch stand das leere Glas, ein geschliffenes schweres Rubinglas, das sie sich im Wohnzimmer immer vollgoß, das letzte, was sie tat an jedem Abend, ehe sie sich hierher zurückzog; das letzte Glas von vielen, aber das wichtigste, um ihr in den Schlaf zu helfen.
Der Frisiertisch war ein Schleiflackmöbel mit Spiegelaufbau – Überbleibel eines ausrangierten Schlafzimmers –, mit einer Glasplatte, von der man kaum etwas sah: halbausgedrückte Tuben, Töpfchen, Puderdosen, Nagellacke, von denen vermutlich die Hälfte eingetrocknet waren, zu viele Flakons Parfüm und Parfümproben, deren Düfte nicht zusammenpaßten; und dazwischen verstreut, wie exotische Tierchen, Haarklammern und Augenwimpern, besonders die letzteren sahen aus wie die künstlichen Fliegen eines Anglers. Und das alles lag in dem hellen Licht, das der Tisch direkt von dem Fenster bekam; was für einen Kampf mußten die beiden sich jeden Morgen liefern, der Tisch und die Frau. Und doch war Thea nichts davon anzumerken, wenn sie aus dem Haus trat und auf das wartende Taxi zuging; von meinem Fenster aus, wo

ich sie oft beobachtete, sah man nur eine nicht mehr junge, aber gutaussehende Dame mittleren Alters, berufstätig und nicht ohne Erfolg.
Die Türen an den Seitenteilen des Tisches waren verschlossen, der Schlüssel abgezogen, aber ich wußte, wo ich zu suchen hatte: Wir hatten dieses Versteckspiel Jahre hindurch betrieben, vor allem am Anfang, als mir noch mehr daran lag. Ich kannte viele Trinker – es gibt genug unter Fotografen, in einem Beruf also, in dem es oft darauf ankommt, lange warten zu können –, aber kein Mann ist so gut in diesem Spiel wie eine Frau. Eine Zeitlang hatte Thea mich ganz einfach dadurch hinters Licht geführt, daß sie dreiviertelleere Flaschen offen herumstehen ließ; andere volle Flaschen hatte sie verborgen, in Hutschachteln, in alten Koffern und den Stoffsäckchen, in denen sie ihre Schuhe aufbewahrte. Nicht, daß sie eine Trinkerin in dem Sinne war, daß jedermann es auffiel; sie war, was man, glaube ich, medizinisch eine *funktionierende Alkoholikerin* nennt: Unter anderen Menschen benahm sie sich wie jeder andere, und sie würde jederzeit ableugnen, überhaupt zu trinken; was sie brauchte, war lediglich ein »kleines Glas«, nach einem anstrengenden Tag.
Ich fand den Schlüssel in der Tasche des Morgenmantels. Im rechten Seitenfach befanden sich Perücken. Die meisten waren über weiße Schaumstoffköpfe gestülpt, aber eine hing über einer braunen Flasche, braunes Glas, weißes Etikett, goldene Buchstaben, distilled and bottled in Scotland, der weiße Verschluß war noch ungeöffnet. Ich nahm sie an mich.
Ich öffnete das Fenster, bevor ich den Raum verließ. Es schien mir plötzlich sinnlos, was ich tat, aber ich mußte es einfach zu Ende führen.
Die Wohnung, auf der gleichen Etage, meinem Atelier gegenüber, war still, das ganze Haus war still, bewohnt von alten stillen Leuten, nur manchmal hörte man das Laufen einer Schleifmaschine; im ersten Stock befand sich ein zahntechnisches Labor; sie störten ab und zu abends das Fernsehpro-

gramm mit ihren Maschinen. Aber jetzt hörte ich ein anderes Geräusch, das Anschlagen von Terzen, Quinten und Quarten, eine Pause, und dann setzte es wieder ein, diesmal die Dreiklänge und die ganze Oktave: Theas Mutter ließ ihren Flügel stimmen. Das Instrument stand im Wohnzimmer, ein Blüthner, weiß; nie hatte jemand darauf gespielt, in den letzten zehn Jahren jedenfalls nicht; und doch ließ Theas Mutter den Stimmer alle drei Monate kommen. Er war nicht der einzige Mann, den Olga Valmy – sie legte großen Wert darauf, ihren Mädchennamen zu tragen – zu sich kommen ließ: Jede Woche kam der Friseur, ihre Haare zu waschen und, wenn es notwendig war, silberweiß zu tönen; wenn sie eine neue Opernaufnahme wollte, schickte das Geschäft ihr den Verkäufer; die Bank ließ es sich nicht nehmen, jemand aus der Effektenabteilung zu schicken, wenn sie Papiere zu verkaufen wünschte; und der Arzt kam zweimal in der Woche. Sie alle waren von der Sechsundachtzigjährigen angetan; was für eine charmante, gutaussehende alte Dame sie war, und wie vorbildlich sie es ertrug, ihren Stuhl am Fenster fast nicht mehr verlassen zu können! Aber ich mochte sie nicht, vielleicht, weil ich sie, ganz unbewußt und ohne viel darüber nachzudenken, für vieles verantwortlich machte, was in unserer Ehe geschehen war.

Der Mann hatte seine Arbeit beendet, als ich das Zimmer betrat. Er packte die letzten Werkzeuge in seine Tasche und versicherte, daß es ein wunderbares Instrument sei, eines, wie es heute niemand mehr bauen könne. Olga Valmy lächelte ihm zu aus ihrem Stuhl und meinte, daß es heute auch keine *Stimmen* mehr gebe wie früher, vor allem keine weiblichen. Sie war, nach ihren Schilderungen und nach den vergilbten Zeitungsausschnitten, die sie in drei ledernen Alben aufhob, der Star der Bukarester Oper gewesen, in den Jahren nach der Jahrhundertwende, ein Sopran und die erste Salome, die die Rolle nicht nur sang, sondern auch selber tanzte. Sie sprach dauernd von diesen alten Zeiten, von ihrer Stimme, obwohl

in den Zeitungsausschnitten immer nur von ihren Eskapaden mit russischen Adligen die Rede war. Sie war, wie sie dort in ihrem Stuhl am Fenster saß, in dem Alkoven, ein Tischchen mit vielen Medikamenten neben sich, immer noch eine Schönheit. Ihr Haar war silberweiß und wurde von einem Schleier gehalten. Sie schminkte sich stark, aber es fiel nicht auf bei der dunklen Hautfarbe und den dunklen Augen.
Sobald ich mit ihr allein war, hatte ich begonnen, nach dem Kirsch zu suchen. Sie tat so, als beachtete sie mich nicht; sie hielt die Augen geschlossen. Die Haut der Lider war ganz dünn, was die Wirkung hatte, daß man sich dennoch von ihr beobachtet glaubte, und sie sagte auch plötzlich: »Du wirst Ärger mit Thea bekommen.«
Ich hatte die Flasche gefunden, ein sechzigprozentiger reiner Kirsch in einer Literflasche.
»Was ist, willst du nicht weitersuchen? Bist du sicher, daß *ich* nicht noch eine Flasche versteckt habe? Zum Beispiel hier, in meinem Sessel. Du würdest es nicht wagen, *mir* zu nahe zu kommen! Das wäre etwas, wenn ich hier plötzlich in meinem Stuhl zusammenbrechen und tot sein würde. Wie würdest du Thea *das* erklären?«
Das war ihre liebste Waffe, mit dem Tod zu drohen, dabei kannte ich keinen Menschen mit einem solch starken Willen zu leben wie sie. Ich wollte, Thea hätte nur ein Zehntel von ihrer Kraft gehabt.
»Warum hilfst du ihr nicht?« sagte ich. »Vermutlich würde sie auf dich hören. Du bist immer bei ihr, du könntes es verhindern, daß sie trinkt, aber du unterstützt es noch.«
»Wer sagt dir, daß Thea trinkt? Wer sagt dir, daß sie auch nur einen Tropfen angerührt hat in der letzten Zeit?«
Ich deutete auf die halbleere Flasche Kirsch. »Ich weiß nur, daß sie gestern noch voll war.«
»Und Thea hat es getrunken, natürlich, und nicht diese Person. Krankenpflegerin nennt sie sich, kann nicht ein richtiges Wort Deutsch, aber mehr bin ich dir nicht wert als eine

Türkin, die alles durchsucht, meine Platten stiehlt und den Alkohol wegtrinkt.«

Die Krankenpflegerin kam morgens, ehe Thea zur Arbeit ging, räumte auf, kochte, versorgte sie, achtete darauf, daß sie ihre Medikamente nahm. Sie war eine Türkin, sehr ruhig und gehemmt, die Frau eines Arztes am Westkrankenhaus. Ganz sicher stimmte nichts von dem, was sie gegen die Frau vorbrachte.

»Das war wohl deine Idee, mir ausgerechnet eine Türkin auszusuchen. Alle diese Türken stehlen. Sie sind ein einziges Volk von Dieben, geborene Diebe.«

»Und die Rumänen geborene Trinker, wie?« Sie brachte es immer wieder fertig, daß ich Dinge sagte, die ich nicht sagen wollte.

»Ich bin keine Rumänin.«

»Dein Vater war einer.«

»Mein Vater! Mein Vater! Was für ein Vater! Ein lausiger Rumäne, so wie alle. Ihr seid alle gleich, ihr Männer, aber ich bin mit euch fertig geworden, und Thea wird mit dir fertig werden.« Ich hätte gehen sollen. Ich hätte überhaupt nicht in dieses Zimmer kommen sollen. Ich hätte nicht eines dieser Gespräche beginnen sollen, die immer gleich endeten und nichts veränderten. Sie war ein alter Mensch, gewiß, aber man konnte sie einfach nicht mit normalen Maßstäben messen. Sie hatte immer nur an sich gedacht, sich zum Maßstab genommen. Sie hatte den Menschen in ihrer Umgebung das Mark aus den Knochen gesogen, ob es nun ihre drei Männer waren oder ihre einzige Tochter. Ihr erster Mann, Theas Vater, war ein biederer, sein Leben lang hart arbeitender Mann gewesen, ein Kronstadter Konditormeister, der sich zum Besitzer zweier Hotels in Kronstadt und Schulerau hochgearbeitet hatte. Sie hatte ihn mit sechsunddreißig geheiratet; und wie glücklich *er* gewesen war, dieser Operndiva mit Vergangenheit alles zu Füßen zu legen, und wie wenig das in ihren Augen gewesen war. Ich sehe ihn, klein, stämmig, ein wenig kahl schon, wie er 1943 unsere Hochzeit angerichtet hatte, den ganzen Tag auf den Beinen, aufgeregt und bestrebt, seiner Tochter die schönste und beste Hochzeit zu richten mitten im Krieg; und Olga Valmy, der nichts recht gewesen war, das Essen nicht, der Wein, das Silber nicht. Ich hätte Thea nie bei ihr zurücklassen dürfen, damals.

Eine charmante alte Dame, wie sie dort saß, die Hände auf dem Schoß gefaltet, auf der gehäkelten Decke, die sie über ihre Knie gebreitet hatte. Ich hatte sie immer unwillkürlich für eine Verbündete von Thea gehalten, und das war sicher ein Fehler gewesen. Ich war schon fast an der Tür, als sie plötzlich sagte: »Ich hab' sie gesehen. Nicht, daß du meinst, ich hätte sie nicht gesehen und hätte nicht auf die Uhr geschaut, wie lange sie bei dir war. Läßt du sie jetzt schon ins Haus kommen, wenn Thea nicht da ist? Je älter ihr werdet, desto schamloser werdet ihr Männer. Ihr treibt die Schamlosigkeit bis ans Ende, als ob *ich* es nicht wüßte.«

Sie sagte es vollkommen ungerührt. Sicher ging nicht einmal ihr Herz einen Schlag schneller, dieses alte starke Herz. Ich ging, ehe sie noch mehr sagen konnte. Ich nahm die Flasche mit, obwohl es mir sinnlos vorkam; ich wußte ja, wie solche Gespräche endeten. Meist kamen sie gar nicht erst zustande, weil Thea, wenn sie zurückkam, sofort verschwand. Ich beschloß, sie vom Zug abzuholen.

Ich stellte die Flaschen in meinem Atelier auf das Regal neben dem Bett und starrte sie an; ich dachte, daß ich selber einen großen Schluck vertragen konnte. Aber man trinkt nicht mit einem Magen, von dem zwei Drittel weggeschnitten sind. Ich mußte plötzlich lachen, als ich mich daran erinnerte, daß ich sie nur kennengelernt hatte, weil ein übereifriger Brite der 11. Husaren mir buchstäblich an meinem letzten Tag in Afrika drei Kugeln aus einer Maschinenpistole in den Leib jagen mußte. Und mir fiel auf, daß ich jahrelang nicht mehr so viel an Vergangenes gedacht hatte wie heute.

4 Überall auf dem Bahnhofsvorplatz standen die zeltförmigen Wahlplakat-Aufsteller. Männer überklebten die Werbeflächen; ich sah ihnen zu, während ich wartete. Ein Mann war dabei, Kiesinger eine Gesichtshälfte hinzuzufügen. Es war die linke vom Beschauer aus, die mit dem Auge, bei dem das Lid ziemlich tief herabhing und dem Gesicht einen müden, resignierenden Ausdruck gab. Es war einwandfrei eine Ptosis, entweder angeboren oder ein Altersleiden, und wäre operativ leicht zu beheben gewesen. Warum hatte ihm niemand dazu geraten? Überhaupt war die Aufnahme schlecht: Wie konnte man ihn nur mit offenem Mund fotografieren? Man kann einen Politiker auf Wahlplakaten lächeln lassen, aber dann mit geschlossenen Lippen; die Zähne sehen zu lassen gab einem Mann einen Ausdruck von zu großem persönlichem Ehrgeiz, von Skrupellosigkeit. Adenauer hatte das gewußt, hatte es ihnen vorgemacht, auf allen seinen Wahlplakaten sah man ihn nur mit geschlossenen, ja zusammengepreßten Lippen, ein Schweiger, fast verachtungsvoll herabblickend auf die Wirren unserer Zeit.
Aber was ging es mich an. Ich arbeitete nicht mehr in der Werbung, ich nahm überhaupt keine Menschen mehr auf, ich hatte die Fotografie satt nach dreißig Jahren, die objektivste aller Künste, wie man sagte; wie hervorragend man darin lügen konnte. Man hält Fotografen meist für sehr empfindsame Menschen, aber das Gegenteil ist eher der Fall. Wir sind träge, abgestumpft – empfindlich müssen nur unsere Filme sein! Die Dinge sind Ausschnitte für uns. Wir sehen etwas, legen den Ausschnitt fest, decken alles andere ab, sehen es nicht mehr. Dafür müssen wir eine Begabung haben, für den Ausschnitt. Und später in der Dunkelkammer stehen wir vor der Entscheidung, aus dem Ausschnitt einen weiteren Ausschnitt zu wählen.
Thea hatte mich einmal für einen besonders begabten Fotografen gehalten, für besser als alle anderen; was sie damit meinte, war nur, daß ich besser im Verfälschen war. Sie hatte

es mir im Grunde schon vor siebenundzwanzig Jahren bei unserer ersten Begegnung gesagt, damals in Athen, als ich das erste Foto von ihr gemacht hatte: die rührendste und erfolgloseste Sängerin, die je auf der Bühne eines deutschen Fronttheaters gestanden hatte. Ich hatte ihr die vergrößerte Fotografie gegeben, und sie hatte das Bild verwundert betrachtet und dann gesagt: »Das bin ich? Das ist sehr schmeichelhaft. Sehe ich wirklich so aus?« – Genau das war es. Sie sagte mir damit nur, was mir später immer klarer wurde, so klar, daß ich schließlich aufhörte, Menschen zu fotografieren: wie man verfälschen, wie man lügen konnte. Das hatte ich zwanzig Jahre getan, mit der Rodenstock, den richtigen Filmen, dem richtigen Papier und dem richtigen Ausschnitt: das Nette, das *Vorteilhafte* in einem Menschen herauszubringen; dafür war ich bekannt.

Wer das Vorteilhafte wollte, der ging zu dem Fotografen Pikola. Bei ihm konnte man sicher sein, daß er jedes unvorteilhafte Bild sofort vernichtete, einschließlich des Negativs. Ein beim Blitzlicht halbgeschlossenes oder weit aufgerissenes Auge; eine verwackelte und so deformierte Hand – nicht bei Pikola! Ich zeigte die Menschen vorteilhaft, selbst unter den schwierigsten Umständen, selbst in Zeiten, wo man danach wirklich suchen, wo man viel abdecken mußte.

Max Schmeling – mit Sportbildern hatte ich begonnen –, Max sah auf meiner Fotografie – der einen, die ich von ihm gemacht hatte, wo er nicht kämpft, aber eine Kampfstellung einnimmt, wo er die Fäuste halbhoch hat und das ganze Licht von hinten kommt, auf seinem Rücken liegt –, Max Schmeling sah auf dieser im Studio gemachten Aufnahme aus, als habe nie ein Schlag ihn getroffen, er verzeihe mir, denn ich weiß, er konnte ebensoviel nehmen wie austeilen; und selbst das zerbrochene Nasenbein, das er damals schon hatte, sah durch die Ausleuchtung nur kraftvoll aus, nicht unästhetisch. Es war kein Wunder, daß ich dann im Krieg Bildberichterstatter in einer Propaganda-Kompanie geworden war und schließ-

lich, in dieser Eigenschaft, der Rommel persönlich zugeteilte Fotograf. Wenn Sie sich an die Bilder von Rommel erinnern – ja, der Wüstenfuchs –, ich habe immer darauf geachtet, daß er die Schutzbrille auf den Mützenrand hochgeschoben hatte, daß ein Fernglas um seine Schultern hing; und auf jeder meiner Fotografien von ihm werden Sie die Karten finden, meine *Trademark* sozusagen, ob auf einem Panzer, ob in der Kanzel eines Fieseler Storchs, ob vor seinem Zelt; immer ist die Karte da – vor ihm ausgebreitet, was Weite suggerierte, Weiträumigkeit, Umfassung, Einkesselung, strategische Überlegenheit; auf meinen Bildern der ganzen Jahre von 1941 bis 43 aus Afrika sah Rommel immer wie ein unbesiegbarer General aus, und er wurde eigentlich nie geschlagen, oder?
Aber eines Tages hatte ich genug davon; ich hörte auf, Menschen zu fotografieren. 1956 hatte ich den Postkarten-Verlag übernommen, Schränke voller Klischees, Druckvorlagen, und fotografierte nur noch Landschaften; Flußbiegungen, Kirchen, Altäre, Segelboote auf einem See und als besonderes Steckenpferd Grabsteine, die kleinen, übersehen an den Landstraßen: ein Pferdefuhrwerk, das durchging und zwei Menschen tötete; Grabsteine auf kleinen Landfriedhöfen, und die auf Stadtfriedhöfen mit kuriosen Inschriften: *Mutti, komm bitte auch bald!* Für Thea hieß das natürlich, daß ich mein Talent vergeudet hatte – dieser Fotograf, der durch das Land fuhr und diese lächerlichen Aufnahmen für Postkarten machte. Verschwendetes Talent. Nicht ein Bild von ihm in *Life*, nicht eines in der Weltausstellung der Fotografie, nur ein Fotobildband, der wirklich gut war; sie meinte »Gesichter«, eine Sammlung von Porträts, die ich nicht verkauft hatte. Sonst nur diese geistlosen Fotobücher, »Perfekte Nahaufnahmen«, »So werden Ausschnitte gewählt« und »Modelle in der Fotografie«, 96 Seiten, kartoniert, DM 4,80 – und Postkarten, Postkarten und Kalender. Sie schämte sich jedesmal, wenn sie an dem Schild draußen vorbeiging – Hans Pikola,

Kalender- und Postkarten-Verlag, bis ich es schließlich entfernt hatte: Ich, der Talentierteste von allen, der es am wenigsten weit gebracht hatte . . .

Sie war mit dem ersten Zug nicht gekommen, aber es gab einen zweiten, beide fuhren kurz hintereinander zwischen halb fünf und fünf von München ab. Sie arbeitete in München und fuhr jeden Tag hin und zurück, und sie versäumte nie einen dieser beiden Züge, denn beide hatten einen Speisewagen mit Bar. Sie rührte während des ganzen Tages keinen Tropfen Alkohol an; das erste Glas trank sie im Zug auf der Rückfahrt. Wenn ich einmal in der Woche in München war, an Julias freiem Tag, fuhr ich mit Thea zurück. Sie strebte dann immer automatisch auf den Wagen *neben* dem Speisewagen zu, und sie war an diesem Tag immer besonders gereizt und nervös, bis ich dahinterkam, warum es ihr nicht paßte, daß ich mit ihr fuhr: Weil sie sich beherrschen mußte, weil ich ihr mit meiner Gegenwart den Augenblick verdarb, auf den sie den ganzen Tag gewartet hatte, das *erste* Glas, der erste Schritt ans andere Ufer, in das Land ohne Dickicht und Dornen, in das Land, in dem Ehen glücklich werden und Kinder Einser bekommen und wovon sie sonst noch träumen mochte; denn es war nicht simpler Alkohol, den man ihr da zuschob, dieses braune Elixier nährte ihre Träume. Die Zugkellner kannten sie alle schon, sie brauchte gar nichts mehr zu ihnen zu sagen; bis der Zug anfuhr, hatte sie schon ihr erstes Glas getrunken und die erste Röte auf ihren Wangen. Sie trank dieses erste immer sehr schnell, in einem Zug, wartete ungeduldig auf das zweite, das sie dann aber, sobald sie es nur in der Hand hatte, lange nicht anrührte — sie mußte es nur haben, in den Händen halten; es reichte ihr dann für den Rest der Fahrt.
Sie konnte nicht damit rechnen, daß ich sie erwarten würde; das war lange nicht mehr geschehen. So kam sie die breite Treppe herauf und ging an mir vorbei, ohne mich zu sehen.

Sie wirkte sehr gepflegt in ihrem braunen Kostüm, eine braune Krokotasche unter dem Arm, die Beine ein wenig zu dünn für den Körper; sie kämpfte immer mit Übergewicht. Jeder würde sie für das halten, was sie auch war, eine jener selbständigen Frauen, die ihren eigenen Beruf ausüben und erfolgreich darin sind. Aber ich sah immer etwas anderes. Sie hatte das Gesicht ihres Vaters, die breiten Backenknochen, die hellen Augen, den Teint der Hellblonden. Es war im Grunde ein sehr einfaches Gesicht, klassisch in seiner Einfachheit, wie ein Möbelstück etwa, an dem alle Linien und Formen stimmen. Aber sie machte das alles zunichte durch eine falsche Übermalung; der zu rot geschminkte Mund, die zu dunkel betonten Augenbrauen und die dunklen Perücken, die sie fast immer trug. Da sie eine Frau war, die etwas von Schönheitspflege verstand, damit beruflich zu tun hatte, fragte man sich, warum sie an sich alles falsch machte; auf mich wirkte es immer, auch in diesem Augenblick, wie eine Selbstzerstörung – als sollten andere nicht mehr etwas lieben, was sie selber nicht mehr liebte.
Ich hatte sie vorübergehen lassen und folgte ihr, ging wirklich eine Weile neben ihr her. Sie ging schneller, ich tat das gleiche. Einen Moment lang blickte sie mich an, nicht einmal überrascht, nicht ärgerlich. Sie lächelte sogar.
»Ich dachte, ich hole dich ab«, sagte ich, und sie antwortete, was man jedem antworten würde: »Nett von dir.« Und ich: »Hattest du einen anstrengenden Tag?« Und sie: »Es geht, es wird einfach zur Routine. War bei dir etwas?« – »Nichts Besonderes.«
Sie ging auf ein Taxi zu, neben dem ein junger Mann wartete, in einer Lederjacke mit roten Verschlüssen. Er war sehr jung, mit langen, lockigen Haaren; ich sah ihn von weitem die Hand heben zur Begrüßung, aber er ließ den Arm sinken, als er sah, daß sie nicht allein war. Ich hatte vergessen, daß sie sich jeden Tag mit dem gleichen Taxi zum Bahnhof bringen und abholen ließ. »Laß uns ein Stück laufen«, sagte ich. »Es

ist ein so schöner Tag.« Und als sie nicht reagierte, fügte ich hinzu: »Ich kann ihm die ausgefallene Fahrt ersetzen.«
»Nicht nötig. Ich bezahle ihn für den ganzen Monat!« Sie ging weiter auf das Taxi zu, und der junge Mann öffnete ihr den Schlag, sie setzte sich, und er schlug die Tür hinter ihr zu; er schien nicht damit zu rechnen, daß ich mit ihnen fahren würde, jedenfalls machte er keine Anstalten, mir die Tür zu öffnen. Er ging zu seinem Sitz, und einen Augenblick lang war ich versucht, sie alleine abfahren zu lassen, aber dann ging ich um den Wagen herum, stieg auf der anderen Seite ein und setzte mich neben sie. Sie sagte nichts und klappte die Armstütze zwischen uns heraus. Die goldenen Armreife und die Bänder mit den Münzen schlugen dabei aneinander; ich fand, daß sie davon zu viele trug für ihr schmales Handgelenk und für die Hände, denen man immer noch ansah, daß sie einmal Klavier gespielt hatten.
Der junge Mann fuhr an; ich sah sein Augenpaar im vorderen Rückspiegel, wie er zu Thea hinsah, lächelnd: »Na, wie viele von diesen reichen Damen haben Sie denn heute wieder vorgehabt?« fragte er sie. »Wie war das noch, dieses Wort? Gesichtsabschleifung! Machen Sie das wirklich?«
Offensichtlich erzählte Thea ihm auf den Fahrten von ihrer Arbeit; sie hatte diesen Job jetzt schon seit einigen Jahren; es war ein privater Spezialsalon in der Nußbaumstraße, nicht weit vom Bahnhof, in dem Klinikviertel der Universität, was besonders geschickt gewählt war und dem Ganzen einen Anstrich von Seriosität gab. Das Ganze wurde von einer Ungarin geleitet, nannte sich »Institut Ilona, med. Zentrum für Ganzheitskometik« und war eine sehr exklusive und snobistische Angelegenheit für reiche und nicht mehr so junge Damen.
Ich war einmal dagewesen, um Thea abzuholen: weiche, fast weiße Teppiche, mit weißem Leder bezogene Sessel, durchsichtige Plexiglasschreibtische, Musik aus nicht sichtbaren Lautsprechern und natürlich die chromglitzernden *machines*.

Ilona schwor auf *les machines;* sie verwendete nie ein anderes als das französische Wort für ihre kinetischen Maschinen, von denen die meisten aus Deutschland stammten, hier entwickelt und hergestellt und in die ganze Welt exportiert wurden. Es gab einfache Maschinen, wie jenen Zerstäuber, bei dem die Kundin selber aus sechs verschiedenen Kräutersubstanzen eine auswählte, in den Zerstäuber gab, sich dann davor setzte und den Dampf einatmete. Es gab einen sogenannten Frimator, der mit komprimierter Luft die Abschlackungen, Fettpolster und Zellmasse beseitigte, die auch mit strengster Diät nicht mehr wegzubringen waren. Tieffrequenz-Schallwellen strafften Gesichtsmuskeln. Es gab Ionozon-Sprudelbäder, es gab Thermo-Massage-Couches und jene Maschinen zur Gesichtsabschleifung, von denen der Taxifahrer so angetan war: Spezialrollen und Bürsten, die mit Ultraschall-Geschwindigkeit die abgestorbenen Zellen abtrugen. Ilonas Sanctuarium aber, das Allerheiligste, war eine Maschine, die ein speziell zubereitetes Fruchtwasser-Serum vermittels galvanischer Ströme unter die Hautporen spritzte. Der Gedanke an diese Maschine verfolgte mich manchmal bis in die Träume, und der Gedanke an die Fahrer mit dem metallicsilbern lackierten Kombi, die dreimal in der Woche bestimmte Gutshöfe abfuhren, um dort das Fruchtwasser, das von nicht ausgetragenen Kälbern stammte, abzuholen. Diese Maschine, die hauptsächlich Thea bediente, strömte einen ganz bestimmten Geruch aus, etwa eine Mischung aus Weihrauch und Höhensonne . . . Plötzlich glaubte ich, diesen Geruch an Thea wahrzunehmen. Meine Gegenwart hatte den Fahrer verstummen lassen. Ich hatte ihm sein tägliches Zwiegespräch verdorben.
Ich erinnerte mich, daß Thea einmal den Versuch gemacht hatte, mit einem jungen Mann wegzulaufen, fünf Jahre war es jetzt her; er war ein Maler, jung und vielversprechend und zehn Jahre jünger als sie. Er hatte einen Preis gewonnen und einen Aufenthalt in der Villa Massimo in Rom. Sie hatte vorgegeben, nach Rom zu müssen, zu einem Avon-Kongreß,

aber im Grunde wußten wir beide damals, daß sie gefahren war, um nicht mehr zurückzukommen; nach sechs Wochen war sie wieder da, in einem schlimmeren Zustand denn je. Sie hörte nie mehr etwas von dem jungen Maler, und ich auch nicht – ich meine, daß er sich später durchgesetzt hätte; er war wohl eben nur »vielversprechend« gewesen, mehr nicht. Das war auch sicher der Grund gewesen, daß es mit Thea und ihm nicht gutgegangen war; denn das war Theas Problem – die Vollkommenheit.
Ich hatte lange gebraucht, um das zu verstehen, aber darauf lief ihr ganzes Unglück hinaus, daß sie ein Mensch war, der zuviel Vollkommenheit verlangte, von sich und den anderen, und daß sie immer enttäuscht war, wenn die Menschen so vollkommen nicht waren. Das war auch unser Problem, daß sie in mir etwas sah, was ich nie erfüllen konnte. Sie hatte mich geliebt, so wie sie Julia geliebt hatte, und Menschen, die sie liebte, hatten besonders vollkommen zu sein, sie durften keine Schwächen zeigen, keinen Irrtum begehen; anderen hätte sie vielleicht noch verziehen, nicht uns . . .
Der Fahrer war noch immer mißmutig, als er schließlich vor dem Haus am Stadtgraben hielt. Er sprang heraus und öffnete ihr die Tür. »Morgen früh um dieselbe Zeit?«
»Ja, wie immer.«
Sie sagten nicht mehr, aber es klang wie ein Code, eine Geheimsprache, die sie wegen des Fremden, der dabeistand, benützten. Sobald wir im Haus waren, veränderte sich ihr Verhalten, als ich ihren Arm nahm und versuchte, sie zu der Türe zum Atelier zu führen. »Was soll das?« sagte sie. »Laß mich bitte los.«
»Ich möchte mit dir sprechen.«
»Wozu? Was gibt es zu besprechen, das so wichtig ist? Ich bin müde. Laß mich doch erst mal nach Hause kommen. Ich habe den ganzen Tag in diesen Kleidern gesteckt.« Sie war nervös und unruhig, und sie blickte auf die Tür; es war nur noch diese Tür, die sie von ihrer Flasche trennte.

»Ich möchte dich sprechen.«

Aber sie gab noch nicht auf. »Gut, ich gehe nur schnell in die Wohnung und sage Mutter Bescheid, daß ich da bin.«

»Sie weiß, daß du da bist. Sie sitzt am Fenster und hat es längst gesehen.« Ich hatte die Tür zum Atelier aufgeschlossen. Sie folgte mir über die Schwelle, vorsichtig, angespannt, und sie blieb steif in der Nähe der Tür stehen. »Willst du dich nicht setzen?«

»Sag, was du zu sagen hast. Ich hatte einen anstrengenden Tag. Ich . . .« Sie bemerkte die Flaschen auf dem Regal. Einen Moment dachte ich, sie würde wütend werden, aber ihr Körper schien sich zu entspannen. Sie warf ihre Handtasche auf das Bett. Sie näherte sich dabei wie unabsichtlich dem Regal mit den Flaschen. Sie versuchte, nicht dorthin zu sehen, aber es kostete sie große Beherrschung, und man bemerkte plötzlich die Falten um ihren Mund, das etwas zu füllige Gesicht.

»Du mutest dir zuviel zu mit diesen täglichen Fahrten. Du sagst zwar immer . . .« Ich merkte, sie hörte mir gar nicht zu. Was ich auch sagen würde, der Gedanke, wie sie an die Flasche kommen könnte, würde stärker sein. Ich fürchtete, sie könnte mich darum *bitten*, und so holte ich ein Glas. Ich goß es halb voll und stellte es neben die Flaschen. Ich wandte mich ab, räumte ein paar Bücher weg, mit dem Rücken zu ihr, um ihr Gelegenheit zu geben, unbeobachtet zu trinken. Ich hörte, wie sie sich bewegte, hörte sie trinken und wartete noch etwas; als ich mich wieder umdrehte, sah ich das leere Glas neben den Flaschen stehen. Sie lächelte. Es war kein sehr glückliches Lächeln, aber besser als ihre Abwesenheit im Taxi.

»Du scheinst den Fahrer sehr gut zu kennen.«

»Wolltest du darüber mit mir reden? Ja, ich kenne ihn sehr gut. Mit Taxifahrern und Zugkellnern unterhält man sich wunderbar. Sie hören einem zu, weißt du! Das gehört zu ihrem Beruf. Natürlich ist es noch besser, man spricht einen wildfremden Mann an, von dem man weiß, daß man ihn nie wiedersehen wird, da kann man richtig loslegen.« Sie hatte ihre Hemmungen, oder was es war, überwunden und goß sich selber ein zweites Glas ein. Sie verkorkte die Flasche nicht. Ihre vielen Armbänder klirrten, als sie trank, und diesmal behielt sie das Glas in der Hand. »Nun, was ist? Was hast du mir zu sagen? Ich hatte wirklich einen anstrengenden Tag.«

»Warum mußt du eigentlich immer die Perücken tragen?« Ich ärgerte mich, daß ich nichts anderes zu sagen wußte. Aber so war es, es war alles so verdammt banal, aber diese Banalitäten waren es, aus denen unser Leben ausschließlich bestand, Banalitäten, um die wir unsere Kämpfe austrugen, wie zwei pervertierte Krieger, die längst nicht mehr wußten, warum sie kämpften, die aber nicht davon ablassen konnten, sich weiter zu zerfleischen.

Sie griff überraschend in das dunkle Haar und zog es ab. Sie warf die Perücke zu ihrer Tasche auf das Bett, verfehlte es aber, und sie fiel auf den Boden.

Ihr blondes Haar hatte graue Strähnen. Ich dachte, wieviel besser sie mir so gefiel, besonders, als sie nun das Haar aus der Stirn strich, mit einer hilflosen Geste. Aber sie stand dort wie erstarrt, nur die Muskeln in ihrem Gesicht zuckten, als sei ihr erst im nachhinein klar geworden, zu was sie sich da hatte hinreißen lassen; es war, als habe sie vor mir etwas Unanständiges getan. »Sieh mich nicht so an! Ich weiß, wie ich aussehe.« Ihre Stimme verriet die ersten Anzeichen von Hysterie, als sei das das Organ, das vom Alkohol bei ihr am schnellsten befallen wurde. »Aber wie ich aussehe, ist nichts dagegen, wie ich mich fühle. Wenn du das erst sehen würdest.«

»Sei beruhigt, man sieht es. Es steht alles auf deinem Gesicht. Ich sehe es jedenfalls.«

»Nichts siehst du! Es interessiert dich auch nicht. Ich sollte mal eine dieser kleinen Kameras verschlucken, mit denen man Menschen *von innen* fotografieren kann, und dir das

Bild vergrößern und rahmen lassen. Eine kleine nette Kamera in meinem Herzen, was für ein Bild das gäbe.«
»Vielleicht solltest du einmal ganz einfach versuchen, nicht mehr zu trinken. Du würdest dich vielleicht besser fühlen.«
»Besser? Glaubst du, es macht einen Unterschied, mit was ich morgens aufwache? Mit einem Kater von Alkohol oder einem Kater von Tränen?«
Es war sonst etwas, über das wir nicht sprachen; wir berührten die Tatsache, daß sie trank, nicht mehr. Das Glas in ihren Händen war leer, und sie kämpfte schon wieder mit sich, es vor mir zu füllen. Ich hatte nicht gewußt, daß es so schlimm war diesmal. Es war manchmal besser, manchmal schlimmer, und manchmal gab es wieder Hoffnung. Ich mußte plötzlich daran denken, daß sie den ganzen Tag Frauen wie Christina behandelte, daß sie ihnen im wahrsten Sinne des Wortes hatte schöntun müssen.
Christina war ein Beispiel dafür, wie man Unglück überstehen und zu seinem Vorteil wandeln konnte, aber daran dachte ich jetzt nicht; ich dachte ausschließlich daran, wie ungerecht das Leben Thea behandelt hatte, und natürlich auch, daß ich mit Christina geschlafen hatte, was ich mit Thea längst nicht mehr tat. Christina, die reich war und verheiratet und zwei Kinder hatte und der es offensichtlich nichts ausmachte, mit anderen Männern zu schlafen, die dadurch nur ausgeglichener geworden war. Ich war nur wie eine der Maschinen von Ilona für sie – die Ausgeglichenheits-Maschine vielleicht, man müßte es in französisch sagen oder besser noch, für Christina in englisch, die Urmaschine aller Maschinen – *the one and only machine* – hieß es vermutlich bei ihr.
Ich hatte nur die falschen Dinge gesagt, wie immer in meinem Leben. Schließlich fehlte ihr die Ausgeglichenheit; sie war eine Frau, die verzweifelt nach ein bißchen Ausgeglichenheit suchte, selbst in dem Glas, das sie immer noch in der Hand hielt. Ich wollte alles gutmachen und sagte: »Warum ziehst du dich nicht um, und dann gehen wir aus? Wir können

zusammen essen gehen, oder, wenn du keine Menschen sehen willst, fahren wir einfach irgendwohin; wir könnten die Räder aus dem Keller holen und hinaus in den Siebentischwald fahren.« Ich wollte ihren Arm nehmen, aber sie entzog ihn mir. Auf ihrem Gesicht blieb der Ausdruck von Mißtrauen; vielleicht dachte sie selbst bei diesem harmlosen Vorschlag nur daran, daß im Siebentischwald auch die Tennisplätze lagen, auf denen ich mit Julia trainiert habe. »Sag mir, was du am liebsten tun würdest.«

»Es ist besser, ich sage es nicht.«

»Bitte, laß uns miteinander reden. Du hast immer gesagt, ich hätte zu wenig mit dir geredet.«

»Das kommt zu spät.«

»Vielleicht ist es dieses Haus. Vielleicht sollten wir von hier wegziehen. Ich kann meinen Beruf überall ausüben. Vielleicht . . .«

»Laß das Wort! Ich mag es nicht. *Vielleicht* – hätte ich doch nie heiraten sollen. Vielleicht hätte ich nie geboren werden sollen . . . was das mir nützt! Wer war sie?«

»Wer war sie?«

»Wer war was?«

»Das Mädchen?«

»Wovon sprichtst du?«

»Von dem Mädchen, das hier war.« Sie zeigte auf das Bett. »Du glaubst wohl, weil ich trinke, rieche und spüre und schmecke ich nichts. Nein, sag mir nicht, wer sie war. Ein Modell? Und sie wollte wohl nicht? Bist du ihr zu alt; ist es das, bist du ihnen nun auch schon zu alt? Sie können dir nie jung genug sein, oder?« Das war eine fixe Idee von ihr, daß ich meinen Beruf dazu benutzte, um *an junge Mädchen heranzukommen,* und deshalb haßte sie diese Räume; sie mußte wohl die Vorstellung haben, daß sich das alles hier *abspielte;* ich war schon bereit zu resignieren, ich resigniere leicht nach so vielen vergeblichen Anläufen. »Gut, sprechen wir nicht mehr darüber«, sagte ich. »Es war nur ein Versuch.

Wir brauchen nicht weiterzureden. Laß deine Mutter nicht länger warten.«
Sie hob ihre Perücke vom Boden auf und nahm die Tasche an sich. »Was willst du eigentlich, was ist an uns schon so außergewöhnlich! Sieh dich um, es gibt nur kaputte Ehen. Also beruhige dich. Ehen gehen kaputt oder werden kaputtgemacht, ich weiß nicht wie oder wer schuld ist, es ist einfach so.«
Sie hatte mehr getrunken, als ich gedacht hatte; sie mußte ihr Glas noch einmal gefüllt haben; ich hatte es nicht bemerkt oder nicht bemerken wollen. Sie konnte nicht ruhig auf der Stelle stehen, als sei der Boden unter ihren Füßen nicht mehr ganz fest. Ihre Stimme setzte mit einem falschen Ton an. »Ich bin froh, daß ich alt werde, ich bin froh, daß ich alt bin. Was du siehst, sind nur noch die letzten Zuckungen, aber sei beruhigt! Auch das wird aufhören, bald hast du zwei alte Frauen im Haus.« Sie lachte hysterisch. »Und dann kannst du schlafen, mit wem du willst; ich wundere mich nur, daß du immer noch nicht den Mut gefunden hast, mit Julia . . .«
»Schweig!« Ich war darauf vorbereitet gewesen; ich war in diesem Stadium immer darauf vorbereitet; denn damit endete es immer bei ihr. »Rühr nicht daran!« sagte ich. »Sei dir im klaren, daß ich in derselben Stunde weg bin, für immer! Das ist unsere Abmachung. Es ist besser, du gehst jetzt. Mach dir keine Gedanken wegen der Flaschen, ich werde sie hinübertragen.«
Genau das tat ich dann auch – und verließ danach das Haus, lief durch die Straßen, telefonierte von der Hauptpost mit Julia und sagte ihr, daß ich nach München kommen würde, ging weiter zur Druckerei, um mit meinem Vater über den Kalender-Versand zu sprechen. Später im Atelier machte ich die Aufnahmen für die Klischee-Anstalt fertig, brachte die Aufkleber an für die Plazierung der einzukopierenden Schrift, bezeichnete das Klischeeformat und die Rasterwei-

ten . . . und sah genau vor mir, was drüben in der anderen Wohnung zur gleichen Zeit geschah:
Thea, in ihrem violetten Morgenmantel, vor sich den Kaffee und die Flasche, auf dem Schoß das Telefon, Nummer nach Nummer wählend, lange Gespräche führend, alltägliche, nichtssagende, mit Freundinnen, flüchtigen Bekannten, in einer Art verzweifelter Sucht zu kommunizieren, gleichsam ihr Abendmahl, die Bestätigung, daß auch das Leben anderer aus Alltäglichkeiten bestand. Und dann das letzte Glas, die feierliche Handlung, es zu füllen, das geschliffene Rubinglas, ihr wirklicher Abendmahlskelch, das Blut, das ihr den Schlaf brachte, Auslöschung . . . bis dann am Morgen der Wecker schellte, ihre Hand aus dem Bett fuhr, ihn abzustellen, sie sich langsam aufrichtete und um sich blickte und hoffte, es sei wirklich nichts geblieben von dem Tag zuvor; denn wie hätte sie sonst einen neuen beginnen können?

5

Die Druckerei firmierte immer noch »Gebrüder Pikola, Druck- und Verlagsanstalt«, aber das war ein großsprecherischer Name für das Unternehmen. Die Räume der Druckerei, der Rest, der geblieben war, befanden sich in dem Stadtviertel hinter dem Dom, und man bekam ein gutes und richtiges Bild von ihrem Zustand, wenn man den Schaukasten neben dem Eingang betrachtete. Unter dem vor Staub und Dreck verkrusteten Glas war der Inhalt kaum zu erkennen; von der Sonne gebleichte und von der eingedrungenen Feuchtigkeit mit Stockflecken behaftete Druckproben, die sicher über zehn Jahre nicht mehr erneuert worden waren: Briefköpfe, Muster von Heirats- und Todesanzeigen, die blaue Visitenkarte einer adligen Dame; in der Mitte das einzige neuere Produkt, eine Zeitungsnotiz, jetzt auch schon vier

Jahre alt, nicht mehr als zwanzig Zeilen, wobei die Worte *vormals Königl. Hoflithograph, Buch & Steindruck Ludwig Pikola* von Hand unterstrichen worden waren.
Die Notiz war zum 100. Jubiläum der Firma erschienen, das heißt, sie erinnerte, ohne den Niedergang zu erwähnen, daran. Die Firma war also vier Jahre älter als das Bauunternehmen Lehr, und wenn ich davon spreche, so nicht, weil mein Vater in dem, was ich zu berichten habe, eine bedeutende Rolle spielt, sondern einfach, weil sich der Vergleich aufdrängt: Hier eine Familie, die in hundert Jahren zu Reichtum kam, eine stetig aufsteigende Linie, dort ein ehemals bedeutendes Unternehmen, das immer mehr heruntergekommen war.
Der größere Teil der Räume der ehemaligen Druckerei war aufgegeben; die einen dienten als Bierlager, die anderen benützte ein Devotionalien-Händler; von der Druckerei existierten nur noch die Setzerei und ein Raum mit ein paar veralteten Druckmaschinen. Auch im Innern lagerte der Staub; bedeckte Papierrollen, die Stahlregale, in denen die Postkarten-Klischees aufbewahrt wurden; die Fächer der Setzkästen schienen überhaupt nur mit Staub gefüllt; an den Wänden hingen alte Plakate von Kirchentagen, eine Typenliste von Frakturschriften.
Bis auf den Druck meiner Postkarten, Kalender und Kleinbild-Leporellos, die dort noch ausgeführt wurden, hatte mein Vater den Betrieb vor zehn Jahren an einen etwas obskuren Partner übergeben. Das war ein ehemaliger Schulleiter, der eine vierzehntägig erscheinende Zeitung herausbrachte, in kleinem Format, geringem Umfang und auf schlechtem Papier gedruckt, die sich »Augsburger Gerichtsbriefe« nannte und Berichte brachte, die Überschriften hatten wie »Kann Schlagen mit der flachen Hand wirklich schädliche Wirkung haben?« oder »Prügelstrafe an englischen Schulen«, dazu in reichlichem Maße Kleinanzeigen von der Art »Domina, streng aus Passion, bietet ideenreiche und lustvolle Erzie-

hung«. Der Mann lebte sehr gut davon, bewohnte eine Villa im Vorort Westheim, war sonst ein sehr bieder aussehender Mann über Fünfzig mit Frau und vier Kindern. Mein Vater registrierte nicht mehr, daß die alte Rollen-Offset-Maschine, auf der früher einmal die Diözesan-Zeitungen gedruckt worden waren – deshalb das Format –, immer noch ihren Gewinn abwarf; er hatte sich vor zehn Jahren in ein Altersheim eingekauft und den Betrieb nur mit der Bedingung übergeben, bisweilen selber dort drucken und sich tagsüber in der Druckerei aufhalten zu können. Er verbrachte die Tage in einer von dem Hauptraum abgetrennten Ecke, hinter halbhohen Trennwänden, ein enger, überfüllter Raum, in dem selbst am Tag Neonlicht brennen mußte, hinter einem mit Papieren und Zeichnungen bedeckten Schreibtisch. Die Regale um ihn herum enthielten die Ordner, in denen die Korrespondenzen mit Kirchenämtern, Behörden, völkerkundlichen Museen und Privatgelehrten aufbewahrt wurden, und die Bücher, die er für seinen wahren Lebensinhalt brauchte – Hermann Pikola war ein heimlicher Archäologe, Aufspürer von alten römischen Grabstätten im Lechraum . . .
Thea konnte es nie lassen, Bemerkungen zu machen über diesen verbohrten, geschäftsuntüchtigen Mann, verbunden mit der Mahnung, daß auch ich eines Tages so enden würde; ein versponnener Kauz, eine gescheiterte Existenz, jedenfalls in ihren Augen. Sicher war er das in den Augen vieler; denn wie gesagt, es handelte sich um eine ehemals auf dem Drucksektor renommierte Firma. Sie existierte seit 1865, in welchem Jahr sie als »Lithographie-Anstalt bescheidensten Umfanges« gegründet worden war, wie es in einer Festschrift der Firma zum 50. Jubiläum hieß, der einzigen, die je erschienen war. Sie besaß bald, noch lange vor der Jahrhundertwende, ein eigenes photographisches Atelier und eine Ätzanstalt, die das Unternehmen in die Lage versetzte, »Vervielfältigungen in jedem Maßstab direkt von Gegenständen, farbigen Bildern, Kupferstichen usw. in Buch-, Kupfer-, Stein- und Lichtdruck

herzustellen und Klischees in Autotypien und Strichätzungen für Schwarz- und Drei- und Vierfarbendruck zu liefern«.
Den großen Durchbruch erlebte die Firma mit dem Auftrag, der ihr vom »Großen Generalstab« übertragen wurde: die umfangreichen kartographischen Arbeiten für das offizielle Werk über den Feldzug von 1870/71. Das blieb dann, neben Druckaufträgen für die Britische Ornithologische Gesellschaft, die Spezialität des Hauses, und während des Ersten Weltkrieges war ein großer Teil der benötigten Kriegskarten von Ludwig Pikola gedruckt worden. Mein Vater bewahrte einen handgeschriebenen lobenden Brief des Chefs des Generalstabes der Armee, Graf von Moltke, auf. Die Firma bekam viele Auszeichnungen auf Ausstellungen, hatte das Prädikat »Königliche Hoflithographie« für die täglich gelieferten Menükarten bekommen und beschäftigte auf dem Höhepunkt zweihundert Personen, zwei Rotations-Maschinen, siebenundzwanzig große Schnellpressen, zwanzig Handpressen, besaß eine eigene Lichtanlage, Galvanoplastik und Stereotypie sowie eine eigene Buchbinderei. Doch das Ende des Ersten Weltkrieges brachte das Verbot des Druckes von Karten, die Demontage von Maschinen; den Rest besorgte die Inflation, vor allem aber der Tod meines Großvaters im Jahre 1919. Von seinen drei Söhnen, von denen mein Vater mit dreiundzwanzig damals der älteste war, wäre wohl nur der jüngste fähig gewesen, den Betrieb weiterzuführen; nur er besaß das handwerkliche Können, das Interesse; aber er war 1931, oder 32, in Hamburg-Harburg, wohin er gefahren war, um eine schwedische Druckmaschine abzuholen, erstochen worden. Er geriet in eine Straßenschlacht zwischen Kommunisten und SA – jedenfalls waren es Messerwunden, an denen er starb.
Ich war damals zwölf oder dreizehn und erinnere mich so genau daran, weil bei uns zu Hause oft davon gesprochen wurde: Vor 1933 war immer die Rede davon, daß die Nationalsozialisten, die *Raudis der SA*, ihn auf dem Gewissen hatten; mein Vater hatte mich zum Begräbnis der Opfer, es

waren mehrere, mitgenommen auf den Ohlsdorfer Friedhof; bis dann später sich die Geschichte änderte, und bei uns zu Hause mit dem gleichen Ingrimm davon gesprochen wurde, nach 1933, daß Kommunisten, dieses *verräterische Pack*, ihn niedergestochen hätten; und das Eigenartige war, daß beide Möglichkeiten stimmen konnten; denn als ich später Vater danach fragte, sagte er nur: Das wurde nie ganz geklärt, beides kann der Wahrheit entsprechen.

Der zweite der Brüder fiel in den ersten Tagen des Zweiten Weltkrieges am Jablunka-Paß; aber bis dahin war zwischen meinem Vater und ihm längst eine Entfremdung eingetreten, denn dieser Bruder war unter dem Einfluß seiner Frau aus der Kirche ausgetreten und hatte sich der »Deutschen Glaubensbewegung« angeschlossen. Er war Schriftleiter, der »Sigrune«, einer der Zeitungen der Glaubensbewegung, geworden, wo er Artikel gegen die Kirchen schrieb, einen »Kirchenaustritt-Feldzug« propagierte und insbesondere für die Entchristlichung der die Geburt, die Heirat und den Tod umgebenden Rituale eintrat, für die Abschaffung des Christfestes und die Wiederbelebung des Julfestes – und daß der März wieder »Lenzing« werde oder der November der »Nebelung«.

Religion, die katholische Kirche, das war nun einmal eine der Säulen des Lebens meines Vaters. Er war sicher das, was man einen *nationalgesinnten Deutschen* nennen konnte; er begrüßte die »Tilgung der Schmach von Versailles« genauso wie den Abbau der »Überfremdung« im Wirtschafts- und Kulturleben, und überhaupt, daß wieder ordentliche Verhältnisse herrschten, die Arbeitslosen von den Straßen wegkamen – die Kirchenpolitik des »Reiches« aber beobachtete er mit Sorge, trotz Konkordat und der Tatsache, daß mit einem der ersten neuen Gesetze sieben katholische Feiertage als gesetzliche Feiertage anerkannt wurden und kirchliche Trauungen in Uniform große Mode wurden. Er war alarmiert, als der Katholische Verband Junger Männer verboten wurde, und

entsetzt von dem scharfen Feldzug, der in den Jahren 1936/37 gegen die Klöster und Konvente begann. Und er war 1939 verhaftet und nach Dachau gebracht worden. Er hatte einen Text nachgedruckt und verschickt, den der Bischof von Münster, der spätere Kardinal Galen, veröffentlicht hatte; ein Protest gegen das streng geheimgehaltene Euthanasieprogramm, die Tötung unheilbar Kranker und Geisteskranker.
Mein Vater wurde nach sechs Monaten aus Dachau entlassen; ohne je weiter ein Wort über diese Zeit zu verlieren. Er hatte in der Zwischenzeit die meisten seiner Druckaufträge verloren, und nur wenige wagten, ihm neue zu geben, die Diözesanzeitschriften fielen auch bald fort, Papierknappheit erzwang angeblich ihre Einstellung, das Geschäft mit den Ablaßzetteln ging zurück. Die Druckerei bekam dann aber durch die Vermittlung von Gottfried Lehr den Auftrag, jene bekannten Farbreproduktionen sämtlicher Ritterkreuzträger – in Postkartengröße und nach gezeichneten Porträts – zu drucken; sie fanden einen so reißenden Absatz und erreichten solche Auflagenhöhen, daß praktisch die ganze Kapazität der Druckerei über den Krieg hinweg ausgefüllt war.
Aber im Grunde interessierte meinen Vater alles, was mit dem Druckgewerbe zusammenhing, nicht im mindesten. Er hatte es nie verwunden, daß der Tod seines Vaters ihn gezwungen hatte, ein eben erst begonnenes Studium der Archäologie abbrechen zu müssen. Schliemann war sein großes Vorbild, und sein Traum war Peru, die Inkas. Als er 1919 in die Druckerei zurückkehren mußte, begnügte er sich mit den Römern und fing an, die Altmoränenlandschaft des Lechs zu durchforschen. Und er hatte, wenn auch nur in Fachkreisen, eine gewisse Berühmtheit erlangt. Historiker und Völkerkundler des Lechraumes kennen seine Schrift »Pläne, Profile und Beschreibungen von Grabhügeln auf dem sogenannten Lechfeld«. Er hat Hügelgräber der Hallstattzeit C entdeckt, die Villa eines Purpurhändlers Cleophas, insgesamt zweihundertzweiundvierzig Grabhügel, neunundzwanzig

davon durch »allzu eifrige Nachgrabungen unberufener Hände leider zerstört«.
Und Hermann Pikola verdankt man die Entdeckung jenes Friedhofs von Kaufering aus dem Jahre 1630, nebst jenem »mit Filz beschlagenen Karren, in welchem man zur Pestzeit die Leichen bei Nacht geräuschlos zur Ruhestätte führte, um die Lebenden nicht über Gebühr zu ängstigen«.
Etwas anderes hatte ihn zeit seines Lebens nie interessiert, interessierte ihn noch immer nicht. Er hatte alles Geld, das die Druckerei abwarf, in seine Ausgrabungen gesteckt, in absonderliche Patente von »Werkzeugen zur Verbesserung von Grababtragungen«. – Kein Wunder also, daß Thea ihn mir als Beispiel eines hochtalentierten Mannes vorhielt, der seine Fähigkeiten vergeudete. Immerhin erscheinen seine »Wanderungen in die Vergangenheit«, eine populäre Version seiner Berichte über Grabfunde, in der 36. Auflage.
Im übrigen hatte auch ich meinen Teil zum Niedergang der Firma beigetragen. Nach dem Krieg, nach dem Tode meiner Mutter, die im Februar 1945 bei einem Luftangriff auf Augsburg ums Leben kam, hatte ich dem Drängen von Gulbies nachgegeben und den Letten mit meinem Vater bekannt gemacht. Der Lette und ein amerikanischer Leutnant, Schwartz, druckten fortan bei den Gebrüdern Pikola die Etiketten von Four Roses Whisky und die Verpackung einer Zigarettenmarke, Old Gold, die zwar nicht so bekannt war wie die Lucky Strike und Chesterfield, aber leichter zu fälschen war. Der echte Whisky war gemeiner Fusel, und die Kartons Old Gold waren mit Zigaretten aus deutschem Tabak gefüllt. Die Geschäfte florierten lange genug, um Gulbies noch reicher zu machen, als er ohnehin mit seinen Schwarzhandelsgeschäften schon geworden war. Und Leutnant Schwartz kehrte später unter anderem mit zwei Reitpferden in die USA zurück. Wer verhaftet wurde, war mein Vater. Er konnte keine Angaben über den Umfang der Geschäfte machen. Er hatte sich gar nicht dafür interessiert, was auf seinen Maschi-

nen gedruckt wurde; er saß diesmal sieben Monate in Untersuchungshaft. Zwischen seiner Verhaftung und Entlassung lag die Währungsreform, und das war nun wirklich das Ende der ehemaligen Königlichen Hoflithographie Buch & Steindruckerei. Er schaffte keine neuen Maschinen mehr an, keine neuen Schriften, kümmerte sich nicht um Aufträge und verfolgte nur sehr nachlässig, ob die Rechnungen für jene Aufträge, die er ausführte, auch bezahlt wurden. Er widmete sich nunmehr ausschließlich seinen Ausgrabungen und der Ergänzung seiner »Wanderungen in die Vergangenheit«.
Nun, das alles klang wirklich nach einer gescheiterten Existenz oder, wie Thea meinte: »Ihr seid euch beide gleich. Ihr hättet so viel aus eurem Leben machen können, und ihr habt so wenig daraus gemacht. Deprimiert dich diese Druckerei nicht, der staubige Glaskasten, in dem er den ganzen Tag sitzt? Sein Leben ist doch voller vertaner Gelegenheiten und voller fragwürdiger Träume!«
Das war nun, im Gegensatz zur Firma Lehr, nicht tauglich für eine Festschrift. Aber ich kann nicht einmal sagen, daß es mich deprimierte – im Gegenteil, ich verbrachte viele Stunden bei ihm in dem Glaskasten und hörte mir seine neuesten Berichte an, über irgendeinen Grabhügel, den er entdeckt hatte; ich saß auch nach dem Gespräch mit Thea bei ihm. Wir besprachen den Nachdruck von einer Serie Postkarten und den Druck der Kalender, die bis zum Ende des Monats ausgeliefert werden mußten. Er hörte es sich unwillig an und fuhr fort, von seinem Grabhügel zu berichten und auf die Forstverwaltung zu schimpfen, die eine der Grabkammern zum Frischhalten von Stecklingen benützt und so allmählich völlig vernichtet hatte.
Er saß dort, mit tiefliegenden Augen, die durch eine starke Brille unnatürlich vergrößert waren, mit weißen Haaren, die immer frisch gewaschen waren, in einem schwarzen Anzug aus dickem Stoff, einem aufgesetzten Kragen und einer schwarzen Krawatte, ein Abbild seines Vaters, dessen Foto-

grafie, zusammen mit der von Schliemann, an der Wand hing. Wie so oft fragte ich mich, wie das war, wenn das Leben eines Menschen auslief, wenn das, was einmal ein breites Flußbett gewesen war, nicht mehr mit Wasser gefüllt werden konnte. Ob es nicht besser war, rechtzeitig zu sterben, aber was hieß das, rechtzeitig?
Von ihm jedenfalls war die Antwort nicht zu bekommen. Man hätte erwarten können, daß Hermann Pikola verbittert geworden wäre, daß er geklagt, von den Nackenschlägen gesprochen hätte, die er doch nun reichlich bekommen hatte in seinem Leben. Aber nichts von alledem war der Fall. Natürlich war viel geschehen, zwei Weltkriege, zwei Inflationen, das war auch ihm genug; aber er fand, daß sein Leben ganz normal verlaufen sei – *Weißt du, eigentlich habe ich ein ganz normales Leben geführt.* Er genoß jeden Tag, besonders wenn er schmerzfrei war, wenn das Rheuma nachließ und er mit seinem Werkzeug hinausfahren konnte zu seinen Grabhügeln. Wenn er überhaupt etwas bedauerte, so war es nur, daß er in seinem Leben nicht noch mehr Zeit für seine Ausgrabungen gehabt hatte, daß er nie nach Peru gekommen war zu den Inkas, daß er sich mit den Römern hatte zufriedengeben müssen . . .

6

Das Hotel, in dem Gottfried Lehr seit 1945 wohnte, war ein schmaler, hoher Bau, ein Hotel garni; es hieß »Das grüne Haus«, vielleicht einfach nur, weil die Fassade in dieser Farbe gestrichen war. Es hatte mich gewundert, als Gottfried Lehr am Telefon gesagt hatte, er lebe immer noch dort; der Name Lehr war für mich – seit den Tagen, da ich mit den beiden Brüdern in dasselbe Internat gegangen war – mit Eleganz und Reichtum verbunden und das Hotel sah weder

nach dem einen noch dem anderen aus. Das Münchner Stadtviertel, in dem es lag, war voller Antiquitätengeschäfte; Möbel, altes Silber, Beschläge, Porzellan, Stiche. Natürlich auch Ramschläden, in denen Studenten-Ehepaare, die längst nicht mehr studierten, ein zusammengewürfeltes Sammelsurium von Gegenständen zu verkaufen suchten, zu horrenden Preisen. Aber die meisten Geschäfte wurden doch von berufsmäßigen Händlern geführt. Sempelius, dessen Geschäft direkt neben dem Hotel lag, war einer von ihnen gewesen; er hatte sich auf Uhren spezialisiert, und ich hatte einiges von ihm gekauft, früher, als ich noch sammelte, und mir von ihm immer wieder die Geschichte seiner Flucht angehört: Wie er 1945 mit einem Pferdefuhrwerk, auf dem sich alle seine Uhren befanden, von der Oberlausitz in den Westen geflohen war. In der Auslage entdeckte ich ein Stück, nach dessen Preis ich gern gefragt hätte, eine Klappsonnenuhr in einem Elfenbeingehäuse. Die meisten Uhren dieser Art stammen von Augsburger Meistern, ich besaß eine gute Sammlung davon, aber der Laden war geschlossen.
Der Eingang des Hotels befand sich an der Seite in einem Tordurchgang. Ich fand die Tür verschlossen, erinnerte mich aber, daß es einen automatischen Öffner gab. Die meisten waren Dauergäste wie Gottfried Lehr und wußten daher Bescheid. Der Gang im Innern war mit einem grünen großgemusterten Stoff tapeziert. Auf einem Tisch lagen Zeitschriften, die nicht sehr neu zu sein schienen. Ein Regal war mit Prospekten und Postkarten gefüllt. Durch einen Rundbogen blickte man in die Rezeption. Ein Mann saß mit dem Rücken zu mir an einem altmodischen Klapptisch und stellte eine Telefonverbindung her; er schenkte mir keine Beachtung, als ich auf den Lift am Ende des Ganges zuging.
Gottfried Lehr hatte das ganze oberste Stockwerk für sich, einen großen Wohnraum, die Bibliothek, zwei Schlafzimmer, zwei Bäder, eine eingebaute Sauna mit direktem Ausgang zum Balkon und eine kleine Küche, die aber kaum benutzt

wurde, da er sich das Essen aus einem Restaurant bringen ließ. Ein schmiedeeisernes Gitter trennte das vierte vom fünften Stockwerk; es war nur angelehnt, die weißgestrichene Tür zur Wohnung nicht verschlossen. Es gab keine Klingel und kein Namensschild.

Ich hörte Stimmen, als ich eintrat. Ich stand einen Augenblick lang unschlüssig in dem Gang mit den indirekt beleuchteten Wand-Vitrinen, die mit silbernen Tennispokalen und Plaketten gefüllt waren, bis sich eine der Türen öffnete. Ein junger Mann kam heraus. Er stutzte, als er mich sah. Er war der Typ, wie Gottfried Lehr sie immer gemocht hatte, sehr schlank, sehr blond und lockig. Das Blond war zu hell, um echt zu sein. Er trug Schuhe mit hohen Absätzen, enge braune Hosen, ein braunes Seidenhemd, das über der Brust offenstand, und einen Gürtel, dessen Verschluß fast die Größe und Form einer kleinen Monstranz hatte.

Er musterte mich hochmütig. »Wie kommst du hier herauf?« Bei seinem Anblick mußte ich daran denken, daß Sempelius von einem Schwulen umgebracht worden war; es hatte in allen Zeitungen gestanden, jemand hatte ihn in seinem Hinterzimmer erschlagen und beraubt. Für die Beamten war der Fall klar, als man im Schreibtisch des Antiquitätenhändlers die Schubladen voller Homo-Magazine und Filme fand und eine Liste von »einschlägigen Lokalen« der Stadt. Die Polizei hatte eine Reihe von Verhaftungen vorgenommen, den Täter aber nie gefunden: eine Bestätigung verschiedener Aussagen, daß es dem alten, häßlichen Mann immer schwerer gefallen war, an junge Männer heranzukommen; er hatte, für die Beamten unzweifelhaft, den Fehler gemacht, irgendeinen Unbekannten in einem Lokal oder am Bahnhof anzusprechen, ihn mit zu sich zu nehmen und ihm sein Geld zu zeigen . . .

»Ich hab' dich etwas gefragt! Erwartet er dich etwa?«

Ich gab mir keine Mühe, vor ihm zu verbergen, daß ich ihn unsympathisch fand; ich gab keine Antwort und ging auf die

Tür zu, durch die er gekommen war. Er lief an mir vorbei und betrat vor mir den Raum.
Gottfried Lehr stand vor dem Fenster, das die eine ganze Front einnahm. Ich hatte ihn vielleicht sieben Jahre nicht gesehen, aber er war unverändert, wie er dort stand in weißen Hosen, einem weißen Pullover und einem offenen weißen Hemd, das dunkle Haar streng gescheitelt; es war das Bild, wie ich es von früher in Erinnerung hatte: Gottfried Lehr, der große Tennisspieler; so hatte er in den Pausen zwischen den einzelnen Spielen neben dem Schiedsrichterstuhl gestanden, ein Handtuch um den Hals, ein Glas Zitronenwasser in der Hand, gelassen, ruhig, während sein Gegner sich den Schweiß abrieb; er kehrte dann locker und immer als erster zu seinem Platz an der Grundlinie zurück; wie ich ihn jetzt dort stehen sah, fehlte eigentlich nur noch, um dieses Bild zu vervollkommnen, der Klang von Tennisbällen und die Stimme, die über den Platz hallte: *Advantage Lehr* – in meiner Erinnerung lag Gottfried Lehr bei allen Spielen im Vorteil.
Er stellte einen Gegenstand ins Regal, kam auf mich zu. Er wandte mir dabei die linke Hälfte seines Gesichtes zu; das rechte Ohr war von einem Ball getroffen worden, in einem Spiel mit einem jener »Knaller«, wie er sie verachtete, aber *er* würde zweifellos nur von einem jener »Vertreter des stillosen, zum Netz stürmenden Spiels« gesprochen haben. Der hart geschlagene Ball hatte einen Teil des Ohres weggerissen und das Gehör auf der Seite zerstört, aber es war wohl weniger dieser Grund, warum er einem die heile Seite zuwandte: Gottfried Lehr hätte niemals freiwillig jemand etwas Unästhetisches zugemutet. Erst als er mir die Hand gegeben hatte, beachtete er den gelockten Blonden. »Ich denke, du willst gehen?«
»Warum streiten wir uns?« sagte der Blonde. »Warum läßt du nicht mit dir reden? Das ist doch keine Summe für dich! Ich dachte, du springst in die Luft, daß der Laden zu haben ist. Die Lage ist einmalig, in unmittelbarer Nähe des Bayerischen

Hofs; ich bekomme dort erstklassige Kunden. Du mußt etwas investieren, wenn du heute in der Mode noch etwas werden willst. Und du redest von der hohen Miete! Und von Einrichtungskosten! Wenn ich denke, was du ausgibst für so ein lächerliches Spielzeug.«

»Ich möchte nicht weiter darüber sprechen.« In Gottfried Lehrs Ton war keine Schärfe.

»Ich muß heute zusagen.«

»Du meinst, du mußt absagen.«

»Ich könnte jemand anders finden. Oder hältst du das für ausgeschlossen?«

Gottfried Lehr lächelte. »Für ausgeschlossen nicht, aber für schwierig.«

»Es wird dir leid tun. Ich pack' meine Sachen und verschwinde und . . .«

»So weit waren wir schon. Es ist schade, daß du so wenig gelernt hast. Es ist wie beim Tennis, du beherrschst die Grundregel nicht, die allerwichtigste: Tenniswettkämpfe werden nicht von dem Spieler gewonnen, der die meisten Gutpunkte macht, sondern von dem, der die wenigsten Bälle verschlägt. Nur darum geht es beim Tennis – den Ball im Spiel zu halten. Das ist alles, damit kannst du sogar gegen einen Gegner gewinnen, der besser ist als du. Sagen Sie ihm, daß ich recht habe, Pikola!«

Aber ich kam nicht dazu, ihm zu antworten.

»Was redest du da! Ich hasse alte Herren, die sich vormachen, sie seien noch jung, nur weil sie einen Ball über das Netz zurückbringen.« Er war jetzt nichts als einfach ein mieser Schwuler, und ich wunderte mich, daß Lehr so ruhig blieb. Seine einzige Antwort war der veränderte Ausdruck auf seinem Gesicht, ein spöttisches Lächeln, wie ein stummes Signal an den anderen, zu gehen, es nicht zu weit zu treiben.

»Um das abzuschließen«, sagte er, »die Antwort ist nein. Ich investiere kein weiteres Geld. Ich nehme es dir nicht übel, daß du es versucht hast, aber du weißt auch, daß ich mich zu nichts zwingen lasse. Wenn du das akzeptierst, ist es gut, und wir können die Sache vergessen. So, und jetzt laß uns bitte allein.«

Der Blonde schien noch einmal etwas sagen zu wollen, aber dann besann er sich darauf, daß ich da war.

Ich fühlte mich einen Augenblick unbehaglich, aber Gottfried Lehr tat, als sei nichts geschehen, schenkte mir ein Glas Tonic ein, erinnerte sich, daß ich es ohne Eis und nicht aus dem Kühlschrank trank, und sagte: »Schön, daß Sie gekommen sind. Ich habe alle Unterlagen zusammengestellt, aber hier, das muß ich Ihnen zuerst zeigen. Sie haben doch Zeit?«

Er nahm einen Gegenstand aus dem Regal, ein Holzkästchen, das sich beim Auseinanderklappen in eine Treppe verwandelte. Er entnahm einem kleinen Fach zwei holzgeschnitzte Figuren, jede nicht höher als ein Streichholz. Sie waren bemalt und stellten zwei Artisten dar, ein Untermann und ein zweiter, der sich mit hochgestreckten Beinen auf seine Schultern stützte. »Passen Sie gut auf!« Er setzte die Figur an den oberen Rand der Treppe in eine Vertiefung und trat zurück. Zuerst geschah nichts, dann kam Bewegung in die obere Figur, sie klappte langsam nach vorne, setzte die Beine auf die nächste Stufe und zog dabei die Figur, die zuvor unten gewesen war, nach oben; und so weiter, bis beide auf der untersten Stufe angekommen waren.

Er beobachtete den Vorgang mit der Faszination eines Kindes. »Das Ganze nennt sich ›Wiener Treppenläufer‹«, erklärte er. »Ist ein selten aufzufindendes Spielzeug aus dem 18. Jahrhundert. Wenn man schon einmal ein Exemplar erwischt, ist der Mechanismus der Figuren beschädigt. Der ganze Trick dabei ist ein Faden, der durch die Schultergelenke der Figuren läuft; ich habe ein Jahr gesucht, bis ich jemand gefunden habe, der so etwas noch reparieren kann.« Er legte die Figuren zurück, schloß das Kästchen, stellte es in das Regal, das angefüllt war mit anderem Spielzeug, immer noch mit diesem Ausdruck auf seinem Gesicht, dieses kindliche und zugleich doch leicht über

sich selbst amüsierte Lächeln eines Mannes, dem im Leben nichts schiefgegangen war. »Sie wundern sich über mich?«
»Nicht unbedingt. Bevor ich hier heraufkam, habe ich mir überlegt, ob ich eine Sonnentaschenuhr kaufen soll. Sie ist nicht viel nützlicher.«
»Nützlich! Was ist das schon. Die Welt ist voller nützlicher Menschen. Ich war immer ein vollkommen unnützer Mensch. Jedenfalls würde das mein Bruder Fritz von mir sagen, und mein Vater erst recht. Wenn Sie mich fragen, was ich das letzte Jahr wirklich getan habe, so müßte ich sagen, ich habe es ausschießlich damit verbracht, diese ›Wiener Treppenläufer‹ wieder zum Gehen zu bringen.« Er blickte zur Tür. Dort war noch einmal der Blonde aufgetaucht, einen Koffer in der Hand. Er sagte nichts, postierte sich dort nur sehr dramatisch und verschwand dann, als Gottfried Lehr keine Anstalten machte, ihn zurückzuhalten.
»Tut mir leid«, sagte er zu mir. »Gewöhnlich spielen sich meine Familienkräche nicht vor anderen ab«, und er fügte hinzu: »Er kommt zurück, wissen Sie.« Es klang fast, als bedauere er es. »Ich fordere es heraus, daß sie mich verlassen! Aber sie tun es nicht. Nach ein, zwei Tagen sind sie wieder da, zurück an der Futterkrippe. Er wohnt jetzt ein Jahr bei mir, und nach einem Jahr hängen sie an der Angel. Alle diese teuren Hemden und Schuhe, ein Gürtel, der mehr kostet, als der Junge vor einem Jahr in einem Monat verdiente; und die vielen anderen Selbstverständlichkeiten, der seidene Morgenmantel im Schlafzimmer, und Champagner, und, nicht zu vergessen, keine Angst mehr vor Nachbarn oder der Polizei. Klingt das alles sehr vergreist?«
»Eher zynisch.«
»Wirklich?« Sein Gesichtsausdruck veränderte sich, oder es war nur die Farbe der Haut, die heller wurde, als verdünnte sich sein Blut. »Sie erinnern sich an die Inschrift über dem Eingang zum Meisterschaftsplatz von Wimbledon? If you can meet with triumph and disaster and treat those two imposters

just the same . . . Ich versuche lediglich, meine Siege und Niederlagen mit Gleichmut hinzunehmen, wie ein guter Tennisspieler es tun sollte. Erinnern Sie sich noch hin und wieder an die alten Zeiten?«

Gottfried Lehr war fünf Jahre älter als ich, und wenn der Unterschied jetzt auch kaum noch von Bedeutung war, damals in der Schule war das ein großer Unterschied gewesen. Es war in jenem Internat üblich, daß die Schüler der unteren Klassen den älteren Jahrgängen Dienstleistungen zu erbringen hatten, vom Schuheputzen bis zum Zimmeraufräumen. Es gehörte zum System der Unterdrückung, das von der Schulleitung kräftig unterstützt wurde und das mich das Internat noch mehr hassen ließ, als es ohnehin schon der Fall war. Gottfried Lehr war einer der wenigen, der sich nicht daran beteiligte; und darüber hinaus verdankte ich ihm, daß ich mit dem Fotografieren anfing. Er hatte seinen Bruder Fritz und mich im Februar 1936 nach Garmisch-Partenkirchen mitgenommen, zur Winterolympiade, vor allem zu den Eishockeyspielen, und es war seine Kamera, mit der ich jenes Foto machte: das einzige Tor, das die deutsche Mannschaft im Spiel gegen England schoß. England war der Favorit – wurde dann auch Olympiasieger – und das Tor bedeutete das 1:1, das Endresultat. Der deutsche Treffer fiel so überraschend, daß mein Foto das einzige brauchbare Bild des Tores wurde, und Gottfried Lehr schickte es für mich an die Berliner Illustrierte Zeitung; ich bekam nicht nur 150 Reichsmark bezahlt, sondern sah meinen Namen zum erstenmal gedruckt in dem Sonderheft der B. I. zur Winterolympiade. Es war das erstemal, daß ich von den Lehrs profitierte, und nicht das letztemal.

Das Internat, das wir gemeinsam besuchten, lag in Schondorf am Ammersee. Ich haßte die Jahre dort, und ich weiß nicht, ob ich die Schule je zu Ende besucht hätte, wenn die Lehrs nicht gewesen wären. Meine Freundschaft zu ihnen sicherte mir eine Sonderstellung; denn beide, Gottfried und Fritz,

waren schon damals große Tennisspieler, Gottfried dreimaliger Deutscher Jugendmeister. Das bedeutete nicht nur Befreiung von 10 Stunden Weltanschauungs-Unterricht in der Woche, vom zweimaligen HJ-Dienst, von täglich drei Stunden Klausur – alles Zeit, die für Training verwandt wurde –, sondern hob dazu noch automatisch den Notendurchschnitt in allen anderen Fächern. Auch die meinen! Denn wenn ich gegen die beiden Brüder auch immer ein Anfänger blieb, sie bestanden darauf, daß sie mich für das Training brauchten; ich glaube, weil ich die Fähigkeit hatte, den Ball im Spiel zu halten, wenn sie übten, und es mir nichts ausmachte, eine ganze Stunde lang immer denselben Ball auf die Rückhand zu spielen. Ich sollte auch weiterhin davon profitieren; Gottfried Lehr vermittelte mir Aufträge, so daß ich als Bildberichterstatter an Davispokal-Begegnungen, in denen er spielte, teilnehmen konnte; ich war mit ihm in Agram und Prag, in Mailand und in Warschau Anfang 39, und bei jenem letzten Turnier vor dem Krieg, Ende August 39 in Bad Pyrmont, für das Gottfried Lehr schon gesperrt war, an dem aber Fritz teilnahm: der Pyrmonter »Jubiläumspokal«, ein Turnier, das nicht mehr ordnungsgemäß zu Ende geführt werden konnte, weil an diesem Samstag und Sonntag immer wieder Spiele unterbrochen werden mußten, wenn die Telegramme mit den Einberufungsbefehlen für die Spieler kamen.
Gottfried Lehr war in diesen Jahren vor dem Krieg sicher einer der besten Grundlinienspieler, die der Tennissport je hatte. Sein Spiel wirkte nie sehr draufgängerisch, aber es hatte Ausdauer und Stetigkeit; man brauchte ihm nur zuzusehen, wenn er, an einem Morgen vor einem wichtigen Spiel, eine volle Stunde auf dem Platz stand und Lobs übte, so lange, bis er den Ball auf den Zentimeter genau auf die Grundlinie setzen konnte. Sein Spiel selber schien langsam, er schien es nie eilig zu haben; er ließ nur eine Regel gelten, die von Bill Tilden, dem Amerikaner, der in vielem sein Vorbild war: »Wechsle niemals dein Spiel, wenn du gewinnst. Wechsle

immer dein Spiel, wenn du verlierst.« Gottfried Lehr konnte mit seinem Spiel alle schlagen, die damals zählten, und er hatte Siege über Ritchie, Manuel Alonso, Fred Perry, ja sogar über Donald Budge zu verzeichnen.

Seltsamerweise hatte er nie ein Spiel gegen seinen Bruder gewinnen können! Fritz Lehr war ein Spieler, der sozusagen immer auf dem Sprung in die Spitze war, aber nie bis dahin vordrang; er gewann die schwersten Spiele und verlor hinterher die leichtesten. Er spielte ohne jeden Stil, stürmte zum Netz, servierte Aufschläge, die die weißen Streifen wegrissen, aber das Geheimnis seiner Erfolge lag nicht in seinem Stil, sondern in der Fähigkeit, sich auch in den schwierigsten Situationen zu helfen, und vor allen Dingen in seinem Willen, bis zur Erschöpfung zu kämpfen. Er lieferte dramatische Gefechte und wurde damit immer zum Publikumsliebling, auch wenn er verlor. »Kein anderer Spieler, den ich kenne«, hatte Gottfried einmal von ihm gesagt, »konzentriert sich so stark auf den Sieg wie Fritz; alles andere, wie er ihn erreicht, ist ihm völlig gleichgültig.« Es war eine Art zu spielen, die Gottfried verachtete, und nachdem er einige Male gegen seinen Bruder verloren hatte, ging er ihm in Zukunft möglichst aus dem Weg. Aber das war seit 1939 gar nicht mehr nötig: Ohne daß es an die große Glocke gehängt wurde, hatte man Gottfried Lehr gesperrt. Er nahm an keiner der Kriegsmeisterschaften mehr teil; seine Zuneigung zu blonden Balljungen war bekannt geworden, und auch eine Ehe, die er eingegangen war, hatte ihm nicht genützt. Nach dem Krieg – er hatte sich 1945 sofort scheiden lassen – hatte er wieder zu spielen begonnen, aber er weigerte sich, noch an Turnieren oder Meisterschaften teilzunehmen, obwohl er mit zweiunddreißig sicher noch einmal an die Spitze hätte vordringen können. Das einzige und letzte Turnier, in dem ich ihn spielen sah, war ein von einem amerikanischen Obersten ausgerichtetes privates Turnier in München 1947. Auf dem Platz wucherte Unraut, die Netze waren geflickt und rochen vermodert, manche Spieler trugen Halbschuhe, von denen sie die Absätze abgetrennt hatten, die Schläger aus frischem Holz verzogen sich, und es gab kaum einen Ball, der ein ganzes Spiel durchstand; im ersten Satz waren es abgenutzte Spencer-Moulton-Bälle, und der zweite wurde mit Wright & Ditson gespielt.

Gottfried Lehr hatte mich in die Bibliothek hinübergeführt. Es war dies gegenüber dem Wohnraum mit seinem hellen Bodenbelag, den verspielten Möbeln und den altrosa Vorhängen ein streng nüchterner Raum. Regale bedeckten die Wände, nur die Türen waren ausgespart. Die Lücken in den Regalen und die auf Tische verteilten Bücher zeigten, daß der Raum wirklich benützt wurde. Es waren fast ausschließlich französische Bücher, von dem noch unaufgeschnittenen broschierten Exemplar einer Neuerscheinung bis zur Luxusausgabe der Werke Saint-Simons, die er selber gesammelt und erworben hatte; und wie andere von ihren Siegen, so erzählte Gottfried Lehr am liebsten, wo er in Paris diese oder jene besondere Ausgabe entdeckt habe, in welchem Jahr, zu welchem Preis, und was man jetzt in Auktionen dafür bezahlte. Er hatte nach dem Abitur in Paris in der Académie Julien Porträt-Zeichnen studiert; ich glaube, das einzige in seinem Leben, was er wirklich ernsthaft betrieben hatte außer Tennis.
»Kommen Sie überhaupt noch zum Spielen?« fragte ich.
»Wenn Sie spielen meinen, nein. Ich trainiere ein bißchen, um meine Reaktionen zu prüfen. Ich schlage einfach Bälle, möglichst früh, wenn ich den Platz noch allein für mich habe. Ich finde es manchmal selbst ein wenig lächerlich, daß ich die Pokale dort draußen so zur Schau stelle. Man soll Vergangenes vergangen sein lassen. Was geschieht, wenn man es nicht tut, kennen Sie ja von meinem Vater.«
Sein Vater, Friedrich, hatte schon Tennis gespielt, hatte, vor dem Ersten Weltkrieg, so alles gewonnen, was man damals gewinnen konnte, einschließlich des Kaiserpreises. Er wurde

in Baden-Baden »Großmeister«, indem er gegen den berühmten R. F. Doherty gewann, und stand 1914 in der deutschen Davispokal-Mannschaft, die damals in Pittsburg in den USA gegen Australien anzutreten hatte. Fast eine Parallele zum Pyrmonter Turnier 1939, hatte damals die Clubleitung bis nach dem letzten Einzel die Meldung zurückgehalten, daß der Krieg zwischen Deutschland und Rußland ausgebrochen war. Friedrich Lehr bekam ein italienisches Schiff nach Genua, aber die Engländer hatten ihn in Gibraltar von Bord geholt und interniert. Ein Jahr später im Austausch freigelassen, kam er nach Memel, seiner Heimat, zurück und erfuhr erst dort, was mit seinen früher gesammelten Pokalen geschehen war. Er hatte einen eigenen Raum dafür gebaut, auf dem Gut Friedrichsruh. Die Russen hatten das Gebiet überrollt, dabei das Gut in Brand gesteckt, und die Pokale waren entweder geraubt oder vernichtet worden.

Gottfried Lehr sah mich an, als müsse er sich vergewissern, daß ich mich in diesem Augenblick auch wirklich daran erinnerte. »Fünfzig silberne Pokale«, sagte er, »zwanzig goldene Tabatieren, das Zigarettenetui mit dem Wappen und dem Namenszug des Kronprinzen! Alles, was er je gewonnen hatte! Er hat den Verlust nie überwunden, und es war sein ganzer Ehrgeiz, alle diese Pokale nach dem Krieg noch einmal wiederzugewinnen. Das ist die früheste Erinnerung an meinen Vater: ein Mann, der hinter unserem Haus in Memel auf dem Hartplatz übte, früh, bevor er ins Geschäft ging, spät in der Nacht bei künstlichem Licht, im Regen und in Gluthitze. Nach dem Krieg wollte er sofort wieder da sein. Es kam natürlich nie dazu. Nach dem Krieg dachte man an anderes.«

Natürlich erinnerte ich mich an all das, denn es hatte eine besondere Rolle gespielt, aber ich fragte mich, warum Gottfried Lehr so großen Wert darauf legte, von diesen vergangenen Dingen zu sprechen.

»Sie erinnern sich, wem mein Vater die ganze Schuld an dem Verlust der Pokale gab? Nicht den Russen, sondern Dressler!

So ist mein alter Herr eben. Jenem jungen Major, der die deutschen Einheiten an dieser Front führte, gab er die Schuld, daß *er* die Russen nicht daran gehindert hatte, das Gut zu besetzen; die ganze Achte Deutsche Armee hätte in seinen Augen seine Pokale verteidigen müssen! Was ist, hätte ich Sie nicht daran erinnern sollen?«
Jener Major und spätere General Dressler war der Vater von Julias Mutter; und ich wollte wirklich nicht daran erinnert werden. Das war alles vergangen und vergessen. »Wie geht es Ihrem Vater?« fragte ich.
»Gut. Er wird fünfundachtzig, und er ist streitsüchtig wie eh und je, führt Prozesse, was bei ihm immer ein Zeichen von guter Gesundheit ist. Ich sehe ihn kaum. Ich war immer der Parasit der Familie, und ich fühle mich wohl dabei. Ich muß meinem Vater dankbar sein, daß er etwas seltsame Erziehungsprinzipien hatte. Für ihn zählen nur zwei Dinge im Leben: mit Erfolg Geld machen oder mit Erfolg Sport treiben. Und da er vier Söhne hatte, meine Schwester zählte in dem Sinne nicht, ließ er uns die Wahl zwischen beiden. Er konnte nicht wissen damals, daß zwei seiner Söhne fallen würden und praktisch nur Fritz für das Geschäft übrigblieb.«
Ich sah Gottfried Lehr an, die makellos weiße Hose, die Beine übereinander geschlagen, die Hände auf den Knien, schmal, lang und manikürt; ich wußte, daß die Frage sinnlos war, aber ich stellte sie doch, weil sie mich beschäftigte: »Haben Sie es nie mit Geldverdienen versucht?«
»Einmal.« Er lachte. »Damals, mit siebzehn oder achtzehn, als ich vor der Wahl stand, Beruf oder weiter Sport, da besichtigte ich eine sogenannte Teeraufbereitungsanlage, auf die der alte Herr viele Patente hatte, ein monumentales Ding. Ich sah mir das an, ließ mir alles zeigen, beobachtete die Arbeiter und entschied spontan, daß Geld zu machen eine zu anstrengende und schmutzige Angelegenheit war, vor allem und speziell im Baugewerbe. Ich kann nur sagen, ich wußte, es war nichts für mich, es befriedigte, wenn Sie so wollen, keinen meiner

Sinne. So mußte ich mich eben endgültig für den Sport entscheiden.« Wieder lächelte er in dieser Art, in der er sich über sich selber mokierte. »Fritz ist wirklich derjenige, der am besten für das Geschäft geeignet ist. Er ist dem Alten am ähnlichsten, er ist aus seinem Holz, aus ziemlich hartem Holz. In unserer Wirtschaft braucht man Kanonentennis, da erreicht man nichts mit weichen Lobs.«

Er hatte einen der Tische leergeräumt und darauf verschiedene Unterlagen ausgebreitet, eine Broschüre in einem verschossenen Violett, eine zweite in Blau, ein Packen gelber, alter Druckbogen. »Manchmal tue ich sogar etwas für meine Anteile an der Firma. Aber damit wir uns recht verstehen – mir geht es mehr um das Äußere der Festschrift, um die Gestaltung.« Er nahm eine der Broschüren, die violette. Es war nur ein schmales Heft, und ich konnte den Titel lesen: 25-Jahr-Feier der Firma Joh. Wilh. Lehr, Bau- und Holzhandel, Memel 1869–1894. Es mußte sich um den Großvater handeln.

»Das war sozusagen die einzige Festschrift, die normal erschien«, sagte Gottfried Lehr. »Sonst haben wir mit unseren Festschriften mehr oder weniger immer Pech gehabt. Das Jubiläum fiel immer in die ungünstigsten Jahre. 1919, unmittelbar nach dem verlorenen Krieg, damals waren es fünfzig. 1944 wären es fünfundsiebzig Jahre gewesen, und die ist dann erst gar nicht erschienen.« Er deutete auf die Druckfahnen. »Sie erinnern sich daran, daß der Text in der Druckerei Ihres Vaters gesetzt wurde? Er wollte eine Antiqua, sehr geschmackvoll, aber sie konnte dann nicht mehr erscheinen, wegen Papiermangel!«

»Ich wußte nicht, daß noch ein Abzug davon existiert.«

»Er war im Firmenarchiv. Sie werden nicht viel damit anfangen können. Es wäre manchmal besser, es würde nicht soviel aufgehoben.«

Er nahm die Festschrift aus dem Jahre 1919, die blaue, mit einem Jugendstilornament, ein verschlungenes L in Pflanzen-

form. Er blätterte sie durch, und ich sah, daß er Stellen darin gestrichen hatte. »Man spürt die Hand meines Vaters«, sagte er. »*Die Zeit, in der wir leben, ist nicht dazu angetan, Feste zu feiern. Deutschlands Unglück läßt keine frohe Feststimmung aufkommen . . .*« Er sah mich über die Broschüre hinweg an. »Nehmen Sie es nicht zu wörtlich. Der Firma ging es gar nicht so schlecht; der Krieg hatte ihr eine große Ausweitung gebracht. Der alte Herr war immer genial darin, sich veränderten Verhältnissen anzupassen, und einen gewissen Pessimismus zu verbreiten war ein Trick von ihm. Hören Sie sich das an: *Wir gehen schweren Zeiten entgegen. Unabsehbar sind die Schwierigkeiten, vor allem auf dem Bausektor. Unabsehbar die Folgen der Verarmung unseres Vaterlandes und die damit zusammenhängende Steuergesetzgebung, die dem Unternehmer den größten Teil des Betriebskapitals und des Verdienstes nimmt!* Ich möchte annehmen, das stammt wörtlich von meinem alten Herrn, und Fritz könnte es heute sagen – die Schwierigkeiten auf dem Bausektor und die ungerechte Steuergesetzgebung sind sicher auch jetzt aktuell.«
Seine Stimme war von derselben Qualität wie sein Lächeln, ein Mann, der über sich selbst spottete, aber ich fragte mich, ob das wirklich Überlegenheit war, oder ob Gottfried Lehr nicht eine Fassade zeigte, die von der Wirklichkeit sehr verschieden war. Er hatte die Broschüre beiseite gelegt und die Druckbogen genommen. Auch sie waren durchgearbeitet, mit roten Strichen versehen. Es waren die Abzüge für die Festschrift des Jahres 1944, die nie erschienen war. Ich erinnerte mich jetzt, daß ich ein Porträt Friedrich Lehrs, des alten Herrn, dafür geliefert hatte. »Das ist noch schlimmer«, sagte Gottfried Lehr. »Man kann es nicht mehr lesen. Es ist zum Teil einfach unverständlich. Waren wir wirklich so? Haben wir uns so ausgedrückt, so gesprochen? Es ist in einer Sprache geschrieben – ich weiß nicht, wie ich es sagen soll, es kann nicht unsere Sprache gewesen sein, oder? Da wird nicht

einfach gebaut, sondern Bauwerke werden erstellt, da braucht man nicht einfach Zement, sondern er wird *pausenlos an die Brennpunkte des gewaltigsten Verteidigungswalles aller Zeiten geflogen.* Ein Bauwerk erhält seine Krönung dadurch, daß es zu einem *Werk der Ehre* wird. Hier ist von einer Brücke über den Köhlbrand die Rede: *Wer dereinst vor den himmelstrebenden Pfeilern steht, der wird größer werden und hinauswachsen über den engen Gesichtskreis des einzelnen und Volk sein, Teil des Volkes, das nach beispiellosem Niedergang zu solchen Höhen befähigt wurde.* Nichts ist normal. Unsere Firma hat damals an zwei Autobahnen mitgebaut, an der von Elbing nach Königsberg und der von Breslau bis Forst. Die Festschrift enthielt ein ganzes Kapitel darüber: ›Die Reichsautobahn als Kulturdenkmal‹, schon die Überschrift sagt im Grunde alles. Der Bau dieser Straßen ist nicht eine technische, sondern *eine Kulturaufgabe, an der die Firma mit hingebungsvollem Verantwortungsgefühl arbeitet, ein sendungsbewußtes Bauen, eine Angelegenheit auch des Charakters.* Und die Ingenieure, Architekten, Landvermesser und Bauarbeiter der Firma machen sie *zu einem Denkmal ihrer Fähigkeiten, um, jeder an seinem Platz, mit allen Kräften des Herzens und des Verstandes die Größe der Zeit einzufangen . . .* Man hat das alles wirklich vollkommen vergessen, zum Glück! Das ist auch nicht typisch für meinen Vater, das waren Leute wie Nagengast, die solche Dinge zusammenschrieben, er machte die Pressearbeit. Das alles vergessen Sie besser.«

»Sie meinen, wir sollten die Zeit übergehen?«

»Nicht übergehen. Das wird nicht möglich sein, und auch nicht nötig; daß die Bautätigkeit in diesen Jahren einen ungeheuren Aufschwung nahm, das waren ja nicht nur die Nazis, das war die allgemeine Wirtschaftsentwicklung. Ich weiß nicht, ob man nun gerade auf den Autobahnbau eingehen muß, auf die Parteibauten. Und wen interessiert schließlich noch, daß die Firma damals fünftausend Arbeiter am

Atlantikwall eingesetzt hatte – es gibt genug anderes, was die Arbeit der Firma in diesem Zeitraum dokumentiert. So eine Teeraufbereitungsanlage war schon eindrucksvoll! Einzelne Brückenbauten. Vor allem aber die Sportanlagen, die immer ein Spezialgebiet der Firma waren. Angefangen von den ersten Hartplätzen für die Berliner Spielplatz-Gesellschaft, dem berühmten Sportpalast; 1910 hat man schon so gebaut! Die Tennishalle in Bremen, dem ersten derartigen geschlossenen Bau in Europa. Vergessen Sie nicht die Postarbeiter-Siedlung in Leipzig, die war wirklich ein Vorbild für solche genossenschaftlichen Siedlungen. Das waren Bauwerke, die sowohl in technischer wie ästhetischer Hinsicht eindrucksvoll waren und geblieben sind.« Es schien ihm ein bißchen zuviel, was er da gesagt hatte, und er schwächte es ab. »Nicht, daß ich damit sagen will, daß dem alten Herrn ästhetische Gesichtspunkte sehr am Herzen lagen. Er war zeit seines Lebens mit allen Architekten verfeindet. Er war der Meinung, sie kosteten ihn nur unnötig Geld. Ich habe ihn einmal gefragt, was seiner Meinung nach denn ein gelungenes Bauwerk sei, und er gab mir zur Antwort: ›Ein gelungenes Bauwerk ist ein Komplex, bei dem der Rechnungsabschluß mit einem kräftigen Plus abschließt.‹«

»Ihm wird nichts daran liegen, daß man es als Motto für die Festschrift verwendet?«

»Nein, so weit wird er nicht gehen wollen.«

»Meinen Sie, ich sollte mit ihm sprechen?«

»Sie sollten ihn in jedem Fall aufsuchen. Ich weiß nicht, ob er sich zu der Festschrift äußert; vielleicht erfahren Sie von ihm nur, daß er seine Gesundheit und seine gute Kondition nur der Tatsache verdankt, daß er seit Jahren auf jede gewöhnliche, von Chemikalien verseuchte Nahrung verzichtet und auf seinem Gut alle Produkte nur biologisch gedüngt werden. Das ist jetzt sein Hobby. Er beliefert die ganze Familie damit. Sie sollten unbedingt mit ihm sprechen. Vielleicht bringen Sie es fertig, daß er sich bei der Gelegenheit für die Festschrift fotografieren läßt; er hat seit 1945 keinem Fotografen mehr erlaubt, ein Bild von ihm zu machen.«

»Er wohnt auf dem Gut bei Steingaden?«

»Ja, zusammen mit meiner Schwester, seit dem Tod meiner Mutter. Und Sie sollten natürlich mit Fritz sprechen. Ich weiß, daß er ziemlich bestimmte Vorstellungen über den Inhalt hat und daß er mit Ihnen darüber sprechen will, bevor Sie beginnen. Deshalb will ich nichts weiter dazu sagen, ich will mich auf das Äußerliche beschränken. Ich finde schon, daß 100 Jahre es rechtfertigen, daß etwas Repräsentatives daraus wird.«

Er legte die Texte beiseite und breitete alte Fotografien auf dem Tisch aus. Er erklärte, daß er begonnen habe, sie zu sammeln, und daß er sich überhaupt eine Festschrift vorstelle, in der das Bild vorherrsche – viele Bilder, möglichst wenig Text; deshalb ein großes Format, Texte dreisprachig, deutsch, französisch, englisch. Er hatte sich auch schon Gedanken über das Papier gemacht, entweder ein MD Brillant oder eine Zanders-Sonderanfertigung; der Einband der Normalausgabe, 500 Exemplare, könne broschiert sein, daneben könne man 50 numerierte Exemplare von Hand aufbinden lassen, in einem schönen Maroquin oder in einer Rohseide, er erwarte bereits Muster.

»Stimmen wir überein? Wenig Text; was zu sagen ist, über die geschichtliche Entwicklung, kann man in den Bildunterschriften unterbringen. Umsatzentwicklung, Beschäftigungszahlen und so weiter sollte man optisch in Tabellen und Grafiken umsetzen. Vor allem aber sollte man Menschen zeigen. Sie müßten die entsprechenden Aufnahmen machen; einen Kranführer in seinem blauen, sauberen Overall und dem gelben Schutzhelm, Arbeiter mit Aktentaschen und Thermosflaschen in einer Pause; ein Fahrer im Führerhaus einer dieser großen Zementfahrzeuge. Menschen, die Verbindung zu unserer Firma haben, die in *ihrem* Werk arbeiten, mit ihm verbunden sind . . . Klinge ich wie der alte Herr?«

Jedenfalls wie einer von der Familie, dachte ich und konnte nicht umhin, über den Zusammenhalt, die Verbundenheit der Lehrs nachzudenken, aber ich fragte lediglich nach dem Umfang der Festschrift.
»Einhundertundzwanzig Seiten, davon, wie gesagt, gut zwei Drittel Bilder, die Hälfte in Farbe. Sie sollten die ersten sechzehn Seiten für Grußworte freihalten. Das wird etwas heikel. Wir kommen mitten in die Wahl hinein; man wird Kiesinger *und* Brandt anschreiben müssen, aber das sollen die im Werk tun. Sie werden Ihnen auch alle Daten liefern.«
»Das Ganze klingt so, als bliebe mir nicht viel zu tun dabei.«
»Was Sie bestimmt nicht dazu verleiten sollte, von Fritz ein zu geringes Honorar zu verlangen! Mein Vater war noch ein Reicher vom alten Stil. Er hielt das Geld zusammen, sparte, vor allen Dingen an seiner Familie, an seiner Frau, an seinen Kindern. Fritz dagegen braucht Menschen um sich, die ihn Geld kosten – deshalb ist Christina auch genau die richtige Frau für ihn. Sie befriedigt seine Eitelkeit, nicht zuletzt durch die souveräne Art, mit der sie Geld ausgibt. Ich meine das ganz ernst. Fritz wird mißtrauisch, wenn einer zu wenig verlangt. Er glaubt nur an das, was man bezahlt. Er ist darin wie ein Amerikaner, und es war sicher kein Zufall, daß seine erste Frau von drüben war. Er glaubt an Geld. Verlangen Sie also nicht zu wenig.«
»Wieviel?«
»Ich würde Ihnen raten, zehntausend zu verlangen, fünftausend sofort, und den Rest bei Fertigstellung.«
»Ist das nicht sehr viel?«
»Es ist viel. Er wird aber beruhigt sein, wenn Sie darauf bestehen. Er wird das Gefühl haben, Sie liefern das Richtige.«
Die Summe ließ mich an das denken, was die Lehrs für mich getan hatten, vor allem Gottfried. Er hatte mich zur Fotografie gebracht, mir Aufträge verschafft. Es war seine Idee gewesen, daß ich mich zu einer Propaganda-Kompanie des Heeres meldete. Er hatte mir eine Verbindung hergestellt

zum Hamburger Zigarettendienst, mit diesen Bilderalben, für die es im Krieg genug Papier gab, die in Millionenauflagen erschienen und die ausgezeichnet für Fotos zahlten. Und er hatte mich schließlich, 1943, nach meiner Verwundung in jenen Sonderstab des Reichsleiters Rosenberg geholt, dem er selbst seit 1940 angehörte.
Dieser Sonderstab hatte den Auftrag, sogenanntes »herrenloses Kunstgut« zu beschlagnahmen. Dies war zuerst im Louvre und dem benachbarten Jeu de Paume zusammengetragen, dann aber, ab 1942, nach Deutschland verbracht worden, vor allem in das Hauptsammeldepot des Einsatzstabes im Schloß Neuschwanstein. Ich kam im September 1943 dorthin mit der Aufgabe, eine lückenlose Photothek aller Gegenstände anzufertigen. Schwer vorzustellen, daß dies eine Aufgabe sein sollte, die sich bis zum Kriegsende ausdehnen ließ, aber so war es: bis auf ein paar Repräsentationsräume waren das ganze Schloß und andere kleinere Verstecke in der Umgebung vollgestopft mit Kunstwerken. Auf endlosen hölzernen Regalen war alles untergebracht – Ölbilder, Stiche, Zeichnungen, Miniaturen, Gobelins, Tapisserien, Teppiche, Porzellan, Fayencen, Skulpturen, Bronzen, Vasen, Silberarbeiten, Schmuck, Münzen, Bücher und Handschriften. Über 21 000 Objekte aus Privatsammlungen, darunter die berühmten von Maurice de Rothschild, Samuel Kahn, Jacques Seligman und David Weil. – Ich fertigte davon über achthundert Negative an und ebenso viele Hochglanzabzüge, die in neununddreißig Lederbänden gebunden wurden.
Das waren alles Dinge, die ich längst vergessen hatte, vergessen wollte, und ich fragte mich wieder: Warum erinnerte Gottfried Lehr mich daran? Warum rührte er das auf, welche Gefühle gedachte er dabei bei mir zu wecken?
»Machen Sie sich keine Gedanken darüber«, sagte er. »Nehmen Sie das Geld.«
»Es ist nicht das Geld.«
»Was denn?«

»Die alten Erinnerungen.«
»Es tut mir leid, wenn ich da alte Dinge berührt habe. Das lag nicht in meiner Absicht.«
»Aber Sie haben es getan.«
»Aber Pikola. Das alles ist fünfundzwanzig Jahre her.« Er sah mich an. »Sie haben den Tod von Julia sehr schwer genommen, nicht wahr?«
Womit er mich nur tiefer in das Vergangene hineinzog, absichtlich oder nicht. Ich sagte nichts.
»Sie fühlen sich noch immer, wie soll ich sagen, schuldig an ihrem Tod?«
Damit überraschte er mich vollends, so daß ich, wider Willen, sagte: »Ich habe mich nie an ihrem Tod schuldig gefühlt. Ich habe sie gehaßt, die, die an ihrem Tod schuldig waren, das war alles. Ich habe sie aus tiefstem Herzen gehaßt, und manchmal tue ich es heute noch.«
»Sie? Sie meinen Boettcher?«
Es war das erstemal seit langer Zeit, daß jemand den Namen aussprach. Es war der Name gewesen, dem mein ganzer Haß gegolten hatte. Zu meiner Verwunderung spürte ich, daß der Haß noch lebendig war, Reste davon, eine Glut, unter einer Aschenschicht vergraben, die wieder entfacht werden konnte.
»Aber Boettcher ist tot«, sagte er. »Sie wissen, daß er tot ist. Ich könnte Sie verstehen, wenn er noch leben würde. Ja, wenn er noch leben würde . . .«
Der Satz hing dort, zwischen uns, nur für uns von Bedeutung, vielleicht nur für mich. – Mehr wurde damals nicht darüber gesprochen. Ich habe versucht, nur das wiederzugeben, was gesagt wurde, nichts sonst. Später bekam alles eine andere Bedeutung, gerade dieser letzte Satz, aber damals brach er das Gespräch darüber ab.
Überhaupt war eine Veränderung mit ihm vorgegangen, schon eine ganze Zeit bemerkbar, zuerst an seinem Gesicht. Alle Lehrs haben intensiv blaue Augen, was bei dem dunklen Haar eine eigenartige Wirkung ergab, aber jetzt waren seine

Augen grau, fast farblos. Die glatte, helle Haut zeigte Fältchen, vor allem um die Augen, so als hätte sie sich gelockert. Er war mehrmals hinüber in den Wohnraum gegangen, hatte eine Telefonnummer gewählt, nach einem Dr. Jacob gefragt, und immer ungeduldiger und in immer kürzeren Abständen blickte er auf die Uhr, horchte zur Tür. Plötzlich ließ er mich mit einer Entschuldigung allein.
Ich hörte Stimmen auf dem Vorplatz; der Name des Arztes fiel; dann wurde es ruhig, als die beiden sich zurückzogen. Ich wartete eine Viertelstunde. Das erste, was ich bemerkte, als Gottfried Lehr wieder in die Bibliothek kam, allein, war, daß seine Augen wieder dieses intensive Blau hatten. Er hatte seinen Pullover abgelegt, und er hielt den linken Arm etwas steif, wie man es unwillkürlich tut, wenn man eine Spritze bekommen hat. Der Wirkung nach und der Ungeduld, mit der er auf den Arzt gewartet hatte, konnten es nur irgendwelche Amphetamine sein; aber wie immer es war, ich hatte kein Interesse daran, daß er vielleicht anfing, davon zu erzählen. Ich deutete auf die Broschüren und Druckfahnen. »Kann ich sie mitnehmen?«
»Sie wollen schon gehen?« sagte er, aber er schien nicht unglücklich darüber.
»Ich glaube, wir haben alles besprochen, wenigstens im Augenblick.«
»Wann werden Sie den alten Herrn aufsuchen?«
Ich überlegte. Ich hatte Julia versprochen, sie nach Garmisch zu einem Verbandswettkampf zu begleiten. Es waren zumeist langweilige Spiele und lange Wartezeiten; andererseits boten sie mir die beste Gelegenheit, mit Julia zusammenzusein. »Meinen Sie, ich könnte an diesem Sonntag Ihren Vater aufsuchen? Am Nachmittag? Ich hätte Gelegenheit, mit dem Wagen hingebracht zu werden.«
»Ich werde ihn anrufen und ihm sagen, daß Sie kommen. Wie ist es, wenn Sie am Montag dann gleich Fritz aufsuchen? Er ist an diesem Tag immer in Landsberg. Die Hauptverwaltung

befindet sich hier in München, aber dort hat er ein Planungsbüro, seinen ›Hofstaat‹, sage ich immer.«
Mich beschäftigte noch immer das, was ich beobachtet hatte. Ich weiß auch, daß ich an Sempelius dachte, so, als gäbe es zwischen beiden Männern einen Zusammenhang. »Was ist in der Sache Sempelius noch geschehen?« fragte ich. »Hat man noch etwas herausgefunden?«
Meine Frage überraschte ihn, er vergaß sogar für einen Augenblick, daß er mir sein zerstörtes Ohr hinhielt.
»Ich meine, der Mord ist nie aufgeklärt worden, oder?«
»Nein. Nie.«
»Wer führt das Geschäft jetzt?«
»Ich weiß nicht, wer es übernommen hat . . . Aber Sempelius hat sich das selbst zuzuschreiben. So viel Geld bei sich zu haben. Und überhaupt – er bezahlte sie! Wenn man erst damit anfängt, sie zu bezahlen!«
Ich sah Sempelius vor mir, seinen dicken Schädel, das schwammige Kinn, die dünnen Haare, der gewaltige Körper; man vergaß das alles, wenn er einem ein Uhrwerk erklärte, aber für einen Fremden war er eben nur ein häßlicher alter Mann. »Vielleicht mußte er bezahlen«, sagte ich. »Er war häßlich, aber er hatte einen Sinn für Schönheit, er liebte schöne Dinge, war umgeben davon sein ganzes Leben, und so wollte er eben *sie* auch schön.«
Gottfried Lehr entgegnete nichts. Ich hatte plötzlich die Vorstellung, daß jemand sich eines Tages in das Hotel schlich, an der Rezeption vorbei, durch das offene Gitter, in die Wohnung eindrang und Gottfried Lehr tötete . . . Aber mir war gleichzeitig klar, daß es nie geschehen würde. Die Stimme rief über den Platz *Advantage Lehr* – die Lehrs lagen immer im Vorteil.

7 Die Stimmen kamen von dem Platz hinter dem Haus, und man hörte sie durch die offenen Fenster bis in den hallenartigen Eßraum. Julias Stimme war dunkel, während die des alten Mannes überraschend hell und hoch klang. Sie lachte hin und wieder und gab warnende Hinweise wie: »Sie müssen sagen, wenn es Ihnen zuviel wird«, oder: »Soll ich lieber auf Ihre Vorhand spielen?«, während seine Sätze knapp und bestimmt waren: »Jetzt aber Schluß mit den weichen Bällen!« Und dann hörte ich ihn sagen: »So, jetzt bin ich warm genug. Wir spielen einen Satz – und vergessen Sie dabei mein Alter. Keine weichen Bälle mehr, das bitte ich mir aus!«

Ich beobachtete sie nicht allein; zwei Männer in einer dunkelblauen uniformartigen Dienerkleidung waren dabei, die Gedecke für das Abendessen aufzulegen, die Gläser aufzustellen. Sie machten dabei weniger Geräusche als die beiden Tennisspieler dort draußen, und man merkte ihnen an, daß sie trotz ihrer steifen, ernsten Gesichter nicht ganz bei der Sache waren, daß sie am liebsten ans Fenster geeilt wären; so lauschten sie nur nach draußen, auf die Stimmen und auf den Klang, den die Bälle auf den Saiten der Schläger hervorbrachten.

Von dem Fenster aus überschaute ich die Hälfte des Platzes. Er war von einem hohen Gitter umgeben, das zum Teil verrostet war, und auch dem Platz selbst sah man an, daß lange nicht auf ihm gespielt worden war. Das Netz hing in der Mitte durch, und der Belag war von einem stumpfen Rot mit graugrünen Flecken, dort, wo Regenwasser gestanden hatte. Die weißen Linien waren an manchen Stellen so tief eingesunken, daß sie nicht mehr sichtbar waren. Außerhalb des Zaunes stand einer jener Wächter, die uns bei der Ankunft kontrolliert hatten, doch ohne Schäferhund. Selbst auf die Entfernung hin drückte sich in seiner Haltung aus, daß auch er, wie die Diener, irritiert war von dem, was hier vorging und was wohl ganz außerhalb der normalen Routine lag. An der Seitenlinie des Spielfeldes war eine Bank aufgestellt worden,

auf der drei Mädchen saßen, Enkelinnen von Friedrich Lehr; alle drei trugen die gleichen beigen Reithosen, braune Stiefel und weiße Blusen.
Das Spiel war gleich nach Beginn unterbrochen worden, und Friedrich Lehr ging an die Seitenlinie und sagte etwas zu einem Mädchen. Das stand auf, legte seine Reitgerte auf die Bank und kam dann auf das Haus zugelaufen. Ich wandte mich um, als sie die Halle betrat; die Diener waren verschwunden, aber eine Frau, an der einem sofort die altmodische Frisur und das dreiviertellange Kleid auffielen, stand am Tisch und prüfte die Arbeit des Personals.
»Er möchte wollene Socken haben«, hörte ich die Tochter zu ihr sagen. »Zwei Paar, möglichst dicke.« Sie sah dabei zu mir herüber, nicht unfreundlich, mehr verwundert über diesen Eindringling. »Willst du ihn nicht zurückhalten? Er übernimmt sich . . .« Ich hinderte sie offensichtlich, noch mehr zu sagen, und die Frau schien es lange aufgegeben zu haben, die Wünsche und Launen ihres Vaters in Frage zu stellen. »Wenigstens ist er so vernünftig, Socken anzuziehen«, sagte sie. »Er könnte sich auf dem harten Platz sonst wer weiß was holen. Wenn du in sein Zimmer kommst, in dem Wandschrank links, dort, wo auch die Hemden liegen.« Die Tochter verschwand eine große breite Treppe hinauf, und die Frau wandte sich wieder der Tafel zu, verstellte einige Gläser, ohne mich weiter zu beachten . . .
Wir waren am frühen Nachmittag bei unserer Ankunft wie zwei Störenfriede behandelt worden. Der Besitz von Friedrich Lehr in der Nähe von Steingaden – ehemals ein Schloß oder ein Konvent – lag in einem hundert Hektar großen Areal. Der Zugang führte durch ein Tal, und an der engsten Stelle versperrte ein Schlagbaum die Straße. Daneben stand eine Blockhütte. Ich hatte gehupt und mir gleich damit den Zorn eines Wächters zugezogen. Er kam aus der Blockhütte, einen Schäferhund an der Leine. Er war ein Mann in den Fünfzigern, aber nicht einmal sein leicht über den Gürtel heraushän-

gender Bauch hätte mich auf die Idee gebracht, daß er sich deshalb irgend jemand unterlegen vorkommen könne. Er bewegte sich leicht für einen Mann seines Alters und seines Gewichts; wir hatten später noch mehr von diesen Männern angetroffen auf dem Weg zum Haupthaus, alle in der gleichen Uniform, blaue Hosen, blaues Hemd mit blauer Krawatte, dunkle Schirmmütze, ziemlich kurz geschnittene Haare.
Der am Eingang hatte mich grob angefahren: »Was soll das Hupen! Ich hab' Sie längst gesehen. Was wollen Sie hier? Das ist eine Privatstraße. Ich denke doch, Sie können lesen. Also: Kehren Sie um, und verschwinden Sie!«
Wenn es nach Julia gegangen wäre, die am Steuer des Wagens saß, wären wir an Ort und Stelle umgekehrt. Aber ich wollte den Weg nicht umsonst gemacht haben; ich hatte dem Wächter gesagt, was wir wollten, und konnte beobachten, wie er in der Blockhütte telefonierte, von einem Apparat, der an der Wand hing. Er war hinterher nicht sehr viel freundlicher, aber er ließ uns passieren. Wir waren dann weitergefahren. Es war ein langer, gewundener Weg zwischen Wiesen. Dann kamen Stallungen, Nebengebäude und Gewächshäuser, und nach einer Biegung tauchte das Hauptgebäude auf, ein langgezogener Bau mit einem graugrünen Kupferdach. Ich war nur einmal vorher hier gewesen, zusammen mit Gottfried Lehr, denn in dem Haus waren ebenfalls Kunstgegenstände des ERR eingelagert gewesen, die ich damals für die Photothek aufgenommen hatte. Den ganzen Besitz hatte Friedrich Lehr im Jahre 1937 von einem jüdischen Münchner Fotohändler gekauft, der in jenem Jahr nach Kuba ausgewandert war.
Friedrich Lehr, der ›alte Herr‹, hatte mich empfangen, ohne daß er sich viele Mühe gab, besonders höflich zu sein. Er ließ mich nicht zu Wort kommen und gab mir zu verstehen, daß er gar nicht daran denke, zu der Festschrift irgend etwas beizutragen; er habe nie Wert darauf gelegt, in der Öffentlichkeit gelobt zu werden, und daran werde sich kaum etwas ändern in seinem Alter. Er hasse Journalisten und Fotografen,

und er habe nie in seinem Leben ein Interview gegeben, und das *eine* Bild, das so ein *Schwein* von Fotograf in Nürnberg auf der Anklagebank von ihm gemacht habe, das reiche ihm . . . Ob ich nicht wisse, daß man ihn als »Kriegsverbrecher« abgestempelt und zu fünf Jahren Gefängnis verurteilt habe; ob seine Söhne das vielleicht in die Festschrift aufnehmen wollten, von ihm aus gern, er sei stolz darauf, sie täten ja sonst, was sie wollten, ohne ihn lange zu fragen; zuerst hätten ihn die Amerikaner *entmündigt,* und nun seine eigenen Söhne . . . Es war eine einzige Tirade, mit der er mich überschüttete, und es war schwer zu sagen, was davon echt war und was gespielt, denn bei alledem hatte ich immer das Gefühl, daß er sich jeden Augenblick unter Kontrolle hatte. Jedenfalls war der Empfang anders verlaufen, als ich ihn mir vorgestellt hatte. Aber dann, schon im Aufbruch, war Julia dazugekommen, die draußen geblieben war und sich von den Enkelinnen die Springpferde hatte zeigen lassen. Ich kann mich nicht erinnern, was gesprochen wurde; sie hatten sich auf Anhieb verstanden, Julia und dieser alte, verschlossene, unduldsame Tyrann, und er hatte plötzlich darauf bestanden, daß wir unbedingt bleiben müßten . . .

Draußen hatte das Spiel wieder begonnen. Ich hatte sehen können, wie Friedrich Lehr sich darauf vorbereitet hatte, indem er zwei dicke Socken übereinander angezogen hatte, um seine Füße zu schützen und die Erschütterung abzufangen, die das Laufen auf dem harten Platz verursachte; es war im übrigen nichts Ungewöhnliches, viele Klassespieler machten es im Training nicht anders. Ich sah von meinem Platz aus nur ihn, die große hagere Gestalt, weißhaarig, in einem Pullover, der ihm viel zu weit war; er bewegte sich kaum von der Grundlinie weg, aber er brachte die Bälle zurück, und ein- oder zweimal hörte ich Julias erstaunte Kommentare, wenn sie offensichtlich einen der leicht erscheinenden Bälle verschlagen hatte; ich sah sie nur, wenn sie ans Netz vorstürmte und dann vielleicht eine Geste des Beifalls machte, wenn es

dem alten Mann gelang, sie mit einem weiten Ball zu passieren.
An das folgende Abendessen habe ich viele widersprüchliche Erinnerungen; vielleicht, weil ich eigentlich nur Julia beobachtete und mich fragte, was sie an diesem Abend empfand. *Ich* erinnere mich an den Raum, an einzelne Details, bis hin zu dem Dekor des Porzellans; das waren Dinge, die ich gewohnt war zu bemerken. Der Raum, in dem die Tafel stand, an der wir mit acht Personen saßen, war ganz offensichtlich das frühere Refektorium; ich fand ihn ungemütlich, kühl, vor allem auch deprimierend wegen der Gemälde, die kaum einen Fleck an den Wänden freiließen. Das meiste waren »alte Meister«, eine ganz bestimmte Art, heitere Beschaulichkeit könnte man es wohl nennen: Grützner, Waldmüller, Moritz von Schwind. Es waren durchweg wertvolle Gemälde, aber alle – Julia mußte es besonders auffallen – in einem schlechten Zustand, nachgedunkelt, verschmutzt, zum Teil mit starken Rissen in der Farbe. Dazwischen hingen andere, mir unbekannte Maler, ein Erntestilleben, eine Bauernfamilie um einen Tisch, eine Amazone mit mächtigen Brüsten, und, über einem steingemauerten Kamin, genau dort, wo ich hinsehen mußte, wenn ich den Kopf hob, ein Gemälde von monumentalen Ausmaßen: eine Teeraufbereitungsanlage in Betrieb, so realistisch gemalt, daß die Gesichter der Arbeiter selbst in der Entfernung zu erkennen waren.
Ich erinnere mich nicht, was wir aßen, nur daß es viele Gänge waren; die beiden Diener waren dauernd dabei, auf- und abzutragen. Die Frau an meiner Seite, die Tochter des alten Lehr, blickte immer wieder besorgt zum Kopf der Tafel: Wie war ihrem Vater das Spiel bekommen; aß er nicht zu viel; das wievielte Glas Wein ließ er sich einschenken? Eine stumme Besorgnis, die sich in Blicken äußerte, Kopfsenken, ohne daß sie gewagt hätte, etwas zu sagen. Sie kam dabei kaum zum Essen, beteiligte sich auch nicht an der Unterhaltung ihrer drei Töchter, bei der es um Pferde ging, Springpferde; was

mir im übrigen keineswegs sofort klar gewesen war, da die Pferde Namen wie Elgar, Verdi, Gaetano und Christoforo trugen und ihnen in dem Gespräch Eigenschaften zugestanden wurden, die eher menschlich waren. Die drei Mädchen, sie sahen aus der Nähe älter aus, hatten die gleichen breiten Gesichter und blauen Lehrschen Augen.

Der achte Mann am Tisch war ein älterer Herr, der im letzten Augenblick aufgetaucht war und dann auch als erster wortlos verschwand, nachdem er, tief über den Teller gebeugt, ungeheure Mengen in sich hineingeschlungen hatte. Er war ein schmächtiger Mann und sah genauso aus, wie man sich den verarmten Verwandten vorstellt, den eine reiche Familie gnädig aufgenommen hat. Sein Name war Müller-Heydekrug, und er versah bei Friedrich Lehr so etwas wie eine Archivarstelle, kaufte im Auftrag des Alten sämtliche greifbare Literatur über das Baltikum auf, Bücher, alte Jahrgänge des »Memeler Dampfboot«, Stiche. – Kajetan Müller war Lehrer am deutschsprachigen Gymnasium in Heydekrug gewesen, Verfasser von Gedichten aus dem Memelland, Herausgeber einer Anthologie »Entrissene Ostlande«; er war von den Litauern in Kowno zu zweieinhalb Jahren Zuchthaus verurteilt worden, die er in Ukmerge abgesessen hatte, war dann 1938 über die Memeldeutsche Liste in den Landtag eingezogen. Das alles hatte er mir am Nachmittag erzählt, als ich mich mit ihm – nach dem überraschenden Stimmungsumschwung des Alten – unterhielt und mir von ihm Material aus der Frühgeschichte der Firma für die Festschrift geben ließ.

Das waren meine Beobachtungen, aber was ich wirklich versuchte, war, dieses Abendessen mit Julias Augen zu sehen. Ich hatte sie kaum gesprochen, der Alte hatte sie vollkommen mit Beschlag belegt, und sie saß an der Tafel auch neben ihm. Die beiden führten ihre eigene Unterhaltung, mit leisen Stimmen, was sie vollends von dem Rest des Tisches absonderte. Das war etwas Neues, Ungewohntes an diesem Tisch; man sah es allen Mienen an, aber auch für mich gab es etwas Ungewohntes, Julias Lachen. Man hörte es nicht leicht von ihr. Sie war ein Mädchen, das auf die meisten ernst wirkte, ja, die sie zum erstenmal sahen, hielten sie für hochmütig; es hatte mit ihrem Gesicht zu tun, mit ihren Augen, mit dem Grün um die Pupillen. Aber sie fühlte sich an der Seite des Alten ganz offensichtlich wohl, benahm sich ungehemmt, was sonst gar nicht der Fall war; sie war von Fremden nicht leicht zu gewinnen.

Dieser Raum, besonders die Bilder, hätte ihr eigentlich mißfallen müssen. Beides entsprach nicht ihrem Geschmack, und Menschen, die Bilder verkommen ließen, *verachtete* sie. Aber sie schien es nicht zu bemerken; die beiden tranken sich zu, sie lachte zu seinen Bemerkungen, sie lachte zu mir herüber, und ich meinte zu erkennen, daß es das war, was ihr gefiel: der große, sehr festlich gedeckte Tisch, die vielen verschiedenen Gläser, der Tischschmuck, die silbernen Unterteller, die vielen Personen und die vielen Stimmen, die durcheinandergingen. Und ich erinnerte mich, daß ich daran denken mußte, wie *unsere* Essen aussahen, seit vielen Jahren. Wenn ich sie in München besuchte, gingen wir meistens auswärts essen, schnell, irgendwo eine Kleinigkeit, das zählte wirklich nicht. Wenn ich sie zu Tennisturnieren begleitete, waren es wieder die eher deprimierenden Restaurants in den Hotels, in denen wir wohnten. Nach Augsburg kam sie selten, selbst die Besuche zu Weihnachten und anderen Feiertagen hatte sie eingestellt, nicht, daß sie daraus ein Prinzip machte, es kam einfach eben im letzten Augenblick immer was dazwischen. Manchmal aßen wir zusammen in ihrem Appartement in München; wir zwei allein; sie gab sich große Mühe, aber die Kochnische war nur durch einen Vorhang von dem Raum getrennt, und der Couchtisch war zu niedrig, als daß man richtig daran essen konnte . . .

Nach dem Abendessen gingen wir hinüber in einen angrenzenden Raum, der kleiner war, eine Veranda, die mit ihren

Möbeln aus den verschiedensten Epochen wie der Ausstellungsraum eines Versteigerungshauses wirkte. Am Boden lagen Teppiche, mehrfach übereinander. Die Sessel waren aus Korbgeflecht, und über die Tische war ein grünes Tuch gespannt, wie man es für Billardtische verwendet. Auch hier hingen Gemälde, und wo immer ein Platz frei war, gerahmte Fotografien, die alle nur eines zeigten: Mädchen mit Pferden, und zwar von klein an, noch mit Zöpfen und Schleifen im Haar.
Die Töchter hatten sich sofort nach dem Essen nach draußen zu den Ställen begeben, und Julia und der alte Herr blieben nur eine kurze Zeit auf der Veranda. Friedrich Lehr hatte sich zum Essen umgezogen, aber ich bemerkte, daß er zu dem dunklen Anzug noch immer die Tennisschuhe und die Wollsocken trug. Die Handrücken seiner Hände waren mit großen Leberflecken bedeckt. Und dennoch hatte das alles nicht die Wirkung des Alters – vor allem sein Gesicht hatte das Alter verschont. Die blauen Augen blickten klar, und die Falten darum gaben ihnen einen boshaften, wachen Blick. Das weiße Haar war kurz geschnitten, nur ein Büschel, das auf der Mitte seines Kopfes saß, wie ein Hahnenkamm.
Er hatte sich erkundigt, wie mir das Essen geschmeckt habe; und warum hatte ich nicht von dem Wein getrunken, ein Bordeaux, Jahrgang 29, der sonst ausschließlich für ihn allein reserviert war? Wie wollte ich alt werden, ohne einen guten Tropfen? Das waren die drei Dinge, die, seiner Meinung nach, einem Mann das Altern erleichtern: jeden Tag eine Flasche Wein, zwölf Stunden Schlaf, und, der boshafte Blick verstärkte sich, einige Menschen in der unmittelbaren Umgebung, die man quälen konnte. »Das Alter ist ein eigenartiger Zustand, mein Lieber. Man schrumpft äußerlich zu einem häßlichen alten Tier zusammen, aber man hat weiter die Gefühle eines Einundzwanzigjährigen. – Es war eine gute Idee, mit Ihrer Tochter herzukommen. Ich bin Ihnen dafür sehr dankbar. Wissen Sie, ich bin umgeben von Greisen,

einschließlich meiner Enkeltöchter! Ich hatte schon vergessen, daß man sich mit einem weiblichen Wesen überhaupt unterhalten kann. In diesem Haus wird sonst nur über Pferde gesprochen, es gibt kein anderes Thema, und ich habe Pferde immer für völlig unrentable Tiere gehalten, das unrentabelste Tier überhaupt, das es gibt, zu viel Masse für zu wenig Leistung. Wissen Sie, was meine Tochter für eines dieser Pferde ausgibt? Für Futter, Pflege, Versicherung, Transportkosten und Nenngelder – fünfzehn- bis zwanzigtausend Mark pro Pfund, und nur weil sie hofft, eine ihrer Töchter käme in die Olympiamannschaft. Und dabei will ich lieber gar nicht davon sprechen, was Reiten der Figur einer Frau antut! Haben Sie sich meine Enkeltöchter einmal angesehen, *unten* angesehen . . . nun, ich will mich da nicht weiter vertiefen. Sie entschuldigen uns. Ihre Tochter möchte meine Steinsammlung sehen. Sie bleiben doch über Nacht! Sie müssen bleiben. Meine Tochter wird Ihnen zwei Zimmer herrichten. Nicht wahr, Ehrengard. Du wirst dafür sorgen.«
Sie sagte nichts darauf. Sie nahm es schweigend zur Kenntnis, mit einem Senken des Kopfes; es schien zwischen ihnen nichts anderes zu geben, als die Befehle von seiner Seite und ihre stumme Unterordnung. Ich hatte das Gefühl, mich entschuldigen zu müssen, als sie gegangen waren, aber sie entgegnete nur: »Nein, warum; das bin ich gewöhnt von ihm. Er braucht jemand um sich, den er quälen kann, und seit dem Tod meiner Mutter bin ich das. Natürlich ärgert ihn auch das Geld, das ich für die Pferde ausgebe. Es ist mein eigenes, aus meinem Anteil, aber er meint natürlich, es gehöre eigentlich ihm. Aber noch wichtiger als das Geld ist es ihm, daß er uns quälen kann. Wenn Sie wüßten, wie er meine Mutter behandelt hat. Sie zählte nicht bei ihm – und wissen Sie warum? Nur aus einem Grund. Sie hatte ihm Söhne geboren, die alle kleiner waren als er. Er war mal einen Meter neunzig – er ist etwas

kleiner geworden –, und daß seine Söhne nicht so groß wurden wie er, hielt er meiner Mutter ein ganzes Leben lang vor ...«

Ich saß jetzt mit ihr allein, draußen auf der kühlen Veranda. Wir tranken schweigend unseren Kaffee, und ihre Gegenwart bedrückte mich; denn sie vermittelte das Bild einer Frau, die zu oft enttäuscht worden war, von einem Körper, der, trotz der Kinder, die sie geboren hatte, *ungenutzt* alt wurde. Und natürlich wußte ich, mit wem sie einmal verheiratet gewesen war. Sie tat alles, um in ihrem Äußeren diese Wirkung des Alterns zu unterstützen. Das Kleid, das sie trug, diente lediglich dazu, ihren Körper zu verhängen; es war ein brauner, vermutlich teurer Tweedstoff und maßgeschneidert; eine solche Mode gab es unmöglich zu kaufen. Dazu trug sie braune, wollene Strümpfe und flache, feste Schuhe. Ihr Gesicht war ohne jedes Make-up. Es war einfach, als täte sie bewußt alles, um unvorteilhaft auszusehen. Das einzig wirkliche Normale an ihr waren die Augen und die Farbe ihrer Haut, die gesunde Tönung eines Menschen, der viel Zeit im Freien verbrachte, der im Garten arbeitete, lange Spaziergänge machte.

»Es war wirklich nicht beabsichtigt, Ihnen Umstände zu machen.« Ich wiederholte mich. »Ich hoffe, Sie machen sich keine Sorgen wegen des Spiels.«

»Und wenn ich sie mir machen würde, was nützte es? Er tut nichts von dem, was sein Arzt oder ich sagen. Ich wundere mich nur, daß er den Ball überhaupt gesehen hat. Er sieht nämlich kaum etwas. Würde er allein auf die Straße gehen, ich glaube, er würde ins nächste Auto laufen. Er sollte sich operieren lassen – aber nein! Er sollte eine Brille tragen. Meinen Sie, er tät' es? Nicht, daß er viel liest, ich habe noch nie ein Buch in seinen Händen gesehen, nur Geschäftsbriefe, Bilanzen und Verträge. Hier, sehen Sie, das hat er sich extra konstruieren lassen, um seine Puzzles legen zu können.« Sie deutete auf einen der Tische. Am Rand des Tisches war ein überdimensionales Vergrößerungsglas angebracht mit einem biegsamen Metallarm. Ich bemerkte auch das Regal an der Wand, das angefüllt war mit Spielen. Das meiste waren Puzzles, von allen Sorten und Arten, vor allem Landschafts- und Landkartenpuzzles; die flachen, übereinandergestapelten Kartons sahen alle sehr neu aus, nicht so wie Spiele, die von Kindern benutzt werden. Sie hatte sich gleich am Anfang einen geholt und neben sich gelegt.

»Es macht Ihnen doch nicht aus, wenn ich ein Puzzle lege? Wir können uns ruhig dabei unterhalten, ich mache das im Schlaf.« Sie begann Teile vor sich auf den grünen Filz auszubreiten, Eckstücke zuerst. Bevor sie anfing, warf sie einen Blick auf ihre Armbanduhr, ein rundes altmodisches Stück mit arabischen Ziffern. »Puzzles sind unsere abendliche Beschäftigung. Mein Vater und ich, wir nehmen entweder dasselbe Motiv oder jedenfalls dieselbe Anzahl von Teilen und beginnen zur gleichen Zeit. Wir spielen um Geld, er besteht darauf, sonst würde es ihn langweilen, behauptet er; fünfzig Pfennig für jedes Teilchen, das der eine am Schluß dem anderen voraus ist. Das gibt manchmal ganz hübsche Summen, denn er nimmt am liebsten die mit dreitausend Teilen. Manchmal ist er mir hundert bis zweihundert Teile voraus. Es muß dann gleich ausbezahlt werden, und da er kein Bargeld anrührt – er sagt, er hasse Geld, was andere schon in den Händen gehabt haben –, verlangt er einen Scheck.« Sie sah mich über den Tisch hinweg an, mit einem prüfenden Blick, so, als bewegten sich ihre Gedanken in eine ganz andere Richtung. »Ich verliere meistens, und das ist der Abschluß unserer Tage: Ich sitze hier und schreibe einen Scheck aus, und er steht hinter mir und kontrolliert die Summe. Was, sagten Sie, tut Ihre Tochter?« Wir hatten nicht darüber gesprochen. Sie hatte von ihren Töchtern erzählt. Sie waren alle zwischen 1942 und 45 geboren; fünf Töchter, darunter Zwillinge; sie hatten Vornamen wie Edeltraud, Sieglinde oder Uta. Sie trugen alle den Namen Lehr, denn die Mutter hatte nach dem Tod ihres Mannes 1947 ihren Mädchennamen wieder angenommen. Alle Töchter waren verheiratet, drei davon mit Ärzten, eine praktizierte selber. Drei hatten sportlichen Ehrgeiz – zwei im Springen, eine in der Dressur – und verbrachten jede freie Stunde auf dem Gut.

»Meine Tochter arbeitet in München im Doerner-Institut.« Und, da sie mich fragend ansah: »Es ist ein Laboratorium für Konservierung von Kunstwerken, vor allem Gemälden, eine staatliche Stelle.«

»Ihre Tochter malt?«

»Sie würde Ihnen heftig widersprechen und sagen, daß es bei ihrem Beruf gerade darauf ankommt, *nicht* zu malen. Sie lehnt Übermalungen, wie sie so oft gemacht wurden, ab. Sie konservieren Kunstwerke, das ist alles. Das Ganze hat mehr mit den Naturwissenschaften zu tun. Man muß viel von Chemie verstehen, von Mineralogie und Lichtschutz.«

»Aber sie hat sicher studiert!«

»Nein. Sie brauchen nur ein Handwerk zu beherrschen. Sie nehmen lieber einen Kunstschreiner oder Orgelbauer als einen promovierten Kunsthistoriker. Julia ist gelernte Goldschmiedin; ihr Spezialgebiet ist die Reinigung von Glanzvergoldungen, Freilegungsarbeiten an Figuren und Gemälden.«

»Meine Töchter haben studiert«, sagte sie in einem klagenden Ton. »Dieser ganze Aufwand, und dann konnten sie nicht schnell genug heiraten! Ich hätte niemand mehr, wenn sie nicht herkämen wegen der Pferde. Aber ich glaube, es muß für einen Vater noch schwerer sein, wenn er seine Tochter verliert. Sie ist in dem Alter, nicht wahr! Wie alt ist sie?«

»Vierundzwanzig.«

»Da kann es praktisch jeden Tag geschehen. Es war wirklich schlimm für mich. Aber man sagt, für einen Mann ist es noch schlimmer – er gibt seine Tochter schließlich *einem fremden Mann*, so ist es doch, es ist eine natürliche Eifersucht.«

»Ich weiß nicht, ob ich in dem Punkt ein typischer Vater bin.«

Das Puzzle beschäftigte ihre Gedanken offensichtlich wenig. Sie fügte die Teile mit einer unheimlichen Geschwindigkeit ineinander, und jetzt, da nur noch ein paar Stücke fehlten, wurde die Bewegung ihrer Hand noch schneller. Sie schloß die letzten Lücken und blickte auf die Uhr. »Zwanzig Minuten für fünfzehnhundert Teile. Das ist nicht schlecht, aber nicht gut genug; er wäre schneller gewesen.« Sie zerstörte das Bild, legte die Teile in die Schachtel zurück und nahm sich ein neues Geduldsspiel. »Ein schöner Name, Julia. Er erinnert mich an den letzten Sommer vor dem Krieg. Wir standen damals beide vor dem Physikum, Julia und ich. Sie erinnern sich? Ich habe Julia damals beneidet, daß sie jemand hatte, der mit ihr zusammen lernte. *Das γ-Picolin wird als Ausgangsstoff zur Herstellung des Neotebens (Isonicotinsäurehydrazid) verwendet, das in den Anfangsstadien der Tuberkulose erfolgreich angewandt wird.* Organische Chemie – das war das, was mir besonders schwerfiel, und ich hatte niemanden, der mir half. Sie erinnern sich daran?«
»Es ist lange her.«
»Aber Sie müssen sich erinnern! Julia Dressler. Es war der letzte Sommer vor dem Krieg, und der erste, den wir wieder in Memel verbrachten. Fritz hat Sie damals mitgebracht. Sie müssen sich doch erinnern, Sie waren doch Freunde, ich glaube, er hatte Sie für mich vorgesehen, aber wie ich hörte, waren Sie gar nicht wegzubringen von Julias Seite.«
Es hatte zu dunkeln begonnen; es war draußen noch heller als auf der Veranda. Ich war froh, denn sie sah mich an, und zum erstenmal war so etwas wie Neugier in ihrem Blick. »Aber das ist seltsam! Sie geben Ihrer Tochter diesen Namen und sagen, Sie erinnern sich nicht.«
»Ich sagte, es ist lange her.« Wenn sie mit Julias Mutter studiert hatte, dann mußte sie etwa im gleichen Alter sein, und das hieß, daß sie nicht älter als dreiundfünfzig war.
In ihren Augen erlosch die Neugier, ihre Gedanken trieben weg, zu ihrer eigenen Vergangenheit; es gab nur diese eine

Strömung, und sie kam nie dagegen an. »Sie haben meinen Mann nie kennengelernt, oder?«

Es war die Frage, die ich gefürchtet hatte, die ich hatte kommen sehen. »Nein.« Warum auch dies noch? Auf was hatte ich mich da eingelassen. Ich hatte die Vergangenheit so gut vergraben, aber sie hoben eine Schicht nach der anderen ab. »Nein, ich habe ihn nicht gekannt.«

»Er war Arzt, ein guter Arzt. Wir haben uns erst nach dem Studium kennengelernt, in Königsberg. Er hatte dort seine erste Stelle, er leitete einen dieser SS-Röntgenzüge, in denen die Bevölkerung auf Früherkennung der Tb untersucht wurde. Wir haben damals in einem Jahr in Ostpreußen ein Röntgenregister für vierhunderttausend Bewohner angelegt, das heißt, daß jeder dritte im Gau untersucht wurde. Sie wissen, was man meinem Mann später vorgeworfen hat? Nur weil er ein SS-Arzt war! Sie haben ihn alle nicht gekannt. Er war ein herzensguter Mensch, ein guter Vater und ein begabter Musiker. Er hat sich sein Studium durch Klavierspielen verdient in der schlechten Zeit. Er liebte Musik, Schumann, Strauss . . . Sie wissen es, nicht wahr, was man ihm vorgeworfen hat? Die gemeinen Fotos, die man von ihm veröffentlicht hat, nach dem Krieg; sie konnten ihn nicht in Ruhe lassen, sie mußten nach seinem Tod seinen Namen in den Schmutz ziehen.«

Boettcher – ich konnte den Namen nicht länger unterdrükken, und die Tatsache, daß sie mit ihm verheiratet gewesen war. *Er war ein herzensguter Mensch*, streng, aber herzensgut. Ich wußte es anders, aber warum sie daran erinnern, nach fünfundzwanzig Jahren, wenn selbst ich es vergessen hatte.

Es war fast ganz dunkel auf der Veranda, aber ihre Hände waren unermüdlich in Bewegung, sie hatte bereits wieder so viele Teile des Puzzles zusammengefügt, daß das Bild zu erkennen war. Ich versuchte, nur auf ihre Hände zu sehen und zu denken, mein Gott, sie ist eine von vielen Frauen, die früh ihren Mann verloren haben, die nach dem Krieg allein

dastanden, in einer schlimmen Zeit, und sich und ihre Kinder durchzubringen hatten.
Sie blickte sich um, vergewisserte sich, daß wir allein waren, und fuhr fort: »*Sie* haben mich damals gezwungen, seinen Namen abzulegen, mein Vater und Fritz, die beiden vor allem. Ich hatte ihn als Toten zu identifizieren, und ich mußte meinen Mädchennamen wieder annehmen. Sie haben mich dazu gezwungen; ich durfte seinen Namen nie mehr aussprechen, und die Kinder durften ihn nicht wissen, bis heute kennen sie ihn nicht. Es gibt kein Bild von ihm hier im Haus, ich darf es nicht aufstellen.« Sie erhob sich und drehte einige Lampen an. Es war ein schwaches gelbliches Licht, das die Ecken des Raumes kaum ausleuchtete. Auch jetzt war es draußen heller als im Haus, so als würde es von Außenscheinwerfern angestrahlt. Sie war zu ihrem Sessel zurückgekehrt. An der Seite steckte eine einfache schwarze Tasche. Sie öffnete sie, legte ein Scheckbuch beiseite und holte dann eine Fotografie hervor, im Format 9 mal 12.
»Damals, als die Zeitungen diese verzerrte Fotografie von ihm veröffentlichten, habe ich dieses Foto verschickt, und einen Brief, aber niemand hat das damals veröffentlicht. Hier, sehen Sie, sieht so ein Verbrecher aus? Es ist alles Lüge, was sie ihm angedichtet haben! Diese vielen Toten! Ich habe ihnen gesagt, zeigt mir die Beweise, bringt mir jemand, einen einzigen, der mir beweist, daß er selber jemand getötet hat. Aber darüber durfte in diesem Haus nicht gesprochen werden. Sie haben ihn alle nicht gekannt, keiner. Sie auch nicht, oder?«
Sie hielt mir den Abzug hin. Sie würde es gar nicht bemerkt haben, wenn ich ihn nicht angenommen hätte; sie war zu befangen in ihren eigenen Erinnerungen, in ihrem eigenen Schmerz – man hätte meinen können, fünfundzwanzig Jahre seien genug, um Schutz vor der Vergangenheit zu bieten. Daß ich die Fotografie nahm, war wie ein Test, den ich an mir selber ausführte.
Nichts geschah; es war fast genauso wie in dem Augenblick,

als Gottfried Lehr den Namen ausgesprochen hatte, es gab keine Verbindung mehr. Es war ein alter Abzug, den jemand oft zur Hand genommen hatte. Die eine Hand in die Hüfte gestützt, blickte er in die Kamera. Es war nichts Auffallendes an ihm, bis auf die Lippen vielleicht, die schmal und zusammengepreßt waren, aber sonst war es das, was man ein offenes Gesicht genannt haben würde, mit einem geraden Blick. Die Frau hatte sicher recht, wenn sie sagte, er sähe wie ein herzensguter Mensch aus, streng, aber herzensgut.
Ich hatte ihn nie persönlich gesehen, und doch hatte er meinem Leben eine Wende gegeben. Ich kannte seine Unterschrift; damals, als ich die Akten durchsuchte, war ich immer wieder auf den Namenszug gestoßen, *Karl Boettcher,* in der unleserlichen Art, in der die meisten Ärzte schreiben; und daraus hatte ich mir mein Bild gemacht von ihm, aus den Unterschriften und den Bemerkungen am Rand von anderen Aktenstücken – der Mann, den ich haßte, der mich bis in meine Träume verfolgte, existierte in meiner Phantasie stärker als in der Wirklichkeit. Ich gab ihr die Fotografie zurück. Ich sagte nichts, und sie schien es nicht zu erwarten. Sie legte sie zurück in die Tasche und vollendete ihr Puzzle.
»Fünfunddreißig Minuten. Das ist gut, für eines mit zweitausend Teilen.« Sie schien übergangslos in die Gegenwart zurückzufinden. Das Licht in den Lampen flackerte, wurde manchmal heller und dunkler. »Das liegt an unserer eigenen Stromanlage«, erklärte sie. »Das gibt dieses unregelmäßige Licht. Er hat sie gebaut, vor ein paar Jahren, weil man ihm keinen Sondertarif einräumen wollte. Ich nehme an, daß sie unrentabel ist und der Strom uns ein Heidengeld kostet, aber das ist ihm egal. Er liebt Streit. Wenn er niemand ins Haus läßt, die Anwälte können zu ihm zu jeder Tages- und Nachtzeit kommen. Er führt seit fünf Jahren einen Prozeß wegen eines Weges, der durch das Gutsgelände führt. Die Gemeinde und der Landkreis behaupten, es sei ein öffentlicher Wanderweg, und klagen darüber, daß er für die Öffentlichkeit wieder

freigegeben wird. Nicht, daß der Weg uns stört, er liegt weitab vom Haus, führt durch den Wald, aber *er* hat einen Zaun errichten lassen. Sie sind jetzt vor dem Obersten Verwaltungsgericht gelandet.«
»Und wer wird den Prozeß gewinnen?«
»Er natürlich. Zuerst sah es so aus, als könne die Gemeinde mit Hilfe von Zeugen, die das Gutsgelände noch aus ihren Kindertagen kannten, beweisen, daß der umstrittene Weg früher öffentlich zugänglich war – aber plötzlich wollten die Zeugen sich nicht mehr daran erinnern, nachdem er mit ihnen gesprochen hatte. Jetzt versucht die Gemeinde, den Beweis anhand von alten Karten zu führen; aber ich nehme an, daß sie ebenso plötzlich nicht mehr vorhanden sein werden. Die Lehrs sind immer die Gewinner, das sollten Sie wissen.«
Sie sagte es, als gehöre sie nicht dazu. Und sie erhob sich, als habe sie gespürt, daß ihr Vater und Julia im nächsten Augenblick auf der Veranda erscheinen würden. »Ich werde mich um Ihre Zimmer kümmern. Ich schicke Ihnen jemand, der Ihre Sachen aus dem Wagen holt.«
Friedrich Lehr sah ihr nach, als sie den Raum verließ. »Hat sie gegen mich gehetzt? Glauben Sie ihr nicht alles. Sie sieht immer aus wie eine arme, alte Frau, die sich nicht wehren kann. Aber glauben sie mir, sie kann es sehr wohl! Sie . . .«
Mir war es egal, was er noch sagte, wie sie ihre Tage und Abende verbrachten, welche Prozesse sie führten und gewannen. Ich sah Julia an; Thea hatte immer gefürchtet, daß das Tennisspielen, das Julia mit elf Jahren begonnen hatte, ihren Körper mißbilden würde; manche denken bei einer Tennisspielerin an kurze Röcke und dicke Beine, starke Oberschenkel. Aber wenn Julia einen Platz betrat, ihre drei verschiedenen Schläger unter dem Arm, wirkte sie immer noch eher wie eine überschlanke Achtzehnjährige. Das einzige, was vom Tennis herrührte, war die kräftig ausgebildete linke Schulterpartie, denn sie war Linkshänderin; aber man mußte es schon wissen, wie ich, um es zu sehen unter der schwarzen Bluse,

die sie trug. Eine schwarze Bluse und schwarze Hosen, keinen Schmuck.
»Schau, was ich bekommen habe.« Sie hielt mir den Stein mit der linken Hand hin; die Nägel waren sehr kurz geschnitten, weil sie sie sonst bei ihrer Arbeit gestört hätten. »Einen Beryll, in Glimmerschiefer eingewachsen.« Es war ein Stein von der Größe einer Walnuß. Die Einsprengsel hatten die Größe und Form von Kandiszucker-Stücken, nur daß sie grün waren. »Du mußt dir die Zeit nehmen und das ansehen. Es ist die schönste und größte Mineraliensammlung, die ich kenne.«
»Dabei war sie gar nicht zufrieden mit der Etikettierung der Stücke«, sagte Friedrich Lehr. »Und ich muß ihr recht geben. Diese Zettel gehen immer verloren. Sie hat mir einen nützlichen Tip gegeben, eine feste Numerierung durch Anbringung eines kleinen Farbtupfers, auf den man mit Tusche eine laufende Nummer schreibt.« Er sah Julia an. »Wie wäre es, wenn ich Sie anstelle? Sie könnten die Sammlung ordnen, einen Katalog anfertigen, in dem alle wichtigen Dinge aufgeführt sind – Namen, Begleitmaterial, Zusammensetzung, Fundort, Datum der Ansammlung. Je sorgfältiger das gemacht ist, desto höher ist der Wert einer solchen Sammlung, ich schenke Ihnen also nichts. Sie können auch, was noch fehlt, ankaufen. Es wäre sicher die Arbeit eines Jahres. Wie ist es? Ich stelle Sie für ein Jahr ein und bezahle Ihnen . . .«
Sie unterbrach ihn mit ihrem Lachen. »Und mein Holbein? Was ist damit?«
Sie hatte also auch von ihrer Arbeit erzählt, von dem Bild, an dem sie gerade arbeitete.
»Ihr Holbein hat vierhundertfünfzig Jahre gewartet, er kann auch noch etwas länger warten. Ich lebe nicht mehr so lange. Und wir könnten den Platz wiederherrichten lassen und jeden Tag eine Stunde spielen.«
»Ich werde es mir überlegen.« Sie sah mich an. »Was sagst du dazu?«
Die Frau war auf die Veranda zurückgekommen, und so

brauchte ich ihr nicht zu antworten. Unsere Zimmer waren fertig; am liebsten wäre es mir gewesen, wir wären noch in der Nacht zurückgefahren. Aber für Julia war es ein langer Tag gewesen, sie hatte am Vormittag noch zwei Spiele gemacht in Garmisch, bevor sie mich hierher gefahren hatte. Die Frau sagte, einer der Diener würde uns unsere Zimmer zeigen, und wir sollten ihm sagen, wann wir geweckt zu werden wünschten. Dann wandte sie sich an ihren Vater, und ohne daß sie die Frage zu stellen hatte, nickte er und begab sich an seinen Tisch mit dem Vergrößerungsglas. Später, als wir noch einmal durch die Halle kamen, sah ich sie beide dort sitzen vor den Puzzles auf den grünbezogenen Tischen.

8

Unsere Zimmer lagen nebeneinander in einem Seitentrakt. Es mußte ein ganz alter Teil des Gebäudes sein, das sah man an der Dicke der Außenmauern. Die Zimmer waren neu hergerichtet, mit einer holzgetäfelten Decke, grüner Stofftapete und jedes mit einem Bad. Eine Tür führte hinaus auf den Balkon, der beide Räume miteinander verband. Das Bett war ein Doppelbett im Bauernstil, bunt bemalt, aber an den Seiten war ein Stück eingesetzt worden, um es zu verlängern; Friedrich Lehr war sicher ein Mann, der an so etwas denken würde.

Es war fast, als könnte ich ihn durch die Mauern hindurch dort unten neben seiner Tochter vor dem Tisch in der Veranda sehen, wie die beiden ihre Puzzles um die Wette lösten, als hätten sie sich wieder in ihr Kindesalter zurückentwickelt. Ich war nicht müde. Ich hatte nur weggewollt von ihnen, und nun waren meine Gedanken schon wieder zu ihnen zurückgekehrt.

Ich nahm die Papiere und Dokumente, die Müller-Heydekrug

mir herausgesucht hatte, und begann darin zu lesen, manchmal nur einzelne Sätze; vieles wußte ich ohnehin, es brauchte nur einiger Worte, eines Anstoßes, daß ich mich wieder daran erinnerte. Gerade die flüchtige Lektüre, das Überfliegen, machte mir deutlich, was die Hauptgründe für den Erfolg der Familie Lehr waren: Sie nahmen das Geldverdienen ernst, und, was genauso wichtig war, sie hatten es immer verstanden, sich mit den jeweils Mächtigen gut zu stellen, mit einem sechsten Sinn zu erkennen, wenn die Zeiten umschlugen.
In jener ersten Festschrift – zum 25jährigen Bestehen der Firma – fand ich den Lieblingssatz eines Lehrs, der so einfach wie einleuchtend war: *Bei Gelddingen hört die Gemütlichkeit auf.* Das war jener Johann Wilhelm Lehr, der Vater des Mannes, der dort sein Puzzle legte, der den Reichtum der Familie begründet hatte. Er war schon fünfzig gewesen, ein Kapitän in der dritten Generation einer Familie, die aus Lübeck nach Memel gekommen war. Er verschiffte Holz von Memel nach England, von jener Sorte, die *Memel Timbers* hieß, seit dem 18. Jahrhundert Weltruhm genoß und die großen Holzhändler und Sägemühlenbesitzer reich machte, während Johann Wilhelm Lehr es selber bis dahin nicht einmal zu einem eigenen Schiff gebracht hatte. Das war neu für mich: Er hatte ein Darlehen aufgenommen, ein Schiff gekauft und einen Zehnjahresvertrag mit der Deutschen Südseeplantagen-Gesellschaft geschlossen.
Die Gesellschaft unterhielt in den sechziger Jahren des 19. Jahrhunderts in der Südsee auf Samoa große Kokosplantagen zur Erzeugung von Fett und Kopra, hatte aber Schwierigkeiten mit der Beschaffung von Arbeitskräften. Es war schwere Arbeit, und die Gesellschaft zahlte für jeden in Apia, der Hauptstadt Samoas, gelandeten Arbeiter ein Kopfgeld von zweiundzwanzig englischen Pfund für den Eigner des Schiffes. Zehn Jahre war Johann Wilhelm Lehr daraufhin die melanesischen und polynesischen Inseln abgefahren, hatte Depots angelegt, in denen er die Arbeiter sammelte, und sie

dann auf die Plantagen verschifft. Als er nach Memel zurückkehrte, besaß er den Titel eines Ehrenkonsuls von Samoa und genug Geld, um ausgedehnte Wäldereien und sechs Schneidemühlen zu kaufen und sich ein Haus im Vorort Schmelz am Holzhafen zu bauen. Er wurde Mitglied der Memeler Freimaurerloge, und von da an war im Grunde der weitere Weg vorgezeichnet: Es hatte immer einen Lehr gegeben, der das Geldverdienen ernst nahm und sich mit den Mächtigen gut stellte. — Es war eine so ganz andere Geschichte als die meines Vaters.
Die Familie Lehr war kaisertreu, aber es hatte sie nicht daran gehindert, ihre gezeichneten Kriegsanleihen rechtzeitig zu guten Kursen zu verkaufen, das Geld in Sachwerten wie Holz, Eisen, Stahl, selbst Schrott anzulegen und als Hauptsitz der Firma Berlin zu wählen. Die Firma hatte die demokratischen Parteien von Weimar unterstützt und selbst von einem sozialdemokratischen Ministerpräsidenten Bauaufträge für 50 000 Wohneinheiten im Jahr erhalten; aber die Lehrs hatten es nicht versäumt, ebenso rechtzeitig die Wahlkasse dieser »neu aufkommenden nationalen Partei« aufzufüllen. Man war dafür entsprechend belohnt worden, hatte aber auch dann wieder die Zeichen der Zeit erkannt und 1944 die Staatsanleihen abgestoßen, alle Schulden des Reiches eingetrieben und Anwälte aufgeboten, um Schadenersatz für Kriegsschäden im Osten einzuklagen. Man hatte diesmal den Hauptsitz nach Bayern verlegt und versucht, möglichst den gesamten Baumaschinenpark und das Produktionsmaterial ebenfalls dorthin zu verbringen, was mit einem letzten Großauftrag für unterirdische Produktionsstätten im Raum Landsberg auch gelungen war. Müller-Heydekrug hatte mir erzählt, wie in den letzten Wochen vor Kriegsende hier im Schloß die Unterlagen mit den Spenden der vergangenen zwölf Jahre vernichtet worden waren und dafür eine genaue Aufstellung all jener Beträge angefertigt wurde, die man zur Weimarer Zeit an die bürgerlichen Parteien gezahlt hatte. Und weitsichtig wie immer,

hatte Friedrich Lehr über die Schweiz Kontakt zu jenem jüdischen Fotohändler aus München aufgenommen, dem er 1937 den Besitz abgekauft hatte; er stellte ihm in Aussicht, zu gegebener Zeit freiwillig einen angemessenen Betrag nachzuzahlen.

Aus dieser Sicht betrachtet, ließ sich sicher verstehen, daß jene zwölf Jahre des Dritten Reiches für Friedrich Lehr nur eine Episode darstellten, eine Zeit, in der man im Grunde viele Opfer gebracht und wenig profitiert hatte. Und so war auch wohl das Unverständnis zu begreifen, mit dem er seiner Verhaftung nach dem Krieg und seiner Anklage begegnet war. Jene Fotografie, von der er gesprochen hatte, die ein Fotoreporter in Nürnberg von ihm auf der Anklagebank gemacht hatte, zeigte, als ich sie mir bei Müller-Heydekrug ansah, nichts als Verachtung für seine Richter, aber auch schon die Sicherheit, daß dieser »Irrtum« bald revidiert werden würde.

Was sagte das alles? Nichts anderes, als daß es immer und zu allen Zeiten Bevorzugte gegeben hatte, Menschen mit mehr Glück als andere, klüger als andere; es sagte, daß die einen immer dazugewannen und die anderen verloren. Es war sicher nicht geeignet, als Tenor für eine Festschrift – oder im Grunde doch! Denn wenn man von Einzelheiten absah, war es die Geschichte einer Familie, eines Mannes, der allen Widerständen zum Trotz das Glück gezwungen hatte, auf seiner Seite zu bleiben. Wenn das keine Geschichte war! Es war eine Tatsache, daß die Unglücklichen zusätzlich zu ihrem Unlück auch noch an den Geschichten von Glücklichen interessiert waren . . .

Und schließlich hatte Julia den alten Herrn sehr sympathisch gefunden. Sie hatte sicher recht, es so zu sehen. Ich wünschte nicht, ihr andere Dinge zu erzählen, an die mich die Lehrs erinnerten. Ich hatte es nie getan, und das sollte so bleiben. Julias Erinnerungen begannen mit Nonnen in einem Kloster, mit kalten Räumen, mit frühem Aufstehen, langen Gebeten und Bestrafungen für verbotene Bücher wie Wilhelm Buschs Fromme Helene – und das war genug. Mit Zeugnissen, in denen sie gelobt wurde für Sauberkeit und getadelt wegen Mangel an Gehorsam und wegen Eitelkeit. Mit Fotos, die ein mageres Mädchen zeigten in einem grauen, gestärkten Kleid aus Nessel. Mit einem Vater, der nur an den Wochenenden zu Besuch kam und die fehlende Mutter durch lange phantasievolle Geschichten von einer Frau ersetzte, die es nie gegeben hatte.

Ich saß da und lauschte auf Geräusche aus ihrem Zimmer. Es war nichts zu hören. Wir hatten oft so Zimmer an Zimmer gewohnt, Wand an Wand, wenn ich sie zu Turnieren und Klubwettkämpfen begleitete, und ich hatte wie jetzt gelauscht und manchmal auch morgens wach gelegen und darauf gewartet, bis ich das Geräusch hörte, das mir sagte, daß sie wach war: das Schlagen des Springseils auf dem Boden. Mit Seilspringen begann sie ihren Tag, jeden Tag.

Der Balkon lief an der ganzen Breite des Hauses entlang. Ich wußte nicht, wieviel Zeit vergangen war, meine Uhr war stehengeblieben; ein weißer, heller Streifen umgab das Gebäude; Scheinwerfer, die an den Ecken des Hauses unter den Dachvorsprüngen angebracht waren und die anscheinend die ganze Nacht brennen blieben.

Die Tür zu ihrem Zimmer stand halb offen, und ich sah Julia am Rand ihres Bettes sitzen. Sie war ausgezogen und trug einen Pyjama aus gelbem Frottee. Sie kehrte mir den Rücken zu und las in einem Buch. Ihr linkes Schulterblatt bewegte sich unter dem Stoff, wenn sie eine Seite umschlug. Das Springseil mit den roten Griffen lag auf einem Stuhl.

Ich klopfte an die Scheibe, einmal, zweimal, bis sie den Kopf wandte. Sie schien sich erst besinnen zu müssen, wo sie war; sie legte das Buch beiseite und forderte mich auf hereinzukommen. Sie bediente sich immer meines Vornamens wie bei Thea auch. Ich zog mir einen Stuhl ans Bett. Das Buch, das sie

weggelegt hatte, war eine schmale graue Broschüre; der Titel war nicht zu lesen.
»Was hast du gelesen?«
Sie lächelte mich an. Sie hatte sich gewaschen, und ihr Gesicht war frei von Puder und Lippenstift, und dennoch war es so, als hätte ihr Gesicht mehr Farben als zuvor; das rotbraune Haar, die grünen Augen, die sehr roten Lippen.
»Was werde ich schon gelesen haben, etwas Ernsthaftes natürlich! Es ist eine Sünde, untätig zu sein – das wurde mir so früh beigebracht, daß ich es wohl nie mehr loswerde. Ich hab' es hier gefunden.« Sie deutete auf ein schmales, eingebautes Regal, das angefüllt war mit Büchern. »Ich weiß jetzt eine Menge über Herzbewegungen. Weißt du, wie lange eine Herzaktion dauert?«
»Zwischen 0,8 und 0,9 Sekunden.«
Sie blickte mich überrascht an, sagte dann aber nichts weiter dazu, sondern nahm den Stein, der neben dem Buch lag. Sie hielt ihn in der Hand. Sie saß aufrecht in ihrem Bett. »Was ist mit dem alten Herrn?« sagte sie. »Ich fand ihn eigentlich sehr nett, sehr viel anders, als du ihn mir beschrieben hast. Nett ist sicher nicht das richtige Wort – er ist auf eine nette Art altmodisch. Er erinnert mich an etwas, das du mir einmal erzählt hast . . . Komisch, er sagt von sich, er sei ein Kriegsverbrecher. Er meint es spöttisch. Was ist wirklich daran?«
»Du findest ihn nett, nur das ist wichtig, oder?«
»Darum frage ich ja, gerade weil ich ihn nett finde; bleiben wir bei dem Wort. Also kann eines von beiden nicht stimmen, entweder stimmt mein Gefühl nicht oder das andere. Sag mir!«
Ich war nicht gekommen, um darüber mit ihr zu sprechen. Ich schwieg.
»Man hat ihn verhaftet nach dem Krieg?« fragte sie weiter. »Er war angeklagt, und man hat ihn verurteilt?«
»Ja, zu fünf Jahren. Er hat in Landsberg gesessen, in der Festung. Ich weiß nicht, was er dir erzählt hat, vermutlich,

daß er dort Kartoffeln schälen mußte die ganze Zeit. In Wirklichkeit konnte er dort seine Anwälte empfangen und eine Revision des Urteils betreiben. Er hat sich amerikanische Anwälte genommen, er traute den Deutschen nichts zu. Sie haben ihn nach drei von den fünf Jahren freibekommen. Damals war schon wieder alles ganz anders, es gab die Blokkade in Berlin, den kalten Krieg, den Amerikanern war klargeworden, daß diese Prozesse gegen deutsche Industrielle höchst unsinnig waren, man brauchte sie wieder. Das Ganze war ein ›nachweisbares Mißverständnis‹, das sagten die Amerikaner damals selber. Also gib dich damit zufrieden.«

»Was stand in der Anklageschrift?«

»Es gab verschiedene Punkte.«

»Nenn mir einen. Ich meine, eine konkrete Sache, die man ihm vorgeworfen hat.«

»Der erste Anklagepunkt war, Tausende von Fremdarbeitern gegen ihren Willen beschäftigt und ausgebeutet zu haben.«

»Es geschieht heute wieder, oder? Sie sagen zwar Gastarbeiter, aber sie werden ja nicht als Gäste geholt, sondern weil Unternehmer handfeste Profite aus ihnen ziehen. Du kannst jemandem daraus einen moralischen Vorwurf machen, du kannst, wenn du willst, das System anklagen, aber verstößt du damit gegen ein Gesetz?«

Das war etwas, was auch zu ihr gehörte, daß sie klar und nüchtern denken konnte wie ein Mann. »Es war damals etwas anders«, sagte ich.

»Wie anders?«

»Erstens sind sie gezwungen worden zu dieser Arbeit. Zweitens waren es nicht Arbeiter allein, sondern auch Kriegsgefangene und KZ-Häftlinge. Und drittens waren es die Zustände auf den Transporten und in den Lagern im Raum Landsberg.«

»Was für Zustände? Ich weiß nicht, warum du nicht ganz offen darüber sprechen kannst. Warum ist dir das Thema so peinlich?«

»Ich könnte darüber reden, aber was würde es bedeuten? Was

sagt es, wenn ich sage, die Leute starben schon auf den Transporten in die Lager? Sagt es dir etwas, daß die Ernährung aus einem Liter Suppe, fünf Gramm Fett und zweihundert Gramm Brot bestand, bei zwölf bis vierzehn Stunden Arbeitszeit, und daß die Baustellen der Firma Lehr besonders gefürchtet waren? Vielleicht sagt es dir etwas, daß in einem der Lager in den letzten Kriegstagen dreihundertundsechzig Menschen erschossen wurden und daß die Begründung dafür war, sie seien in einem so elenden Zustand gewesen, daß man sie den Amerikanern *so* nicht in die Hände fallen lassen konnte.«

»Das ist geschehen? Wie hat er sich verteidigt?«

»Er wußte nichts von solchen Sachen. Das waren Verleumdungen, Unterstellungen. Niemand könne ihm beweisen, daß er davon gewußt habe. Man meine auch gar nicht ihn – man beabsichtige nur, alle Industriellen Deutschlands vor der Welt als Sklavenausbeuter anzuprangern, aber das würde sich bitter rächen. Er klagte sie an! Wir sollten wirklich nicht mehr weiter darüber reden.«

»Wußte er davon? Persönlich? Du sprichst von so vielen, gab es einen einzigen, der wegen ihm starb? Sag mir, gab es einen?«

Ich hatte mehr gesagt, als ich sagen wollte. Ich hatte immer alles getan, um sie davon fernzuhalten. »Es ist alles so lange her. Wir sind dazu gemacht, zu vergessen. Es ist eine sehr wichtige Fähigkeit des Menschen. Du kannst nicht leben, ohne zu vergessen.« Sie hatte den Stein zurückgelegt, neben das Buch. Ich erinnerte mich, was sie am Anfang des Gesprächs gesagt hatte. »Was hast du damit gemeint, als du sagtest, seine altmodische Art erinnere dich an etwas, was ich dir einmal erzählt habe?«

»Etwas von Mutter.«

»Mir fällt im Augenblick nicht ein, was du meinst.« Auch dies war etwas, wo ich vorsichtig sein mußte, was ich sagte. Nicht, daß ich auf solche Fragen nicht vorbereitet war; das, was ich

ihr von ihrer Mutter erzählt hatte, hielt sich so nahe an die Wahrheit wie möglich: Ich hatte Julia Dressler im Sommer 1939 auf dem Gut ihres Vaters an der Dange, fünfzehn Kilometer von Memel entfernt, kennengelernt. Ich hatte sie 1944 wiedergesehen, als sie mich besuchte in Neuschwanstein. Sie hatte ein Kind bekommen, Julia, geboren im Dezember 1944. Ihre Mutter war kurz darauf nach Berlin aufgebrochen, weil sie von ihren Eltern keine Nachricht mehr hatte und versuchen wollte, sie aus Memel herauszuholen. Ihr Zug war von amerikanischen Tieffliegern angegriffen worden; es hatte so viele Tote dabei gegeben, daß sie nicht einzeln identifiziert werden konnten, und auch ihr Grab war nicht mehr genau zu lokalisieren. – Zu dem Zeitpunkt, als Julia alt genug gewesen wäre, ihr die ganze Wahrheit zu erzählen, hatte diese Geschichte sich schon so gefestigt, sich selbständig gemacht, war mit soviel Ausschmückungen versehen worden, daß sie selbst für mich glaubhaft klang, die einzig wahre. »Was meinst du genau?«
»Die Geschichte, wie du Mutter kennengelernt hast. Wie du sie zum erstenmal gesehen hast, auf dem Gut. Irgend jemand, der zur Familie gehörte, eine Tante, hatte Geburtstag, und du platztest in die Feier hinein; und da war dieses Mädchen, sie hatte ein langes rosa Kleid an, so hast du es erzählt, und Mutter machte vor dieser Tante einen Knicks und küßte ihr die Hand. Dabei war sie kein junges Mädchen mehr, sondern schon fast in meinem Alter; sie beugte sich über die Hand der Tante und küßte sie; so, genauso, hast du es mir jedenfalls erzählt.«
»Genauso war es auch. Ich platzte wirklich mitten in die Feier hinein. Ich sah dieses Mädchen in dem rosa Kleid; ich dachte jedenfalls, es sei ein kleines Mädchen, und erst, als sie sich umdrehte und mich ansah, sah ich in die Augen einer Frau.«
»Sie hatte meine Augen?«
»Ja, du hast ihre Augen, und auch sonst hast du viel von ihr.

Damals, als ich sie mit einem kleinen Mädchen verwechselte, stand sie schon kurz vor dem Physikum.«
»Du hast dich damals in sie verliebt?«
»Damals, ja, im ersten Augenblick, glaube ich, als sie ihrer Tante die Hand küßte; natürlich war das altmodisch, aber ich konnte nicht darüber lachen; sie war ein bißchen wie aus einer anderen Welt, und sie blieb es eigentlich immer.«
»Du hast mir lange nicht mehr von ihr erzählt. Ich habe es immer gemocht, wenn du von ihr erzählt hast.«
»Du weißt, es gibt nicht viel.«
»Ich weiß, aber ich mochte auch das Wenige. Wie diese Geschichte mit dem Handkuß; ich glaube, ich könnte sie hundertmal hören; so wie du sie erzählst, weiß man, daß du sie geliebt hast. Ich wünschte, wir lebten noch in einer solchen Zeit . . . Hast du gehört?«
»Ja. In was für einer Zeit?«
»In der Mädchen lange rosa Kleider tragen und noch in meinem Alter einer Tante einen Handkuß geben. Statt dessen tragen wir Jeans und . . .«
»Ich habe dich noch nie in Jeans gesehen.«
»Daran siehst du, daß ich altmodisch bin. Vielleicht hängt es mit meinem Beruf zusammen, mit den alten Bildern, mit denen ich dauernd zu tun habe. Ich mag altmodische Dinge und auch altmodische Männer.« Sie streckte die Hand aus und bedeutete mir, mich zu ihr an den Rand des Bettes zu setzen. »Ich bin heillos altmodisch in allem«, sagte sie und sah mich fragend an. »Es ist sehr altmodisch, heutzutage mit vierundzwanzig noch eine Jungfrau zu sein, oder fast eine.«
Sie hatte es ganz natürlich gesagt, wie eine Feststellung.
»Beunruhigt es dich?« fragte ich.
Sie schüttelte den Kopf. »Mich nicht. Ich hoffe, es beunruhigt dich nicht.«
»Nein. Väter sollen darin sehr eigenartig sein. Sie sind eifersüchtig auf jeden Mann, der sich ihrer Tochter nähert.

Sie zeigen es nicht so, aber es kommt spätestens dann heraus, wenn es soweit ist.«

»Manchmal denke ich, ich *müßte* beunruhigt sein. Wenn du die anderen Mädchen in meinem Alter hörst! Und wenn du dir Filme ansiehst und die Zeitungen aufschlägst, dann kommst du dir ganz unnormal vor, so spät dran zu sein.«

»Du wirst deine Gründe haben.«

»Die habe ich. Einer davon bist du.«

»Ich?«

»Ich meine nicht dich allein. Ich meine, dich und Thea, eure Ehe, das kann einen wirklich abschrecken, mit anzusehen, wie zwei Menschen sich quälen können, über Jahre hinweg. Ihr seid kein ermunterndes Beispiel. Und all das, was ich von ihr immer gehört habe, ihre Warnungen, die sich gar nicht gegen dich allein richteten, sondern gegen alle Männer. Das ist das eine. Na, und dann sind es die jungen Männer selbst, ich meine die jungen Männer von heute.«

»Was ist mit ihnen?«

»Nichts weiter Schlimmes, nur, daß sie eben so gar nichts Altmodisches mehr haben. Du kannst alles mit ihnen tun. Du kannst mit ihnen Tennis spielen, ins Theater gehen, diskutieren oder tanzen. Du sitzt mit ihnen nachts in einer Diskothek und unterhältst dich mit ihnen über die Hochschulreform, über den ›Kampf gegen verkrustete Autoritäten‹, die Reform der Paragraphen 218 und 175, Verständigung mit der DDR, Unterstützung der Unabhängigkeitsbewegung der jungen Nationalstaaten, Bewältigung der Reste des Rassismus, über Kinderläden und *Sucht ist Flucht* . . . Und im selben Atemzug sehen sie dich an, ganz überrascht, daß *du* da bist, heben das Glas und fragen dich: ›*Sag mal, willst du nicht mit mir schlafen heute?*‹ Und wenn du dann sagst: ›*Nein!*‹, nicken sie, sagen: »*O.K., war nur eine Frage*‹, und fahren fort mit dem, was sie vorher gesagt haben. – Verstehst du? Sie sind nicht etwa böse oder beleidigt; sie haben gefragt, du hast nein gesagt, die Sache ist okay, sie werden einfach später bei

Gelegenheit noch einmal darauf zurückkommen. Sie wollen alle die Welt ändern, die Zeit gewaltig ändern, von Grund auf ändern, und sie hat es nötig, zugegeben, aber muß deswegen *alles* geändert werden? Ich stelle es mir einfach anders vor, so wie bei dir damals . . .«

Das solltest du besser nicht tun. Ich sagte es nicht. Es war so ruhig im Haus, als seien wir alleine darin und alle anderen Räume seien leer. Das Licht draußen hatte etwas Unglückliches. Ich saß so nahe neben ihr, daß ich ihren Atem hörte. Ohne hinzusehen, war mir bewußt, wie ihre Brust sich unter dem gelben Stoff bewegte. Mit einer leichten, unauffälligen Bewegung hätte ich ihre Hände nehmen können. Es drängte mich, es zu tun. Aber ich tat es nicht. Ich dachte daran, daß sich manchmal in einem Leben etwas wiederholt, daß man eine zweite Chance bekommt, aber ich hatte nicht den Mut, daran zu glauben.

»Weißt du, was ich mir beim Abendessen überlegt habe«, sagte ich. »Wie wäre es, wenn wir uns in München gemeinsam eine Wohnung nähmen, jeder mit einem eigenen Atelier?«

»Und meine Arbeit im Institut?«

»Bevor wir nach Garmisch fuhren, habe ich ein Gespräch mit deinem Chef gehabt. Er meint, du solltest dich selbständig machen. Sie haben nur sechs Planstellen, und sie bekommen keine dazu; du kannst dort praktisch nie mehr werden. Aber wenn du dich selbständig machst, würde dir das Institut sicher Aufträge vermitteln. Du weißt selbst, daß ihr die meisten privaten Aufträge ablehnen müßt. Du könntest neben den reinen Restaurationsarbeiten zusätzlich Expertisen und Preisschätzungen abgeben, was die meisten ja wollen und was dem Institut nicht gestattet ist. Du hättest dieselbe Arbeit und würdest das Doppelte verdienen. Es ist nur ein Vorschlag, den ich mir überlegt habe.«

»Ich habe selber daran gedacht. Ich muß mich entscheiden, beides geht nicht mehr, das Tennis und der Beruf. Ich bin jetzt

langsam schon ein Tennisveteran. Ich komme nicht mehr weiter, ich habe auch nicht mehr den Ehrgeiz, und wenn ich solche Spiele wie in Garmisch verliere, dann ist es wohl besser aufzuhören . . . Aber was ist mit Thea?«
»Ich werde mit ihr sprechen. Im Grunde würde sich nichts ändern, so wie wir leben. Du wirst dir meinen Vorschlag überlegen?«
»Ja. Obwohl ich dir jetzt schon sagen kann, daß es nicht viel zu überlegen gibt.« Sie saß jetzt nicht mehr im Bett, sondern lag dort, die Decke bis hoch über die Brust gezogen. »Das ist nun wirklich unnormal; andere Mädchen in meinem Alter ziehen von ihren Eltern weg.« Sie blickte mich nicht an. Ich konnte den Ausdruck auf ihrem Gesicht nicht deuten. Er hatte etwas Traumhaftes, aber ich bildete mir nicht ein, daß es etwas mit mir zu tun haben könnte.
Im Zimmer brannten zwei Lampen. Ich drehte die eine ab und ließ nur das Licht neben ihrem Bett brennen. Ich war auf dem Weg zur Tür, als sie sagte: »Bleib noch, nur einen Augenblick.«
Ich wandte mich um und sah ihre Augen, die aus der Nähe ein Blau und ein Gelb in der Iris waren, was sie grün aussehen ließ; genauso war es bei ihrer Mutter gewesen.
»Es ist wegen Mutter«, sagte sie, »oder vielmehr wegen dieses Buches.«
Ich nahm die Broschüre vom Nachttisch. Der Text war in Maschinenschrift gedruckt. Es war eine Studienausgabe der Universität Königsberg *Grundtatsachen der Physiologie des Menschen.* Ein seltsames Gefühl kam über mich, während ich es in der Hand hielt.
»Ich habe nicht wirklich darin gelesen«, sagte sie.
»Nicht gelesen? Du schienst sehr vertieft.«
»Vertieft, das ist das richtige Wort. Ich habe es dort aus dem Regal genommen, ich weiß nicht, warum gerade dieses, ich wollte einfach irgend etwas lesen, aber ich bin dann da sitzen geblieben, das Buch in der Hand. Ich habe es wirklich nur in

der Hand gehalten, und ... du wirst mich auslachen! Ich habe nie darüber gesprochen. Es ist schwer zu erklären, am besten vielleicht mit den Bildern. Es geht mir manchmal bei den alten Bildern genauso, an denen ich arbeite. Zum Beispiel jetzt der Holbein. Es ist ein Gemälde von Holbein dem Älteren, das später übermalt worden ist.«

Ich hatte gesehen, wie sie an dem Bild arbeitete, als ich sie vor drei Tagen im Institut abholte. Es war um 1504 gemalt worden und stellte eine Familie Schwarz dar, weltlich gekleidet. Zu einem späteren Zeitpunkt mußte ein Mitglied der Familie sich etwas zuschulden haben kommen lassen; und der Pfarrer der Kirche, in deren Besitz sich das Bild befand, hatte angeordnet, es zu übermalen. Den Männern wurden lange weiße Talare angelegt, den Frauen schwarze Umhänge und Nonnenhauben, die Kinder hatten Rosenkränze in die Hand bekommen. – Diese Übermalungen waren durchaus etwas Übliches, und es war eine der Aufgaben des Instituts, den Originalzustand wiederherzustellen. Julia hatte mir auch die Technik erklärt; bei dem Holbein verwandte sie eine Paste, Panzol, die jeweils auf wenige Quadratzentimeter des Bildes aufgetragen wurde und die Übermalung aufweichte, bis sie sich mit einer Spachtel oder einem Modellierholz abschaben ließ ...

»Du hast es ja gesehen«, war sie fortgefahren. »Wenn die Paste auf der Übermalung steht, kannst du nichts anderes tun als warten. Es dauert manchmal zwanzig Minuten, bis die Ölfarbe sich löst, aber dann hast du oft auch Sekunden, um die Paste abzunehmen. Du sitzt da, du riechst den Duft der Paste, der Farbe, zehn Minuten, zwanzig Minuten, und in dieser Zeit ... du wirst es für verrückt halten, geht plötzlich die Phantasie mit dir durch. Ich sehe die Kirche, die Stelle, an der das Bild hängt; ich sehe den Pfarrer, zusammen mit dem Maler, ich höre ihre Stimmen, jedes Wort, das sie sprechen; es ist, als sei ich wirklich dort. Es ist nicht das erstemal. Es passiert mir bei anderen Bildern auch. Ich hab' mich nie getraut, dir davon zu erzählen ... es ist verrückt, oder?«

Es erinnerte mich an etwas, was vor vielen Jahren geschehen war. Julia war damals fünf gewesen, vielleicht etwas älter. Es war an einem der Wochenenden, an dem ich sie in Lauingen besucht hatte, in dem Kloster, in das ich sie nach der Geburt zu der Schwester meines Vaters gebracht hatte. Im Garten des Klosters stand ein Brunnen, und ein großer bunter Ball, mit dem Julia gespielt hatte, war in das rechteckige Steinbecken gefallen und schwamm auf der Wasseroberfläche. Julia war hingelaufen, um ihn zu holen, lachend und fröhlich, und plötzlich hatte sie zu schreien angefangen, war kaum zu beruhigen gewesen; sie zitterte am ganzen Körper und brachte zuerst kein Wort hervor, und als ich den Ball aus dem Wasser heben wollte, schrie sie: *»Berühr ihn nicht!«*
Sie hatte sich schließlich so weit beruhigt, daß sie sprechen konnte. Sie glaubte, einen toten Soldaten am Brunnen gesehen zu haben. Sie beschrieb Einzelheiten: Er lag über dem Rand des Beckens, den Kopf im Wasser, an seiner Seite hing ein Beutel herunter . . . Ich hatte Severa, die Schwester meines Vaters, befragt, ohne zu denken, daß es eine Erklärung für Julias seltsames Verhalten geben könnte. Aber es war geschehen. Genauo, wie sie es beschrieben hatte, war der Soldat dort gelegen. Die Schwestern des Klosters hatten im April 45 drei deutsche Soldaten versteckt gehalten, die sich von ihrer Truppe entfernt hatten. Jemand mußte ihren Aufenthaltsort verraten haben, die Feldgendarmerie war erschienen. Zwei der Soldaten hatten sich abführen lassen; der dritte hatte einen Fluchtversuch unternommen, war aber nur bis zum Brunnen gekommen, zwei Schüsse hatten ihn tödlich getroffen . . . Natürlich konnte Julia nichts davon mitbekommen haben; sie war zu der Zeit ein Kind von vier Monaten, und Severa versicherte, daß ihr auch später niemand davon erzählt habe. Aber es war natürlich gut möglich, daß Julia irgendwann einmal gehört hatte, wie zwei Nonnen sich darüber unterhielten. Ich erinnerte mich jetzt das erstemal wieder daran.

»Mit dem Buch ging es mir wie mit den Bildern«, fuhr Julia fort. »Ich saß da, hielt es in der Hand, ohne zu lesen, und plötzlich hatte ich das Gefühl, das Buch habe mit dir und Mutter zu tun.«
»Mit mir und Julia?« Ich hatte es die ganze Zeit in der Hand gehalten, aber ich mußte es plötzlich weglegen.
»Ich sah euch, und ich hörte euch. Es war Sommer. Es gab eine weiße Bank und komischerweise viele Vögel. Ich hörte das Gezwitscher der Vögel und eure beiden Stimmen. Du stelltest ihr Fragen, und sie antwortete.«
»Das habe ich dir erzählt«, sagte ich. »Es war in dem Sommer, in dem sie sich auf ihr Physikum vorbereitete. Ich hörte sie ab. Das weißt du alles von mir.«
»Natürlich, das schon, aber . . . ich habe sie gesehen! Du hast mir nie ein Bild von ihr gezeigt, und doch habe ich sie ganz deutlich gesehen, ich könnte sie dir beschreiben.«
Sie hatte recht, ich hatte ihr nie eine Fotografie von ihrer Mutter gezeigt; es existierte nur ein einziges Foto, und das wollte ich nicht, daß sie das sah. Die anderen waren damals bei dem Angriff auf Augsburg verbrannt.
»Und ich hörte eure Stimmen. Daß ich deine erkenne, ist nur natürlich. Aber ich hörte auch ihre, wie sie dir antwortete.«
Ich versuchte, es von der leichten Seite zu nehmen. »Und was habe ich gefragt?«
»Es ging um Atemgeräusche, um das Abhorchen der Lungengeräusche, und was sich an Erkrankungen daraus schließen läßt.«
»Und was antwortete sie?«
Sie schloß ihre Augen, als besinne sie sich. Als sie antwortete, zögernd und langsam, hatte ihre Stimme einen anderen Klang.
»Vesciculäres Atmen . . . klingt wie das Rauschen in einem Blätterwald . . . Bronchiales Atmen . . . klingt wie ein scharfes ch . . . Amphorisches Atemgeräusch . . . klingt wie beim Blasen über die Mündung eines Kruges oder einer Flasche.«

Ich konnte nicht sofort sprechen. Dann sagte ich: »Vermutlich hast du doch in dem Buch gelesen.«
»Steht es denn so dort?«
Ich schlug die Broschüre auf, suchte die betreffende Stelle und zeigte sie ihr. Sie hatte sich aufgesetzt. Sie schien plötzlich zu frieren, ohne die Wärme der Decke. Sie fuhr sich durch das Haar. Sie war bleich und irgendwie erschüttert von diesen Dingen. Dann versuchte sie zu lächeln, und plötzlich standen Tränen in ihren Augen.
»Ich bin einfach müde und überdreht«, sagte sie. »Und ich habe noch nicht überwunden, daß ich dieses Spiel heute morgen verloren habe. Was war nur mit mir los? Wie konnte ich gegen *die* verlieren! Sie hat mich einfach angesteckt mit ihrer geistlosen Löffelei. Es war überhaupt eine schlechte Spielzeit, aber dieses Spiel durfte ich einfach nicht verlieren! Du wirst sehen, sie werden mich in der Rangliste hinter sie setzen, obwohl ich sie in diesem Jahr schon dreimal geschlagen habe. Du weißt genau, daß sie die Erfolge im Frühjahr niedriger bewerten als die im Herbst.«
Ich stellte das Buch in das Regal zurück. Ich löschte auch das zweite Licht. Von den Scheinwerfern draußen war es immer noch hell genug im Raum, daß ich sah, wie sie weinte; nicht laut, einfach Tränen, die in ihren Augen standen.
»In zwei Sätzen glatt verlieren . . . Wie konnte das passieren!«
Aber sie war jung, und ich wußte, ich würde morgen früh erwachen und das Geräusch hören, mit dem das Seil den Boden berührte. Ich wußte auch, daß ich sie liebte, aber ich hatte Angst, sie zu verlieren, wenn ich es ihr sagte.

9 Seine hervorstechende Charaktereigenschaft war es, möglichst nicht aufzufallen; ein Mann, der lieber unbemerkt blieb, der, wenn andere sich laut äußerten, mit seiner Meinung zurückhielt und sich das Seine dachte. Dabei war er so leicht nicht einzuschüchtern; und er hatte mehr Mut bewiesen als alle anderen, damals, als es darum ging, Julia das Leben zu retten. Er entsprach auch äußerlich diesem Bild, ein Mann, jetzt sicher Ende Fünfzig, mittelgroß, das Haar weder hell noch dunkel; ein Mann eben von ganz unauffällig unbedeutender Erscheinung, einer, den man übersah – und doch mußte er es sein, dem ich als erstem an diesem Tag über den Weg lief, in den Parkanlagen am Lechwehr gegenüber dem Landtagsgebäude.

Seine Name war Josef Zielinski, aber bei den Kollegen, und in Landsberg überhaupt, hieß er nur der Tauben-Zielinski, weil Brieftauben seine ganze Leidenschaft waren.

Zielinski stammte aus Kattowitz in Oberschlesien. Er war dort aufgewachsen, wohnte mit seiner Mutter in einem Zimmer in einem engen, schmalen Haus, das der Vater immer »unser Familiengrab« genannt hatte. Die Reviersiedlung lag gleich hinter der Kokerei der Laurahütte, die zur Kattowitzer Bergbau AG gehörte. Der Vater und der Großvater hatten dort gearbeitet als Steiger; aber der Vater war 1920, in der Pfingstwoche, bei einer Demonstration von deutschen Arbeitern gegen die französischen Besatzungstruppen in Kattowitz erschossen worden, und seither lebten die Mutter und der Sohn bei einem Bruder.

Auch der Vater hatte Brieftauben gezüchtet. Tauben spielten eine große Rolle, waren das Gesprächsthema in den von Ruß und Kohlenstaub geschwärzten Häusern, wo es nach den Abgasen der Kokerei roch; und abends wurde es in dem hinteren Zimmer nie ganz dunkel, weil die giftig gelbe Abstichflamme direkt vor dem Fenster lag. Kein Wunder übrigens, denn Tauben schienen das einzige zu sein, was weiß blieb, und, nach der endgültigen Abtrennung Ostoberschle-

siens an Polen, blieb der Brieftaubenliebhaber-Verein eine Art intakte deutsche Enklave, wo Deutsch gesprochen und die Bücher deutsch geführt wurden. Mit dreizehn Jahren hatte Josef Zielinski seine ersten Preise gewonnen. Er war später sogar zum Schriftführer des Vereins gewählt worden, wohl vor allem wegen seiner Schrift; er bediente sich der deutschen Schreibschrift; wie gestochen saßen die Buchstaben nebeneinander, nur unterbrochen von den Buchstaben mit den ausgeprägten Unterlängen wie das s und j und z.
Diese Schrift war mir an Zielinski als erstes aufgefallen; sie war plötzlich in dem Hauptbuch in Neuschwanstein, in dem alle Eingänge und Ausgänge registriert wurden, aufgetaucht, etwas völlig Zeitwidriges. Sie gehörte, so erfuhr ich, dem »Polen« – die »Herren« von den verschiedenen Kunststäben sahen über die Schulter auf die SS-Wachen herab, die dem Einzelstab zugeteilt waren. Josf Zielinski war 1939, damals schon siebenundzwanzig, zur Waffen-SS eingezogen worden, hatte in Paris zu den Wachen bei den im Louvre gesammelten Kunstgegenständen gehört, war dann 1942 mit dem Haupttransport – fünfundzwanzig D-Zug-Packwagen – nach Neuschwanstein gekommen; dort hatte er sich freiwillig angeboten, das Hauptbuch zu führen, weil seine Aufgaben als Wachkommando-Führer ihn allein nicht befriedigten und an Brieftaubenhaltung damals nicht zu denken war. Er war dann, Mitte 1944, versetzt worden, zusammen mit anderen von der SS-Wachmannschaft, und zwar in eines der damals eilig errichteten Arbeitslager im Raum Landsberg-Kaufering; die Bewachung von Arbeitskräften war wichtiger geworden als die von Kunstschätzen.
Nach dem Krieg und nach einer schweren Verwundung war Zielinski in Landsberg geblieben. Er hatte eine Anstellung im Landratsamt gefunden, wo er schließlich einen Posten bekam, der ihm wie auf den Leib zugeschnitten war: Er wurde Leiter der Registratur, und in dieser Eigenschaft war ich ihm wieder begegnet; Zielinski war stolz darauf, was er da tat, er führte

seine Arbeit mit ausgesprochener Würde aus, gab ihr Bedeutung; ein Mann, der an das glaubte, was er tat; und immer noch bediente er sich gelegentlich der deutschen Schreibschrift, was dazu führte, daß seine Kassenanweisungen manchmal wegen Unleserlichkeit zurückgewiesen wurden.
Ich war mit einem Wagen vom Lehrschen Gut gekommen. Julia hatte sich angeboten, den Umweg über Landsberg zu machen, aber da der Wagen ohnehin fuhr – er brachte jeden Montag, Mittwoch und Freitag Gemüse, biologisch gedüngt, Eier und andere Lebensmittel für den Haushalt des Sohnes –, hatte es sich ganz natürlich ergeben, daß sie direkt nach München zurückkehren konnte. Ich war froh darüber; ich hatte es auch in der Vergangenheit vermieden, wenn ich Aufnahmen in der Gegend zu machen hatte, mich von Julia fahren zu lassen, um Fragen aus dem Weg zu gehen, die ich nicht beantworten wollte. Es war mir besonders wichtig erschienen nach dem vorangegangenen Tag, nach unserem Gespräch. – Meine Frage nach der Herkunft jenes Studienbuches war im übrigen nicht eindeutig beantwortet worden: Ehrengard Lehr konnte sich nicht mit Sicherheit erinnern. Sie und Julia Dressler hatten zur gleichen Zeit und an der gleichen Universität studiert, und es war gut möglich, daß sie sich bei der Knappheit der Lehrmittel damals gegenseitig Bücher ausgeliehen hatten; auffallend war immerhin, daß ihr Exlibris, mit dem sie sonst alle ihre Bücher versah, in diesem nicht vorhanden war . . .
Die Straße, von Steingaden über Schongau, hatte uns an einigen Lehrschen Werken vorbeigeführt; ich hatte früher nie so sehr darauf geachtet, wie viele davon in dieser Gegend lagen. Der Fahrer hatte mich jedesmal auf das blaue Quadrat mit dem weißen L aufmerksam gemacht. Ein Blähbetonwerk, ein Asphaltwerk, eines für Frischbeton und eine Anzahl von Kiesgruben; er war früher für eines der Werke gefahren, einen der schweren Zementtransporter. Er hatte den Beruf aufgeben müssen wegen der Gicht, die er an den Händen

bekommen hatte; es war eine Art Berufskrankheit, erzeugt durch das Fahren im Sommer mit offenen Fenstern, wobei der Fahrtwind besonders die Hände am Steuer traf.

Ich ließ mich von ihm in der Nähe des Landratsamtes absetzen. Ich wollte das Stück am Lech entlang bis zu dem Verwaltungsgebäude laufen; es gab mir Zeit, noch einen Aufschub, vor der Begegnung mit Fritz Lehr. In den Anlagen befand sich eine Wetterstation, Luftfeuchtigkeitsmesser, Barometerschreiber, Temperaturmesser, und Josef Zielinski stand vor der weißgestrichenen Holzumfassung, betrachtete die Skalen und Linien, und dann den Himmel, mit einem Ausdruck, als ergebe sich dabei eine Differenz, die ihn beunruhigte. Er bemerkte mich nicht, aber ich konnte unmöglich an ihm vorbeigehen, ohne ihn zu begrüßen. Aus der Nähe erschien er noch besorgter, als stünden verheerende Veränderungen bevor; der Himmel war strahlend blau, aber das Barometer war stark gefallen.

Wir hatten uns zwei oder drei Jahre nicht gesehen, und er schien mich nicht sofort zu erkennen. Er sah forschend in mein Gesicht, auf meine Lippen, und ich mußte ihm meinen Namen nennen. Er entschuldigte sich dann: »Es ist immer noch dasselbe, manchmal ist es besser, manchmal schlechter. Ich kann mir einfach Gesichter nicht merken. Das hängt mit der Verwundung zusammen, da fehlt mir etwas. Stimmen ja, da hakt es sofort bei mir ein, und die Schrift, da können Jahre vergehen, ich weiß sofort, das ist der und der, aber Gesichter, nein. Manchmal vergesse ich schon nach ein paar Wochen, jemand zu grüßen. Damit wird es immer schlechter.«

Es sprach einen eigenartigen Dialekt; das Bayrisch, das er in fünfundzwanzig Jahren angenommen hatte, ergab mit seinem Oberschlesisch eine eigenartige Mischung – es war so, als hätte man eines dieser von Kohlen- und Gesteinsstaub gefärbten schmalbrüstigen Revierhäuschen mit ein paar Ornamenten aus Gipsstuck herausgeputzt.

»Sie hatten mich wieder mal unter dem Messer«, berichtete

er. »Wieder ein paar Splitter. Sie sagen, jetzt sind es die letzten, aber wahrscheinlich haben sie wieder gelogen. Ich weiß nicht, was sie davon haben, mich anzulügen. Die SS-Ärzte damals, die waren ehrlicher. Das waren harte Burschen. Der sagt zu mir, damals, so Zielinski, Sie haben drei Möglichkeiten. Möglichkeit eins, du bleibst auf dem Tisch. Möglichkeit zwei, du bleibst am Leben, aber dein Leben lang ein Krüppel. Möglichkeit drei, wir haben Glück, und wenn Sie sich hinterher zusammenreißen wie der Willy Birgel, reiten Sie wieder für Deutschland. Ich hatte wohl Glück.«
Er hatte seine Verwundung im April 1945 erhalten, als ein Zug mit Zwangsarbeitern aus dem Lager I auf der Fahrt nach Dachau von Jagdbombern angegriffen wurde. Zielinski hatte zum Begleitpersonal gehört, und verschiedene Splitter eines der Zerlegergeschosse hatten ihn getroffen; er hatte die schwere Rückenwirbelverletzung überlebt, viele Operationen; aber er hatte es wohl nur seinem eigenen Willen zu verdanken, daß er dennoch kein Krüppel geblieben war. Wenn er einen ansah, merkte man, wie er den Kopf steif hielt, als trüge er eine Stütze, und ich wußte, daß er seine Nächte in einer Art Gipsbett verbrachte, das seinem Rücken angepaßt war.
»Das wichtigste ist Bewegung. Nur nicht lange herumsitzen. Viel Bewegung, immer in Bewegung bleiben.« Wir waren von der Wetterstation weg näher zum Landratsamt gegangen. Es war ein Neubau, und ich erinnerte mich daran, daß er jahrelang davon gesprochen hatte, daß er eines Tages endlich genügend Raum für seine Akten bekommen würde; es war die ganzen Jahre über sein Traum gewesen, und da ich annahm, daß er immer noch dort arbeitete, nur eine kurze Pause benützt hatte, um nach dem Wetter zu sehen, sich Bewegung zu machen, sprach ich ihn darauf an.
»Ich arbeite nicht mehr«, antwortete er. »Seit einem Jahr nicht, sie haben mich vorzeitig invalide geschrieben, mit siebenundfünfzig, stellen Sie sich das vor. Ich hab' den Umzug nicht mehr erlebt. Über zwanzig Jahre habe ich darauf

gewartet. Was war das für eine Gemurkse. Nichts konnte man richtig ablegen, nichts schnell finden. Und nun haben sie das schöne neue Amt, und ich bin nicht dabei. Sie sollten die neue Registratur sehen! Ein ganzes Kellergeschoß. Es gibt sogar leere Regale. Der Landrat war immer schon der einzige, der vor Akten Achtung hatte. Er hat von der Pike auf gedient; nicht einer von diesen neuen, jungen Regierungsräten, die von der Schule kommen und alles besser wissen. Er hat sich das nicht ausreden lassen – das ganze Kellergeschoß! Metallregale. Eine Ordnung ist das jetzt. Ich gehe manchmal und sehe es mir an. Alles klar und übersichtlich geordnet nach amtlichem Aktenplan. Sie können mich abfragen. Ich habe die ganzen Ordnungszahlen noch im Kopf. Fragen Sie, was Sie wollen, Fischereifragen 75–756, Tierzuchtverein 70–700, Kriegsbegräbnisstätten 06–061.«
Er wandte den Kopf, in der steifen Art, und sah mich an. – »Sie kommen wegen der Skelettfunde?«
Die Frage kam überraschend, aus heiterem Himmel, und ich verstand nicht sofort, was er damit meinte; und doch reagierte mein Körper schneller und spontaner; Schweiß brach mir unter der Achselhöhle aus, näßte das Hemd. »Was für Skelettfunde?« Mir war inzwischen der Zusammenhang klargeworden, der für Zielinski zwischen den Akten und seiner Mitteilung bestand; denn es waren jene mit 06–061 bezeichneten Ordner gewesen, über denen ich immer wieder gesessen hatte, sie mir Blatt um Blatt einprägte, mir Notizen machte, damals, als ich noch gehofft hatte, den Akten etwas Endgültiges über Julias Ende entnehmen zu können.
»Ich dachte, sie seien deswegen gekommen«, sagte er unsicher.
»Ich weiß nicht, wovon Sie reden.«
»Nicht? So eine Idiotie! In der Nähe der alten Arbeitslager Kies auszuheben! Damit hätten sie doch rechnen müssen, daß sie da auf Skelette stoßen. Ich meine, wenn es auch nicht allgemein bekannt ist, jemand hätte sich doch erinnern müs-

sen. Jetzt hat der Landrat das Theater.« Er sprach zögernd, um sich blickend, mit leiser Stimme. »Das war schon eine Schweinerei damals, die Toten einfach irgendwo einzuscharren und sich nicht mal die Mühe machen, ein anständiges Grab auszuheben. Eine Schweinerei war das! Aber wer kam nur auf die Idee, dort Kies auszubeuten. Idiotisch.«
Es war klar, daß er von den alten Lagern im Landkreis sprach. Sie waren von Mai 1944 an errichtet worden, im ganzen elf, von denen Reste noch heute zu finden waren, verkommene Baracken, grasüberwachsene Grundmauern. Die anhaltenden Bombardierungen im Westen, der drohende Verlust von Industrien im Osten hatten damals zu dem Plan geführt, Industriewerke unter die Erde zu verlegen. Der Standort im Raum Landsberg war aus zwei Gründen gewählt worden: Es war ein strategisch relativ gesicherter Ort, und er lieferte durch seine Moränenlandschaft den wichtigsten Baustoff, Kies, Kies in ausreichendem Maße, ohne Transportprobleme. Der Plan sah vor – unter strengster Geheimhaltung und unter höchster Dringlichkeitsstufe –, unterirdische Produktionsstätten für den Flugzeugbau zu errichten – riesige Bunkerwerke auf einer Fläche von dreimal hunderttausend Quadratmetern. Neunzigtausend Arbeitskräfte sollten dort eingesetzt werden, im Dreischichtbetrieb. Für die Bauarbeiten, unter der Oberleitung der »Organisation Todt«, waren verschiedene Firmen herangezogen worden, die größte davon war die Lehr Bau KG. Das vordringlichste Problem waren freilich die benötigten Arbeitskräfte gewesen. Es gab sie kaum noch, weder im Osten noch im Westen, und so holte man sie von dort, wo sie noch zu bekommen waren, von der SS aus den Konzentrationslagern. Sie kamen aus Litzmannstadt, dem ehemaligen Warschauer Ghetto, vor allem aber waren es jüdische Häftlinge aus dem Baltikum – zum Teil von Frauen und Kindern begleitet, um »die Arbeitsmoral zu heben«. Wie viele es insgesamt gewesen waren, hatte sich später nie mehr mit Genauigkeit feststellen lassen. Starben sie, wurden die

Lager neu gefüllt, und es starben ziemlich viele. Nach dem Krieg hatte es Schätzungen gegeben, die weit auseinandergingen, aber die wahrscheinlichste Zahl lag bei vierzehntausend Toten, von denen die meisten aus Schwäche, an Unterernährung und Krankheiten gestorben waren; und man hatte sich, wie Zielinski gesagt hatte, mit ihrer Bestattung nicht sehr viel Mühe gegeben, sondern sie in der Nähe der verschiedenen Lager eingegraben . . .

»Wo hat man sie gefunden?«

»Sie bauen an der B 17 eine der neuen Staustufen am Lech für ein Kraftwerk. Hinter Kaufering, dort, wo man später einen Friedhof angelegt hat, um die Leichen zu sammeln, sind sie auf Skelette gestoßen. Ein Bagger einer der beteiligten Firmen hat sie freigelegt. Der Landrat wurde gleich benachrichtigt, deshalb weiß ich davon. Er hat sich aus der Registratur die alten Pläne bringen lassen. Jetzt ist er selber draußen. Sie haben die Bauarbeiten vorerst eingestellt.«

»Was haben sie gefunden?«

»Soviel ich gehört habe, sind es bisher zwölf Skelette. Es ist früher schon mal vorgekommen, als ich noch im Amt arbeitete. Ein Bauer hat da ein einzelnes Skelett gefunden und es gemeldet.«

»Und was geschieht damit?«

»Sie werden bestattet, sobald sie freigegeben sind. Sie müssen das Landeskriminalamt unterrichten. Die haben Experten, und die müssen die Funde freigeben, ehe sie bestattet werden können.«

Er hatte gesagt, in der Nähe des Friedhofs. Es gab verschiedene. »Sie meinen den Friedhof bei dem ehemaligen Krankenlager?«

Er sah mich zum erstenmal direkt an. In seinem Blick lag Mitgefühl und Tadel zugleich. »Nein, der auf der anderen Straßenseite. Haben Sie es denn noch immer nicht aufgegeben? Sie werden ihr Grab nie finden. Sie wissen doch, wo sie gestorben ist. Wenn dieser Boettcher sie damals nur nicht in das Krankenlager geholt hätte. Ich habe Ihnen damals schon gesagt, der Boettcher ist so gefährlich, weil er ein Feigling ist. Ich glaube, es war nichts als Feigheit, daß er die Leute im Krankenlager erschießen ließ. Aber Sie sollten es vergessen. Wir sollten nicht hier stehen und darüber sprechen. Sie haben wirklich alles getan damals.«

»Sie haben mehr getan.«

»Hab' ich das?«

»Mehr als andere.«

»Dann sollten Sie es aufgeben, an diese Dinge zu denken. Sie sehen, nicht alle waren so wie Boettcher.«

»Ich habe es längst aufgegeben, daran zu denken.«

»Das ist gut. Man kann damit fertig werden. Ich bin damit fertig geworden. Sie erinnern sich an meine Frau? Sie war es immer, die sagte, man muß das endlich vergessen! Verstehen Sie, wenn ich schon mal davon anfing, wenn ich mir Vorwürfe machte, dann war *sie* es, die sagte, einmal muß damit Schluß sein, jetzt hör auf, darüber nachzudenken, du hast mehr als genug getan, damals. Genau ihre Worte.«

Seine Frau war damals in einem der Arbeitslager gewesen, eine Polin aus Sosnowitz. Sie hatte im Frauenlager I, in dem sich auch Julia Dressler befand, die Küche unter sich gehabt. Josef Zielinski führte damals das Wachkommando des Frauenlagers, und der ehemalige Häftling Hedwig Zeligowski war nach dem Krieg seine Frau geworden.

»Man kann darüber hinwegkommen«, wiederholte er. »Wissen Sie, wen ich neulich getroffen habe? Ewi. Sie erinnern sich an sie?«

Ich nickte und sagte nichts.

»Zufällig laufe ich ihr über den Weg in München.«

»Was ist aus ihr geworden?«

»Das wissen Sie nicht? Ihr Mann hat sich von ihr scheiden lassen; er ist irgend etwas Hohes in der Verwaltung der Bundesbahn, und er hat wohl ordentlich bezahlt. Jedenfalls geht es Ewi gut. Sie sah richtig schick aus in ihrem Pelzmantel; und das mit dem Bein, das sieht man überhaupt nicht. Sie hat in München ein Nachtlokal, so eine Nachtbar, und man sagt, sie habe immer die schönsten Mädchen, die Mädchen mit den schönsten Beinen.«

Wieder sagte ich nichts, und Zielinski hatte das Schweigen zu überbrücken. »Sie sollten uns einmal besuchen, meine Frau und mich; versprochen haben Sie es schon lange. Sie wird bestimmt nicht reden über früher, sie nicht. Wir würden uns freuen, und Zeit habe ich ja jetzt genug.« Es erinnerte ihn wohl an seine Beobachtungen an der Wetterstation, denn wieder warf er einen besorgen Blick zum Himmel. »Wenn es nur heute hält, nur bis zum Abend. Es sind so viele Junge dabei . . .« Er lächelte. »Heute morgen haben sie in Harburg meine Tauben aufgelassen. Das ist die weiteste Flugstrecke, die wir heute in Deutschland haben, Harburg bei Hamburg und Flensburg. Beides sind genau siebenhundertfünfzig Kilometer. Das schaffen sie bei gutem Wetter in zehn Stunden. Nebel ist das schlimmste, wissen Sie, der zwingt sie zu Umwegen.«

Er war plötzlich so in Anspruch genommen von seinen Brieftauben, als hätten wir nie über etwas anderes geredet. »Den älteren Tieren macht es weniger aus. Sie finden am leichtesten zurück, es ist natürlich die Erfahrung, die sie den anderen voraushaben. Aber diesmal habe ich fünf Junge dabei, die fliegen die Strecke zum erstenmal. Andere arbeiten da mit Tricks, aber nicht Zielinski. Ich sage immer, die Natur hilft sich selbst. Gut füttern, sauber halten, damit habe ich die besten Erfolge erzielt. Wir würden uns wirklich freuen . . .«

Ich merkte, er wollte zurück. Er hatte noch viele Stunden zu warten, und er würde sich weiter Sorgen machen wegen des fallenden Luftdrucks. Er kannte sicher die Flugroute seiner Tauben, und vielleicht hatte er die Möglichkeit, jemand anzurufen auf der Strecke, um zu erfahren, wie das Wetter dort war. Er wandte sich noch einmal um, eine Drehung des ganzen Oberkörpers, weil er den Hals allein nicht bewegen konnte, und lächelte; vielleicht hatte er auch erwartet, daß ich mit ihm gehen würde, und einen Augenblick war ich nahe daran, es zu tun . . .

Ich hatte nicht weit zu gehen; auch das Lehrsche Planungsbüro war ein Neubau. Sie hatten die alte Villa abgerisssen und an ihre Stelle einen flachen, langgestreckten Baukörper gesetzt, mit ungeheuer viel Glas und Steinverblendungen. Mit dem aufgesetzten Aufbau in der Mitte hatte das Ganze etwas von einem Schiff, und der Eindruck wurde noch verstärkt durch einen weißgestrichenen Mast mit Takelage und Wimpeln, der anstelle eines Fahnenmastes auf dem Vorplatz stand. Das alles hätte gut in eine Küstenlandschaft gepaßt, aber hier löste es bei mir nur den Gedanken aus, daß man ein einflußreicher Mann sein mußte, um einen solchen Bau in dieser Umgebung genehmigt zu bekommen. Ein Wagen hielt vor dem breiten Aufgang, als ich dort ankam. Der Mann, der ausstieg, war kompakt und fest, und der Stoff des hellen, grünlichgrauen Sommerloden-Anzugs spannte sich auf seinem Rücken. Er war fast sechzig, aber er nahm die Treppen in ein paar Sätzen. Er trug den unvermeidlich dunkelgrünen Hut mit dem Gamsbart. Ich wartete eine Weile, denn ich hatte kein Verlangen, dem Landrat zu begegnen, zumal er von der Fundstelle der Skelette kommen konnte.
Ich kannte den Neubau nicht. In der Empfangshalle war es trotz des vielen Glases dunkel; die runden, in die Decke eingelassenen Scheinwerfer brannten. Die Rückwand war eichengetäfelt, und in der Mitte war eine Vertiefung, in der eine selbstleuchtende übergroße Weltkugel stand. Darüber waren fünf oder sechs von jenen Uhren angebracht, die die Zeit in verschiedenen Weltstädten anzeigten. Es sah alles sehr imposant aus, und darauf zielte es wohl auch ab. Hinter einem Schreibtisch, der groß genug war, um darauf Tischtennis zu spielen, saß eine Telefonistin. Auf dem Schreibtisch stand nur ein Fläschchen Nagellack, das sie schnell wegstellte. Neben ihr

war eine flache Telefonanlage, auf der einige Punkte aufleuchteten. In der Garderobe lag nur der grüne Hut des Landrats. Im Vorzimmer gab es zwei Schreibtische und zwei Sekretärinnen, beide blond, und beide von jener kühlen Art, bei der man sich immer wie ein Bittsteller vorkommt. Beide Schreibtische waren ungeheuer aufgeräumt. Beide Sekretärinnen telefonierten und hatten keine Zeit für mich. Auf dem Schreibtisch, dessen Sprechanlage mehr Anschlüsse hatte als die der anderen, stand ein Namensschild, Helga Ziethen. Der Name sagte mir nichts. Als ich das Schild berührte, bekam ich einen Schlag von dem dicken Nylonboden, auf dem ich stand. Die Blonde sah mich mißbilligend an und unterbrach für einen Augenblick ihr Telefongespräch, indem sie die Hand über die Sprechmuschel hielt. »Zu wem wollen Sie? Haben Sie einen Termin? Tut mir leid, aber ich habe nichts eingetragen.«
Ich drehte mich um und wäre gegangen, wenn nicht Winter, Lehrs Chauffeur, aus einer der Türen gekommen wäre, die man in der Holzverkleidung kaum sah. Er hatte eine Tasse mit Kaffee in der Hand, die er der Sekretärin auf den Tisch stellte. Dann wandte er sich an mich und sagte: »Der Chef erwartet Sie. Er wird gleich Zeit für Sie haben, es ist nur ein Besuch dazwischengekommen.«
»Hören Sie, Winter, Termine sind meine Sache«, protestierte die Sekretärin, aber er beachtete es nicht, und nichts in seinem Gesicht veränderte sich. Es war ein Gesicht, bei dem man sofort an einen Jockey oder einen Artisten dachte, ernst, schmal; und er hatte den schmalen Körperbau und die Zartheit eines berufsmäßigen Rennreiters. Winter war ein Mann von Sechzig, seit vierzig Jahren in den Diensten der Lehrs, aber er sah in Wahrheit alterslos aus; und wie immer, wenn ich ihm begegnete, mußte ich auf seine Füße sehen, die so schmal waren, daß man sich fragte, ob es Schuhe in seiner Größe überhaupt zu kaufen gab; und immer noch duftete er nach dem gleichen Rasierwasser. Er trug eine Uniform, die das Artistische seiner Erscheinung noch verstärkte: Marine-

blaue Hosen mit Streifen an den Seitennähten, ein helles doppelreihiges Jackett, an dessen Ärmel drei goldene Streifen waren. Ich hatte immer gerätselt, was sie bedeuten mochten, aber nie danach gefragt; vermutlich bedeuteten sie nichts.
Ich machte eine Bemerkung über die Veränderungen und fragte: »Gibt es die Engels nicht mehr?« Die Sekretärin fing wieder davon an, daß nur sie die Termine mache, aber Winter ging leichtgewichtig vor mir her durch ein paar schmale Gänge, klopfte an eine Tür und ließ mich eintreten.
Das Büro war winzig, verglichen mit der Weite der Halle und der Größe des Vorzimmers, und wirkte noch kleiner durch die Pflanzen auf einer Ablage am Fenster; selbst auf dem schweren, altmodischen Safe stand eine mit Torfmull gefüllte flache Schaumstoffwanne, in der Kakteen blühten. Margarethe Engels hatte mich nicht sogleich bemerkt, denn sie tippte einen Text auf einer Schreibmaschine, mit Kopfhörern in den Ohren; die kleinen grauen Schnüre hingen an der Seite ihres Kopfes herunter, als sei sie damit an etwas Lebenswichtiges angeschlossen, wie ein Schwerkranker, dem Blut oder künstliche Nahrung zugeführt wird.
Auch sie mußte über sechzig sein und war mindestens so lange in der Firma wie Winter; ich kannte sie noch aus Berlin, vor dem Krieg, als sie die Sekretärin des alten Herrn war, und seinen Söhnen Tips gab, wann die beste Aussicht bestand, ihren Vater um Geld anzugehen. Das war ihre Stärke gewesen, und das machte sie glücklich, wenn man um Rat zu ihr kam, wenn sie ausgleichen konnte, vermitteln, wenn sie jemand helfen konnte, der bei einer Gehaltserhöhung übersehen worden war, oder wenn sie spontane, ungerechtfertigte Hinauswürfe rückgängig machen konnte. Ich hatte sie immer sehr gemocht, und wir hatten schon mal Pläne geschmiedet, daß sie als Sekretärin zu mir kommen würde, aber ich hätte ihr nie das bezahlen können, was sie hier verdiente.
»Hans Pikola! Pikola mit einem k.« Sie befreite sich von den Kopfhörern und griff sich in das Haar, das in seltsam akkura-

ten, gleichmäßig abgestuften Wellen gelegt war, so, als benütze sie jeden Morgen eine Brennschere. »Sie sind beim jungen Chef angemeldet, nicht wahr? Sie machen diese Festschrift, das hat er mir gesagt; na, das ist eine Freude, Sie zu sehen, ein bißchen mager sind Sie geworden, waren Sie ja immer. Was sagen Sie zu unserem neuen Haus, was sage ich, Haus, der reinste Palast.« Sie war Berlinerin, hatte ihren Dialekt nie verloren, nur daß ihre Stimme nach einer Schilddrüsenoperation rauh und dunkel geworden war.

Ich versuchte meine Verwunderung über ihr Büro zu verbergen. Sie hatte begonnen, auf dem Schreibtisch, der übersät war mit Papieren und Belegen, nach Zigaretten zu suchen. Schließlich fand sie ein schmales goldenes Zigarettenetui und ein Feuerzeug. Ich nahm es und gab ihr Feuer.

»Sie werden noch warten müssen. Der Landrat ist bei ihm, nicht wahr?« – Daß Dinge, die im Haus geschahen, an ihr vorbeigingen, daß sie nicht mehr davon als erste erfuhr, daß sie nicht mehr im Vorzimmer des Chefs saß, mußte schrecklich für sie sein, aber vielleicht hatte sie ihre eigenen Quellen; wer weiß, wie diese Nachricht so schnell zu ihr gedrungen war, auf welchen Wegen, bis hierher in dieses abgelegene Büro.

»Haben Sie gehört, was passiert ist auf der Baustelle?« Sie begann nach einem Aschenbecher zu suchen. »Daß diese alten Sachen immer wieder hochkommen müssen. Schrecklich. Es sollen schon zwanzig Sklette sein, und sie buddeln noch weiter.«

Auch sie sprach in dem gedämpften Tonfall, der mir an Zielinski aufgefallen war. »Ist ja richtig, ein anständiges Grab sollen sie haben. Nein, in Ordnung war das nicht, von uns allen nicht, nicht wahr? Wir wollten alle siegen damals, das ist nach wie vor meine Meinung. Es hatte so schön angefangen mit dem Siegen, und jeder dachte sich, mach mal schön die Augen zu, wenn wir siegen, wird das alles vergessen. Ich gebe zu, daß ich so gedacht habe, so sind die Menschen.« Sie zog an der Zigarette. »Mögen Sie die Menschen? Ich nicht. Ich dachte immer, wenn ich alt werde, dann wird es besser, aber genau das Gegenteil ist der Fall. Da wirst du geboren, kannst nichts dran ändern, wirst nicht gefragt, bist einfach da; und dann mußt du durch, mußt den ganzen Schlamassel mitmachen, und am Ende, was ist dann? Dann buddeln sie dich ein, und die Würmer fressen dich auf. Schrecklich. Nicht, daß Sie glauben, ich wollte nicht mehr leben. Und wie ich dran hänge! Ich hab' mein ganzes Leben gearbeitet, seit ich ein junges Ding von sechzehn war. Ich hab' noch so viele Pläne. Ich möchte noch reisen, was sehen von der Welt. Aber ich hab' immer gedacht, im Alter, da wirst du ganz friedlich vor dich hinleben und wirst immer gläubiger. Aber nur die Angst ist mehr geworden.«

Es schien, als habe sie lange nicht mehr jemand zum Sprechen gehabt. Ich sagte nichts. Was gab es für mich darauf schon zu sagen. Ich wartete, bis sie sich eine neue Zigarette angezündet hatte. Sie war immer eine starke Raucherin gewesen, und ich hatte ihr gegen Ende des Krieges meine Zigaretten-Ration gebracht. »Sie müssen doch bald in Pension gehen?« sagte ich schließlich.

»In zwei Jahren bin ich fünfundsechzig.«

»Sie sind nicht mehr in seinem Vorzimmer?«

»Es wurde mir zuviel«, sagte sie, ganz natürlich, wie mir schien.

»Es war mein Vorschlag. Das Tempo ist nichts mehr für mich. So ist es besser, ich bin noch da und kann Ratschläge geben, wenn man sie will.« Sie deutete auf den Schreibtisch und den Brief in der Maschine. »Ich mache nur noch seine privaten Sachen, persönliche Schreiben, Spesenabrechnungen, alles, was vom Haushalt über die Firma läuft. Darin sind sie beide unverbesserlich, der Alte und der Junge, sie können es sich nicht angewöhnen, ordentliche Rechnungen mitzubringen, die das Finanzamt anerkennt. Aber ich komme mit ihm aus. Ich meine, das ist schon ein gutes Zeugnis, wenn man fünfundvierzig Jahre in einer Firma ist, ein gutes Zeugnis auch für die Chefs, meine ich.«

»Wie geht es Ihrem Bruder?«

»Erich, oh, der ist gestorben, vor drei Jahren; wußten Sie das nicht? Er war auch viele Jahre bei den Lehrs, zuletzt auf dem Gut bei dem alten Herrn. Es war nicht mehr ganz dasselbe wie früher, als die alte Frau noch lebte; es war seine ganze Freude, für sie zu arbeiten. Er hat oft von der Villa im Grunewald geschwärmt, von dem großen Garten, das war sein ganzer Stolz. Und die alte Dame redete ihm nie drein, sie ließ ihn machen; Erich konnte anpflanzen, was er wollte, solange es nur keine Blumen mit blaßrosa Blüten waren. Ich weiß nicht, was sie dagegen hatte, aber alles mit blaßrosa Blüten verabscheute sie, Begonien, Phlox, Primeln, Zyklamen und ein Dutzend Steingewächse. Vor allem verabscheute sie blaßrosa Federnelken. Und stellen Sie sich vor, als sie dann starb, 1951, kurz nach der Entlassung ihres Mannes aus der Haft in Landsberg, das hat sie aufgefressen, der Gram darüber – und als sie dann beerdigt wurde, hier auf dem Friedhof war das, da hat doch jemand einen Kranz geschickt, ein teures Stück war das, und damals, 51, also da gab es noch nicht diesen Überfluß, mit Hunderten von blaßrosa Nelken, Hunderte! Niemand von der Familie war es aufgefallen, der war untergeschlüpft, es war zu spät, noch etwas zu tun, und ich sah meinen Bruder richtig weiß werden. Da hatte er sich ein ganzes Leben lang die größte Mühe gegeben, ihren Wunsch zu erfüllen, und dann das! Die arme Frau. Blaßrosa Nelken, die sie am wenigsten ausstehen konnte, und dazu kam, daß ihr allein bei dem Geruch von Nelken schlecht wurde . . .«

Eine Stimme unterbrach sie. Es mußte Fritz Lehrs Stimme sein, verzerrt durch die Sprechanlage. »Ist Oldewaage bei Ihnen?« Sie machte einen Platz für die Zigarette frei und suchte dann hektisch nach den Tasten der Sprechanlage, die irgendwo unter dem Wust von Papieren versteckt war.

»Was ist nun?« sagte die Stimme. »Er steckt doch immer bei Ihnen.«
»Nein, er war nicht hier.« Sie hatte endlich die richtige Taste gefunden.
»Bei der Gelegenheit: Ich brauche morgen einen Flug nach Madrid. Die Morgenmaschine. Ich will noch am Abend zurück.«
»Aber Sie haben morgen Termine in München, und die deutsche Kommission in Madrid hat uns noch gar nicht mitgeteilt, wann die nächsten Arbeitskräfte . . .«
Er schnitt ihr das Wort ab. Die Stimme hatte einen harten, schroffen Klang. »Ein für allemal, Engels, Termine sind nicht Ihre Sache. Wie oft soll ich das noch sagen! Sie und der Winter, warum fummelt ihr dauernd der Ziethen drein. Ich muß mir dann ihre Klagen anhören, nur weil ihr euch nicht daran gewöhnen könnt, daß sie jetzt da vorne sitzt! Also merken Sie sich das! Und die Flugkarten bitte ins Münchner Büro, nicht am Flughafenschalter. Sie sollen sie abholen und für mich bereitlegen, sonst geht wieder was schief wie das letztemal . . .«
Ihre äußerliche Ruhe war plötzlich dahin. Die Zigarette war über den Rand des Aschenbechers heruntergefallen; ich bemerkte, daß ihre Hände zitterten, als sie den Stummel ausdrückte.
»So macht er es immer mit mir.« Als sie es gesagt hatte, blickte sie voller Entsetzen auf die Sprechanlage, als fürchtete sie, daß sie noch eingeschaltet sein könnte. Sie zitterte am ganzen Körper, und ich konnte sie nicht ansehen, aus Furcht, ich würde Tränen in ihren Augen bemerken.
Sie griff zum Telefon. »Ich muß mich sofort um die Flugkarten kümmern. Er ist imstande und will in ein paar Minuten wissen, ob das schon erledigt ist. Es war nett, daß Sie hergeschaut haben. Ich hoffe doch . . .« Sie verwählte sich, legte auf und sah mich an, mit einem so flehenden Blick, daß ich nichts anderes tun konnte, als aufzustehen und sie allein zu lassen.

10 Ich hatte Mühe gehabt, in die Halle zurückzufinden, bei den vielen Gängen und Türen, die alle gleich aussahen. Als ich endlich die richtige Tür gefunden hatte, sah ich Fritz Lehr, der gerade den Landrat verabschiedete. Benno Weegmann hatte seinen Hut schon in der Hand; und man fragte sich, wieso sein heller, kahler Schädel dennoch von der Sonne gerötet war. Ich merkte, daß er gewillt war, mich nicht zu beachten, aber als er sah, daß Fritz Lehr mich freundlich begrüßte, lächelte auch er. »Nun, Pikola, sind Sie jetzt zufrieden mit Ihrem Honorar?«

Er hatte zwei Bücher über den Landkreis herausgegeben, unter seinem Namen, und ohne meine Einwilligung Fotografien von mir darin verwendet. Er hatte mir ein Honorar bezahlt, das so miserabel war, daß ich ihn – nicht um des Geldes, sondern um des Prinzips willen – verklagt hatte. Der Prozeß war über zwei Instanzen gegangen. »Nicht ganz«, sagte ich.

Er lächelte Lehr an und dann mich, als wollte er sagen, Lehrs Freunde sind meine Freunde. »Nicht? Dann sollten wir uns mal in Ruhe unterhalten, von Mann zu Mann, und die Sache bereinigen. Das hätten wir gleich tun sollen.«

»Die Sache ist für mich erledigt.«

»Aber Sie sagten doch . . .«

»Ich sagte, ich sei mit dem Honorar nicht zufrieden. Aber ich bin zufrieden mit den Prozeßkosten, die Sie getragen haben.«

Er lächelte säuerlich, setzte seinen Hut auf und schüttelte Fritz Lehr die Hand. »Ich halte Sie jedenfalls auf dem laufenden«, sagte er.

»Ja, danke. Und überlegen Sie sich das reiflich mit der Presseerklärung. Meines Erachtens ist es damit keineswegs eilig. Sie sollten das dem Landeskriminalamt überlassen. Wenn die es für richtig halten, werden die schon das Entsprechende bekanntgeben. Sie werden sehen, niemand wird ein Interesse daran haben, das an die große Glocke zu hängen.« Er wartete, bis Benno Weegmann durch die Glastür verschwunden war, dann machte er eine einladende Geste. »So, jetzt habe ich Zeit für Sie.«

Sein Büro hatte fast die Ausmaße der Halle. Eine Front war verglast, und man sah ein Stück Rasen. Der Raum hatte schwere Möbel und dunkle Ledergarnituren und denselben Bodenbelag in abgestuften Blautönen wie das ganze Haus. Daß der Nylonboden als Ornament ein L enthielt, entdeckte ich erst jetzt. An den Wänden hingen gerahmte Fotografien mit Jachten unter vollen Segeln, darunter auch einige ältere Fotografien von Kriegsschiffen, auf denen Lehr gedient hatte, zum Teil mit den einkopierten Köpfen der Offiziere. Das Ganze hatte etwas von einem Schiffssalon, und Fritz Lehr bewegte sich darin wie der Kapitän.

Wir hatten etwa dieselbe Größe; ich glaube, daß er stets kleiner wirkte, als man angenommen hatte, rührte einfach daher, daß man auf Fotografien von Fritz Lehr immer den Eindruck bekam, es handelte sich um einen besonders großen, athletisch gebauten Mann. Noch etwas war auf den Fotografien, das von der Wirklichkeit abwich: Sie zeigten ihn ausschließlich in jenen dunkelblauen, korrekt geschnittenen, eng taillierten Anzügen, mit faltenlosem weißem Hemd, gerade sitzender, weißgepunkteter Krawatte, die ihm das Aussehen eines erfolgreichen Geschäftsmannes gaben; ein Mann, von dem die Nationalität kaum zu erraten war, wohl aber, daß man es mit einer erbarmungslosen Arbeitsmaschine zu tun hatte, ein Mann, der von sich Härte verlangte und sie deshalb auch anderen gegenüber anwandte. Aber auch das war, stand man Fritz Lehr gegenüber, gemildert. Seine Haare waren nicht so dunkel wie auf den Bildern, sondern leicht ergraut. Seine hellen Flanellhosen waren an den Knien ausgebeult. Der dunkle, zweireihige Blazer mit goldenen Knöpfen war weit geschnitten. In dem offenen Hemd steckte ein Seidenschal. Ein Segler eher, ein Sportsmann, mehr jedenfalls als der Typ eines Managers.

Ich mußte ihn intensiv gemustert haben, denn er knöpfte

lächelnd seine Jacke auf, um mir die Pfunde zu zeigen, die er zuviel hatte. »Ich weiß nicht, was ich noch tun soll. Ich muß wieder runter mit meinem Gewicht. Mit fünfundvierzig fing das ganz plötzlich an, von einem Tag auf den anderen. Das Problem hast du wohl nicht. Sag mal, wir sind doch per du?«
»Wir waren es.«
»Dann sollten wir auch dabei bleiben.« Er ging hinüber an den Schreibtisch. Auch dort standen Fotografien, in Silberrahmen, andere in ausklappbaren Lederetuis mit ovalen Ausschnitten. »Christina hat mir von eurem Zusammentreffen erzählt. Ich wußte gar nicht, daß ihr euch von früher kennt. Das sind meine Kinder. Die beiden großen sind die von meiner ersten Frau. Du kanntest sie doch? Warst du nicht sogar bei der Hochzeit? Das waren noch Zeiten! Da hatte ich noch echt was drauf! Dieser amerikanische Anwalt wollte den alten Herrn nicht verteidigen, da hab' ich mich hinter seine Frau gesteckt – und was kam dabei raus; daß ich die Tochter heiratete! Ich muß sagen, das war eine reife Leistung. Vergiß nicht, 1948, der Alte sitzt in Landsberg, ich bin noch nicht entnazifiziert und heirate die Tochter eines jüdischen Anwalts aus Kalifornien, der fünfzehn Jahre vorher noch in Berlin praktiziert hat. Du, das ist so, als wenn du mit einem Schnellboot über Wasser in einen fremden Geleitzug hineinfährst, dir den fettesten Brocken herausschießt *und* auch noch mit heiler Haut davonkommst?«
Genau das, oder doch so etwas Ähnliches, hatte Fritz Lehr im Krieg getan und dafür das Ritterkreuz bekommen, einer der wenigen Leutnante zur See mit dieser hohen Auszeichnung. Und dabei bedurfte auch dieses Bild von ihm einer Korrektur. Er war alles andere als ein »guter Soldat« gewesen. Während der Ausbildungszeit war er dreimal zu immer schärferen Karzerstrafen verurteilt worden, weil er sich während der Gepäckmärsche, die er besonders haßte, einfach in den Luftschutzbunker der Kaserne schlafen legte. Und seine Papiere enthielten weiter eine Degradierung wegen Beleidigung eines

Vorgesetzten; er war mit einem Admiral wegen dessen Tochter aneinandergeraten. Lehr war einfach einer jener natürlichen Draufgängertypen gewesen, denen das gelang, was ihnen Spaß machte.

»Ich hab' meine Frau kürzlich wiedergesehen, purer Zufall. Plötzlich sitzt sie in Madrid neben mir auf der Tribüne und schaut sich an, wie Santana spielt. Jinx, so hieß sie mit Vornamen. Ich muß gestehen, ich weiß nicht einmal mehr, was der Name bedeutet. Sie ist inzwischen wieder geschieden, und ich hatte das Glück, sie war in Europa auf Suche nach einem neuen Opfer. Ich sag' dir, man sollte eine Frau nach so vielen Jahren nicht mehr wiedersehen. Nicht, daß sie alt geworden ist, aber so amerikanisch. Alles perfekt an ihr, Make-up, Kleidung, übertrieben perfekt, und einen Zug um den Mund – diese Amerikanerinnen sind eiskalt. Stell dir vor, da habe ich eine Tochter, die auf ein College geht, und einen Sohn, wenn er auch nicht meinen Namen mehr trägt, der jetzt neunzehn ist und in Kanada sitzt, weil er sich vor der Einberufung nach Vietnam gedrückt hat . . . Aber ich will nicht von mir reden. Sag mal, du hast eine Tochter, die Julia heißt und die den alten Herrn völlig eingewickelt hat? Ich hab' heute morgen mit ihm telefoniert. Es war das erstemal in meinem Leben, daß ich aus seinem Munde etwas Gutes über ein weibliches Wesen gehört habe! Er wollte, daß ich ihr von München Blumen schicken lasse. Ich weiß nicht, wann er je Geld für Blumen ausgegeben hätte. Und Julia heißt sie? Doch nicht nach *der* Julia? Warum hast du mir nie von deiner Tochter erzählt?«

Ich hatte befürchtet, daß er darauf zu sprechen kommen würde. Ich glaube, ich hatte es mehr als alles andere gefürchtet, aber das war jetzt vorbei. So wie er darüber sprach, zeigte es mir, wie lange das alles für ihn vergessen war; vergessen und vorbei, und unwichtig für ihn. »Nimm es mir nicht übel«, sagte ich. »Aber damals, als wir uns wiedergesehen haben, in München, deine ganze Art, die war eigentlich nicht dazu angetan, viel zu erzählen. Ich fand, du hattest dich ziemlich verändert. Ich hab' dir sogar noch einmal geschrieben, ich wollte einen Rat in einer Bausache, aber ich habe keine Antwort bekommen.«

Er sah mich überrascht an, so, als sehe er mich zum erstenmal wirklich. Dann schlug er mir auf die Schulter. »Wie recht du hast. Unter Freunden – manchmal wird mir vor mir selber übel, wenn ich eine solche Schau abziehe. Es sind die Leute, mit denen ich umgehen muß, weißt du; es gibt nichts Schlimmeres als Bauunternehmer, vor allen Dingen solche, die zu schnell groß geworden sind, die plötzlich einen Haufen Geld verdienen. Und dann kommt dazu, daß der Alte uns so lange knapp gehalten hat. Dir mag das nicht so aufgefallen sein, aber der saß auf jedem Pfennig. In der Firma fuhren die popeligsten Direktoren schon Mercedes, während mir nicht mehr als ein VW zustand. Bis ich hier das Regiment übernahm, verdiente ich tausend Mark, keinen Pfennig mehr; und wehe, wenn ich mal zu spät kam, dann stand der Alte vor der Tür mit der Uhr und schiß mich vor den Angestellten zusammen, mit dreiunddreißig noch. Jetzt bin ich hier der Herr, aber es hat verdammt lange gebraucht, und deshalb . . .«

Das Läuten des Telefons unterbrach ihn. Ich hatte Zeit, ihn zu beobachten und über ihn nachzudenken, während er, ohne zu antworten, den Hörer ans Ohr hielt, halb auf dem Schreibtisch sitzend, unruhig, die Beine dauernd in Bewegung, das Gesicht konzentriert. Man kam zu keinem klaren Ergebnis bei diesem Gesicht, die beiden auffallendsten Dinge gingen einfach nicht zusammen, eine etwas passive Weichheit und eine animalische Kraft.

Er beendete das Gespräch unvermittelt: »Ich hab' genug davon! Ich habe ihn einmal gewarnt. Mich interessiert auch nicht, daß die Staatsanwaltschaft vielleicht keine Anklage erhebt. Mir genügt, daß die Gewerkschaft davon weiß. Ich will keinen Ärger mit den Gewerkschaften, nicht zu diesem Zeitpunkt. Stellen Sie ihn vor die Alternative: Drei Monate

Gehalt, wenn er von sich aus geht. Sonst kündigen Sie ihm fristlos! Hören Sie, mir ist egal, wo er sonst eine Stelle findet! Wenn Sie glauben, Sie müssen sich für ihn einsetzen, das haben Sie getan. Also Schluß. Und sagen Sie der Ziethen, keine Gespräche mehr.« Er warf den Hörer auf die Gabel. »Ich hasse Dummheiten! Zu dumm, um zu betrügen.«

Er sah mich an. »Da hast du ein typisches Beispiel für das, was ich eben gesagt habe. Baubranche. Diese Werksdolmetscher überspielen jeden Personalchef. Einige können es nicht lassen, sie müssen unbedingt nebenbei Geld machen. Sie lassen sich von den Ausländern für die Abfassung von Krankenberichten bezahlen. Sie kassieren Honorar für die Ausfüllung von Lohnsteuerjahresausgleichs-Anträgen, wenn sie nicht, wie in diesem Fall, sich einfach Blankounterschriften geben lassen und die ganze Rückzahlung selber einstecken. Ich sag' dir, die Baubranche ist das Primitivste, was es gibt. Nirgends so viele Rabauken und Proleten. Zum Teil liegt es daran, daß die Betriebe einfach zu klein sind. Sie spielen Großunternehmer und sind hochgekommene Maurer und Poliere – und das sind noch die besten. Andere verstehen überhaupt nichts davon, sie glauben einfach, sie könnten so schnell reich werden. Wir werden im Grunde von anderen Industriellen über die Schulter herab angesehen, und die Leute halten einen Bauunternehmer sowieso für einen besseren Betrüger, der sein Geld mit Grundstücksschwindel und überhöhten Mieten verdient. Es ist wichtig, daß du dir das vor Augen hältst, denn damit sind wir beim Thema, bei der Festschrift. Ich möchte sie dazu benutzen, etwas von dem abzubauen. Wir waren mal eine Baufirma, aber das ist vorbei, und wir werden es in Zukunft noch weniger sein. Ich war zwar zuerst gegen die ganze Idee, aber ich denke, diese Festschrift könnte dazu beitragen, das Image der Firma zu verlagern.«

Wir standen immer noch, das heißt, er nützte die Weite des Raumes aus, indem er beim Reden auf und ab ging, aber jetzt deutete er auf die Sitzgruppe in der Ecke unter den zahllosen

Fotografien. Am Boden stand ein Modell. Es war ein Sportstadion, aber es mußte alt sein, der Gips war grau geworden, und einige Teile waren beschädigt, vor allen Dingen die Säulen, die oberhalb der Stehplätze den ovalen Bau abschlossen.
»Du wirst nicht erraten, was das ist«, sagte Fritz Lehr, »oder vielleicht doch? Es ist ein Modell aus den Jahren 35/36, von unserer Firma. Das Stadion sollte einmal hier in Landsberg gebaut werden und ›Stadion der Jugend‹ heißen. So wie Nürnberg die ›Stadt der Reichsparteitage‹ war und München die ›Stadt der Bewegung‹, so sollte Landsberg die ›Stadt der deutschen Jugend‹ werden, und im ersten Abschnitt war dieses Stadion vorgesehen. Ich wußte nicht mehr, daß so ein Modell existierte, aber es hat die ganzen Jahre, den Krieg und die Zeit danach, überstanden, und jetzt erst, beim Umzug in das neue Landratsgebäude, ist es wiederentdeckt worden.« Er blickte mich offen an: »Du hast von dem Ärger mit den Skelettfunden gehört?«
Ich nickte. Wir setzten uns, und er fuhr fort: »Ich hab' das kommen sehen. Oldewaage hat sie gewarnt. Er kennt die Baustellen von früher her. Er ist seit langem bei uns in der Firma, er ist uns damals zugeteilt worden, wie jeder großen Baufirma, vor allem den am Autobahnbau Beteiligten. Ich glaube, der Posten nannte sich ›Vertrauensmann für Bodenaltertümer‹, jedenfalls hatte er die Aufgabe, Hilfskräfte zu schulen und darauf zu achten, daß keine vorgeschichtlichen Funde beim Ausbaggern verlorengingen. Das war eine ganz wichtige Sache damals, und bevor die Erdarbeiten begannen, mußten Suchgräben gezogen werden. Oldewaage jedenfalls war der Fachmann, und als sie jetzt die Pläne für die Baustufe festlegten, hat er sie gewarnt, daß sie dort mit Skelettfunden rechnen müßten. Du weißt von den Judenlagern damals. Das war eine echte Sauerei. Die kamen hier schon halb verhungert an, und die sollten dann schwer arbeiten. Dabei müssen die armen Schweine sich Gott weiß was für Hoffnungen gemacht haben. Stell dir vor, du sitzt als Jude in Riga im KZ und hörst,

jetzt geht es als Arbeiter nach Deutschland. Da denkst du doch, jetzt kann es nur besser werden. Und dann sind sie genauso krepiert. Und diese Kerle haben sie verscharrt wie die Tiere. Alle haben sich damals aufgeregt, die Bauern, die Bürgermeister. Das Wasserwirtschaftsamt hat sich eingeschaltet. Die haben ernsthaft befürchtet, die vielen Leichen könnten das Grundwasser verseuchen. Der Lech ist schließlich Grundwasser-Einzugsgebiet. Aber die paar harmlosen Proteste, daran hat sich keiner gestört. Voran mein sauberer Schwager, Boettcher; der brauchte sie nur als ›Meckerer‹ zu bezeichnen und drohen, sie wegen ›unbegründeter Gerüchtemacherei‹ zur Verantwortung zu ziehen, dann wagte keiner mehr, das Maul aufzureißen.« Ich konnte ihm kaum zuhören, aber was es erträglich machte, war, daß er vollkommen natürlich davon sprach. Er sagte nicht Arbeitslager, sondern Judenlager. Er senkte nicht die Stimme, hatte nicht dieses Flüstern wie Zielinski und die Engels, und er sah mich weiter ganz offen an.

»Die Sache geht natürlich vor allem dem Landrat an die Nieren. Wenn du ihn kennst, weißt du ja, wie er ist. Er hat sich von ganz klein raufgearbeitet, ohne Studium, und im Grunde ohne viel Unterstützung von der CSU. Er ist furchtbar stolz auf seinen Landkreis. Er hat diese Ortsverschönerungs-Wettbewerbe populär gemacht. Und wenn er davon hört, daß irgendwo in einer Ausflugs-Gaststätte ein Abtritt nicht ganz sauber ist oder die Katzen in der Küche herumlaufen, dann schickt er ihnen sofort die Gewerbeaufsicht auf den Hals. Da hat er nun diesen schönen Landkreis, hat den Ammersee, den Lech, einen Haufen Sehenswürdigkeiten, eine ganze Reihe prominenter Künstler, tote und lebendige; der Kobell und Leibl haben hier gelebt, der Thöny, der Thomas Theodor Heine, überhaupt die ganzen Simpl-Maler, die Münzers . . . Und nicht genug mit dem Mißgeschick, daß Hitler nach dem Münchner Putsch hier seine Festungshaft absaß, so ungefähr das einzige, was jedem bei dem Namen Landsberg einfällt,

vielleicht noch die Kriegsverbrecher, die nach dem Krieg hier aufgehängt wurden. Nun hat er auch noch in seinem schönen Landkreis diese acht Judenfriedhöfe. Das ist schon arg. Ich weiß nicht, was er dafür geben würde, den Schandfleck wegzubringen. Die Sache ärgert ihn auch persönlich, glaube ich, weil er auf der Liste derer stand, die gleich nach dem Krieg diese Friedhöfe bauen mußten. Dieser kleine amerikanische Leutnant Trotta, so hieß er, von dem stammte die Idee: Die alten Parteigenossen sollen mal schön die Judenfriedhöfe bauen. Antreten morgens um acht. Mit gutem Schuhwerk und Schaufel. Ich stand auch auf der Liste, und gleichzeitig bekam die Firma die erste Zuteilung für das benötigte Baumaterial von der Militärregierung. Ich weiß das noch heute: Dreihundert Zentner Zement, hundert Liter Benzin, zehn Liter Öl, sechzig Kilogramm Nägel und, ich glaube, achttausend Ziegelsteine . . . Das alles war so schön in Vergessenheit, und jetzt müssen sie diese Leichen finden. Obwohl er in dem Punkt übertrieben ängstlich ist. Niemand wird das hochspielen, ich glaub' es jedenfalls nicht.«
Ich bin mir nicht sicher – in der Erinnerung – über meine Empfindungen, während er sprach; wenn ich daran denke, sehe ich nur die Maserung des Tisches vor mir, erinnere mich an das Leder der Stühle, an das eigenartige Gefühl, wenn man sich setzte oder das Körpergewicht verlagerte und dabei die Luft aus den Polstern wich; an die Socken, die Fritz Lehr trug, die ihm an den Fersen in die Slipper gerutscht waren, und an die Telefonanlage neben seinem Platz, auf der von Zeit zu Zeit Tasten aus Plexiglas aufleuchteten. Er hatte im übrigen das alles so berichtet, als gebe er nur eine Reminiszenz wieder, und kam dann auch ganz übergangslos auf die Festschrift zurück, versicherte, daß er sehr froh sei, daß die Sache in meinen Händen liege.
»Ich hätte von Christina eher erwartet«, sagte er, »daß sie mir mit dem Vorschlag kommen würde, ich solle dafür einen von ihren linken Jünglingen nehmen.« Er lächelte. »Nicht, daß sie

so ganz jünglingshaft nicht mehr sind. Und daß sie links sind, hindert sie nicht daran, mir meine besten Sachen wegzusaufen. Und was sie verlangen müssen, wissen sie auch. Was dachtest du als Honorar?«

»Wollen wir zuerst über das Honorar sprechen?«

»Das wäre mir lieber. Was hast du dir gedacht?«

»Fünftausend«, sagte ich und bemerkte sofort, daß Gottfried Lehr recht gehabt hatte. Ich fuhr fort: »Fünftausend als Anzahlung und fünftausend bei Fertigstellung.« Der nachdenklich irritierte Ausdruck auf seinem Gesicht wich.

»Einverstanden.« Er drückte eine Taste und sagte: »Engels. Schreiben Sie einen Scheck aus . . . Fünftausend . . . Pikola . . . Festschrift beziehungsweise Öffentlichkeitsarbeit.« Sie wollte noch etwas von dem Flugticket sagen, aber er schaltete ab.

»Also, wie gesagt, worauf es mir bei der Festschrift ankommt, ist, von diesem Geruch eines Bauunternehmens wegzukommen. Wir sind es längst nicht mehr, glaub mir, sonst stünden wir heute nicht so da. Die reinen Baufirmen hatten an der Flaute 67/68 ganz hübsch zu knacken, zweihunderttausend Abwanderungen aus der Branche. Ich sehe auch für die Zukunft eher schwarz, vor allem für kleine und mittlere Firmen, die keine räumliche Beweglichkeit auf dem Markt haben. Ohne die Gastarbeiter sähe es auf dem Bausektor noch schlimmer aus. Niemand bei uns will mehr harte und schmutzige Arbeiten tun. Ohne diese Spanier, Italiener und Türken wären die Löhne noch weiter angestiegen, und die Unternehmer hätten sich ganz schön umgesehen. Die Spanier bei mir drücken aufs Tempo, nicht meine deutschen Poliere. Aber die richtig guten Zeiten sind vorbei – und kommen so schnell nicht wieder. In der Vergangenheit war das in Ordnung, wenn du es richtig beherrscht hast. Kurze Arbeitsverträge, Saisonverträge, die Leute rotieren lassen. Aber wenn du erst mal anfängst, für sie Kindergärten, zusätzlichen Schulraum, zusätzliche Krankenbetten zu bauen, dann schwindet marktpolitisch der ganze Effekt. Aber der Trend geht dahin. Sie geben ihnen den gleichen sozialen Status wie den deutschen Arbeitern. Und wenn die SPD diese Wahlen gewinnen sollte – hältst du das für möglich? –, dann wird sich das noch verstärken. Wir haben schon diese EWG-Verordnung 1612/68. Gleichbehandlung bei Entlohnung, Kündigung und Arbeitslosigkeit. Recht auf Zugehörigkeit zu Gewerkschaften, Wählbarkeit in Betriebsräte. Recht auf Familienzusammenführung und Beschaffung von Wohnraum. Ich soll jetzt meine ganzen Bauarbeiterunterkünfte umbauen! Sie haben da neue Richtlinien, noch nicht in Kraft, aber immerhin. Du, da ist jeder Scheiß festgelegt, Räume müssen 2,30 Meter hoch sein, Boden fußwarm, Decken und Wände wetterdicht. Fenster ein Zehntel der Bodenfläche. Für jede Person acht Quadratmeter Gesamtwohnfläche, davon sechs Quadratmeter als Schlafraum. Nicht mehr als zwei Betten übereinander, vier in einem Raum. Zweiteiliger Schrank, Sitzgelegenheit, Bettwäsche, Decken, Kopfkissen, Matratze. Für zwei eine Kochstelle, für fünf eine Waschgelegenheit, für zwanzig eine Dusche. Je zehn Mann ein Abort und ein Urinal. Ich meine, ich sehe das vollkommen ein, man kann die Leute nicht wie Sklaven behandeln. Nur das wird sich verschärfen, wenn die SPD diese Wahlen gewinnt. Die werden auf unserem Buckel reformieren. Bodenrecht, Umweltschutz. Das ist jetzt schon geradezu eine Manie. Wir haben vor einem halben Jahr den Auftrag für ein Kraftwerk verloren, nur weil die Leute die richtige Idee hatten, es auf Steinkohlenbasis bauen zu wollen. Aber Steinkohle bedeutet nun mal Schmutz. Und Sie hetzen die Leute auf die Straße, vor allem das Fernsehen! Protest, Protest! Untergang in Raten! Besonders die Jungen. Früher waren sie Atomgegner. Jetzt schreien sie: Sperrt ihnen das Öl. Stoppt die Luftverschmutzung! Rettet unsere Flüsse. Reine Sentimentalität. Als ob das noch möglich wäre! Das sind die, die SPD wählen. Ich will nicht zu schwarz malen. Man kann sich auch mit denen arrangieren, ich bin nicht einer von denen, die schreien, Weltuntergang, wenn sie wirklich als Gewinner aus diesen Wahlen hervorgehen. Wenn sie erst einmal an der Macht sind, werden sie an der Macht Gefallen finden, und alles wird nicht so heiß gegessen werden. Ich will nur sagen, daß diese Entwicklung klar abzusehen war und daß ich mich in den letzten Jahren bemüht habe, dem Rechnung zu tragen.«

Er sagte das alles ohne große innere Beteiligung, wie mir schien, ohne viele Gefühle daran zu verschwenden; er trug es einfach vor, mit diesem Gesicht, das zur gleichen Zeit sinnlich und träge war.

»Ich habe meinen Herren immer gepredigt: Diversifikation, mischen, ausweiten. Wir müssen uns ausdehnen, ob wir wollen oder nicht, das verlangen die Gesetze des Marktes, und, davon abgesehen, die Steuergesetze. Wir haben einen großen Teil der Bautätigkeit ins Ausland verlagert. Wir bauen in Brüssel, NATO-Hauptquartier, in der Türkei am Keban-Kraftwerk, in Cabora Bassa, in Spanien. Wir haben in Süd- und Mittelamerika investiert. Bauelemente, Wachstumsbranchen. Wir haben eine ganze Reihe von Gesellschaften übernommen oder sind mehrheitlich an ihnen beteiligt. Es sind vier für sich selbständige Unternehmensbereiche, von denen die reine Bautätigkeit nur einer ist, und ich möchte, daß das in der Festschrift zum Ausdruck kommt. Eins: Der traditionelle Baubereich mit Hoch- und Tiefbau, Straßenbau, Holzbau, Stahlbeton, Spannbeton und was dazu gehört, Kieswerke, Ingenieurbüro. Zwei: Bauelemente. Drei und vier, etwas ganz Neues für uns: Energietechnik und Installationstechnik. Nur das sichert uns eine gesunde Ertragskraft. Also nichts mehr von Bau KG, sondern einfach Lehr KG, und nicht Friedrich, sondern F. Lehr KG. Ich will auch das alte Signet erneuern. Ich habe Entwürfe in Auftrag gegeben, ein modernes Zeichen, das schon für die Festschrift verwendet werden soll. Ich war kürzlich wieder in England, und ich zucke jedesmal zusammen, wenn ich an einem englischen Wagen das blaue Schild mit dem weißen L sehe, das die Anfänger sich dort an die Windschutzscheibe pappen, *learning*. Wir sind keine Anfänger mehr . . .«

Wieder unterbrach ihn das Telefon. Die Ader an seiner Stirn schwoll an. »Ich habe gesagt, daß ich keine Gespräche mehr . . .« Aber dann hörte er plötzlich mit Konzentration zu; diesmal gab es kurze Kommentare: »Dann stellen wir eben Antrag auf Massenentlassung . . . Die Liquidation der Firma ist doch angemeldet . . . Ja, unbedingt . . . Nur keinen Rückzieher . . . Wie? Wenn die Maschinen verkauft sind, sollen sie auch weg . . . Hören Sie, kommen Sie mir nicht damit! Der Betriebsratsvorsitzende hat mir selbst gesagt, die gehen mit der Abfindung, die wir ihnen geben, um die Ecke, und sie haben eine neue Stelle . . . Nein! In keinem Fall . . . Ich hab' nicht fünf Millionen investiert, um die Aktienmehrheit aufzukaufen, und eine halbe Million für die Abfindung der Arbeiter, um dann den Schwanz einzuziehen . . . Den Teufel werd' ich tun! Wozu habe ich eigentlich eine Rechtsabteilung . . . Was? Jetzt fangen Sie auch noch davon an! Was die ›Augsburger Wolle‹ mal war, dafür gebe ich nichts, mich interessiert nur der Grund und Boden, auf dem sie steht . . . Was! Den Abtransport der Maschinen verhindern? Das Fernsehen! Ihr laßt euch aber auch von jedem Wicht . . . Ah, so . . . Ja . . . Ich verstehe . . . Nein, warten Sie.«

Er nahm den Hörer einen Augenblick herunter. Ich existierte in diesem Moment nicht für ihn, nur das Problem, das dort aufgetaucht war und eine Lösung verlangte. Ich sah es in seinem Gesicht arbeiten; er hatte nun wirklich Ähnlichkeit mit dem Mann auf den Fotografien. Alle Trägheit war aus seinem Gesicht verschwunden, und geblieben war die fast sinnliche Freude, so als ginge es gar nicht um Zahlen und Geld, sondern um einen Akt der Leidenschaft. Er nahm den Hörer wieder auf. »Passen Sie auf. Ich möchte, daß Sie mit der gewerkschaftseigenen ›Neuen Heimat‹ sprechen; oder besser noch, jemand von der Bank soll mit ihnen sprechen.

Und zwar *ohne* mein Wissen, verstehen Sie! *Ich* habe die Möglichkeit noch gar nicht ins Auge gefaßt, aber die Bank sieht eine Möglichkeit, *mich* zu überzeugen, daß die ›Neue Heimat‹ auf dem Grundstück ein komplettes Stadtviertel errichten kann . . . Die Gewerkschaften werden dann schon für Ruhe sorgen . . . Das werden wir sehen . . . Wenn wir sie brauchen, müssen wir eben das Geschäft mit ihnen machen . . . Natürlich . . . Ja . . . In dem Sinn.«
Er machte diesmal keine Bemerkungen dazu. Ich war noch immer nicht da für ihn. Er ging hinüber zu dem anderen Telefon an seinem Schreibtisch. Er wählte eine Nummer und sprach eine Weile, es ging um einen Namen, jemand bei der ›Neuen Heimat‹. Er notierte sich etwas und kam dann zurück, ließ sich in den Sessel fallen. Die Luft zischte aus dem Kissen. Er war mit seinen Gedanken immer noch woanders, und er hatte es plötzlich eilig, zum Schluß zu kommen.
»Ich weiß nicht, was Gottfried und mein Vater gesagt haben, ich möchte jedenfalls in der Festschrift nicht zuviel von Vergangenheit und Tradition stehen haben, sondern die Gegenwart und Zukunft.«
»Dein Bruder . . .«
Aber er schnitt mir das Wort ab. »Mein Bruder und meine Schwester, beide interessiert im Grunde nur, wieviel Geld sie hier herausziehen können. Sie möchten Geld sehen und mitreden, aber ich trage hier die Verantwortung, ich treffe hier die Entscheidungen. Ich riskiere manchmal Kopf und Kragen und liefere mich den Banken aus mit Krediten. Besonders meine liebe, bescheidene Schwester, die ja gar nichts für sich will . . .« Er besann sich, und ich hatte zum erstenmal das Gefühl, daß er sich hatte hinreißen lassen.
»Ich mache Ihnen folgenden Vorschlag«, sagte er. Er verfiel in das »Sie«. Er merkte es in dem Augenblick nicht und korrigierte es erst später. »Ich diktiere das mal herunter. Sie verwenden es, wie Sie es für richtig halten. Die Engels schickt es Ihnen zu, einfach meine Gedanken, wie sie mir einfallen,

ungeordnet, alles, was mir dazu einfällt und was ich in der Festschrift haben möchte. Die exakten Daten über alle Firmen und Beteiligungen, Statistiken, Umsatzzahlen und alles andere Material bekommen Sie aus München von Nagengast. Das ist mein Frühstücksdirektor, so heißt er bei mir, weil er mir beim Frühstück vorträgt, aber *er* nennt sich Leiter der Abteilung für Öffentlichkeitsarbeit, und er legt schrecklichen Wert auf den vollen Titel. Er ist einer von den sturen Preußen, und er wird Ihnen, ich meine, er wird dir, wie ich ihn kenne, einen kompletten Entwurf für die Festschrift mitliefern, in der von ›unternehmerischem Wagemut‹ und ›hohem Einsatz‹ und ähnlichem die Rede sein wird. Das wirfst du am besten gleich in den Papierkorb. Aber seine Daten sind korrekt, mit denen kannst du arbeiten.« Er erhob sich. »Ich glaube, das wär's im wesentlichen.« Er drückte auf eine der Tasten. »Haben Sie den Scheck? Nein, ich hol' ihn schon. Und Winter soll vorfahren.«
Er ging durch eine Tür, die ich vorher nicht bemerkt hatte. Als er zurückkam, hatte er den Scheck in den Händen. »Christina hat gesagt, wir sehen uns an ihrem Geburtstag. Meinst du, daß wir bis dahin deinen Entwurf durchsprechen können?«
»Wenn ich das, was du diktieren willst, und die Unterlagen aus München bald bekomme, werde ich fertig sein.«
»Das hast du spätestens alles in zwei Tagen. Also bis dann. Und du bringst deine Tochter unbedingt mit. Blumen! Der alte Herr. Ein Mädchen, das auf den Alten Eindruck machte, das möchte ich doch sehen. Sag mal, Christina sagt, mit deiner Ehe . . . Na ja, eine Ehe ist schon eine irre Sache. So einen Vertrag sollte ich als Geschäftsmann mal schließen . . . Und wie geht es sonst auf dem Gebiet? Weißt du noch, unsere ersten Mädchen, damals in Garmisch . . . Darüber müssen wir das nächstemal sprechen. Das Private ist ja ein bißchen zu kurz gekommen.« Er begleitete mich zur Tür. »Der Winter wird dich mit dem Wagen nach Augsburg bringen . . . Aber

kommt gar nicht in Frage. Ich brauche ihn die nächsten Stunden nicht . . . Aber das ist doch selbstverständlich, daß er dich fährt.«

11

Ich hatte den Versuch gemacht, mich neben Winter nach vorne in den Wagen zu setzen; ich hatte ihn nicht damit in Verlegenheit gebracht, eher schon hatte er mich in meine Schranken verwiesen, mit der Bemerkung, daß der Chef kein Verständnis dafür aufbringen würde: Er habe die strikte Anweisung, Gäste grundsätzlich im Fond zu befördern, und ebenso strikt und grundsätzlich schien die Anordnung, sich nicht mit ihnen zu unterhalten. Winter hatte beide »Chefs« gefahren, seit 1929, seit vierzig Jahren also, zählte man die kurze Unterbrechung nach dem Krieg nicht mit; und darin hatten sich der alte Herr und sein Sohn nicht unterschieden: Sie waren vom Standpunkt eines Fahrers aus, von *seinem* Standpunkt jedenfalls, beide »ideale Chefs«, und das hieß, sie wahrten Abstand, vermengten nicht Privates mit dem Geschäft. Es gab auch kein unnötiges, endloses Warten abends vor Theatern, Hotelbars oder Privathäusern, dazu waren andere Fahrer da oder Taxen. Auf längeren Strecken benützte der »Chef« das Flugzeug. Brauchte er den Wagen an Ort und Stelle, dann fuhr Winter in aller Ruhe voraus und wartete mit seinem Wagen am Flughafen. Er wohnte grundsätzlich im selben Hotel wie der Chef, hatte, auf Geschäftsreisen, das Zimmer neben ihm, aber das gab es nicht, daß der Chef je von ihm verlangt hätte, er solle mit ihm essen, selbst unterwegs, in der kleinsten Dorfkneipe nicht. Und er, Winter, bestimmte die Reiseroute, die gefahren wurde, den Weg in einer Stadt; es gab kein Hineinreden, kein Wort, schneller zu fahren, nicht zu überholen, niemals. Und schließlich fuhr nur

er den Chefwagen; war Winter im Urlaub, dann stand der Mercedes eben vier Wochen in der Garage, und der Chef behalf sich mit den anderen Direktionsfahrzeugen; denn es gab den meisten Ärger unter Fahrern; wenn am Fahrzeug etwas kaputt war, dann war es immer *der andere.*
Das nun war ein Thema, bei dem Winter unaufgefordert redete: Fahrer und Fahrzeuge; wir hatten darüber später auf jenem Gartenfest gesprochen, als Winter bereit stand, um die Gäste abzuholen oder wegzubringen. Winter fuhr seit 1926 unfallfrei, davon die ersten drei Jahre, da er damals in Deutschland keine Arbeit gefunden hatte, als Taxifahrer in Paris. Dort war er auch von dem alten Herrn »entdeckt« worden. Seitdem fuhr er die Lehrs *und* Mercedes, mit einer kurzen Unterbrechung, an die er nicht gern zurückdachte, als Fritz Lehr, nach seiner Heirat mit Jinx Greenberg, glaubte, auf einen Lincoln und dann einen Rolls-Royce umsteigen zu müssen. Von Beginn an fuhr Winter Mercedes, immer das größte Modell; schon 38 hatte der alte Herr den »großen Mercedes« besessen, den 12-Zylinder, der damals schon eine Reisegeschwindigkeit von 240 erreichte, allerdings dafür achtundzwanzig Liter Benzin brauchte; aber was machte es, wenn der Liter damals ganze neunundzwanzig Pfennig gekostet hatte. Er, Winter, hatte nie Schwierigkeiten mit Mercedes-Wagen gehabt; natürlich, man durfte einen Wagen, der bis zu drei Tonnen Gesamtgewicht hatte, nicht vom Stand oder vom Rotlicht weg auf hundert jagen – das war das Problem mit den *jungen* Fahrern von heute, die einen großen Mercedes mit einem Sportwagen verwechselten, kein Wunder, daß sie *dann* Schwierigkeiten mit der Kardanwelle hatten. Winter fuhr einen Mercedes zweihundertsechzigtausend Kilometer, mit den üblichen Abnutzungserscheinungen, die normal waren, aber ohne wirklichen Schaden. Die Erinnerung an die kurze Zwischenzeit mit dem Lincoln und dem Rolls-Royce war bitter für ihn, hatte ihn fast zu einer Kündigung veranlaßt; besonders der Rolls-Royce, mit dem hatte es nur Ärger

gegeben, das war in seinen Augen einer der überschätztesten Wagen überhaupt; von Finish bis zu dem *elektronischen* Drucktastensystem, das die Fenster öffnete und verschloß, den Kofferraumdeckel, die Sitze verstellte und das dem *Hydraulik-System* des Mercedes weit unterlegen war . . . An jenem Nachmittag wurde wenig gesprochen. Eine Trennwand aus Glas war zwischen uns beiden, und als ich etwas sagte, hatte er wohl die Bewegungen meiner Lippen gesehen, denn plötzlich ertönte seine Stimme aus einem Lautsprecher hinter mir: »In der Fondtüre links von Ihnen. Die zweite Drucktaste, dann können Sie sprechen.«

Ich hatte es noch einmal versucht: »Es genügt wirklich, wenn Sie mich am Bahnhof absetzen. Ich kann den nächsten Zug nehmen, irgendeinen, wirklich, Winter, es macht mir nichts aus.« Aber er hatte nur geantwortet: »Sie würden mich in Verlegenheit bringen, wenn Sie darauf bestehen. Ich wüßte nicht, wie ich dem Chef das erklären sollte.«

Er fuhr weiter, hatte auch nicht einen Augenblick gezögert, der Wagen rollte weich dahin; ich hatte mich immer gewundert, wie ein so schmaler, zarter Mensch einen solch schweren Wagen lenkte, aber das war wohl nur, weil ich nicht genug von Servo-Aggregaten und axial verstellbaren Lenkrädern und Kickdown verstand. Er hatte sich eine Fahrermütze aufgesetzt, auch sie hatte goldene Streifen. Es wäre wegen mir nicht nötig gewesen, aber es hatte wohl auch nichts mit mir zu tun, der Chef verlangte es wahrscheinlich.

Ich saß hinten im Fond und hatte das Gefühl, ich müsse hier heraus, um atmen zu können. Aber es verging. Es war plötzlich nichts mehr da als die leise, rollende Bewegung, die mich einschläferte. Die Lederpolster der Sitze erinnerten mich an die Sitzgruppe in Fritz Lehrs Büro, der ganze Innenraum des Wagens, der dicke Teppichboden, die Maserung des Holzes unter der Trennwand, die blinkenden Knöpfe und Kippschalter. Und ich konnte nicht denken, keine Gedanken fassen, so wenig wie in seinem Büro, als sei hier wie dort eine

Abschirmung vorhanden, ein *System* – hydraulisch oder elektronisch – zur Ablenkung von Gedanken, in den Wänden unsichtbar eingebaut.
Wir waren längst auf der B 17, hatten die Unterführung und das Gleisdreieck bei Kaufering passiert; wenn man die Stelle wußte, konnte man hier noch sehen, wo das Frauenlager I gestanden hatte; und das Nebengleis, auf dem der Zug abgestellt war, die einzelnen Wagen, der mit dem Bremserhäuschen; Zielinski hatte mir ermöglicht, mich dort mit Julia zu treffen . . . Ich tappte nach den Knöpfen, der Sitz verstellte sich, ich probierte die anderen, bis ich den richtigen gefunden hatte. »Können Sie anhalten, bitte.«
»Anhalten?«
Er fuhr langsamer. Ich blickte aus dem Fenster und suchte nach der Abzweigung. Links und rechts der Straße lagen flache Felder. Ich deutete auf die einzelnen Höfe. »Wenn Sie bitte links abbiegen. Gleich nach den Höfen. Es ist ein Feldweg.«
»Sie meinen . . .«
»Ja«, sagte ich schnell. Er schien einen Augenblick zu überlegen, aber er bog dann ohne Widerspruch links ab; es war genau die Stelle, an der damals die Amerikaner mich gefangengenommen hatten. Der Feldweg war fast zu schmal für den Wagen und voller Schlaglöcher, aber der Mercedes schluckte die Unebenheiten. Es waren nur etwa vierhundert Meter. Ich brauchte ihm nicht zu sagen, wann er zu halten hatte. Es gab inmitten der Felder hinter der leichten Bodenerhebung nur eine Stelle, die mich interessieren konnte, die Gruppe von Kiefern, die von einer niedrigen Mauer eingefaßt waren.
Ich stieg aus, und auch Winter erhob sich aus seinem Sitz. Ich hatte das Gefühl, er würde mich fragen, ob ich lange brauchen würde, sonst müsse er den Chef anrufen und ihm sagen, daß er sich etwas verspäten würde. Und genau das sagte er, und ich versicherte ihm, daß es bestimmt nicht lange dauerte.

Ich ging an dem Friedhof vorbei, dorthin, wo das Krankenlager gestanden hatte, das unter Boettchers persönlicher Leitung stand und in dem Julia zuletzt gewesen war. Das Gras wucherte über den Grundmauern, aber sie waren noch da und ließen erkennen, wo die Holzbaracken gestanden hatten, eng aufeinander. Man sah das Fundament der Außenmauern, die Stelle, wo der Kamin gestanden hatte, sonst nur Erdreich. Nur eine der Baracken hatte eine Unterkellerung gehabt, ich sah noch die Ausschachtung, das mußte die Unterkunft Boettchers und die der Wachen gewesen sein.
Ich ging den Platz ab, bis zum Ende, bis an den Rand der tiefen Kiesgrube, deren Ausbeutung man aufgegeben hatte. Sie war zu einem Drittel gefüllt mit Abfällen und Autowracks, die man über den Rand in die Tiefe gestoßen hatte; sie lagen dort ausgebrannt und verrostet mit leer starrenden Fensterrahmen. Dort waren sie erschossen worden.
Sie hatten die Kranken die Hänge hinuntergetrieben. Das Maschinengewehr war am oberen Rand postiert und hackte in sie hinein, bis keiner von den dreihundertsechzig mehr lebte. Aber die Vorstellungskraft reichte nicht aus, und ich hörte nur den Traktor, der in der Nähe ein Feld umackerte. Ich blickte weiter hinunter in die Grube, und was mich in diesem Augenblick mehr erschreckte als alles andere, mehr als die Erinnerung, war ein alter Autobus, der ebenfalls dort unten lag. Auch er war verrostet und ausgeschlachtet, aber seltsamerweise hatte niemand das weiße Schild vorne über der Fahrerkanzel entfernt. Es war grau und verdreckt, aber klar zu lesen – *Sonderfahrt* stand dort.
Ich wandte mich ab und ging zurück zu der Gruppe von Kiefern. Das Tor in der niedrigen Mauer um den Friedhof klemmte. Es gab nur den einen schmalen Kiesweg und den Gedenkstein, auf dem es hieß, daß hier dreihundertsechzig Menschen getötet und begraben worden waren. Es gab keine Namen, und ich stand dort ohne Gefühl, nur, daß ich den Gedanken hatte, daß ich Julia davon erzählen mußte, daß ich

es schon lange hätte tun sollen, zu lange hinausgeschoben hatte.
Doch etwas anderes war noch da, unvermittelt, nicht zurückzudrängen – die Erinnerung an die Tage und Wochen, die ich in Zielinskis engem Büro verbracht hatte, um mich herum und vor mir auf dem Tisch die Aktenordner. Das war etwas, was ich fühlte, das eigenartige Gefühl an den Händen, das man nach einer Weile bekam, wenn man die alten Akten Blatt für Blatt umwandte, nicht der Staub und Schmutz allein, man fühlte sich am ganzen Körper schmutzig. Ich sah die einzelnen Seiten wieder, die Blätter, an den Faltstellen schon zerbrechlich, die Lochstellen durch Ringe verstärkt. Die schlechten Farbbänder, die verschiedenen Schriftbilder der Schreibmaschinen, vor allem die eine mit der größeren Kursivschrift, bei der das h immer über der Linie stand, *es ist eine Ehrenschuld . . .* Das war alles da, in meinem Kopf, wie auf einer belichteten Platte.
Der Befehl von Trotta, dem Leutnant – Fritz Lehr hatte sich nur in einem Punkt geirrt; bei den erforderlichen Materialien waren es vierhundert Zentner Zement gewesen, und den *Kippwagen* hatte er auch vergessen.
Im Laufe der Woche ist die Zahl der Arbeiter an den Judenfriedhöfen immer weniger geworden. Es ist notwendig, daß die Arbeiter sich nicht widersetzen und daß sie nur in ganz dringenden Fällen um Arbeitsdispens nachsuchen. Es ist geplant, daß jeder nur zwanzig Tage für die Friedhofsarbeit Verwendung findet. Die Arbeit ist ein Opfer, das aber gefordert werden muß. Unser aller Weg ist heute nichts anderes.
Die handgeschriebenen Briefe, halbe Bogen, graue, auf denen die Tinte verläuft; dünne Bleistiftschriften.
Bitte mich von der Arbeit an den Judenfriedhöfen zu befreien. Ich bin erst 1937 in die Partei eingetreten, hatte kein Amt, war weder bei der SA noch bei der SS. Ich habe sogar selber Verfolgung erlitten, weil ich meinen Buben nicht in den H.J.-Dienst schickte.

Habe täglich zweihundert Wecken Brot für die Besatzungsmacht und siebenhundert Wecken für die Zivilbevölkerung herzustellen. Für die Qualität des Brotes kann ich nicht mehr garantieren, wenn ich nicht selbst da bin.
Habe nur 1 Lehrbub sowie 300 Paar Schuhe z. Rep. auf Lager, trotzdem seit 6 Wochen nichts mehr von mir angenommen wird, und bitte ich deshalb . . .
Indem zur Zeit Kartoffelernte und Saatbestellung ist . . .
Ich bin Dentist, habe sehr viel zu tun, und überhaupt habe ich von derartigen Sachen nichts gewußt.
Es wurde bei der Militärregierung beantragt, für die Arbeit Gefangene einzustellen, da nicht genug Freiwillige mehr erscheinen.
Neue Akten, besseres Papier, ein neues Farbband, ein neues Schriftbild. *Mit Beginn der Reisezeit ist wieder mit stärkerem Besuch der Friedhöfe aus dem Ausland zu rechnen, daher ist dafür zu sorgen, daß die Friedhöfe und Gedenksteine gesäubert und nach Möglichkeit mit der ersten Bepflanzung versehen werden, da sie z. Zt. sich in einem unwürdigen Zustand befinden. Die vom Wild verbissenen Fichten sind herauszunehmen. Einige Grabsteine stehen schief und sollen aufgerichtet werden. Die Inschrift ist mit schwarzer Farbe nachzuziehen, die Eingangstür zu entrosten und zu streichen (Tore grau, Griffe schwarz, Davidstern Gold). Die Grabflächen sind mit Erde aufzufüllen.*
Die Gemeinde lehnt die Beteiligung an einem Ausbau der Zufahrtstraße zum KZ-Friedhof ab. Es ist ihr überhaupt nicht zuzumuten, daß der von der Besatzungsmacht seinerzeit über die Grundstücke der Bauern geführte Weg bestehen bleibt.
Liegt eine Beschwerde des Jagdpächters vor, der auf unerlaubtes Zelten hinweist, auf Wettfahrten mit Mopeds und Federballspiel, wobei die Mauer des Friedhofs als Trennlinie zwischen den beiden Spielfeldern benutzt wird.
Auf Ihre Beschwerde müssen wir Ihnen antworten, daß der Friedhof natürlich nicht mit dem benachbarten Klosterfried-

hof, in dem die Gräber der verst. Fratres und Patres von Mitbürgern gepflegt werden, verglichen werden kann.
Wird festgehalten, daß nach Ansicht von Herrn O. mit der Freilegung von Gebeinen von KZ-Opfern zu rechnen ist, und sollte die Kiesentnahme deshalb verboten werden.
Ich versuchte, zurückzufinden, versuchte, mich zu erinnern, wann und warum das alles wieder aufgetaucht war. Wer hatte es wieder gegenwärtig gemacht und zu welchem Zweck? Die ganzen Jahre war es begraben gewesen. Nun schienen selbst die vergessenen Namen, die wieder auftauchten, eine besondere Bedeutung zu haben. Was war der erste gewesen? Sylvester Nagengast, Karl Boettcher, Kajetan Müller-Heydekrug, Heinz Oldewaage. Für mich waren es in diesem Augenblick Namen von Geschlechtern, von denen ich geglaubt hatte, sie seien ausgestorben. Winter, Horst-Dieter. Hieß jemand noch heute so? Horst-Dieter Winter? So ein Unsinn. Die Telefon- und Adreßbücher waren sicher voll solcher Namen, und niemand dachte sich etwas dabei.
Winter hatte den Wagen gewendet. Es gab ein Autotelefon, und er hatte den Hörer in der Hand. Hatte ich zu lange gebraucht? Er machte keine Bemerkung. Er legte den Hörer zurück, setzte seine Mütze auf und öffnete den Schlag. Ich mußte ihn ansehen und an den Tag denken, den 28. Februar 1945, als er Fritz Lehr mit dem 12-Zylinder-Mercedes nach Augsburg gefahren hatte. Es war zwei Tage nach dem Luftangriff, bei dem meine Mutter starb, und Fritz hatte mir damals berichtet, was mit Julia Dressler geschehen war, und mich gebeten zu helfen.
Ob Winter sich an die Fahrt erinnern würde, wenn ich ihn jetzt danach fragte? Und wenn, würde er sich an mehr erinnern als daran, wie schwer es war, damals, das Benzin für einen Wagen zu bekommen, der achtundzwanzig Liter schluckte; die Sorge um die abgefahrenen Reifen, und überhaupt seine Bedenken, am hellichten Tag – und es war ein schöner Tag gewesen, fast frühlingshaft – über die Reichs-

straße 17 nach Augsburg zu fahren, eine schnurgerade Straße mit einem so auffallenden Wagen, wo die feindlichen Jabos auf alles, was sich bewegte, Jagd machten, im Februar 45. Und hatte er nicht recht, sich an *diese* Dinge zu erinnern, an nichts anderes sonst, nach all diesen Jahren . . .

Wir waren zurück auf der Straße. Der Wagen beschleunigte langsam. Auf der rechten Seite tauchte ein Schild auf, das auf die Lechbaustufe hinwies. Es gab dort eine Abzweigung, frisch asphaltiert; in der Ferne waren Bagger und Baufahrzeuge zu sehen. Ein Wagen stand am Straßenrand, daneben ein Mann. Er gab uns ein Zeichen zu halten, und ich wunderte mich, daß Winter wirklich abstoppte. Ohne daß ich den Schalter berührt hatte, glitt das Fenster an der rechten Wagenseite herunter. Der Mann beugte sich zum Fenster herein. »Sie können ganz beruhigt sein, Herr Lehr . . .« Er verstummte, als er seinen Irrtum bemerkte. Es war ein junger Mann in einem Nadelstreifenanzug mit weißem Stecktuch, und wie er sich zum Fenster hereinbeugte, mußte man bemerken, daß er ein Toupet trug. Einen Moment schwieg er, aber dann, nach einem Blick auf den Wagen und auf Winter, mußte er wohl entschieden haben, daß er jemand, der im Fond des Lehrschen Mercedes saß, seine Mitteilung anvertrauen konnte.

»Wenn Sie Herrn Lehr sehen, sagen Sie ihm doch bitte, daß bisher achtundvierzig Skelette gefunden wurden, daß von den Beamten aber in keinem Falle eine äußerliche Gewaltanwendung festgestellt werden konnte. Verstehen Sie! Keine der Leichen weist einen Genickschuß auf, und sie haben alle ihre Goldzähne. Ich habe mich persönlich davon überzeugen können.«

Ich kannte ihn nicht. Es mußte jemand vom Landratsamt sein; er war jung, höchstens Ende Zwanzig, und eifrig und tüchtig, und vermutlich würde jemand später von ihm sagen, daß er zu denen gehöre, die von der Pike auf gedient haben. Ich setzte mich in die Polster zurück. Winter schloß das

Fenster. Und wieder funktionierte das System und schaltete meine Gedanken aus. Ich bemerkte nur noch, daß die Scheiben des Wagens sich verfärbten, plötzlich eine dunklere Tönung annahmen, von den dichten Wolken, die aufgezogen waren.

Zielinski würde sich Gedanken machen wegen seiner Tauben, vor allem um die Jungen. Ich beneidete ihn darum. Ihn und Winter. Ich wünschte, ich könnte mir Gedanken machen über Brieftauben und Kardanwellen – und welches System nun wirklich das bessere war, das elektronische oder hydraulische . . .

Zweites Buch

1 Der Dampfersteg lag etwa fünfhundert Meter von der Grenze des Grundstücks entfernt. Ich konnte die Lichter des Schiffes sehen, ein Raddampfer, der sonst auf dem See verkehrte und den die Lehrs für den Abend gechartert hatten; ich hörte die Musik. Lampions hingen über den beiden Decks, die Reling war mit weißen Punkten eingefaßt, dieselben Lichterschnüre führten zum Schornstein hinauf. Die Musik war in Wellen zu hören, je nachdem wie der Wind drehte. Es war Ostwind, und das bedeutete in dieser Gegend meist gutes Wetter. Zgodda hatte mit seiner Vorhersage für das Gartenfest recht behalten, während die Demoskopen mit ihren Prognosen widerlegt worden waren: Das Wetter war sehr gut, und selbst jetzt noch um 21 Uhr abends waren es fast 18 Grad, während auf den Fernsehschirmen, drei Stunden nach der Schließung der Wahllokale, nicht mehr von einem »Erdrutsch« zugunsten der SPD die Rede war.
Ich wandte mich vom Ufer ab. Der große Park fiel zum See hin leicht ab. Er hatte einen bemerkenswerten alten Baumbestand; zum Teil waren es Bäume, von denen jeder Fachmann gesagt haben würde, daß sie in diesem Klima mit seiner Kälte, Feuchtigkeit und dem Nebel nicht einen Winter überstehen würden; aber wer immer sie gepflanzt und gepflegt haben mochte, die kalifornischen Fichten und japanischen Lärchen waren zu mächtigen Stämmen gediehen. Und wie in einem botanischen Garten waren Tafeln mit den botanischen und den volkstümlichen Namen in den Boden gesteckt. Dasselbe

war mit den jungen Bäumen geschehen, mit Sträuchern und Gewächsen, nur daß es dort weiße Plastikkärtchen waren, die in den Zweigen hingen; in dem Halblicht sah es aus, als sei der Park bevölkert mit lauter weißen Vögeln.
Das langgestreckte Haus oder die Ansammlung von Gebäudeteilen unter einem großen Dach aus grauem Schiefer wirkte, verglichen mit dem Park, neu. Während die Bäume, die Rasenflächen und die roten Wege einem das Gefühl von etwas gaben, das lange bestand und Bestand haben würde, machte das Haus auf mich an jenem Abend den Eindruck, daß es nur für diese eine Nacht errichtet worden war. Dieser Eindruck wurde noch verstärkt durch die von einem Partyservice um das Haus herum errichteten Stände und Zelte. Es gab ein großes Rundzelt, blau-weiß gestreift, in dem wir zu Abend gegessen hatten, einen Bierausschank, einen Brezelstand und verschiedene Grills, in deren Rost gerade die Holzkohle entzündet wurde. Ein paar Männer waren dabei, Fische auf weiße Stecken aufzuziehen. Die Katzen der näheren und ferneren Umgebung schienen schon an diese Art von Gartenfesten gewöhnt, ich bemerkte plötzlich ein gutes Dutzend von ihnen in dem Park.
Nur wenige von den Gästen machten die Rundfahrt nicht mit. Das für den Abend engagierte Orchester war dem großen Zug zum Dampfersteg vorausgegangen. Es hatte drei Musiker zurückgelassen, und drei oder vier Paare tanzten auf der großen Terrasse nach deren Musik; es waren ältere Ehepaare, und sie bewegten sich langsam in Kreisen auf dem Marmorboden unter der Markise. Ein paar Männer in dunklen Anzügen saßen an der Bar im Freien.
Man hatte transportable Fernsehgeräte draußen aufgestellt, wohl ein Dutzend, an den verschiedensten Stellen, und sie waren alle in Betrieb. In dieser Umgebung wurden sie zu einem Spielzeug, erleuchtete Guckkästen; die Bilder flossen nicht ineinander, sondern wirkten wie einzelne Standfotos, die man hintereinanderschaltete, in sich selbst unbeweglich.

Die Interviews und Kommentare klangen jetzt anders als noch vor einer halben Stunde. Man schien beim Füttern der Computer zu Anfang einen Fehler gemacht zu haben, jedenfalls signalisierten die neuesten Hochrechnungen nun zum erstenmal einen Gleichstand von Sitzen für die beiden großen Parteien. Es war nicht klar, ob die NPD nicht doch noch den Sprung in den Bundestag schaffen würde. Und der FDP drohte noch immer das Absinken unter die Fünf-Prozent-Grenze. Nur einige der Angestellten des Partyservice verfolgten die beiden Programme auf den Bildschirmen.

An einem der Tische am Rande der Terrasse hatte sich der Fotograf niedergelassen, der von Christina engagiert worden war. Seine Ausrüstung lag vor ihm auf dem Tisch. Er war etwa in meinem Alter, vielleicht etwas älter, und er schien erschöpft, die Haare hingen ihm in die Stirn. Ich hatte noch das Bild vor Augen, wie er die ganzen ersten Stunden, das elektronische Blitzgerät umgehängt, die Ankommenden fotografiert hatte; beim Essen war er von Tisch zu Tisch gewandert. Er benützte eine Polaroid-Kamera, ein japanisches Modell, und die Idee war, Christinas Idee, daß jeder der Gäste vor dem Nachhausegehen ein Foto von sich bekam, nicht den Abzug allein, sondern ein vorbereitetes Steckétui, auf dem das Datum und der Anlaß vermerkt waren.

Der Fotograf hatte sich seiner Aufgabe lächelnd entledigt, und jeder der Gäste hatte es ihm leicht gemacht und zurückgelächelt. Denn für einen Augenblick war er mehr als ein simpler Fotograf gewesen, ein Ritenbeschwörer, ein Magier, der Zeit festhielt, Beweise lieferte, das Versprechen, daß nichts verlorengehen konnte; aber jetzt war er einfach ein ausgepumpter und grüblerischer alter Mann, dessen Stimmung mich ansteckte und mich mehr denn je daran zweifeln ließ, daß der Beruf, den ich ausübte, sinnvoll war.

Es waren etwa sechzig Gäste zu Christinas Geburtstag gekommen. Es hatte den Anschein, als seien sie alle zufällig erschienen, aber sie waren sorgfältig ausgewählt, handverlesen sozusagen, eine Mischung aus Geschäftsleuten, Politikern, Künstlern und Sportlern und solche, die Christina als »gehobene Nichtstuer« bezeichnet hatte. Das meiste waren Ehepaare. Junge, unverheiratete Männer und Frauen fehlten, sicher, weil die Kinder der Lehrs noch nicht in dem Alter waren, wo darauf zu achten war. Sollte die Zeit kommen, würde Christina es sicher nicht übersehen. Man spürte überall ihre Hand, eine Perfektion, die auf lange Übung hindeutete; sicher wußte hier niemand, daß sie einmal auf dem Dresdner Altmarkt für zwanzig Pfennig die Stunde Autos bewacht hatte; vielleicht hatte sie es sogar selber vergessen.

Die Sitzordnung für das Abendessen hatte sie vermutlich viele Stunden Nachdenken gekostet. Sie hatte mich zwischen zwei Damen gesetzt, eine davon eine Vierzigerin, die für ein Befragungsinstitut arbeitete, das die SPD bei diesen Wahlen weit vorn gesehen hatte. Aber die falsche Vorhersage beunruhigte sie wenig. Beunruhigt war sie nur über ihren Ehemann, einen Fernsehboß, der sich, wie sie klagte, bei solchen Gelegenheiten regelmäßig überaß. Über drei Tische hinweg versuchte sie, die Mengen zu kontrollieren, und sie steckte einem Kellner einen Zehnmarkschein zu mit der Bitte, dafür zu sorgen, daß ihrem Mann wenigstens nicht nachserviert wurde. Das Mädchen zu meiner Rechten trug ein goldenes Kleid mit einem Ausschnitt, der so wirkungsvoll war, daß sich niemand darum Sorgen machen mußte, daß die Herren an unserem Tisch zuviel aßen. Ihr Kleid und ihr Busen kamen mir bekannt vor, bis ich mich erinnerte, daß sie in einem bekannten Fernsehquiz eine der Assistentinnen des Showmasters gewesen war. Die Karte auf dem Tisch sagte: Karen Blum; was wenigstens teilweise erklärte, warum mir der Platz an ihrer Seite eingeräumt worden war. Sie war die Frau des Arztes, bei dem ich seit vielen Jahren in Behandlung war. Ich hatte nur gehört, daß er sie nach seiner Scheidung vor zwei Jahren geheiratet hatte, ein Mann knapp über sechzig, und sie dreiundzwanzig. Der andere Mann an ihrer Seite war ein

junger Rennfahrer, nicht ganz so erfolgreich auf diesem Gebiet wie sein berühmter Vater, aber immerhin. Die beiden unterhielten sich angeregt, und sie war wirklich der Typ Mädchen, die Rennfahrern von Le Mans nach Monaco folgen, die an den Boxen sitzen, weite Hüte tragen und eine Menge Stoppuhren um den Hals hängen haben; ich fragte mich, was Blum dagegen in die Waagschale zu werfen hatte. Ich hätte ihm die Frage gern gestellt. Ich fragte mich vieles an diesem Abend. Ich kam mir fehl am Platz vor.
Wieder, wie schon bei dem Besuch bei Fritz Lehrs Vater, hatte mich erstaunt, wie selbstverständlich sich Julia in dieser Gesellschaft bewegte. Christina hatte sie neben den Besitzer eines großen Auktionshauses gesetzt. Er war schon über ihren Beruf aufgeklärt, und er hatte ihr versichert, daß sie mit Aufträgen von ihm rechnen könne, wenn sie sich selbständig mache. Nicht nur alte Meister würden beschädigt und müßten restauriert werden. Im Gegenteil. Moderne Bilder würden ausgestellt, verschickt, wieder woanders ausgestellt und kämen so oft beschädigt zurück. Die Arbeit sei einfacher und würde besser bezahlt, und . . . Julia hatte es mir erzählt, nach dem Abendessen, in einem der wenigen Augenblicke, in denen wir allein waren, dann hatte Fritz Lehr sie weggeholt. Ich sprach mit Fremden, wurde von Fremden angesprochen, bis es Zeit gewesen war für die Rundfahrt und Christina auf mich zugekommen war.
Sie sah besser aus denn je. Sie trug ein einfaches langes Kleid an diesem Abend, lange Ohrringe. Sie hatte ihre blonden Haare aufgesteckt zu einer Frisur à la Evita Peron, was ihr Gesicht schmaler und strenger machte; wirklich eine regierende Königin. Sie mußte die ideale Frau für Fritz Lehr sein; ich konnte beobachten, wie das Personal sich nur an sie wandte, Winter, die Hausdame, die Kellner; sie gab kurze knappe Anweisungen, schien alles zu bemerken, so daß jeder später sagen würde, daß ihre Feste die besten seien; die besten Getränke, die niemandem Kopfweh machten, das beste Essen,

die beste Unterhaltung. Sie kam auf mich zu, eine Pelzjacke über dem Arm, die sie wohl auf das Schiff mitzunehmen gedachte.
»Du amüsierst dich doch?« Ihr Verhalten mir gegenüber machte mir klar, daß ich nicht eigentlich dazugehörte, daß besondere Umstände – was immer diese waren – die Ausnahme rechtfertigten. Nicht, daß sie betont kühl war, einfach nur, daß sie klarstellte, daß hier nichts von dem zählte, was früher zwischen uns gewesen war, daß sie nichts davon wissen oder hören wollte, daß niemand, und ich erst recht nicht, Privilegien daraus ableiten konnte; sie verfuhr im übrigen auch mit den anderen Männern so, die sich in ihrer Nähe aufhielten. »Hast du Fritz gesehen?« fragte sie. »Wir müssen aufbrechen zur Rundfahrt.«
Ich hatte, wie abgesprochen, den fertigen Entwurf der Festschrift mitgebracht und rechnete noch immer damit, mit Fritz Lehr darüber sprechen zu können. Ich hatte ihn zuletzt gesehen, als er mit Julia die Tanzfläche verließ und in den Park hinausging, aber ich hatte nicht den Wunsch, darüber etwas zu sagen. »Du meinst, er macht die Rundfahrt mit? Eigentlich bin ich wegen der Festschrift hergekommen. Ich dachte, ich könnte sie mit ihm durchsehen.«
Sie sah mich prüfend an, als ob ich das Vertrauen verdiene, und sagte dann: »Ich muß schon sagen, deine Tochter ist . . . Wie soll ich sagen, attraktiv ist nicht das richtige Wort: ein bemerkenswertes junges Mädchen; jetzt verstehe ich, warum du sie verborgen hältst. So habe ich mir eine Tochter von dir nicht vorgestellt.«
»Wie denn?«
»Anders jedenfalls. Nicht so . . . anziehend.«
»Ist sie das?« Es schien sie sehr zu beschäftigen.
»Auf ihre Weise, ja. Sie fällt einem auf, weil sie anders ist. Sie macht sich wenig aus Männern.«
»Darüber weiß ich zu wenig.« Mir war nicht danach, über Julia zu reden, und ich wußte nicht, worauf sie hinauswollte.

»Aber sie hat wenig Männer gehabt, oder? Ich habe ein Auge dafür. Das macht sie so anders und so anziehend für gewisse Männer. Wir können doch offen miteinander reden?« Sie ging ein paar Schritte in den Park hinaus. »Weißt du, ich kenne Fritz. Diese ganzen Parties machen ihm keinen Spaß, wenn er sich an einem Abend nicht ein Opfer heraussuchen kann, das er dann beflirtet. Das gehört einfach dazu für ihn. Er ist ein Draufgänger und Eroberer, und an solchen Abenden muß er sich beweisen, daß es noch klappt. Es war nie anders mit ihm, glaube ich, du müßtest das eigentlich von früher besser wissen; wichtig war ihm immer nur, daß er jedes Mädchen haben konnte. Vor meiner Zeit, zwischen seinen Ehen, war es genauso. Er hat nicht ein Zehntel der Affären gehabt, die man ihm andichtete, denn Fritz ist jemand, der seine Kraft einteilt, auch in der Liebe. Meist war nichts dahinter, oder weniger, als die Damen sich erhofft hatten. Das Spiel betreibt er noch immer. Er beflirtet eine Nacht lang ein Opfer, und das höchste dabei ist, daß er die betreffende Dame in einer dunklen Ecke abknutscht und sich Versprechungen machen läßt. Einen Tag danach rufen sie dann in seinem Büro an und sind furchtbar enttäuscht, daß er sehr kühl ist oder sich überhaupt verleugnen läßt. Und wenn sie darüber hinweg sind, erzählen sie es mir. Das Ganze ist höchst harmlos; wenn ich mir vorher die Gästeliste ansehe, weiß ich meist im voraus, auf wen er sich an dem betreffenden Abend stürzen wird. Und ich irre mich selten.«
»Und auf wen hast du heute getippt?« Ich versuchte, das Ganze von der leichten Seite zu nehmen.
»Du kennst sie nicht, die Blondine, die ich neben ihn gesetzt habe. Sie ist sexy *und* verheiratet und deshalb als Trophäe besonders geeignet. Ich setze sie immer gleich neben ihn, damit es gar keine Anlaufschwierigkeiten gibt. Aber ich habe mich geirrt.« Sie blieb stehen und sah mich an. »Es scheint mir Julia zu sein.« Ich glaube, ich lachte und sagte etwas über väterliche Gefühle. Das Wort blieb mir im Hals stecken, und

auch sie blieb ganz ernst und angespannt. »Vertrau da lieber auf mein Gespür. Ich sehe, was ich sehe. Und deshalb laß mich offen sein – es gefällt mir nicht. Ich habe dir neulich gesagt, daß ich lange gebraucht habe, um das hier zu erreichen«, sie machte eine Handbewegung, die alles einschloß, »und deshalb bin ich wachsam.«

»Aber Julia . . .«

»Ich weiß, was du sagen willst, das kompliziert die Sache. She is the girl that's hard to get. Also wird er seine Anstrengungen verdoppeln. Es weckt seinen sportlichen Ehrgeiz. Die Firma, die Arbeit, das ganze Geld, das er hat, es erinnert ihn nur immer wieder an die Freuden, die er dafür aufgeben mußte. Andere fangen an zu spielen oder tun sonst was für ihre Wiedergeburt. Fritz hält sich an Frauen, und jemand, der ihm widersteht – muß ihn reizen.«

Ich sah sie an, und das erstemal kam mir der Gedanke, daß sie mir leid tat. Sie hatte keine bösen Träume mehr; so etwas Ähnliches hatte sie gesagt. Sie hatte Sicherheit. Mehr als andere. Und mehr als andere mußte sie darüber wachen, jeden Augenblick. »Ich glaube, du sorgst dich unnötig«, beruhigte ich sie.

»Vielleicht. Ich wollt' es dir auch nur sagen und dich bitten, mit darauf zu achten. Sehr wahrscheinlich überdauert es nicht den Abend. Und wenn, würde ich es vermutlich eher wissen als du. Es ist einfach eine Bitte. Ich weiß gern, woran ich bin. Es ist sowieso aus, wenn sie nachgibt. Um ihn mache ich mir keine Gedanken, aber ich bin nicht so sicher bei deiner Tochter. Ich kenne ihren Typ oder bilde mir wenigstens ein, ihn zu kennen; die etwas Verträumten, das sind gerade diejenigen, die auf Männer wie Fritz hereinfallen. Weißt du, wenn du so aufgewachsen bist wie ich, erschüttert es dich nicht mehr, wenn das Leben nicht so nett und leicht verläuft. Du rappelst dich immer wieder auf. Es ist schwerer für jemand, der in dem Glauben aufwächst, der Boden, auf dem er steht, sei fest und solide. Er war es nie, oder? Für mich hat

sich die Erde manchmal aufgetan, um mich zu verschlingen.« Sie schüttelte den Kopf. »Du bringst es immer noch fertig, daß ich Dinge sage, die nicht zu mir passen.«
»Sie haben einmal zu dir gepaßt.«
Sie ging nicht darauf ein. Einen Augenblick war etwas von der alten Vertrautheit zwischen uns gewesen, zum erstenmal wieder, aber sie stellte den Abstand wieder her. »Sei so gut und geh zum Bootshaus hinunter und sag den beiden, daß es Zeit wird für die Rundfahrt.«
Ich muß sie verblüfft angesehen haben, denn sie lachte auf. »Das Bootshaus ist für die schweren Fälle! Fritz hat eine Standard-Attacke – direkt und unverblümt. Wo das nicht zum Ziel führt, bevorzugt er den Scheinangriff: *Ich bin gar nicht der, für den man mich hält, in Wirklichkeit möchte ich ein ganz anderes Leben führen,* so etwa. Ungeheuer wirkungsvoll, glaub mir . . .« Die Kapelle formierte sich, und die Gäste drängten sich auf der Terrasse. »Tu mir den Gefallen. Ich werde gebraucht.« Sie legte ihre Hand auf meinen Arm. Es war eine kalte, einstudierte Geste, und so ging sie auch davon, aufrecht, fast steif; und ich dachte, ob man sie nun mochte oder nicht, sie war jedenfalls eine bemerkenswerte Frau; man mußte vermutlich so sein wie sie, wenn man mit einem Mann wie Fritz Lehr zusammenlebte.

Das Bootshaus lag am Rande des Grundstücks. Nach seiner Größe zu urteilen, mußte es mehrere Boote enthalten. Ein Schienenstrang führte über etwa fünfzehn Meter hinunter zum Ufer des Sees, um die Boote zu Wasser zu lassen. Im Wasser selbst, draußen neben dem Steg und der Badehütte, ankerten zwei Segelboote an roten Bojen. Möwen hatten die Abdeckung verunreinigt; sie mußten also lange nicht benutzt worden sein. Ich sah kein Licht im Bootshaus, aber es war hell genug; es war eine Vollmondnacht mit einem klaren Himmel. Eine Treppe führte an der Seite hinauf. Die Türe an ihrem Ende hatte einen schmalen Rahmen aus Licht. Ich war dennoch nicht vorbereitet auf die blendende Helligkeit im Innern der Halle, noch auf das Boot selbst, das den ganzen Platz einnahm – gut zehn Meter lang und über drei Meter breit; kein Boot, ein Motorsegler, noch gewaltiger, als er im Freien wirken mochte; weiße Aufbauten, ein dunkelgrüner Kunststoffrumpf, sicher sieben Schlafplätze, plus Salon, jedenfalls von einer Größe, die verblüffte. Es war so, als hätte man von einem Kind gesagt, es habe in seinem Zimmer ein Lieblingsspielzeug, ein Pferd, und natürlich hatte man erwartet, ein Schaukelpferd zu finden und keinen ausgewachsenen Renngaul.

Ich stand eine Weile dort – hinter mir, durch die offene Türe hörte ich, wie die Kapelle zu spielen begann, das Blech, die Klarinette –, bis Julia und Fritz Lehr aus dem eingedeckten Ruderstand heraus auf das Sonnendeck traten.

Fritz Lehr war im Blazer und seidenen Halstuch, Julia in einem dunklen Samtkleid, dessen einziger Schmuck ein schmaler silberner Gürtel war. Es gibt Träume, die sich wiederholen, über lange Zeiträume hinweg; ein bestimmtes Haus, die Gänge, die Zimmer, man hat es längst vergessen und weiß doch sofort, daß man schon einmal da war, daß man mit allem vertraut ist – genauso ein Gefühl hatte ich jetzt, als ich die beiden an Deck des Bootes stehen sah, nebeneinander.

»Ihr werdet bereits vermißt«, konnte ich schließlich sagen.

Fritz Lehr stieg auf die Plattform, eine hölzerne Umrandung in der Höhe der Reling. Er reichte Julia die Hand. »Christina sagte mir, ich würde euch hier finden. Die Rundfahrt beginnt.«

»Ein Traumboot, wie?« sagte er. »So etwas können nur die Finnen bauen. Zwei Ruderstände, vierzig Quadratmeter Segelfläche, ein Perkins-Diesel, zweiundsiebzig PS, gut für zehn Knoten Marschgeschwindigkeit. Reichweite mit einer Tankfüllung sechshundertdreißig Seemeilen. Damit kannst du jeden Sturm auf offener See abwettern.«

Ich versuchte mir zu sagen, daß er ein wenig lächerlich aussah in seinem Blazer, Halstuch, weißen Schuhen und dem überdimensionalen Spielzeug, das hier so sinnlos war, eine reine Protzerei. Aber ich hatte den Namen des Schiffes bemerkt, die goldenen Lettern an der Seite des Ruderstandes, *Dange II*. Auch das war einer der vergessenen Träume. Ich hatte die *Dange I* gekannt, vor vielen Jahren, ein umgebautes Zollboot, das noch aus den zwanziger Jahren stammte, eine Zeit, in der das Memeler Hafengebiet internationalisiert gewesen war; beide Boote hatten auch äußerlich Ähnlichkeit, die Kutterlinie war klar beibehalten.

»Es erinnert mich an ein anderes Boot«, sagte ich. »Es hatte zu viel Tiefgang für die Dange.« Die Dange ist ein Fluß, der in das Memeler Tief mündet.

»Du hast recht, es ist ein ziemlich sinnloses Boot für den See hier.« Er ging nicht darauf ein, was ich gesagt hatte. »So enden eben Träume. Das habe ich mir mein Leben lang vorgestellt: *Ich*, auf einem kleinen Boot auf dem großen Meer. Jetzt hab' ich ein großes Boot und einen See, der zu klein ist dafür. Sie lag zwei Jahre in Travemünde, aber ich kam nie weg, da habe ich sie hergeholt, um wenigstens ein bißchen zu träumen. Eines Tages, sagt man sich, läßt du einfach alles im Stich, schiffst dich ein, und ein Jahr später, nach einem Jahr auf See, verstehst du gar nicht mehr, warum dir der Entschluß so schwergefallen ist. Sie ist im Seeschiffsregister eingetragen, ich könnte sie morgen auf Räder setzen und wäre in gut sechs Stunden damit in Genua. Eines Tages . . .« Er ließ den Satz unvollendet, sah Julia dabei an, und ich mußte an Christinas Worte denken.

»Wenn es Ihnen wirklich ernst damit ist, sollten Sie es tun«, hörte ich Julia sagen, als wir das Bootshaus verlassen hatten. Nach der Helligkeit der Halle war die Nacht dunkel. Er hatte die Neonlichter gelöscht, die Tür verschlossen, und wir gingen auf das Haus zu. Ich erinnerte ihn an die Festschrift, aber er schüttelte den Kopf; doch nicht heute, dazu bräuchten wir Ruhe, er würde in den nächsten Tagen deswegen zu mir

kommen, vielleicht morgen schon. Sie schlossen sich den Nachzüglern an. Ich blieb zurück. »Kommst du nicht mit?« fragte Julia.
»Ich bleibe lieber hier.«
»Willst du, daß ich bleibe?«
»Aber nein. Ich mache mir einfach nichts daraus. Geht nur.«
Ich fühlte, wie sehr sie gehen wollte, sich darauf freute, auf das Boot, die Lichter, die Menschen, die Musik; es stand alles auf ihrem Gesicht, in den Augen, ein Verlangen, jung zu sein, schön gefunden zu werden; und auch das erinnerte mich an etwas anderes, an einen anderen Sommer, an ein anderes Fest in einem Garten mit roten Malven und gelben Schwertlilien, die so dicht wie eine Hecke wuchsen in dem moorigen Boden.
»Ich bleibe wirklich, wenn du willst.«
»Geh schon, ich werde mich nicht langweilen, außerdem möchte ich die Ergebnisse der Wahl verfolgen.«
»Ja, also dann, bis nachher.«
Manchmal waren sie sich so ähnlich wie die beiden Boote, und ich fragte mich, wen ich wirklich liebte von beiden — Julia oder ihre Mutter; vielleicht war es ganz einfach so, daß ich in Julia nur ihre Mutter sah — dort am Ufer, als dann der Dampfer ablegte, war die Erinnerung plötzlich stärker als die Gegenwart.
Aber konnte ich der Erinnerung trauen? Es lagen viele Jahre dazwischen, genau dreißig Jahre, und ich besaß nicht einmal mehr eine Fotografie aus jener Zeit. Es war so wenig geschehen in jenem Sommer, und bei jenem Fest hatte es einen einzigen Geiger gegeben . . .

2 Drei Häuser spielen in meiner Erinnerung eine große Rolle; jedenfalls sind sie etwas, dessen ich ganz sicher bin, so sehr, daß ich mich nach all den Jahren auch heute noch blind darin bewegen könnte.

Das erste war das Haus der Lehrs in Memel, im Vorort Schmelz, direkt am alten Holzhafen; alle Häuser der Lehrs standen am Wasser, wie später auch das in Berlin und dieses hier. Es war mein erster Sommer in Memel, und der einzige, drei Wochen im Juli 1939. Seit dem März, seit der Rückgabe des Memelgebietes, war die Reise geplant, aber es hatte so lange gedauert, bis das Haus wieder hergerichtet war. Es waren nur im Innern Veränderungen vorgenommen worden, das Streichen der Türen und Fenster, das Abschleifen der Böden, die Erneuerung der Tapeten und Vorhänge – äußerlich war es so, wie es Johann Wilhelm Lehr nach seiner Rückkehr aus Samoa erbaut hatte, an derselben Stelle, an der ein älteres Anwesen beim großen Brand von 1854 in Asche gelegt worden war.

Ich hatte eine Fotografie des Hauses in die Festschrift aufgenommen, ja, es war das erste Bild überhaupt, gleich am Anfang, denn es sagte sehr viel über die Familie aus. Es stand, wie gesagt, direkt am Hafen, mit der Hauptfront zum Wasser, in einer Reihe mit den Kontorhäusern anderer Kaufleute. Und doch hob es sich, sicher nicht unbeabsichtigt, durch seine Größe und Eigenwilligkeit von den anderen ab. Es gab eine Vorschrift, die nur eine dreistöckige Bauweise gestattete, aber der zu Reichtum gekommene Kapitän hatte sie umgangen, indem er einfach das Kellergeschoß über die Erde verlegte. Dadurch wurde das Gesamtniveau so angehoben, daß man zur Haustür eine Treppe bauen mußte, eine Steintreppe, die links und rechts zu der schweren Tür hinaufführte. Nach hinten schlossen sich zwei Seitenflügel an, die einen großen gepflasterten Hof umschlossen. Aber die eigentliche Wirkung ging von der Fassade aus, von dem Treppenaufgang, der schweren Haustür, über der, in Ermangelung eines Familienwappens,

Johann Wilhelm Lehr die Zeichen seines neuen Handwerks in Stein hatte meißeln lassen: die Axt und die Kelle. Zwei aufgesetzte Wandpfeiler trugen das schwarze Dach, aus dessen Giebelfenster damals, aus welchem Grund auch immer, eine Fahne heraushing, gelb-rot übrigens, die Farben der Stadt, und so lang, daß man mit dem Kopf daran streifte, wenn man das Haus betrat. Es war ein Haus, wie gesagt, das für das Selbstgefühl der Familie sprach.

Das zweite Haus war das Gut Friedrichsruh, etwa fünfzehn Kilometer nördlich von Memel, am Zusammenfluß der Dange mit der Bahne. Gaußen, an der Bahnlinie, die über Riga nach Leningrad führte, war die Bahnstation. Von dort waren es noch drei Kilometer, die Fritz Lehr und ich mit Pferd und Wagen zurücklegten. Das Gut, mit dazugehörigem Sägewerk und Ziegelei, war heruntergekommen. Die Lehrs hatten es erst wieder zurückerworben; das Gutshaus, das 1915 von den Russen niedergebrannt worden war, war nie mehr aufgebaut worden; Friedrich Lehr hatte die ausgebrannten und überwucherten Ruinen stehenlassen, als sichtbares Zeichen seines Zornes über den Verlust der Pokale. Auch jetzt wollte er nichts mehr damit zu tun haben; er hatte den Besitz für seinen ältesten Sohn, August Wilhelm, zurückgekauft, der im Jahr zuvor geheiratet hatte und es bewohnen wollte. Gleich im März war mit dem Neubau begonnen worden, und schon stand das Herrenhaus im Rohbau, mit gedecktem Dach, eingesetzten Fenstern, ein Flügel bereits bewohnbar. Es sollte an Weihnachten beziehbar sein, und wirklich wurde es fertig; aber damals war schon Krieg, und wenn die Familie dann auch die Sommer dort verbrachte, bewohnt wurde es nie, und gegen Ende des Krieges soll es dann wieder zerstört worden sein, und heute ist es eine Ruine. Ich weiß, daß es mir damals nicht gefiel, es hatte etwas zu Großartiges, zu Schloßartiges schon in seinem Rohzustand, und ich erinnere mich, daß die Bauleute über die sieben Schornsteine auf dem Dach spotteten.

Julias Haus, das Haus ihres Vaters, war das Nachbarhaus, Gut Bahne. Alles, was ich bis dahin von der Existenz seines Besitzers wußte, war die Geschichte von den Pokalen, die auch auf der Fahrt vom Bahnhof wieder zur Sprache gekommen war. Wir waren daran vorbeigekommen, aber das Haus selber war nicht sichtbar, verborgen hinter einer dichten, verwilderten Weißdornhecke. Der Eingang bestand aus zwei wuchtigen Steinpfeilern und einem doppelflügeligen eisernen Tor, das aber von innen mit Schilfmatten verkleidet war. Wenn ich jetzt daran denke, befinde ich mich sofort in dem Haus, so als liege es offen vor mir, und ich könnte jede Balkendecke beschreiben, das Ledersofa in der Bibliothek, das Porzellan in dem Danziger Schrank in der Diele mit dem Fußboden aus Ziegelsteinen. Beim erstenmal, als wir daran vorbeifuhren, machte alles den Eindruck, daß, wenn überhaupt jemand dort lebte, es jemand war, der allein gelassen zu werden wünschte. Nach dem, was ich dann in den nächsten Tagen hörte, aufschnappte, erfragte, mußte der Mann, der es bewohnte, ein ziemlicher Sonderling sein. Karl Gerd von Dressler führte das Adelsprädikat nicht, und er hieß bei den Leuten nur der »General«, ohne Namen. Er empfing niemanden, aber mit den Fischern, Schäfern und Pferdejungen duzte er sich. Er züchtete Singvögel und Rennpferde für die Karlshorster Bahn. Vor allem aber wußte jeder hier in der Umgebung von dem Buch, das er führte, in dem er jeden Morgen seine eigenen Träume aufzeichnete; vor allem aber Wahrträume, Weissagungen, prophetische Gedichte, wo immer er davon hörte. Sobald so etwas zu ihm drang, verließ er sein Gut, begab sich zu dem Betreffenden, zu den Fischern am Haff und den Schäfern am Rande der großen Moore, unter denen diese Gaben besonders häufig zu sein schienen. Er spürte jeden auf, andere kamen zu ihm, weil es sich herumgesprochen hatte, daß er gut dafür bezahlte. Es gab einige, die meinten, es kämen auch solche, die einfach eine Geschichte erfanden, weil sie ihren Namen in »seinem Buch« verewigt sehen wollten.

Aber die meisten nahmen es doch sehr ernst; er jedenfalls tat es.
Er führte das Buch — in Wirklichkeit mehrere einfache schwarze Kladden — auch nach seiner Reaktivierung weiter, vor allem während der ganzen Zeit im Kessel von Stalingrad. Diese Tatsache, die ich von Julia hörte, hat mich oft beschäftigt: Ein General, der in jenem schrecklichen Winter in der eingeschlossenen Stadt morgens die Stellungen abging, der in den Ruinen der Stadt in den Balkas und Regenschluchten der Steppe in die Unterstände kriecht und sich von seinen Soldaten ihre Träume erzählen läßt. — Es interessierte mich auch deshalb, weil es irgendwie mit Julia zu tun hatte; es war etwas, das auch sie hätte tun können, das ihr zuzutrauen war. Und wieviel gäbe ich darum, von ihren Träumen zu wissen! Was aus den schwarzen Büchern des Generals wurde, weiß ich nicht: Ob er sie selber noch vernichtete, ehe man ihn im Juli 1944 verhaftete, oder andere sie beschlagnahmten oder vernichteten, sie tauchten nie mehr auf . . .
Das alles waren keine Dinge, die Fritz Lehr in das Nachbarhaus zogen; und nach seiner Schilderung von Julia, die mit seiner Schwester in Königsberg Medizin studierte, hatte ich nur den Eindruck eines schüchternen Mädchens mit einer Zahnspange bekommen. Fritz hatte in diesem Sommer andere Mädchen im Sinn. Er hatte diesen alten Zollkutter gekauft, war dabei, ihn neu zu streichen und besegeln zu lassen, und wir wollten dann, mit zwei Mädchen an Bord, im Kurischen Haff kreuzen, vierzehn Tage lang. Die Art von Mädchen, die so etwas mitmachten, sahen anders aus. Schon seit unserer Schulzeit hatte Fritz Lehr die Mädchen besorgt. »Ich gehe Mädchen besorgen«, war ein Lieblingsausdruck von ihm, und er kam nie erfolglos zurück. Er bevorzugte dabei Arbeitsdienst-Lager, hatte auch ein Notizbuch mit einem großen Fundus von Adressen; der Typ war immer derselbe: Füllige Mädchen, die meist größer als er waren, geschickt im Kochen und Bettenmachen und, zu meiner Überraschung, waren sie

alle ein bißchen ordinär, redeten sehr freimütig daher. Nur keine gebildeten Töchter aus gutem Hause, sie »komplizierten« alles in Fritz Lehrs Augen.
Er fuhr dann auch mit der *Dange I,* wie er sein Boot getauft hatte, los, mit zwei Mädchen, ohne mich; und ohne es sehr übelzunehmen, weil ich mir auf der Baustelle in Friedrichsruh gleich am ersten Tag den Mittelhandknochen gebrochen hatte. Es gab eine ziemliche Schwellung, und der nächste Arzt saß in Bajohren, eine Stunde weit weg; und die Frau des Verwalters meinte, garantieren könne sie mir nicht, daß bei *seiner* Behandlung der Knochen wieder richtig zusammenwachse, besser sei es schon, sie bringe mich zum Fräulein Doktor; und die Art, in der sie *Fräulein Doktor* sagte, zeigte ihren ganzen Respekt. Ich wußte nicht, daß sie damit Julia meinte; ich sah nur, daß es einen Nebenweg gab zum Nachbarhaus, ein kurzes Stück entlang einem mit Erlen bestandenen Bachtal, quer über eine Pferdeweide, an der Seite eines Flachsfeldes, bis zu ein paar Katen mit Strohdächern. Der Weg war ausgetreten und zeigte, daß es trotz des Verbotes Verbindungen gab zwischen den beiden Häusern, zumindest unter dem Personal.
Ich wurde einer Frau übergeben, flüsternd, was das Geheimnisvolle verstärkte. Sie hatten im übrigen russisch miteinander gesprochen, und jene Frau war die Njanja, die Kinderfrau Julias. Das russische Element herrschte unter dem Hauspersonal des Generals vor, vielleicht, weil er einmal in den späten zwanziger Jahren mehrere Jahre in Rußland verbracht hatte, im Auftrag der Reichswehr, die dort geheime Ausbildungsstätten unterhielt. Sie lebten alle in den strohgedeckten Katen, eine bunte Mischung: ehemalige Burschen, die als Pferdeknechte arbeiteten, ein Kutscher, Dawidow, den er aus Rußland mitgebracht hatte, estnische und litauische Hausmädchen und auch ein paar, die einfach nur da waren, weil der General ihre Fähigkeiten zum »Vorsehen« anzapfte. Sie waren sozusagen seine Famlie, da Julias Mutter nicht mehr

lebte und sonst nur noch eine Tante da war, die den Haushalt betreute oder betreuen sollte, denn ich sah sie später meist nur, wie sie in ihrem langen Schleppenkleid unten in dem großen Wohnraum an immer demselben Tisch saß und immer dieselben Scherenschnitte anfertigte, ein Gesicht, das in allen Altersstufen dem des Generals immer ähnlich blieb. Meinen linken Arm in einer provisorischen Schlinge, war ich der Kinderfrau durch einen verwilderten Vorgarten gefolgt. Die Malven überwucherten ein paar Steinfiguren. Bald sah ich das Haus, halb Herrenhaus, halb Bauernhof, das Holzwerk in einer eigenartigen fahlen, grauroten Farbe gestrichen; ein Farbton, den man, wie Dawidow mich dann aufklärte, nur erreichte, wenn man es in jedem Frühjahr mit dem frischen Blut eines Ochsen strich. An dem Giebel über dem Eingang war eine Sonnenuhr angebracht und die Jahreszahl 1744.
Die Njanja war vorausgegangen in die Halle, in dem dunklen, langen Kleid und dem dunklen Kopftuch, das sie trotz der Hitze trug. In der Halle war es kühl. Hinter einer Tür waren Stimmen zu hören. Sie feierten, so stellte sich heraus, den Geburtstag der Tante, und sie wolle sehen, ob sie das »Fräulein« herausrufen könne . . . es war jener Augenblick, von dem ich schon gesprochen habe, als sie dann die Tür öffnete und hinter sich offenließ, und ich Julia sah, in dem langen Rosé-Kleid; und sie sich dann aufrichtete, die Njanja sich zu ihr beugte, etwas sagte, zur Tür wies, und sie beide dann auf mich zukamen, Julia voraus, bis ich ihre grünen Augen sah . . .

Ich fürchte, ich kann der Erinnerung an die nächste Stunde nicht trauen. Ich liebte sie von der ersten Stunde an. Kann man dem trauen? Ich wußte nichts von ihr. Wir sprachen nie von Liebe. Und doch war es so, ist es so, in meiner Erinnerung. Vielleicht, weil ich damals gerade zwanzig geworden war und sie schon dreiundzwanzig war? Ich weiß nicht einmal, wie ich der Erinnerung der nächsten drei Wochen sicher sein kann. Ganz sicher bin ich mir nur zweier Dinge: der Orte, die wir gemeinsam aufsuchten, und ihres Gesichtes. Ich hatte viel Zeit, ihr Gesicht zu beobachten, vom ersten Augenblick an, als sie auf das braune Ledersofa hinwies, sich über meine Hand beugte, den Bruch abtastete, mit sich zu Rate ging, ob nicht doch eine Röntgenaufnahme notwendig sei, und schließlich den Gips anlegte . . . bis hin zu jener letzten Nacht, als sie allein für sich tanzte, gedankenverloren. Immer blieb ihr Gesicht ernst, konzentriert auf das, was sie gerade tat; ein fast unnachgiebiges Gesicht, wenn nicht dabei immer dieser etwas träumerische Ausdruck gewesen wäre. Sie hatte dichtes, dunkles Haar, betonte Backenknochen, weiße, feste Zähne, und nur wenn man wußte, daß sie als Kind lange eine Zahnspange getragen hatte, bemerkte man, daß ihr Oberkiefer etwas vorstand. Sie war wohl das, was man eine »ernste Schönheit« nennt. Aber es ist ohnehin wertlos, daß *ich* sie beschreibe. Für mich war es das schönste und ausdrucksvollste Gesicht, in das ich je gesehen hatte.

Wie ich schon erzählt habe, bereitete sie sich in jenem Sommer auf das Physikum vor, und nichts sonst war für sie von Bedeutung. Es ergab sich ganz von allein, daß ich wiederkam, damit sie nach der Hand sah, und ihr dann Gesellschaft leistete, die einfach darin bestand, daß sie mir eins der Hefte gab, auf eine Stelle zeigte – Sehnenscheiden der Hand – und dann etwas sagte: *Sehnenscheiden, vaginae tendinum, ermöglichen besseres Gleiten und schützen vor Reibungen an der knöchernen Unterlage. Es sind Bindegewebsröhren, die innen von einer sogenannten Synovialmembran ausgekleidet sind. Man unterscheidet: Peritenon, Epitenon und Mesotenon.*

Ich höre den Klang ihrer Stimme noch, wenn sie so etwas sagte. *Peritenon, Epitenon, Mesotenon.* Sie antwortete, wenn ich sie abhörte, mit geschlossenen Augen. Wann immer ich kam und wohin immer wir gingen, sie war nie ohne ihre Studienhefte. Mir war es gleich, wovon sie sprach, von psycho-sensoriellen Rindenzentren oder intraoculärem Druck, mir war nur wichtig, daß ich bei ihr sein konnte.

Ihr Lieblingsplatz war eine Bank draußen im Vorgarten, genau vor jenem Raum, in dem ihr Vater seine Singvögel züchtete. Es war dies ein Vorbau, vielleicht ein ehemaliger Wintergarten, der für diesen Zweck hergerichtet worden war. Der Boden war mit einem feinen weißen Sand bedeckt, der alle acht Tage ausgewechselt wurde; wann immer der Vorrat aufgebraucht war, mußte Dawidow mit einem Fuhrwerk bis an die Ostseeküste fahren, weil es nur dort diesen feinen Sand gab. Außerdem hatte man dort kleine Bäume eingesetzt, Schaukeln mit Spiegel und Futterstellen, man hatte das große Fenster entfernt und, zumindest im Sommer, durch einen mit Draht bespannten Rahmen ersetzt. Die weißgestrichene Bank dort, das ist der Ort, an den ich mich am besten erinnere.

Der Platz erschien gänzlich ungeeignet zum Lernen, denn andauernd war das Gezwitscher und das Flügelschlagen der Vögel hinter uns, aber Julia meinte, daß sie gerade dort sich am besten konzentrieren könne. Und so saßen wir dort, manchmal bis spät in die Nacht; sie hatte ein Licht geholt, und es wurde oft so spät, daß selbst die Vögel ruhig geworden waren und nur noch ihre Stimme zu hören war:

Wir unterscheiden: A, ein Wahrnehmungsfeld; hier entstehen Wahrnehmungsbilder, ohne in ihrem Wesen erkannt zu werden. B, ein Erinnerungsfeld; hier findet das Erkennen, Gnosis, der Wahrnehmungsbilder in ihren Merkmalen statt. Wir kommen also über die Wahrnehmungsbilder zu den Erinnerungsbildern. Und wenn ich es nicht vergaß, weil ich anstatt in das Buch auf ihr Gesicht blickte, würde ich sagen: Da fehlt noch etwas. Und sie würde ernsthaft nicken und antworten: Natürlich: *Beide Felder sind miteinander durch Assoziationsbahnen verbunden.*

Ich versuchte, sie manchmal zu etwas anderem zu überreden, zumindest in den ersten Tagen, zum Baden ans Meer, zu einer Ausfahrt, zum Tennisspielen. Aber ich hatte kein Glück damit. Sie zeigte mir einmal, wie die Fischer nachts an der Dange Aale fingen, ich erinnere mich an die Feuer am Ufer, über denen sie die Fische räucherten. Sie nahm mich einmal mit, als sie Frösche fing, die sie für ein Experiment brauchte, und sie erklärte mir, wie man fachgerecht ein Kaninchen häutete. Aber es war mir gleich, solange ich nur neben ihr sitzen und ihr Gesicht beobachten konnte.

Das war alles, was geschah in jenen drei Wochen in jenem Sommer. War es alles? Ich kann mich jedenfalls nicht an mehr erinnern. Es ist wie in einem Traum, den man nicht beeinflussen und bestimmen kann, der so war und wo wiederkehrt. Aber natürlich erinnere ich mich noch an die letzte Nacht, an den Abend vor meinem Aufbruch – und dem ihren, denn beide fielen zusammen.

Den Tag über hatte ich Julia nicht gesehen. Ich wußte, daß sie ihre Sachen packte; am Abend machte ich zum letztenmal den Weg, um mich von ihr zu verabschieden und ihr vorzuschlagen, morgen mit uns zusammen auf dem Zollkutter bis nach Memel zu fahren. Fritz Lehr war damit den Fluß heraufgekommen, und es war seine Idee gewesen; ich rechnete damit, daß sie den Vorschlag ablehnen würde, ja, ich hoffte es, denn unser Erlebnis war nicht etwas, das ich mit jemandem zu teilen wünschte.

Ich hörte die Musik, als ich bei den strohgedeckten Katen vorbeikam. Es war in Wirklichkeit nur eine einzige Geige, das heißt, nicht einmal eine Geige, sondern eine Fiedel mit langem Hals und nur zwei Saiten. Ich hatte die Musik manchmal abends schon aus der Ferne vernommen, und das Klatschen der Hände; und der Gesang hatte mich glauben lassen, daß viele Instrumente daran beteiligt waren. Aber es war nur die eine Fiedel, nach der sie tanzten, im Lichtschein eines offenen Feuers und des vollen Mondes auf der festgestampften Erde zwischen den Katen. Es war Dawidow, der spielte; er hatte einen alten Uniformrock an, der ihm zu groß war, mit glänzenden Epauletten auf den Schultern, ich vermutete, ein abgelegtes Stück des Generals.

Ich wäre vorübergegangen, wenn nicht jemand meinen Namen gerufen hätte. Es war die Njanja, Julias Kinderfrau. Die Männer tanzten nicht, nur drei oder vier Mädchen, jedes für sich allein. Ich erkannte Julia nicht sofort, denn alle trugen dieselben langen Röcke, die einfachen Blusen, das Haar aufgelöst. Ich blickte auf die nackten Füße unter den langen Röcken. Ein Paar war weißer als die anderen, ein weißes Taubenpaar unter dunkler getönten; Julia mußte ihre Schuhe erst später ausgezogen haben, denn sie trug sie noch in den Händen, während sie tanzte, mit geschlossenen Augen, versunken, kreisend.

Jemand stieß mich an. Ich blickte in das Gesicht der Njanja, die mir aufmunternd zunickte und sagte: »Warum tanzt du nicht mit ihr?«

Ich muß sie verwundert angesehen haben. Sie war immer da, wachsam, aber richtig bemerkt hatte ich sie nie. Ich hatte sie für eine alte Frau gehalten, schon durch die dunkle Kleidung und das dunkle Kopftuch, das sie immer trug. Aber jetzt, aus der Nähe, sah ich, daß sie eine junge Frau war, wenig über Vierzig. Sie war beim Tod von Julias Mutter neunzehn gewesen und nahm seither ihre Stelle ein.

Ich sagte so etwas wie: »Sie sagt doch nein. Sie hat zu allem nein gesagt, wenn es nicht mit dem Lernen zusammenhing. Es hat keinen Sinn, sie zu fragen.«

Sie lächelte mir unter ihrem Kopftuch zu, ein Lächeln, das Anmut und Schlauheit ausstrahlte. »Ich hab' nicht gesagt, du sollst sie fragen. Ich hab' gesagt, du sollst mit ihr tanzen.« Sie schüttelte den Kopf, plötzlich nachdenklich und besorgt. »Sie wird nie glücklich sein mit einem Mann, der sie fragt. Sie mag nicht gefragt werden.« Und ich erinnere mich, daß sie flüsterte: »Arme Julia.«

Arme Julia? Es hatte damals keine Bedeutung für mich. Wie konnte es auch – ein Mädchen, das so tanzte! Ich brachte es nicht fertig, ich konnte ihren Tanz nicht unterbrechen, noch dazu unter den Blicken der anderen, und so stand ich nur da,

neben Njanja, die sich als junge, hübsche Frau entpuppt hatte, und hörte ihr nur halb zu, als sie fortfuhr:
»Warum nimmst du sie nicht fort! Du bist auch ein Doktor?«
Ich lachte nur. »Nein.«
»Nicht? Ich dachte. Ich hörte euch reden. Konntet ihr nichts anderes reden? Du bist also kein Doktor. Trotzdem, nimm sie weg! Einer muß sie hier wegnehmen. Nicht fragen, sie einfach wegnehmen. Dies ist nichts für ein Mädchen: ein Vater, der schlimme Träume aufschreibt, und eine alte Tante, die nie glücklich war. Begreifst du nicht? Der einzige Schutz gegen das Unglück ist, daß man das Glück an sich heranläßt. Aber ich kenne Julia – sie glaubt, man kann sich gegen Unglück schützen, wenn man sich abschließt. Genauso war ihre Mutter. Sie hatte so viel Angst vor dem Unglück, daß sie nie glücklich sein konnte. Arme Julia. Wie kann sie je unglücklich sein, wenn sie nie glücklich war vorher. Nimm sie fort . . .«
Aber ihre Worte waren in den Wind gesprochen damals. Julia tanzte, die Männer klatschten in die Hände, und Dawidows Uniformrock war über der Brust aufgesprungen, und er entlockte seinen zwei Saiten Töne, wie ich sie nie mehr gehört habe. Und selbst als er dann eine Pause machte, hörte die Musik in meinem Kopf nicht auf. Auch Julia schien sich besinnen zu müssen, wo sie war. Sie kam auf uns zu, ihre Schuhe in den Händen. Ihr Gesicht glühte, ich spürte die Hitze, die von ihr ausging, sie gab sie ab wie ein Stein, der den ganzen Tag in der prallen Sonne gelegen hatte. Aber als ich sie fragte, ob sie mit mir tanzen würde, senkte sie den Kopf und antwortete: »Nein, ich habe genug getanzt, mir ist ganz schwindlig vom Tanzen«, und zog sich von mir zurück, setzte sich auf eine der Holzbänke und beugte sich herunter, um ihre Strümpfe und Schuhe anzuziehen.
Ich brachte sie noch zurück zum Haus und machte ihr den Vorschlag, mit uns zu fahren, aber wie erwartet lehnte sie ihn ab. Als ich auf dem Rückweg bei den Katen vorbeikam, sah ich Dawidow und die Njanja zusammen tanzen. Er hatte seine

Fiedel jemand anderem übergeben; der kam nicht halb so gut zurecht damit wie der Kutscher, aber Dawidow machte es dadurch wett, daß er die Frau in seinen Armen mit sich herumwirbelte, so daß man glauben konnte, ihre Füße berührten den Boden nicht. Als ich an ihnen vorbeiging, entdeckte sie mich. Sie sah mich an und schüttelte den Kopf. Sie lächelte noch immer. Aber es war ein trauriges Lächeln.
Das alles endete dann überraschend, fast mit einem Tropfen Bitternis. Ich hatte am Abend Fritz gesagt, daß Julia die Bitte abgeschlagen habe. Ich weiß nicht, stachelte es seinen Ehrgeiz an oder war er überhaupt neugierig geworden, nachdem ihm sein Bruder gesagt hatte, daß man nichts von mir gesehen habe in den drei Wochen. Am anderen Morgen, als ich mit meinen Sachen zum Frühstück kam, war er schon fort und hatte die Nachricht hinterlassen, daß er mich an der Landungsstelle am Flur erwarte. Ich ging allein, es war nicht weit, und man sah den Mast des Kutters schon von weitem über dem an dieser Stelle verschilften Ufer. Als ich näherkam, hörte ich Stimmen und Lachen, und als dann der Steg in Sicht kam, an dem das Boot vertäut lag, sah ich die beiden auf dem Sonnendeck des Bootes, und Fritz Lehr war gerade dabei, Julia zu erklären, wie man die Segel setzte.
»Siehst du«, sagte er später, »ich hab's fertiggebracht, daß sie mit uns fährt« – und ich war froh über die Stunden, die wir noch zusammen waren. Aber in den ersten Augenblicken, als ich über den schmalen Steg auf das Boot zuging und sie mich überhaupt nicht bemerkten, hatte ich einen Schmerz verspürt . . .

Ich sah Julia dann dreieinhalb Jahre nicht, aber ich kann nicht sagen, daß es Jahre der Trennung waren. Wir schrieben uns oft, ich öfter als sie, das muß ich hinzufügen; mit den Jahren wurden meine Briefe immer häufiger und immer länger. Aus der Ferne hatte ich den Mut gefunden, ihr zu schreiben, was ich damals für sie empfunden hatte. Das Gefühl nahm nicht ab, sondern verstärkte sich; vielleicht spielte auch eine Rolle dabei, daß es der letzte Sommer vor dem Krieg gewesen war. Ich habe ihr einmal oder zweimal schriftlich einen Antrag gemacht. Sie ging nicht darauf ein, brach aber den Briefwechsel nicht ab. Sie schrieb mir, wie gesagt, weniger häufig, aber sie ließ auch nie zu viel Zeit vergehen; ihre Briefe hatten die Regelmäßigkeit einer wohlerzogenen Tochter, die wußte, was sich gehörte. Auch der Inhalt ihrer Briefe entsprach dem: Nachrichten und Mitteilungen, was sie getan hatte, welches Theater, welche Ausstellung sie besucht hatte. Sie hatte ihr Physikum mit Glanz bestanden; ihr einziger Bruder war gefallen, über Warschau in einem Stuka abgeschossen; sie hatte ihren Doktor gemacht. Ihr Vater war in den Dienst zurückgekehrt; sie war ihm nach Berlin gefolgt; sie arbeitete dort in einem Lazarett; sie studierte weiter, um ihren Facharzt in der Chirurgie zu machen. Gut Bahne war ein vereinsamter Platz, sogar die Vögel hatte man freilassen müssen . . . Es waren solche sachlichen Mitteilungen, zumeist allen Gefühls entkleidet, daß ich auch nach diesen vielen Jahren und trotz der gebündelten Briefe, die ich aufgehoben hatte, eigentlich immer noch nicht viel mehr von ihr wußte. Manchmal erwähnte sie Fritz Lehr, sie habe ihn kurz gesehen, mit ihm gegessen, ein Theater besucht; es waren Nachrichten, wie die anderen. Ende Januar 1943 sah ich Julia zum erstenmal wieder.

Ich hatte einen kurzen Genesungsurlaub, nach einer Ruhr, die ich mir in Afrika zugezogen hatte. Bei meinen früheren Urlauben hatte es sich nie ergeben, sie zu sehen; entweder war sie gerade nicht in Berlin gewesen, oder etwas anderes war dazwischen gekommen; es konnte sein, daß sie mir auswich, und so rief ich sie diesmal einfach an, sagte, ich käme auf der Durchreise über Berlin; ob wir uns nicht sehen könnten? Aber natürlich, wenn ich auf der Durchreise sei; sie freue sich, mich zu sehen, wann ich ankommen würde? Gut, dann würde sie mich im Wartesaal treffen, in der ersten Klasse auf mich warten, das sei am

sichersten bei den Verspätungen, die die Züge jetzt immer hätten.
Es war ein kalter Tag, der 21. Januar, und der Zug hatte wirklich über zwei Stunden Verspätung wegen Schneeverwehungen auf der Strecke und blockierter Bremsen. Ich fragte mich, als der Zug endlich in den Anhalter Bahnhof einlief, ob Julia so lange gewartet hatte, und überhaupt, wie ich sie antreffen würde. Ich wußte aus ihren letzten Briefen, daß sie sich große Sorgen machte um ihren Vater, der in Stalingrad eingeschlossen war, und vor zwei Tagen hatte ein russischer Großangriff auf die eingekesselten Armeen eingesetzt. Alles war so anders als damals, als seien nicht Jahre, sondern Jahrzehnte vergangen.
Ich war voller düsterer Gedanken, noch als die Feldgendarmen an den Schaltern meine Papiere prüften; aber dann, als vor mir die Drehtür des Wartesaals auftauchte, war das alles vergessen, und ich rannte los und stieß Leute an, daß sie mir kopfschüttelnd nachblickten.
Ich sah sie sofort. Ich höre noch hinter mir das Geräusch der klapprigen Drehtüre, weiß, daß der Saal überfüllt war, voller Rauch, und heiß nach der Kälte im Zug. Sie saß an einem Tisch in der Nähe der Tür, und obwohl sie über zwei Stunden gewartet hatte, trug sie ihren Mantel und eine Pelzkappe, sie hatte beides nicht abgelegt. Es gab einen Augenblick, bevor sie mich entdeckte, da konnte ich sie beobachten. Ihr Gesicht war noch ernster, ihre Augen lagen tiefer, aber das hatte ich in meiner Phantasie selbst ihrem Gesicht hinzugefügt, so daß plötzlich die Zeit dazwischen zusammenschmolz; nur ihr Haar, das, was davon unter der Pelzmütze zu sehen war und das ich immer für ganz dunkel gehalten hatte, hatte überraschenderweise einen rötlichen Schimmer.
Ich war an den Tisch gegangen, dort stehen geblieben, rechnete damit, daß sie sich erheben und wir weggehen würden; ich kannte ihre Wohnung in Potsdam nicht und hatte doch eine genaue Vorstellung davon; sie hatte den Tisch gedeckt,

Kerzen aufgestellt, ja, eine Bemerkung in ihrem Brief, daß die S-Bahn genau unter ihrem Fenster vorbeiging, hatte dazu geführt, mir vorzustellen, wie wir in diesem Geräusch morgens geweckt würden.
»Willst du dich nicht setzen? Wie war die Fahrt?«
Ich setzte mich, nur ein Stuhl an dem Tisch war noch frei. Eine Frau mit einem Turban schlief, ihr Gesicht im Ellenbogen ihres linken Armes auf dem Tisch, der rechte hing herunter und umklammerte noch im Schlaf den Griff eines mit dicken Stricken verschnürten Koffers. Ein sehr junger Soldat mit einem bleichen Gesicht und einer Gefechtsbrille sah plötzlich sehr enttäuscht aus. An die anderen erinnere ich mich nicht. »Tut mir leid, daß du so lange warten mußtest.«
»Warum? Zwei Stunden Pause. Niemand, der mich erreichen kann. Ich weiß nicht, wie lange ich das nicht gehabt habe. Ich sollte öfter hierherkommen und mich einfach hier hinsetzen.«
Sie sah mich an, lächelnd.
»Bist du enttäuscht?«
»Warum sollte ich enttäuscht sein?«
»Nun, wie ich aussehe.« Sie faßte an die Aufschläge ihres Mantels. Ich sah, daß sie darunter einen weißen Arztkittel trug. Sie hatte Hände, an denen die Nägel auffielen; die großen weißen Monde; es schien ihr nichts auszumachen, daß wir nicht allein waren, und ich begann es bereits auch schon zu vergessen. »Du bist schön.«
»Wann geht dein Zug weiter?«
»Du bist schön wie immer.«
»Wirklich?«
»Ja, wirklich. Können wir nicht irgendwo anders hingehen? Ich kann länger bleiben, es hat sich so ergeben.«
»Es wird schwierig sein, daß wir uns sehen. Mein Dienst dauert praktisch zwölf Stunden, und dann bin ich wie gerädert, zu nichts mehr zu gebrauchen.«
Ich versuchte ihr Zeit zu geben und fragte nach ihrer Arbeit, und ich weiß, daß ich verwundert war, daß in ihrer Antwort

ein Unterton von Spott mitklang, denn ihr Beruf schien ihr immer über alles gegangen zu sein. »Ich tue, was von einer Frau in dieser Zeit erwartet wird – ich stehe meinen Mann. Wie lange kannst du bleiben?«
»Drei Tage. Dreimal vierundzwanzig Stunden.« Es klang für mich wie eine Ewigkeit.
»Ich würde dich zu mir einladen, aber ich wohne in Untermiete. Es ist eigentlich nicht mehr als ein Zimmer.«
»Ich gehe in ein Hotel, irgendwo in der Nähe.«
»Es wird nicht leicht sein, ein Hotelzimmer zu bekommen. Es ist alles überfüllt.«
Diesmal lächelte ich. »Ich werde ein Zimmer bekommen. Du bekommst immer eines in den großen Hotels. Darf ich?«
»Was?«
Ich beugte mich vor und wollte ihr die Pelzmütze abnehmen, aber sie lehnte sich zurück. »Bitte«, sagte ich, »nimm die Kappe ab, du hast so schönes Haar, nimm sie ab, nur für einen Augenblick, bitte, ich mag dein Haar.« Ich hatte alles um mich herum vergessen.
Sie nahm die Kappe ab, behielt sie in den Händen auf dem Schoß. Der Rand hatte sich in ihr Haar gedrückt. Es war frisch gewaschen, und ich erinnerte mich, daß die Njanja immer darüber geklagt hatte, daß sie es viel zu oft wusch. »Wie geht es auf dem Gut? Warst du noch einmal dort?«
»Nein, lange nicht.« Ich merkte, daß sie nicht davon sprechen wollte.
»Und dein Vater? Hast du Nachrichten von ihm?«
»Er lebt. Sie haben ihn vor vierzehn Tagen herausgeflogen. Hab' ich das nicht geschrieben?«
»Nein. Ein Glück.«
»Ich weiß nicht; ich meine, ich weiß nicht, ob es gut für ihn war. Er gehörte zu den Offizieren, die darauf drängten, daß man den Armeen gestattete auszubrechen, als es noch möglich war. Er sagt, es sei ein Verbrechen gewesen, in Stalingrad stehenzubleiben, völlig sinnlos und ein Verbrechen. Er denkt

es nicht, sondern sagt es, ich habe ihn noch nie so außer sich gesehen. Er redet sich um Kopf und Kragen, oder, wenn er Glück hat, schicken sie ihn zurück auf sein Gut. Aber ich wage es noch nicht zu hoffen. Wir sind eine im Grunde glückliche Familie, und wir bringen anderen Unglück. Du glaubst nicht, daß es das gibt? Aber es ist so.«

Wieder war da ein Ton, der neu an ihr war, eine Bitterkeit, die es, bei allem Ernst, nie an ihr gegeben hatte. »Das ist doch Unsinn«, sagte ich. »Du bist abgespannt und müde, und ich verstehe, daß die Sache mit deinem Vater dich beunruhigt.«

»Meine Mutter . . . Weißt du, daß sie sich umgebracht hat? Nein, darüber wurde nie gesprochen. Der Anlaß war im Grunde lächerlich. Sie vermutete, Vater hätte in Berlin eine Affäre gehabt. Zu lächerlich, denn er hat sich immer nur für Pferde, Singvögel und Träume interessiert; und wenn, dann war es wirklich nur eine Affäre und längst vorbei. Jemand hat ihr davon erzählt, sie steigerte sich hinein und brachte sich um. Aber sie war meine Mutter – verstehst du? Ich hab' immer Angst, ich könnte etwas davon abbekommen haben.«

Ich konnte nichts sagen, aber ich war mir plötzlich wieder der Umgebung bewußt, des Saales, der Menschen, des Soldaten mit der Brille, der mit offenem Munde zuhörte.

»Bevor mein Bruder zu diesem Flug startete, schrieb er mir einen Brief«, fuhr sie fort. »Es war praktisch ein Abschiedsbrief, voll düsterer Andeutungen. Er trug das Datum seines Todestages. Willst du noch sagen, wir seien zum Glück gemacht?«

Ich dachte an das, was die Njanja gesagt hatte, an jenem letzten Abend. *Wie kann man je unglücklich sein, wenn man nie glücklich war*. Und sie hatte auch gesagt: *Nimm sie fort.* Ich wußte plötzlich, was ich zu tun hatte, und daß nur ich es tun konnte, und daß ich es jetzt tun mußte, ehe es zu spät war. »Aber Julia. Wie kann man so reden? Weißt du, was wir tun sollten? Nimm dir drei Tage Urlaub, und wir fahren auf das Gut. Und wenn wir nur einen Tag dort sind. Du hast

gesagt, daß du lange nicht da warst. Möchtest du es nicht wiedersehen? Das Gut und Dawidow und die Njanja . . .«
»Nein! Nein!«
Die Frau mit dem Turban an unserem Tisch schreckte auf, und Leute um uns herum wandten die Köpfe. Julia saß dort wie versteinert, und mir fiel plötzlich ein, daß sie in ihren Briefen nie mehr die Kinderfrau erwähnt hatte, was eigenartig war, so nahe, wie sie sich gestanden hatten. Dennoch war ich nicht auf das, was kam, vorbereitet: »Was ist? Was ist mit der Njanja?«
»Sie ist tot. Beide sind tot. Dawidow und Njanja, und vermutlich ist es ein Glück für sie.«
Da war wieder der bittere Ton, bitter und spöttisch. »Was ist geschehen?« Ich sprach leise, flüsternd, um nicht noch mehr Aufmerksamkeit zu erregen.
»Darüber geben sie keine Auskunft.« Sie lachte bitter. »Das wäre noch schöner, wenn sie darüber auch noch Auskunft geben müßten.«
»Sie?«
Sie sah mich an, als müsse sie mich erst prüfen. »Ja, *sie*, Plural. Sie haben beide umgebracht! Diese Mörder haben sie umgebracht.«
Die Frau an unserem Tisch war nun vollends wach und starrte uns an. Ich sah, daß der Soldat mit der Brille sich erhob und dem Ausgang zustrebte, und ich sah auch, daß er sein Gepäck zurückgelassen hatte. Ich nahm Julia beim Arm und führte sie von dem Tisch weg. Eine Kellnerin kam hinter uns hergerannt und beschimpfte uns, bis ich begriff, daß es nur darum ging, daß Julia einen Kaffee bestellt und noch nicht bezahlt hatte. Ich zog sie mit mir in den anderen Wartesaal. Wir stiegen über Gepäckstücke, die den freien Raum zwischen den Tischen versperrten. Dann waren wir endlich draußen unter den vielen Menschen vor den Sperren, und ich fühlte mich besser, obwohl ich noch immer das Gesicht des jungen Soldaten vor mir sah, der Wechsel, den er durchgemacht hatte: die

gespannte Aufmerksamkeit, das Erschrecken, und dann die verbissene Entschlossenheit, die ihn seltsamerweise noch jünger erscheinen ließ.
»Was ist geschehen? Sag mir, was ist geschehen? Wer sollte sie umbringen wollen, und warum?«
»Es tut mir leid. Ich wollte nichts davon sagen. Ich hatte es mir fest vorgenommen. Es ändert nichts mehr, wenn wir darüber reden. Wie kam es nur dazu, daß ich davon anfing?«
Sie setzte ihre Pelzkappe auf. Das Fell war rötlich wie das eines Fuchses. Der Mantel, den sie trug, war etwas kurz, und der weiße Arztkittel schaute darunter hervor. Sie trug schwarze Halbschuhe und dunkle, dicke Strümpfe. Damals hatte sie barfuß getanzt. Vielleicht war es besser, daß sie nicht darüber redete. Vielleicht wollte ich nichts davon hören. Dawidow hielt die Njanja in den Armen und wirbelte sie herum, daß ihre Füße kaum den Boden berührten.
»Wir waren alle weg«, sagte sie. »Vater, ich, die Tante, niemand von uns war da, als sie uns gebraucht hätten. Ich denke, vielleicht hätten wir es verhindern können, vielleicht Vater. Er hätte es versucht, ja, bestimmt. Er hat es gewußt, er war einer der wenigen, die davon wußten, aber er hat wohl nicht damit gerechnet, daß ihr etwas geschehen könne. Sie war meine Kinderfrau. Sie gehörte praktisch zur Familie.«
Um uns drängten sich die Menschen, nahmen uns mit wie Strömungen, trugen uns bis zu den Sperren und von dort wieder weg, erfaßten uns manchmal wie ein Wirbel, so daß ich das Gefühl hatte, wir drehten uns im Kreis. Eine Stimme verkündete Verspätungen über die Lautsprecher. »Sie war einfach immer die Njanja, die russische Njanja, keiner machte sich Gedanken darüber, daß sie eine Jüdin war, so als sei es unmöglich, daß eine Russin auch eine Jüdin sein könnte. Und wie gesagt, das wußten ganz wenige. Es gab sehr viele Juden in unserem Gebiet, schon von früher her, und viele, die geflüchtet waren. Mein Vater verkehrte mit ihnen, er sagte immer, sie verstünden etwas von Pferden, und außerdem

liebte er es, mit ihnen zu handeln. Wir merkten natürlich, was nach 1939 geschah, plötzlich war der und der nicht mehr da, und man machte sich seine Gedanken, aber mehr im Grunde auch nicht, damals. Und keiner von uns machte sich Gedanken über die Njanja, vor allem dann nicht mehr, nachdem über zwei Jahre vergangen und nichts geschehen war.«
Sie faßte an ihre Pelzkappe. Sie trug keine Handschuhe, und zwei Finger an ihrer linken Hand waren von der Kälte abgestorben. Ich nahm ihre Hand und umschloß sie in der Tasche meines Mantels.
»Sie haben sie vor einem halben Jahr geholt. Wir wissen nicht wer, aber jemand muß sie denunziert haben. Man hat sie verhaftet und verhört, und sie soll es sofort zugegeben haben. Sie haben sie nach Riga gebracht, in ein Lager. Ich hab' es erst hinterher erfahren, nur stückchenweise, und ich bin nach Riga gefahren. Ich dachte wirklich, ich könnte hinfahren und etwas für sie tun . . .«
»Und Dawidow?« Ich mußte danach gefragt haben. »War er auch . . .«
»Nein. Aber als sie kamen und die Njanja holten und er es nicht verhindern konnte – ich weiß, er hatte eine Waffe, die Schrotflinte, mit der er auf Kaninchenjagd ging, aber sie waren zu viele –, da hat er getobt und geschrien, so hat man es mir erzählt; er soll geschrien haben, daß man ihn auch mitnehmen müsse, denn er sei ebenfalls ein russischer Jude; nicht einmal zwei Mann sollen ausgereicht haben, ihn festzuhalten, und er sei erst ruhig geworden, als man ihm sagte, schön, dann würden sie ihn auch mitnehmen, wenn das sein Wunsch sei . . . Sie haben ihn ebenfalls nach Riga gebracht. Ob sie zusammengeblieben sind, weiß ich nicht. Ich weiß nicht, wo sie gestorben sind, wo und wann; denn das mit der Flucht glaube ich nicht. Mein Vater hat sich eingeschaltet. Er hat telefoniert und Telegramme geschickt und getobt, so wie er eben sein kann, bis ihn jemand aufsuchte und zu verstehen gab, daß er sich etwas mehr zurückhalten solle und daß es

ohnehin zu spät sei, etwas zu tun, denn die beiden hätten versucht zu fliehen und seien dabei erschossen worden.«
Ich suchte nach Worten, und das Widersinnige war, daß ich das Bild nicht aus dem Kopf bekam: Dawidow in seinem auf der Brust aufgesprungenen Rock mit den glänzenden Epauletten, und die Njanja in seinen Armen; selbst der Klang der Fiedel war da, die Melodie, heiter und leicht und ein wenig holprig. Ich fühlte Entsetzen und Schuld, aber in meinem Kopf spielte die Fiedel weiter, und ich sah das Instrument, den langen Hals, die zwei Saiten und den Bogen, von dem die weißen Roßhaare abstanden, so wild hatte Dawidow gespielt. Sie waren tot, beide, und doch schien mir der Augenblick so gut wie jeder andere, Julia zu sagen, daß ich sie liebte. Ich legte die Arme um sie und küßte sie. Wir befanden uns auf einem Bahnhof, und um uns waren viele, die sich verabschiedeten und das gleiche taten. Sie schien nicht überrascht, sie wehrte es nicht ab, sie legte die Arme um meine Schultern, wir küßten uns, und dann sah sie mich an, fast ungläubig, und sagte: »Ist das wahr? Du liebst mich wirklich?«
Die Mütze war ihr aus der Stirn gerutscht, aber diesmal faßte sie nicht danach. *Nimm sie fort.* »Ja«, sagte ich, »es ist wahr, und es wird immer wahr sein. Willst du mich heiraten?«
Auch davon zeigte sie sich nicht überrascht. Sie tat etwas Seltsames. Sie nahm meine Hände und führte sie an ihre Lippen. »Mein Liebster«, sagte sie, »mein Freund, mein Träumer. Wie ist das möglich? Wie kann man noch an Träume glauben? Hat sie dir das in den Kopf gesetzt, damals? Meine Njanja?«
»Willst du?«
»Was?«
»Mich heiraten?«
»In dieser Zeit? Es gibt schon zuviel Schmerz in dieser Welt.«
»Dann könnte niemand mehr heiraten.«
Sie blickte um sich, als läge in dem, was sie sah, die Antwort. »Du mußt wieder fort. Du sagst, du hast drei Tage, und dann

gehst du wieder fort. Es kann dir etwas passieren, morgen schon. Menschen werden getötet im Krieg, und manche, die nicht getötet werden, wünschten, sie wären tot. Ich sehe es jeden Tag, ich werde jeden Tag daran erinnert, jede Stunde in meiner Arbeit. Auch mir kann etwas passieren . . . Einer würde zurückbleiben, und er hätte drei Tage, an die er sich erinnern könnte.«
»Du hast gesagt, daß du mich liebst.«
»Ja, ich liebe dich.«
»Dann verstehe ich dich trotzdem nicht.«
»Bitte, versteh mich. Ich wollte, ich wäre anders. Ich wollte, ich könnte anders sein und alles vergessen, aber ich kann es nicht.«
Sie warf einen Blick auf die Bahnhofsuhr. »Ich muß jetzt gehen.«
»Wann sehen wir uns?« Sie hatte gesagt, daß sie mich liebt, und das war mehr, als ich erwartet hatte.
»Es ist besser, wir sehen uns nicht mehr.«
»Aber wir könnten wenigstens heute abend ausgehen. Wir könnten irgendwo essen. Wann ist dein Dienst zu Ende? Ich hole dich ab.«
»Nein, bitte, hole mich nicht ab.« Sie nannte ein Restaurant, in dem wir uns treffen konnten, und dann brachte ich sie an ihre Bahn. Ihre Pelzmütze war immer noch verrutscht.

Ich fand ein Zimmer in einem Hotel in Potsdam, in der Nähe ihrer Wohnung. Ich schlief ein paar Stunden, denn ich war die ganze Nacht gefahren. Ich träumte von Dawidow und der Njanja und wachte schweißgebadet auf. Am Nachmittag hielt ich es nicht mehr aus und fuhr mit der S-Bahn nach Werder hinaus, wo das Hospital lag, in dem sie arbeitete.
Ich war einmal in Werder gewesen, zur Zeit der Baumblüte, die berühmt war, aber an diesem Tag war es bitterkalt. Es lag kein Schnee. Von der Feuchtigkeit des Sees und dem Nebel waren die Bäume voller Rauhreif. Ich fragte mich nach dem

Lazarett durch. Ich mußte schmale Wege gehen und Stufen steigen, bis ich zu der umgebauten Schule kam. Ich erfuhr, daß Julia auf der Gehirnstation arbeitete. Sie hatte es in ihren Briefen nie erwähnt, aber das paßte zu ihr, daß sie sich eine solche Arbeit wählte.
Sie schickten mich die gebohnerten Gänge entlang bis zu den Operationssälen. Ich wartete dort über eine Stunde, um mich die Gerüche und Geräusche einer Klinik. Ich beobachtete die Lichter, die über Türen auf und ab flammten. Fahrstühle wurden geöffnet und geschlossen. Krankenpfleger und Schwestern schoben Bahren vorbei. Unter den weißen Laken lagen Männer mit kahlrasierten Köpfen und andere mit durchbluteten Verbänden. Von manchen ließen die Bandagen nur die Augen, die Nase und den Mund frei. Die Gerüche, das Geräusch der Rollen unter den Bahren, das Stimmengeflüster und die Vorstellung, was dort hinter den Schwingtüren auf den Operationstischen geschah, machten mich krank. Aber ich bereute es nicht, gekommen zu sein. Ich verstand, während ich auf der Bank auf sie wartete, ein wenig mehr von dem Leben, das Julia führte. Ich verstand, was sie gemeint hatte auf dem Bahnhof, warum sie, unter dem Eindruck dessen, was sie hier täglich erlebte, nicht jemand heiraten wollte, der sie nach drei Tagen wieder verließ.
Als sie nach einer Stunde immer noch nicht gekommen war, ging ich, ohne sie gesehen zu haben.
Ich erwähnte am Abend nichts von meinem Besuch. Wir sprachen auch nicht mehr von Dawidow und Njanja. Ich weiß nicht, was wir redeten. Es war belanglos. Ich weiß, daß sie müde und abgespannt war, und ich weiß, was sie sagte, als ich sie nach Hause brachte und wir uns vor ihrer Tür verabschiedeten. Sie bat mich noch einmal, zu gehen, nicht mehr zu kommen.
»Ich weiß, wenn du bleibst, wenn du mitkommst jetzt, würde ich meine Meinung ändern, und das möchte ich nicht, bitte versteh mich.« Hätte ich nicht auf sie hören sollen? Sicher ist,

daß ich nicht mehr hätte nach Werder hinausfahren sollen am nächsten Tag.
Ich rief sie am nächsten Morgen in ihrer Wohnung an, aber sie war schon unterweg ins Hospital. Ich versuchte, sie dort zu erreichen, aber man konnte sie nicht rufen. Ich sollte es in der Mittagspause versuchen. Die begann um ein Uhr. So fuhr ich hinaus nach Werder, und das erste, was ich sah, war der schwarze Mercedes, der vor dem Eingang parkte. Es gab wenige solche Wagen mit einer Zivilnummer, und der Chauffeur hinter dem Steuer war Winter. Ich ahnte, was passieren würde, und ich beobachtete es von einer Seitenstraße gegenüber. Ich brauchte nicht lange zu warten. Fritz Lehr kam aus dem Portal, Julia an seiner Seite. Er war in Uniform, eine nagelneue, geschneiderte Marineuniform, und über dem Mantel trug er den Marinedolch. Winter sprang aus dem Wagen und öffnete ihnen den Schlag. Natürlich hätte ich noch immer ganz einfach hervorkommen können, aus meinem Versteck, und hingehen und sie begrüßen können. – Ich weiß nicht, warum ich es nicht tat, sondern wie festgewurzelt dort stand. Er sah so elegant und glänzend aus in seiner neuen Uniform, wer weiß, vielleicht hätte er noch erwartet, daß ich ihn, der ich im Dienstgrad unter ihm stand, militärisch hätte grüßen sollen. Ich hörte seine Stimme, wie er Winter den Namen eines bekannten Restaurants nannte, und dann sah ich sie einsteigen und davonfahren.
Ich verließ Berlin mit dem nächsten Zug. In ihrem nächsten Brief erwähnte sie, daß Fritz Lehr überraschend für einen Tag nach Berlin gekommen sei und sie ihn gesehen habe. Der Brief war fast drei Wochen unterwegs. Ich war längst zurück in Afrika; Rommel hatte die Buerat-Stellung und Tripolis aufgeben müssen und sich auf die Mareth-Linie an der tunesisch-tripolitanischen Grenze zurückgezogen. Mitte Februar entschloß er sich zum Angriff auf Tebessa. Wir nahmen den Kasserine-Paß, Faid, Hafsa und Feriana, und vor Thala kam es noch einmal zu einer schweren Panzerschlacht. Das waren die

letzten Siege, von denen ich Fotos machte. Es waren ausgezeichnete Fotos. Es hieß, ich habe nie bessere Bilder geliefert. Aber dann gab es keine Siege mehr, nur noch Rückzugsgefechte – und jenen Leutnant von den 11. Britischen Husaren, der mir aus seiner Maschinenpistole drei Kugeln in den Leib jagte, die mich fast getötet hätten. Aber es sollte nicht sein, aus irgendeinem unerfindlichen Grund kam doch noch ein letztes Flugzeug, und Dr. Blum holte mir in Athen die Kugeln und Splitter heraus, und zwei Monate später heiratete ich Thea . . .

3 Die drei zurückgebliebenen Musiker spielten längst nicht mehr. Die Paare hatten sich unter die Markise auf der Terrasse zurückgezogen. Es war kühler geworden, und die Heizstrahler brannten. Die Holzkohlengrills verbreiteten einen Geruch von gebratenem Fleisch und Fisch. Vom See her hörte man manchmal Fetzen von der Musik auf dem Dampfer, der immer noch draußen kreuzte. Auf den Fernsehschirmen bewegten sich immer noch die langsamen Bilder. Jetzt sahen mehr von den Angestellten zu. In einem Programm wurde ein Krimi gezeigt. Auf dem anderen Kanal wurde gesungen. Kurz nach zehn Uhr hieß es, die SPD/F.D.P sei nach den neuesten Hochrechnungen mit vier Mandaten in Führung gegangen. Aber niemand schien darüber sehr beunruhigt.

An der Bar saßen drei Männer. Einer von ihnen war Blum, dessen Frau an meinem Tisch so viel Aufmerksamkeit gefunden hatte. Der zweite war der Fernsehboß, dessen Frau sich so besorgt gezeigt hatte, daß er nicht zuviel aß. Er trank und warf sich dazwischen auf eine besonders geschickte Art, die vielleicht noch vom Alkohol gefördert wurde, gesalzene Man-

deln in den Mund, drei, vier Stück jedesmal. Sobald die Schale leer war, füllte der Barkeeper sie unaufgefordert wieder. Der dritte Gast war ein bekannter Fernseh-Filme-Macher. Auch er war betrunken und redete ununterbrochen auf den Fernsehboß ein. Ich konnte hören, was er sagte. »Der Jammer ist, daß Leute wie Sie an den Hebeln sitzen. *Wir* verstehen was davon, aber Leute wie Sie haben was zu sagen. Keine Ahnung von dem *Medium*, aber das große Wort führen und Entscheidungen treffen! Es kotzt mich an. Leute wie Sie kotzen mich an. Der letzte, mit dem ich rede, das sind Leute wie Sie!« Aber er redete weiter auf ihn ein, und der andere trieb ungerührt sein Spiel mit den Mandeln. Ich beneidete sie fast um ihre Trunkenheit.
Ich hatte mich auf den leeren Hocker neben Blum gesetzt. Der Mann hinter der Bar fragte mich, was ich trinken wolle, aber der Arzt winkte ab und antwortete für mich: »Er trinkt nicht. Geben Sie sich keine Mühe. Der Mann ist standhaft. Es ist ein Kreuz mit ihm; er versteht zuviel davon, was dabei in seiner Leber vorgeht. Das sind die undankbarsten Patienten. Ich hab' dem Kerl mal zwei Drittel von seinem Magen weggeschnitten; was glauben Sie, wie er mich hinterher ausgefragt hat.«
Ich hatte ihn mir nie betrunken vorstellen können, Professor Dr. Dr. Berthold Blum, aber anscheinend hatte ich an diesem Abend eine Schwäche für Betrunkene, denn ich nickte dem Mann hinter der Bar zu. »Geben Sie mir etwas zu trinken.«
»Was soll es sein?«
»Was er trinkt.«
Er stellte ein Glas vor mich hin und füllte das des Arztes neu. »Auf Ihre Leber.« Er hob sein Glas. »Sie kann eine leichte Verdunklung vertragen.«
»Wenn Sie meinen.« Ich trank. Ich wunderte mich, daß ich den griechischen Kognak herunterbrachte. Ich trank ein zweites Glas und fühlte, wie mir leicht schwindlig wurde, aber es war nicht einmal ein unangenehmes Gefühl.
»Sie haben sich lange nicht mehr von mir untersuchen las-

sen.« Er lehnte sich mit leicht schwankendem Oberkörper vor und zog mit dem Zeigefinger mein Augenlid herunter. Dann kommandierte er: »Zunge raus! Scheußlich!« Er lächelte. »Es wird wirklich mal wieder Zeit. Ich hab' Sie über ein Jahr nicht gesehen in meiner Praxis.«
»Ich hatte es ohnehin vor.« Es war gut, daß er so sein konnte. Im Krankenhaus war er ein Despot und ein Star, schon damals in Athen, wo er nur in schneeweißen Uniformen herumlief. Er war damals mit einer deutschen Opernsängerin verheiratet gewesen, einem Koloratursopran, die oft in Athen auftrat. Nicht, daß mich das was anging oder ich ihm seine Starallüren übelnahm. Er war ein Könner und hatte mir das Leben gerettet, damals in Athen. Nicht, daß ich sehr an meinem Leben hing, weder damals noch in dieser Nacht; aber immerhin mußte man das respektieren, was er getan hatte, und wie er seinen Beruf ausübte.
Es war schon ein Anblick, wenn Herr Professor die Korridore der Klinik abschritt, den Schwarm von jungen Ärzten im Gefolge. Und wie er an die Betten der Kranken trat und forderte: »Zunge raus!« Es erweckte Vertrauen bei den Patienten, daß ein Arzt mit seinem Können, ein Spezialist, sich wie ein gewöhnlicher Hausdoktor noch um den Belag der Zunge kümmerte. Vielleicht war das alles sehr kalkuliert, aber warum nicht. Menschen, kranke Menschen, wollen beeindruckt werden. Und wie er sie beeindruckte! Das machte vielleicht seinen Ruf aus, mehr als alles andere.
Ich mochte ihn, und vielleicht mochte ich ihn besonders, weil er eine Frau hatte, die vierzig Jahre jünger war als er, die draußen auf dem Dampfer war, und er saß hier und machte sich Gedanken, was sie im Augenblick tat. Er machte sich Gedanken. Und wie! Ich sah es, ohne sein Augenlid herunterzuziehen. Ich würde die Frage sonst nie gestellt haben, aber dort, auf den unbequemen Barhockern, das dritte Glas in der Hand, zählte ich mich schon zu der Bruderschaft der Angetrunkenen. »Sie haben eine tolle

Frau. Ich saß neben ihr beim Essen, wirklich toll. Sie lassen sie so einfach allein?«

Er drehte der Bar den Rücken zu. Durch die Bäume sah man den See, eine dunkle Fläche, und die Lichter am jenseitigen Ufer. Einige der Lichter mußten die des Schiffes sein. »Sie waren nie besonders gut darin, das zu verbergen, was Sie wirklich denken«, sagte er. »Sie fragen sich, warum hat sie den Kerl geheiratet, der vierzig Jahre älter ist als sie?«

Ich trank das dritte Glas. »Ja, das frage ich mich.«

»Sie ist ein tolles Mädchen, nicht wahr?«

»Ich hab' es bemerkt. Jeder muß es bemerken.«

»Sie fragen sich alle, die Schwestern in der Klinik, meine Sekretärinnen und alle die verwitweten Kolleginnen, die scharf auf mich waren. Warum zum Teufel hat sie ihn nur geheiratet? Sie möchten es zu gern wissen. Ich sage es Ihnen, weil Sie es sind. Es sind meine grauen Haare, nein, wirklich, glauben Sie mir. Wie sagt man? Grau ist in. Die jungen Mädchen stehen heute auf Grau. Der Jugendkult ist passé. Die Jungen schlagen Schaum, aber wir machen die Wellen. Die jungen Feuerköpfe! Damit ist es vorbei. Sie haben ihre Mystik verloren. Wir alten Patriarchen sind im Besitz der Geheimlehren, bei uns finden sie Schwärmerei, nur wir erteilen die Absolution . . .«

Er sah mich an, lächelte betrunken, trank und sagte: »Ich rede Blech. Absolutes Blech. In aller Freundschaft – ich sitze hier und bin ganz krank bei dem Gedanken, was sie im Augenblick treibt.« Er blickte in die Nacht, als könne er sie durchdringen. Vielleicht konnte er es – und brauchte deshalb ein neues Glas. Ich fühlte mit ihm.

»Warum haben Sie sie dann geheiratet?«

»Warum? Zum Teufel, ja, warum? Ich hab' kaum Zeit für sie. Die Klinik und die Praxis fressen mich auf. Ich bin fix und fertig, wenn ich nach Hause komme. Dann sitzt sie da und wartet, und mir fallen die Augen zu. Es war das Unsinnigste, was ich tun konnte, aber Menschen tun unsinnige Dinge! Wir leben, um unsinnige Dinge zu tun. Sagen Sie es niemand. Sagen Sie nicht, daß *ich* je so etwas gesagt habe. Ein Arzt sollte so etwas nicht sagen. Aber es ist die Wahrheit, die einzige Wahrheit . . . Natürlich biete ich ihr etwas; ich werde eingeladen. Ich stehe auf jeder Gästeliste. Ich bekomme Karten für Premieren und Empfänge, und das macht ihr Spaß; sie kann die neuen Kleider anziehen, und ich mach' das mit, weil ich sehe, wie sie sich amüsiert. Man muß fair sein! Sie gibt mir das Gefühl, daß ich immer noch fähig bin, unsinnige Dinge zu tun, und deshalb soll sie ihren Spaß haben.« Er trank und fuhr fort: »Was glauben Sie, was mit mir los war, vorher. Ich war *tod*ernst. Ich hatte erwachsene Töchter und Söhne. Ich hatte eine gütige Frau. Ich kam abends nach Hause, und alles ging auf Zehenspitzen. Jeder nahm Rücksicht. Meine Hausjacke. Meine Hausschuhe. *Bitte, seid ruhig, Vater ist zu Hause, er hatte wieder einen anstrengenden Tag.* Bei ihr, da komme ich nach Hause, völlig ausgepumpt, angefüllt mit Problemen, mit Wut im Bauch auf Kollegen; ich habe den Mantel noch nicht ausgezogen, da ist sie schon da und strahlt und will wissen: ›Wo gehen wir heute hin?‹ Du fühlst dich wie ein ausgeleerter Sack, aber sie zwitschert um dich herum und will wissen, was sie anziehen soll. Und du gehst wirklich und fühlst dich viel besser. Es ist verrückt, aber großartig. Sie sollten es mal versuchen.«

»Ich bin dabei.«

Er sah mich überrascht an. Ich war nicht weniger überrascht, daß ich es ausgesprochen hatte. Vielleicht war es der Alkohol.

»Dann lassen Sie sich erst mal gründlich von mir untersuchen.«

»In der kommenden Woche?«

»Rufen Sie an, und machen Sie einen Termin. Ich werde Sie nicht warten lassen. Ich hab' da eine fabelhafte neue Sache, einen Computer-Test, den ich aus Amerika mitgebracht habe. Sie wären gerade richtig dafür. Aber ich gebe Ihnen jetzt schon einen Rat, kostenlos, einen, den Sie in der Sprechstunde

bei mir nicht bekommen. Wie alt ist sie? Ich meine, wieviel jünger ist sie?«
»Sechsundzwanzig Jahre.«
»Sie sind fünfzig, nicht wahr? Nun ja, Ihr Problem ist nicht so groß wie meines, aber immerhin. Vergessen Sie alles, was ich gesagt habe. Die Sache ist viel einfacher.« Er beugte sich vor und war plötzlich vollkommen ernst. »Das ganze Geheimnis besteht darin, Geld zu haben, Pikola. Sie müssen nichts anderes haben als eine Menge Geld, und je größer der Altersunterschied, desto mehr Geld brauchen Sie. Geld lockt sie an, am Geld bleiben sie kleben . . . Verdammt, sehen Sie mich nicht so entsetzt an! Es ist nun mal so. Ich bin nicht betrunken. Ich bin nie nüchterner, als wenn ich getrunken habe und zusehe, wie sie sich mit jungen Männern amüsiert. Es ist einfach eine Tatsache, und der sollten Sie ins Auge sehen. Es ist nichts Schlimmes. Es ist nichts Unmoralisches. Ich bin glücklich dabei, verdammt noch mal, aber es ist das Geld, das sie anlockt und bleiben läßt, vergessen Sie das nicht.« Er wandte sich um und deutete auf die leeren Gläser. »Geben Sie uns noch zwei!«
Das Kriminalspiel war zu Ende. Die Blätter an den Bäumen über den Fernsehern waren wie aus Metall. In den Nachrichten hieß es, die SPD/F.D.P. führe nun mit acht Mandaten, und der Professor mit dem klassischen deutschen Namen, ein Bündel Papiere unter dem Arm, sagte einem ARD-Reporter: »Wenn die Mehrheit so steht, so möchte ich sagen, sollten wir es tun.« Er sagte nicht was, aber vielleicht hatte der Reporter es mit der Frage vorweggenommen. Der Dampfer war jetzt ganz nahe am Ufer, die Kapelle an Bord spielte, und der Kapitän gab das Signal zum Anlegen. Die Männer an dem Holzkohlengrill schalteten den elektrischen Blasebalg an. Die Luft war voll mit dem Geruch nach verbranntem Fett, und ich sah mehr streunende Katzen als zuvor.

4 Das erste, was ich sah, waren Fotos vom Gartenfest, die Julia auf dem Tisch zurückgelassen hatte. Es waren zwei, eines zeigte uns beide, das andere Julia und Fritz Lehr. Auf beiden blickten wir in die Kamera, und wie so oft bei Blitzlichtaufnahmen wirkten die Gesichter verzerrt, fast geistesgestört. Ich erinnerte mich nicht mehr, bei welcher Gelegenheit sie aufgenommen worden waren; ich war nicht einmal sicher, daß sie vom vergangenen Abend stammten. Ich fühlte nichts, als ich sie ansah. Ich erinnerte mich an nichts. Ich mußte auf das Datum sehen, um mich zu überzeugen, daß es wirklich gestern gewesen war. Aber *gestern* sagte etwas ganz anderes. Ich war viel weiter weg gewesen. Ich war es noch immer.

In der Nacht, als Julia mich nach Hause fuhr, hatte ich von jenem Sommer gesprochen. Sie hatte sich vor allem für das Buch, die Kladden mit den Träumen interessiert, ob ich wüßte, wo sie geblieben seien. Ich wußte es nicht. Es gab noch mehr zu erzählen. Aber ich hatte davon geschwiegen. Ich brachte es nicht fertig. Ich war nicht bereit. Ich war nicht einmal bereit, mich selber zu erinnern. Ich hatte es begraben, die Stelle in meinem Gedächtnis ausgeätzt, aber sie war nachgewachsen, warum?

Julia war noch in der Nacht nach München weitergefahren. Sie wollte mit dem Holbein fertig werden; und sie mußte einige Wohnungen ansehen; sie würde mich anrufen, wenn etwas Passendes darunter war. Ich mußte mit Dr. Blum einen Termin ausmachen. Ich mußte endlich mit Thea sprechen.

Ich war spät aufgewacht. Thea war längst fort. Ich holte die Post herein und sah sie durch, während ich frühstückte. Die Post bestand aus den üblichen Prospekten und Werbedrucksachen und einem Telegramm. Es war gestern aufgegeben; eine Zeitschrift wollte für ihre farbige Wochenendbeilage Kindermoden fotografiert haben. Es war etwas, was ich haßte; ich beschloß, den Auftrag abzulehnen, aber dann dachte ich an das, was Blum mir am vergangenen Abend gesagt hatte. Ich rief in Hamburg bei der Zeitschrift an und fragte, was sie bezahlen würden. Sie nannten eine Summe und ich verlangte den doppelten Betrag, und zu meiner Verwunderung akzeptierten sie es ohne Widerspruch; das war mir noch nie passiert, aber ich hatte auch noch nie das Doppelte verlangt. Ich rief eine Agentur an und sagte ihnen, welche und wie viele Kinder ich brauchen würde; ich hatte vorgeschlagen, die Aufnahmen in München im Zoo zu machen, mit Tieren und Gehegen im Hintergrund, Elefanten und Zebras, mit Flamingos und vor dem großen Affenkäfig; es war mehr ein Witz gewesen, aber sie fanden die Idee *einfach genial.* Mir war danach zumute, meine Kameras zu nehmen und sie zu zertrümmern, ein für allemal . . .

Ich hatte die Unterlagen für die Festschrift wieder mit zurückgebracht. Es gab daran für mich nichts mehr zu tun. Ich versuchte, Lehr zu erreichen, aber er war nicht da, und es hieß, er hätte hinterlassen, er würde sich bei mir melden, er hätte es nicht vergessen. Ich zerriß die Fotografien von gestern abend. Ich ging hinüber in den anderen Raum und stand vor den grauen Kästen mit den Tausenden von Fotografien, die ich im Laufe meines Lebens gemacht hatte. Ich zog die Schübe auf, nahm einzelne Bilder heraus, aber auch sie sagten mir nichts; ich betrachtete Menschen und Orte, die sich abgesondert hatten, von mir zurückzogen.

Ich mußte einmal daran geglaubt haben, daß ich damit, daß ich sie aufnahm, etwas festhalten konnte, eine Erfahrung dokumentierte, ein Wissen von Menschen, aber nun erschien mir gerade das Gegenteil der Fall – indem ich sie in Bildern festhielt, hatte ich mich von ihnen distanziert, sie von mir gewiesen. Was sollte das – Erfahrung in Papier verwandeln, verkleinern, vergrößern, beschneiden, retuschieren? Und wie zuvor hatte ich nur den einen Wunsch, alles zu vernichten.

In meinem Zimmer stand ein Schreibsekretär, ein altes Möbel. Ich klappte die Schreibplatte herunter und suchte in den Seitenfächern nach dem Kuvert. Es war verschlossen und versiegelt, und es hatte dort so über zwanzig Jahre gelegen.

Ich riß es auf und nahm die drei Negative heraus. Ich spürte einen eigenartigen Schmerz in meinen Händen, als ich sie berührte; ich dachte, daß diese drei Aufnahmen vielleicht die einzigen waren, die in meinem Leben zählten. In dem Augenblick jedenfalls war es so. Sie bedeuteten einen Einschnitt in mein Leben, so als teilten sie es auf, als gebe es zwei Leben, eines, bevor ich die Aufnahmen gemacht hatte, und eines danach. Auf jeden Fall stand fest, daß sie mein Leben verändert hatten.

Ich legte die Negative nebeneinander auf den Lichttisch. Sie waren überbelichtet und verwackelt, denn ich hatte Angst gehabt, als ich sie aufgenommen hatte, schlicht und einfach Angst, als ich unter die abgestellten Eisenbahnwaggons kroch, um von dort aus das Lager aufzunehmen. Es war in aller Frühe, und die Häftlinge waren zum Morgenappell vor den Baracken angetreten, um sie herum die Wachen, mit geschultertem Gewehr. Es waren vielleicht zweihundert Gestalten auf der Aufnahme zu sehen, und eine davon war Julia, und ich fragte mich, ob es einen Sinn hatte, zu versuchen, eine Vergrößerung davon zu machen, sie herauszulösen, die anderen Gestalten abzudecken, wegzuretuschieren, so daß ich Julia das Bild zeigen konnte, das letzte und einzige, das von ihrer Mutter existierte.

Aber auch das waren nur Fotografien – von einem Ereignis, von Leiden, die nicht vorstellbar waren, sich nicht mitteilen ließen, und selbst ich, der sie aufgenommen hatte, fühlte in diesem Augenblick nichts anderes als das, was *ich* gefühlt hatte: die Angst, den spitzen Schotter, der mir die Knie durchschürfte, den Schweiß, der mir am ganzen Körper ausbrach, trotz der Kälte des Morgens, die Angst in den Händen, die die Kamera umklammerten . . . Aber was geschah, während ich dort über die Aufnahmen gebeugt stand, war, daß alles wieder zurückkam. Immer hatte es zwischen mir und der Vergangenheit eine Schutzzone gegeben, eine Sicherheitsschicht. Sie war in den vergangenen Wochen immer

dünner geworden, immer durchlässiger, eine dünne Haut, so daß Gestern und Heute sich nunmehr fast unmittelbar berührten . . .
Julia hatte mir zur Hochzeit ein Schmucktelegramm geschickt mit Glückwünschen. Auch ihre Briefe kamen weiter, dieselben Briefe wie zuvor, aber dann, im Sommer 1944, wurden es weniger, und ihr Ton war anders, verschlossener, und dann blieben die Nachrichten ganz aus. Ich hatte sie eines Tages angerufen, zu Hause, und wirklich hörte ich ihre Stimme, unverändert, wie mir schien, aber das, was sie sagte, war es nicht, nur wenige Worte: »Ruf nicht mehr an. Schreib mir nicht mehr. Du hörst von mir, wenn es geht«, und schon legte sie auf.
Ich wartete, aber ich hörte nichts mehr von ihr. Briefe kamen zurück, unzustellbar, unbekannt verzogen. Ich versuchte noch einmal, sie anzurufen, aber eine fremde Frauenstimme, eingeschüchtert und verängstigt, sagte, nein, ein Fräulein Doktor Dressler habe nie dort gewohnt, und dann war die Verbindung unterbrochen. Ich rief das Lazarett in Werder an, aber auch dort wurde ich nur von einem zum anderen verbunden und bekam am Ende keine Auskunft. Ich hatte keine Erklärung dafür, bis ich dann, im September, von den ersten Urteilen des Volksgerichtshofes gegen die »Lumpen, Verräter und feigen Mörder« des 20. Juli las; ich stieß auf den Namen Carl Gerd von Dressler; das *von*, auf das er so wenig Wert legte, hatten sie hinzugefügt. Er war zum Tode verurteilt und das Urteil am 4. September 1944 vollstreckt worden.
Man hörte davon, daß solche Urteile die Beschlagnahme des Vermögens und die Inhaftierung von Familienangehörigen bedeuteten, aber eine Bestätigung war nicht zu bekommen. Was mit Julia geschehen war, erfuhr ich erst an dem Tag, an dem Fritz Lehr nach Augsburg kam . . .

Sie hatten mir acht Tage Sonderurlaub gegeben; so etwas gab es noch, selbst im Februar 1945, wenn man auch eine über-

zeugende Begründung brauchte. Der »Tod eines Elternteils« zählte dazu. Der Angriff auf Augsburg war von rund hundert viermotorigen Superfestungen geflogen worden, und es gab über zweihundert Tote in der Stadt.
Es war eine Möglichkeit, mit der man immer rechnen mußte. Nach Angriffen versuchte ich immer, sofort mit meinen Eltern zu telefonieren. Am 26. Februar gab es keine Verbindung, und erst am Tag darauf hörte ich von meinem Vater, was geschehen war; zwei Luftminen hatten das Haus völlig in Schutt gelegt und alle Bewohner getötet. Mein Vater verdankte sein Leben nur der Tatsache, daß er nicht in der Stadt gewesen war, sondern auf einer Hamsterfahrt in der Umgebung; von denen er im übrigen meist klägliche Mengen mitbrachte; er war für so was nicht geeignet, und er benützte die Fahrten auch wohl mehr dazu, um mit Pfarrern zu sprechen und seinen Ausgrabungen nachzuspüren.
Der Tag, an dem die Beerdigung stattfand, war der 28. Februar, der erste richtig warme Tag, ein richtiger Vorfrühlingstag; ich erinnere mich nicht zuletzt deshalb so genau daran, weil ich viel zu früh auf den Friedhof gekommen war und die Unterhaltung von zwei Männern mitanhörte, die dabei waren, ein Massengrab auszuheben; sie waren sehr erleichtert darüber und beglückwünschten sich dazu, daß der Boden aufgetaut war, und erinnerten sich gegenseitig daran, was für eine Schinderei das im Januar gewesen war, nach dem Angriff am 16., die vielen Toten und danach noch der steinhart gefrorene Boden!
Ich kann das Begräbnis übergehen, die Reden, das Händeschütteln – bis mein Vater und ich endlich allein am Grab zurückblieben. Der Friedhof liegt mitten in der Stadt, und als wir dann auch gingen, auf die Straße hinaustraten, fuhr gerade der Mercedes vor, schwarz und lang mit dem schwarzen Verdeck, hielt, und Fritz Lehr stieg aus, kam auf uns zu, kondolierte meinem Vater und sah mich dann an und fragte, ob er mich sprechen könne. Er trug Zivil; er war nach dem

Tode des ältesten Lehr-Sohnes, 1944, u. k. gestellt worden. Alles, das Hemd, die Krawatte, der Pullover, die Jacke, sah an ihm elegant aus, teuer, Friedensware, und ich erinnerte mich – so, als sei es von Wichtigkeit –, daß er Schuhe mit Kreppsohlen trug; das Geräusch, das die Sohlen machten, als er zwischen den Gräbern neben mir herging, ist wieder in meinen Ohren! Er hatte das vorgeschlagen, nachdem mein Vater betont hatte, er würde allein gehen, er hätte es ohnehin vorgehabt.

»Laß uns in den Friedhof gehen«, sagte Fritz Lehr, »wenn es dir recht ist.« Er gab Winter, den ich erst jetzt bemerkte, ein Zeichen; und so betraten wir den Friedhof noch einmal und gingen zwischen den Gräbern entlang, bis ich begriff, daß ihm der Friedhof für das, was er mir zu sagen hatte, als der beste Ort erschien; denn niemand kümmerte sich dort um uns oder hörte uns zu. »Sag mal, du weißt, was mit Julia geschehen ist?« begann er dann direkt.

Damit überraschte er mich. Und ich antwortete, ich wüßte nur, was mit ihrem Vater sei, aber Julia – nein.

Es gab dort eine Bank, auf die ging er zu und setzte sich. »Sie lebt«, sagte er. Und ich weiß, daß es genauso klang, als hätte er gesagt: »Sie ist tot.« Mich fror in meinem Mantel. Er wischte sich über die Stirn, als schwitze er. Ein Fritz Lehr, der ängstlich war, das war mir fremd, aber er mußte Angst haben, so wie er sich immer wieder umsah, ob wir auch allein waren, aufhörte zu sprechen, wenn jemand vorbeikam.

»Sie lebt«, wiederholte er. »Ich weiß es erst seit einigen Tagen. Ich hab' versucht, dich zu erreichen, Gottfried sagte mir . . .« Er sprach dann plötzlich von meiner Mutter, erinnerte sich an Dinge, die lange zurücklagen, ganz so, als sei ihm nicht klar, daß wir sie gerade beerdigt hatten. Es war alles höchst seltsam und verwirrend, er sprach von Julia wie von einer Toten und von meiner Mutter wie von einer Lebenden.

»Was ist mit ihr? Was ist geschehen?«

»Ich weiß keine Einzelheiten. Ihr Vater ist nach Stalingrad

kaltgestellt worden. Er hat sich nach Gut Bahne zurückgezogen, und er soll zum inneren Kreis der Verschwörer . . . ich meine, des Widerstandes gehört haben. Das hat man jedenfalls behauptet, wie willst du das kontrollieren, eingeweiht in ihre Pläne muß er jedenfalls gewesen sein, denn er stand obenauf auf ihrer Liste. Sie haben ihn in Berlin verhaftet. Julia war auf dem Gut. Man hat sie dort verhaftet.«
»Sie hat sich an dich gewandt?« Plötzlich war die Erinnerung da, wie er in seiner nagelneuen Marineuniform mit diesem lächerlichen Dolch die Treppe herunterkam, sie an seiner Seite, und Winter zurief: *Zu Horcher.*
»Sie hat dir geschrieben?«
»Nein. Gehört habe ich das alles in Friedrichsruh. Ich kam noch einmal vorbei, aus Libau, nach meiner u. k.-Stellung. Die Leute redeten natürlich davon. Man soll sie nach Riga gebracht haben.«
»Riga?«
»Bitte! Wir können doch auch leise sprechen. Ja, Riga, dort muß ein Lager sein.«
Riga, dachte ich, und es löste vieles aus, und es erinnerte mich daran, was Julia von ihrer Familie gesagt hatte; nun war auch ihr Vater tot, die ganze Familie war ausgelöscht . . . aber sie lebte. »Du hast gesagt, sie lebt.«
»Ja. sie lebt.« Er setzte sich zurück, ließ den Oberkörper vorhängen, in den Händen immer noch das silberne Etui. Er sah müde aus.
»Wo ist sie?«
»Hier.«
»Hier?«
»Ja, hier. In einem Lager. Ich muß dir das erklären. Die OT baut im Raum Landsberg-Kaufcring unterirdische Bunkerwerke, Produktionsflächen für den Flugzeugbau. Das kommt alles zu spät, aber du mußt das aus der Sicht des letzten Frühjahrs sehen; als die Sache damals beschlossen wurde, war es so ungefähr die wichtigste Baustelle im Reich, die es gab.

Eine ganze Reihe von Firmen ist daran beteiligt, unter anderem auch wir. Es sollten Produktionsflächen . . .«
Er verlor sich in technische Details, schweifte ab, kam auf die Flugzeuge zu sprechen, die dort gebaut werden sollten, das Geheimste vom Geheimen; es war so, als bereite es ihm Genugtuung, sich damit in Gefahr zu begeben, daß er einem Dritten, Fremden, gegenüber Staatsgeheimnise ausplauderte; ich weiß, daß ich ihn nicht drängte, ihn nicht unterbrach, denn auch ich brauchte Zeit.
»Die Hauptschwierigkeit lag von Anfang an darin, die notwendigen Arbeitskräfte heranzuschaffen. Zuerst sollten Italiener kommen, dann Baukolonnen vom Atlantikwall, dann West- und Ostarbeiter, aber schließlich blieb nichts anderes übrig, als zu nehmen, was noch zu bekommen war.«
Er richtete sich auf und sah mich an. »Die einzelnen Firmen haben damit nichts zu tun. Das wurde von oben verfügt. Sie räumen alle Lager im Osten und bringen sie in Zügen hierher, und mit einem dieser Transporte aus Riga muß sie gekommen sein.«
»Wann war das?«
»Ende September vergangenen Jahres. Ganz sicher bin ich nicht.«
»Wieso nicht? Hast du nicht mit ihr gesprochen?«
»Wie stellst du dir das vor!«
»Du hast gesagt, sie sei in einem Arbeitslager.«
»Ja, in einem Lager. Aber wir haben da nichts dreinzureden. Die Lager unterstehen der SS. Sie werden unter Bewachung auf die Arbeitsstellen geführt. Sie stehen auch tagsüber unter Bewachung. Die Betriebe haben kein Recht, die Lager zu besichtigen. Niemand hat Zutritt, außer den paar Leuten, die dort Lebensmittel abliefern, und die Wachen. Ich sagte dir doch, die Lager unterstehen der SS.«
Ich mußte an das denken, was Julia mir von Njanja erzählt hatte. Ich fragte: »Was sind sie – Juden?«
»Hör mal, mir ist es egal, was sie sind. Sie sind den Firmen

nicht als Juden zugewiesen oder Staatsfeinde oder sonst was, sondern als Arbeitskräfte, und ich habe immer gesagt, behandelt sie anständig, ich meine, wenn überhaupt Gelegenheit war, so etwas anzubringen; es nützt nichts, wenn die Leute auf den Baustellen vor Hunger umkippen.«
»Sie arbeitet auf einer Baustelle?«
»Wenn es so wäre, könnte man vielleicht mit ihr in Kontakt kommen; es wäre immer noch schwierig, aber doch vielleicht möglich, obwohl ich nicht weiß, was das ihr nützt. Nein, es gibt zwei Frauenlager im Gleisdreieck bei Kaufering. Die Frauen arbeiten ebenfalls auf den Baustellen, aber sie betreut im Lager die Kranken. Die Situation hat sich im Winter wahnsinnig verschlechtert. Mit irgendeinem Transport aus dem Osten ist Flecktyphus eingeschleppt worden. Es gibt eine Menge Ärger mit den Toten, aber ich will dich damit verschonen. Wir arbeiten praktisch mit einem Drittel unserer Sollstärke. Es kommen zwar immer noch neue Transporte, aber in einem Zustand . . .«
Er war plötzlich wieder bei ganz anderen Dingen, Beschränkungen, Beschaffungsschwierigkeiten, Benzinknappheit, und wieder ließ ich ihn abschweifen, dankbar für die Pause. Er kam selbst darauf zurück, schnell genug. »Du kennst doch Oldewaage? Du hast ihn mal in Berlin kennengelernt, bei einem Lichtbildvortrag, erinnerst du dich? Jedenfalls, er hat mit den Bestattungen zu tun, er ist von den Firmen bestimmt worden, er soll da Ordnung reinbringen. Er bemüht sich seit Wochen um ein fahrbares Krematorium, du glaubst gar nicht, was das für ein Papierkrieg ist, und dann muß er sich noch vorwerfen lassen, er kümmere sich um Sachen, die ihn nichts angingen . . . Nun, er hat keinen Zutritt zu den Lagern, aber bei einem dieser Gespräche hat er sie gesehen. Also, das ist absolut sicher, wenn er sie auch nur flüchtig von früher kannte, er schwört, daß sie es war.«
»Wann war das?«
»Vor drei Wochen. Aber er kam nicht sofort zu mir damit. Er

sagt, das habe ihn mitgenommen, so daß er erst darüber hinwegkommen mußte, sie, unter all den Polinnen und Jüdinnen. Ob das Hochverrat war, was ihr Vater da begangen hat, oder nicht, ich meine, sie ist eine Deutsche, die Tochter eines Generals, immerhin. Also, Oldewaage war ganz fertig von der Tatsache. Wir müssen etwas tun! Wir müssen sie da rausholen!« Für einen Augenblick fiel er in die Rolle des Draufgängers, so, als schlage er mir ein gemeinsames Abenteuer vor, nicht viel anders, als wenn wir früher auf der abgesperrten Avus mit Wagen der Firma Rennen fuhren oder auch wenn er nur sagte, an einem Abend nach einem Turnier, so, jetzt organisiere ich uns zwei Mädchen. »Wir müssen sie einfach da rausholen! Deshalb bin ich hier.«

»Wie stellst du dir das vor?«

Er nahm eine neue Zigarette, klopfte sie auf dem Etui fest. Er zündete sie nicht an. »Ich weiß es nicht. Ich weiß nur, daß die Zustände immer schlechter werden und daß bald was geschehen muß. Die sterben in den Lagern wie die Fliegen.«

»Was ist mit deinem Vater? Er ist ein mächtiger Mann. Er kennt die richtigen Leute. Er hat Einfluß. Ein Wort von ihm . . .« Aber er schüttelte den Kopf, so daß ich nicht weitersprach.

»Er würde keinen Finger rühren. Ich habe zuerst auch daran gedacht, aber er würde nichts tun, er am wenigsten. Im Gegenteil, wenn ich ihn da hineinziehe, ist es ganz aussichtslos. Er hat nichts übrig für die Leute des 20. Juli. Für ihn sind das alles Verräter, Zerstörer des Vaterlandes; im besten Fall Irrsinnige und Stümper! Sein einziger Kommentar zu den Urteilen war, seiner Meinung nach könne man nicht genug von diesen blaublütigen Schweinen aufhängen. Und dann – sie ist eine Dressler! Dressler, der seine Pokale nicht gerettet hat. Ich glaube, für ihn war es eine Genugtuung, die gerechte Strafe . . . nun, eines weiß ich, mit ihm kannst du nicht rechnen. Es muß auch einen anderen Weg geben.«

Es war unruhig geworden in unserer Nähe. Ein Leichenzug

kam den Weg herunter. Der Sarg war aus hellem Holz, und er erinnerte mich daran, wie schwierig es gewesen war, für meine Mutter einen Sarg zu bekommen; auch Särge waren »erfaßt«, und was die Stadt nicht bei den vorangegangenen Angriffen verbraucht hatte, hatte sie an andere Städte abtreten müssen.

Wir warteten, dann fuhr er fort: »Da ist noch etwas, was ich dir sagen muß. Ich hab' den Versuch gemacht, mit meinem Schwager zu sprechen, er ist Arzt, und er hat die Lager zu betreuen. Der Mann von Ehrengard, Karl Boettcher, dieser Apothekersohn aus Königsberg. Er ist Arzt bei der SS, war keinen Tag an der Front, hat immer Druckposten gefunden, war bei so einem SS-Amt, das in den besetzten Gebieten Untersuchungen machte, nach denen bestimmt wurde, was ›wertvolle Volksgruppen‹ sind. Der Kerl besteht nur aus Angst! Ich habe ihn in Berlin erlebt, bei Fliegeralarm; der saß nur am Radio und sauste als erster ab in den Keller; was seine Frau und seine Kinder machten, war egal, und dann saß er da und zitterte, auch wenn nicht ein einziges Ding herunterkam; nicht mitanzusehen. Wie gesagt, er suchte sich immer Druckposten. Er wurde dann Lagerarzt in Essen für die Kruppschen Arbeitslager für Ausländer. Als dann 43 die schweren Angriffe einsetzten, hat er Himmel und Hölle in Bewegung gesetzt, um dort wegzukommen, hat keine Ruhe gegeben, bis er ein sicheres Plätzchen bekam. Er wurde schließlich nach Süddeutschland versetzt, mein Vater hat da nachgeholfen. Er betreut da jetzt die Lager in unserem Raum.«

»Du hast mit ihm geredet?«

»Ich habe versucht, mit ihm zu reden. Er ist schließlich für den Gesundheitszustand in den Lagern verantwortlich. Er soll sie inspizieren, für Medikamente sorgen. Er bestimmt, wer krank geschrieben wird, also wer arbeiten kann oder nicht. Ich hab' mir gedacht, wenn, dann kann er was machen. Es gibt ein Krankenlager für die schweren Fälle, das ihm untersteht. Ich dachte, er kann sie dahin verlegen, sie ist Ärztin; er könnte aufpassen, daß ihr nichts geschieht, daß sie es übersteht, bis zum Ende.«

»Und?«

»Und! Der Kerl tut nichts! Er hat nur Angst. Auf der einen Seite fertigt er lange Berichte für seine Vorgesetzten an, in denen er zu beweisen sucht, daß in den Lagern alles in Ordnung ist, daß er eine Gewichtszunahme unter den Insassen festgestellt hat, daß höhere Arbeitsleistungen erzielt worden sind. Er meldet zu niedrige Todeszahlen, alles aus Angst, sie könnten ihm doch noch ein Frontkommando geben. Auf der anderen Seite tut er nichts. Er hat Angst, sich Typhus zu holen. Er hat mich angeschrien, was mir einfalle, ihm Vorschriften machen zu wollen, ob ich mich wohl für das Pack einsetzen wolle, was sei schon, wenn da ein paar stürben, dann kämen eben neue, wir würden unsere Arbeitskräfte schon bekommen. Alle sind schuld, dieses ›Pack‹ und wir, die Baufirmen, die von ihm gesunde Arbeiter verlangen. Die Angst macht ihn schizophren. Er sieht, das Ende kommt, und er hat Angst, was passiert, wenn die Amerikaner kommen und die Zustände in den Lagern sehen, aber er tut nichts. Wie ich bei ihm war, zeigte er mir seine blöden Zyankali-Kapseln, mit denen er sich umbringen würde, ehe die Amerikaner ihn erwischen und zur Verantwortung ziehen . . . Ein Glück, daß Ehrengard das nicht mitbekommt, mein Vater hat sie nach Steingaden geholt, und dort wagt er es nicht, sich so aufzuführen . . . Nein, von der Seite ist keine Hilfe zu erwarten. Eher wird er mich denunzieren, oder er hält den Mund. Bei Feiglingen weißt du nie, was sie tun. Ich brauche deine Hilfe . . .«

Mit den Jahren war diese Szene immer unwirklicher geworden, die Erinnerung an die beiden Männer auf dem Friedhof, die miteinander sprachen und voreinander ihre wahren Gefühle verbargen; denn so war es, wenigstens von meiner Seite. Später, viele Jahre später, hatte ich mir vorgestellt, daß ich auf Fritz Lehrs Bitte hin Julia sofort zu Hilfe geeilt sei; ich

hatte diesen Gedanken genährt, er hatte mich besänftigt, getröstet und gerechtfertigt, aber nun, als alles noch einmal geschah, als es war, als stünde ich noch einmal vor der Entscheidung, wußte ich, daß ich dachte: Warum kommt er und zieht mich in das alles hinein?
»Was kann ich dabei tun?« fragte ich.
Er machte eine hilflose Geste, ließ das Etui aufspringen und klappte es wieder zu; das Geräusch, das der Verschluß machte, hatte etwas Endgültiges. »Vielleicht wollte ich nur mit jemandem darüber sprechen.«
Mir fiel plötzlich Zielinski ein, der in Neuschwanstein zu den SS-Wachen gehört hatte und der nach Kaufering in eines der Lager versetzt worden war. »In welchem Lager ist sie, sagst du?«
»Lager I. Im Gleisdreieck bei Kaufering.«
Wenn ich mich richtig erinnerte, hatte Josef Zielinski vom Lager I gesprochen, jedenfalls von einem Frauenlager. Aber ich sagte nichts davon.
»Wenn es um Geld gehen würde; ich habe an die Möglichkeit gedacht, daß man jemand vielleicht mit Geld herumbekommt. Ich kann nicht über jeden Betrag verfügen, aber doch über eine gewisse Summe. Wenn es mit Geld zu machen ist, daran soll es nicht scheitern. Siehst du einen Weg?«
Ich mußte überlegen. Ich mußte Zeit haben zu überlegen, aber er deutete mein Schweigen anders.
Er blieb stehen, die Stirn in Falten, und sah mich mit einem zögernden, prüfenden Ausdruck auf seinem Gesicht an. »Ich kann mich doch darauf verlassen, daß alles zwischen uns bleibt?« fragte er. »Tut mir leid. Es ist verrückt. Man weiß nicht mehr, wem man trauen kann.« Er steckte das Etui ein. Er machte eine Handbewegung in Richtung Gräber. »Nochmals, mein Beileid. Deine Mutter war eine feine Frau. Muß ein schwerer Schlag sein für deinen Vater. Wenn ich etwas tun kann . . .« Er streckte seine Hand aus. »Jedenfalls, es war gut, mit einem Freund darüber sprechen zu können.«

Wir schüttelten uns die Hände, und ich blickte ihm nach, wie er den Weg hinunterging, anhielt, sich umsah, anscheinend nicht wußte, wo es zum Ausgang ging. Ich ging ihm nach, und als ich bei ihm stand, fragte ich: »Sag mir, warum tust du das alles?«

»Was meinst du?«

»Liebst du sie?« Die Frage verriet mich. Sie mußte ihm sagen, was mit mir los war, aber er schien es nicht zu bemerken. Das erstemal löste sich bei ihm die Spannung; die bei ihm so ungewohnte Nervosität und Ängstlichkeit war plötzlich wie weggeblasen. Er lachte laut und sagte in seiner normalen Stimme und Lautstärke: »Oh, nein! Sie war nie mein Typ.«

»Hattest du was mit ihr?«

Wieder lachte er ungezwungen. »Ich hatte mit so vielen Mädchen etwas, und es hat nichts bedeutet. Nein, da bist du auf dem Holzweg. Da ist nichts. Nicht mein Typ. Zu ernst für mich. Die Zeiten sind ernst genug, was soll ich da mit solchen Frauen? Ich hatte immer eher ein bißchen Mitleid mit ihr, wenn ich mal mit ihr ausging. So ein hübsches Mädchen und vergräbt sich da und hebt sich auf, weiß der Teufel für wen, die große Liebe jedenfalls. Nein, wirklich nicht, da war nie etwas Ernsthaftes zwischen uns. Es ist einfach . . . Na, ich will nicht wieder davon anfangen.«

»Schon gut«, sagte ich. Ich begleitete ihn zum Ausgang. Als wir uns verabschiedeten, sagte ich: »Ich werde nachdenken. Vielleicht gibt es einen Weg. Ich melde mich, wenn mir etwas einfällt.« – Aber die Entscheidung war schon gefallen. Warum soll ich leugnen, jetzt, daß es mit seiner Antwort zusammenhing. Ich war erschrocken, ängstlich, aufgewühlt von dem, was er berichtet hatte, vor allem aber erleichtert über das, was er am Schluß gesagt hatte.

Ich fuhr am nächsten Tag. Ich erinnerte mich kaum an die Fahrt. Der Zug hielt oft auf der offenen Strecke, und zweimal mußten wir ihn verlassen, weil Jabos in der Luft waren. Ich hatte die Nacht zuvor kaum geschlafen. Ich hatte schreckliche

Träume von Julia, von Njanja, von Dawidow, von meiner Mutter, von Totengräbern, die sich über den gefrorenen Boden unterhielten. Ich war müde. Und erinnere mich an eine eigenartige Mischung von Gefühlen: Erleichterung, Entschlossenheit und Angst. Und ich weiß, am Schluß blieb nur das Gefühl der Angst.

5

Ein Teil des Schildes über dem Eingang fehlte, und so war dort nur noch EWI's Bi . . . zu lesen. Die Baracke war grün gestrichen, hatte ein Dach aus geteerter Pappe und ein Ofenrohr, das durch eines der Fenster an der Seite ins Freie ragte. Rauch stieg auf, so grau wie der Himmel. An den Außenwänden hingen ein paar verrostete Reklameschilder von Zigarettenmarken, und mitten auf der Tür der Sarotti-Mohr. Das Ganze stand in seiner trivalen Häßlichkeit unweit des Bahnhofs, noch häßlicher durch die Reste von Schnee, die man an der Seite der Baracke aufgehäuft hatte. Schnee, der gelb war von dem Urin der Männer, die von Zeit zu Zeit ins Freie traten und sich dort neben der Baracke erleichterten. Es waren die Männer, ihre Uniformen, die mich auf die Idee gebracht hatten, mit meinem Koffer in der Hand darauf zuzusteuern.
Ich hatte keine Vorstellung davon, was ich tun sollte, wie ich mit Zielinski Kontakt aufnehmen konnte, ohne jemand zu fragen; so hatte ich unschlüssig vor dem Bahnhof gestanden, bis ich die grüngestrichene Baracke entdeckt hatte und die Männer in SS-Uniformen; sie kamen meist zu zweit, und dann machten andere in der Baracke ihnen Platz, gingen, die Karabiner geschultert, den Bahndamm zurück, einen ausgetretenen Weg; schließlich also ging ich hinüber, unsicher und ängstlich.

Ich weiß, daß ich den ganzen Nachmittag dort verbrachte, aber ich weiß nicht, wie die Stunden vergingen. In meiner Erinnerung war es der häßlichste Ort, den man sich vorstellen konnte, aber ich weiß auch, nachher, als ich Julia gesehen und mit ihr gesprochen hatte und hierher zurückkam, erschien mir alles schön.

Es gab im Innern nur die Theke, an der die Männer standen, den Ofen, einen Kleiderständer und zwei zur Seite gerückte Tische mit schmutzigen rotkarierten Decken, an denen niemand saß. Die Salz-und-Pfeffer-Streuer waren leer, aber der Behälter von Zahnstochern war eigenartigerweise gefüllt, und es geschah schon einmal, daß einer der Männer kam und sich über den Tisch beugte und einen Zahnstocher herausnahm. Es war heiß, ich zog meinen Mantel aus, und ich erinnere mich an den Blick der Frau hinter der Theke, als sie den schwarzen Trauerflor am linken Ärmel meiner Uniform entdeckte. Es war der einzige Augenblick, daß so etwas wie Interesse in ihre Augen trat, aber sie sagte nichts, und vermutlich war es der schwarze, sichtbare Flor, der mich vor Fragen schützte; denn, wenn die Männer einen Blick darauf geworfen hatten, ließen sie mich hinter meinem Tisch sitzen, ohne mich anzusprechen.

Ich saß direkt neben dem Fenster. An der Seite hingen dünne Streifen aus demselben rotkarierten Stoff, aus dem auch die Tischdecken waren. Es war etwas Eigenartiges mit der Fensterscheibe; manchmal konnte ich nach draußen blicken und konnte den Weg sehen, den die Männer kamen und gingen, an einem Gleis entlang, auf dem eine lange Reihe von Waggons abgestellt war; manchmal, vielleicht hing es mit dem Einfall des Lichts zusammen, wurde die Scheibe undurchsichtig, und ich sah nur mein eigenes Gesicht wie in einem Spiegel.

Die Frau hinter der Theke hatte keine Anstalten gemacht, mich zu bedienen, und als nur zwei oder drei andere da waren, war ich aufgestanden und zur Theke gegangen. Sie war eine

schwere Frau, hatte ein aufgeschwemmtes Gesicht und blond gefärbtes Haar. Ich fragte, was ich bekommen könne, und sie antworte einsilbig: »Was du bezahlen kannst.«
»Ein Bier?«
»Das Bier taugt nichts.«
»Ich nehme ein Bier.«
Ich sah, wie sie das Glas mit einer Hand einschenkte. Ich hatte schon vorher beobachtet, daß sie eine Hand immer auf der Theke ließ; in der Ecke, unter dem Radio an der Wand, lehnten ein paar hölzerne Krücken, aber ich brachte sie in diesem Augenblick nicht mir ihr in Verbindung.
»Wartest du auf jemand?« Sie duzte alle. Sie hatte eine rauhe Stimme und sächselte leicht.
»Ja.«
»Todesfall?«
Ich nickte, und sie schien damit zufrieden. Ich zog mich an meinen Tisch zurück, und sie beachtete mich nicht weiter, nur einmal, als wir wieder allein waren, fragte sie: »Willst du was zum Essen?« Ich sagte ja, aber ich erinnerte mich nicht, was es war, etwas aus einem hohen Glas auf der Theke, und ich hatte Mühe, es herunterzubringen; aber ich aß, weil ich nicht auffallen wollte. Wir waren selten allein. Die Männer kamen und gingen, alle in der gleichen Uniform. Ewis Kundschaft schien nur aus den SS-Wachen des Lagers zu bestehen; ich hoffte, daß es so war und ich mich nicht täuschte. Keiner von ihnen setzte sich, sie stellten ihre Karabiner an die Wand, ließen die Mäntel an, standen vor der Theke, redeten und tranken und gingen wieder, machten anderen Platz. Manche warfen mir einen Blick zu, lehnten sich über die Theke und fragten die Frau etwas, und die wies dann mit einer Kopfbewegung auf den Trauerflor; er legitimierte mich, dazusitzen und nichts zu sagen. Nur ein- oder zweimal kamen Zivilisten; kamen schnell herein und schoben irgendein Päckchen über die Theke und nahmen dafür ein anderes in Empfang und verschwanden dann ebenso schnell wieder; es ging schwei-

gend und geübt vor sich, und ich schloß daraus, daß die Frau nebenbei einen blühenden Schwarzhandel betrieb.
So wartete ich den ganzen Nachmittag. Vielleicht war es sinnlos, vielleicht würde Zielinski nie auftauchen, aber ich hatte nicht den Mut, nach ihm zu fragen, oder ich saß nur dort, um genug Mut anzusammeln. Manchmal zitterten meine Hände, die sich um das Glas auf dem Tisch schlossen. Ich sagte mir, daß es mit der Erschütterung zusammenhing, die zu spüren war, wenn Züge die Station passierten, aber nicht immer fiel beides zusammen. Es gab keine Uhr in dem Raum. Der kleine braune Volksempfänger auf dem Gestell an der Wand war dauernd in Betrieb, aber ich schien die Zeitansage immer zu verpassen.
Hinter der Theke an der Rückwand war ein großer Spiegel angebracht, vor dem drei Reihen Flaschen standen. Sie waren leer, aber jemand hatte sie innen mit einer braunen Farbe ausgeschwenkt, so daß sie voll aussahen. In dem Spiegel konnte ich die Tür beobachten, die Männer, die hereinkamen, und im Laufe der vielen Stunden kamen mir einige Gesichter bekannt vor, Männer, die zum zweiten- oder drittenmal zurückkehrten, ihren Schnaps tranken und wieder verschwanden und wohl auch beim Hinausgehen mich schon angrinsten. Es mußte Schnaps sein, was sie tranken, die Frau bediente sie aus Flaschen, die sie unter der Theke hervorholte. Die meisten der Männer waren jung. Sie sahen älter aus, wenn sie hereinkamen, und jünger, wenn sie gingen. Sie schienen an der schmuddeligen Theke etwas zurückzugewinnen, was ihnen draußen verlorengegangen war. Eine Zigarettenlänge, ein paar Worte, ein paar Gläser der weißen Flüssigkeit stellten wieder etwas her, erneuerten etwas, ersetzten etwas, so daß es mir manchmal vorkam, als beobachtete ich in Wirklichkeit irgendeine geheimnisvolle medizinische Behandlung.

Ich sah Zielinski zuerst dort im Spiegel hinter der Theke. Auch er hatte, als er durch die Tür hereinkam, jenen müden, älter machenden Ausdruck auf dem Gesicht, und es zog ihn sofort an die Theke, wo die Frau ein Glas vor ihn hinstellte, ohne daß er darum bitten mußte. Es war schon fast dunkel in dem Raum, aber dann mußte er in dem Spiegel die fremde Uniform, das fremde Gesicht bemerkt haben. Er wandte sich um, das Glas halb zum Mund gehoben. Einen Moment schien er unsicher, beunruhigt, als ob ich ihn bei etwas Unerlaubtem beobachtet hätte. Er sah mich an, die Frau, die die Achsel zuckte, dann kam er an meinen Tisch, immer noch zögernd, ein graues beunruhigtes Gesicht. Und als er dann lächelte, war es, als zerbröckle eine Maske aus grauem Schmutz. »Was tun Sie hier?«

Ich sah auf meine Hände, die das Glas hielten. Ich glaube, ich war so erschreckt wie er im ersten Augenblick. Ich hatte gehofft, daß er kommen würde, gewartet, ihn herbeigewünscht, aber jetzt hatte ich Angst. Die Angst, die ich hatte, erinnerte mich an jene Augenblicke in einem Gefecht, im Kampf, wenn man, die Kamera in den Händen, auf dem Bauch vorwärts kriecht, um ein Bild zu bekommen, und man zum Unterschied von sonst sich plötzlich klar ist, daß man bei dieser an sich so friedlichen Beschäftigung getötet werden kann. Ich hielt das Glas auf dem Tisch fest. »Ich habe auf Sie gewartet.«

»Auf mich?« Er schwieg; er sah mein Glas mit dem Rest Bier. »Ist das alles, was Sie bekommen haben? He, Ewi, was ist. Das ist ein Freund von mir!«

Er zog mich mit an die Theke. Die Frau stellte ein Glas vor mich hin. »Er hat mir nichts davon gesagt.« Sie goß das Glas voll, aus einer einfachen weißen Flasche ohne Etikett. Oben am Hals der Flasche klebte ein Stück Pflaster, und darauf stand sein Name »Zielinski«. Mir wurde klar, daß die anderen Flaschen, die sie jeweils unter der Theke hervorgeholt hatte, auf die gleiche Art gekennzeichnet waren.

»Ich sag' dir, er ist mein Freund.« Josef Zielinski hob sein Glas. »Auf die Freunde! Auf dieses beschissene Leben und die

Freunde! Je beschissener es ist, um so wichtiger sind Freunde, was, Ewi? Also vergessen wir das Leben und trinken auf die Freunde.« Er trank sein Glas in einem Zug aus, ließ die Frau nachfüllen. Er sah den Trauerflor. Er runzelte die Stirn. »Todesfall?« Es war das, was auch sie gesagt hatte.
»Meine Mutter.«
»Bei dem Angriff auf Augsburg?«
Ich nickte und beobachtete überrascht die Reaktion der Frau. Ich hatte sie die ganzen Stunden nie etwas essen oder trinken sehen, aber sie hatte ununterbrochen geraucht, eine Zigarette nach der anderen. Auch jetzt war die Zigarette in ihrer Hand, zwischen Zeige- und Mittelfinger, die braun waren vom Nikotin. Bei meinen Worten fiel sie ihr aus der Hand, ihr Mund blieb offenstehen, sie zitterte am ganzen Körper, so als habe sie einen Anfall. Sie hielt sich mit beiden Händen an der Theke fest. Die Oberfläche war aus Holz, und der Rand war übersät von eingebrannten Löchern, dort, wo sie ihre Zigaretten abgelegt hatten. Es dauerte nur Sekunden, dann hörte das Zittern auf, ihr Mund schloß sich, sie bückte sich nach der Zigarette, und dabei bemerkte ich zum erstenmal, daß ihr ein Bein fehlte, es war oberhalb des Knies amputiert. Das erklärte die Krücken und warum sie sich nie hinter der Theke bewegt hatte.
Als sie sich aufrichtete, lächelte sie schon wieder. Sie nahm ein Foto, das in der unteren Ecke des Spiegels steckte, halb von den Flaschen verborgen. »Weißt du, wer das ist?« Sie sprach zu niemandem und zeigte das Foto auch nicht her, sondern betrachtete es nur selbst; alles, was ich davon sehen konnte, war, daß die Aufnahme ein Mädchen mit einer großen Nummerntafel zeigte. »Das soll ich sein. Stell dir das vor. So habe ich mal ausgesehen.« Sie steckte das Foto zurück, hinter die Flaschen. »Er hat nichts davon gesagt, daß er ein Freund von dir ist . . . Woher soll ich deine Freunde kennen?«
»Schon gut. Alles in Ordnung, Ewi. Ich sage dir, er ist ein Freund.« Zielinski nahm die beiden Gläser und die Flasche

und trug sie an den Tisch. Wir setzten uns. Ich wartete, daß er eine Bemerkung über die Frau machen würde, über die Szene an der Theke, aber er sagte: »Wie kommen Sie voran? Sie müssen doch langsam alles fotografiert haben? Das waren noch Zeiten auf dem Schloß.«

»Ich muß Sie sprechen.«

»Nur los. Sie sagen, Sie haben auf mich gewartet? Das war ein Leben. Wer hätte das gedacht, daß ich mal in einem Schloß wohnen würde. Und was für ein Schloß. Hier bist du am Arsch der Welt. Sie kommen hierher, nur um mit mir zu sprechen?«

»Kann ich Sie allein sprechen?«

Er sah sich um. Er schien plötzlich wieder unsicher und beunruhigt. »Hier sind wir so gut wie allein. Hier kümmert sich niemand um dich. Ewi ist in Ordnung.« Seine Augen suchten mein Gesicht ab. Was immer er dort sah, er sagte: »Na schön, aber laß uns zuerst noch einen trinken. Das waren Zeiten . . .«

Ich zog meinen Mantel an, aber ich ließ den Koffer unter dem Tisch stehen. Es wurde jetzt schnell dunkel. Zielinski ging voraus und schlug automatisch den Weg neben den Gleisen ein. Es war ein schmaler Weg, und wir konnten gerade nebeneinander hergehen. Er trug keinen Mantel. Auch er hatte eine Waffe, eine schwere Pistole in einem schwarzen Lederfutteral, das sein Koppel herunterzog. »Also was ist? Wo brennt es?«

Ich wußte plötzlich nicht mehr, wie ich anfangen sollte. Ich blickte zurück zu der Baracke. Licht brannte jetzt im Innern, und ich sah einen der Uniformierten die Läden aus Holz vorlegen. Ich wollte, es wäre schon dunkler gewesen. Ich fühlte mich elend und krank. Vielleicht von dem Schnaps, vielleicht auch nicht. Ich hatte gestern meine Mutter beerdigt. War das gestern? Ich hatte nicht geschlafen in der Nacht, und der Tag war mir an die Nerven gegangen, das stundenlange Warten am Nachmittag. Ich wußte nicht, was ich sagen sollte.

Zwei SS-Männer kamen uns entgegen, sie wichen zur Seite aus und grüßten stramm, und als sie vorbei waren, sagte ich: »Es ist ein heikle Sache. Ich möchte dich da nicht in etwas hineinziehen.« Ich merkte gar nicht, daß ich ihn duzte, aber das ›Sie‹ schien mir plötzlich unangebracht.
»Mich hineinziehen?« sagte er heftig. »Mensch, du hast keine Ahnung, wie tief ich schon da drin stecke, bis über beide Ohren stecke ich drin. Was glaubst du, was hier los ist. Was glaubst du, warum die Kerle sich alle zwei Stunden einen ansaufen! Nein, tiefer hineinziehen kannst du mich gar nicht mehr.«
»Es handelt sich um jemand aus dem Lager. Eine Frau. Wenn ich dir den Namen sage . . .«
»Den Namen? Hör mal, woher soll ich Namen wissen! Sie kommen und gehen, wir haben im Augenblick täglich dreißig Tote, woher soll ich mir da noch einen Namen merken! Namen . . . dreißig Tote, täglich. Wir haben Flecktyphus seit Ende Dezember, und meinst du, wir bekommen Medikamente? Fünfzig Aspirintabletten täglich für siebenhundert, wenn es heute noch siebenhundert sind. Woher soll ich es wissen? Krankenbücher und Namenslisten sind verboten, dürfen nicht mehr geführt werden. Ich hatte das alles in Ordnung, aber jetzt geht alles durcheinander; dieses Schwein von Arzt läßt sich nicht mal sehen, wenn die Züge eintreffen; die kommen hier schon halbtot an. Weißt du, was hier los ist, wenn die Züge ankommen? Die stopfen achtzig Leute in die Wagen, die ältesten französischen Waggons, die sind tagelang unterwegs, ohne Verpflegung, und in jedem Wagen findest du vier bis fünf Tote . . . Aber nur rein ins Lager, nur uns auf den Hals, wir können sehen, wie wir damit fertig werden. Lager I hat siebenhundert an die Baustellen abzutreten, und wenn ich sage, ich kann nur dreihundert stellen, die anderen sind krank, dann heißt es – krank? Wer hat sie krank geschrieben. Zielinski, das müssen Sie mir schon zeigen. Aber dieses Schwein geht gar nicht mehr her; er sieht sich seine

Filme an und schickt uns fünfzig Aspirintabletten, und damit hat es sich. Fünfzig Tabletten für siebenhundert . . . Mensch, Pikola, wenn mir das einer gesagt hätte. Ich stecke bis zum Hals drin, was sage ich, bis zum Hals, ich schluck' den Dreck schon jeden Tag schlucke ich meine Portion Dreck. Was hast du da gesagt von einem Namen?«
Er stand da, den Kopf gesenkt, nur eine Gestalt im Dunklen, aber ich spürte die Erleichterung, so als hätte er das alles sagen müssen, als sei es seit langem in ihm aufgestaut gewesen. »Es ist so, wie ich gesagt habe; ich kenne kaum Namen, ehrlich. Es kommen zu viele und sterben zu viele. Am Anfang habe ich mir noch Namen gemerkt, aber das war am Anfang, das ist jetzt vorbei. Es ist von Tag zu Tag schlimmer geworden, und du kommst im schlimmsten Augenblick.«
»Sie kam mit einem Transport aus Riga.«
»Viele kamen aus Riga. Jetzt nicht mehr. Ich weiß nicht, wo sie immer noch welche finden. Es werden weniger, und eines Tages wird es vorbei sein . . . Eines Tages wird alles vorbei sein. Ich kann es mir nicht vorstellen, aber es muß ja eines Tages vorbei sein. Eine Frau, hast du gesagt? Und wie war der Name? Was für einen Namen hast du gesagt?«
»Ich hab' keinen Namen gesagt.« Ich zögerte. Es war nicht, weil ich ihm nicht vertraute, eher weil ich mich immer noch an die Hoffnung klammerte, alles sei nur ein böser Traum. Vielleicht hatte Oldewaage sich geirrt, und die Frau, die er gesehen hatte, war gar nicht Julia. Der Gedanke hatte mich aufrechterhalten, an ihn hatte ich mich geklammert, wenn auch voller Angst, ihm zuviel Raum zu geben. Aber es war doch möglich, daß er sich geirrt hatte? Ich erinnerte mich daran, in welchem Tonfall Fritz Lehr gesagt hatte, *sie lebt*, wie erschreckt es geklungen hatte. Den Namen auszusprechen, bedeutete so etwas Ähnliches, etwas Endgültiges. »Ihr Name ist Julia Dressler. Sie ist Deutsche. Die Tochter . . . «
Er war vor mir hergegangen, eine graue Silhouette, die Linie nur unterbrochen von der Waffe, aber jetzt blieb er

abrupt stehen und wandte sich um, das Gesicht nur zu erraten.
»Sie war mal Ärztin?« sagte er langsam. »Das war sie doch?«
Ich konnte nur nicken. Es bedeutete nichts, daß er die Vergangenheitsform benützte. Ich weiß nicht, ob er mein Nicken sah.
»Ja, ich kenne die Dressler, ja; den Vornamen wußte ich nicht. Julia, sagst du? Sie sagen eben einfach zu ihr die Ärztin oder die Dressler, ja, die gibt es, sie macht im Lager Revierdienst, was wir so Revierdienst nennen. Sie hat einen Teil einer Baracke abgeteilt und versucht ihn sauberzuhalten und zu helfen, wo es geht. Aber was soll sie tun, mit fünfzig Aspirintabletten. Sie muß sie verteilen, und darum beneide ich sie nicht. Was soll ich tun? Ihr eine Nachricht überbringen?«
»Würdest du das tun?«
»Warum nicht. Es dürfte nichts Schriftliches sein, aber eine Nachricht ja. Aber überleg dir das erst noch mal. Ich will mich nicht davor drücken; es ist nur, wie soll ich dir das klarmachen? Ich weiß nicht, ob du ihr damit einen Dienst erweist, wenn du mich verstehen kannst.«
»Kann ich sie nicht sehen?«
»Sie sehen?« Er stand da; eigenartigerweise war es jetzt heller, ich sah sein Gesicht besser. Ich hatte gedacht, meine letzte Frage habe ihn erschreckt, aber das war es nicht, er war eher ruhig und nachdenklich, und als er weitersprach, war es weniger, als antworte er mir, sondern suche sich selber über etwas klarzuwerden, was ihn schon lange beschäftigt hatte.
»Vorausgesetzt, es wäre möglich«, sagte er, »bist du sicher, daß sie *dich* sehen will? Ja, ich sag' dir, das ist so – du fragst dich, wie ist das nur möglich, woher haben sie das, worauf sind sie so verdammt stolz? Worauf, das frag' ich mich die ganze Zeit. Ich versteh' es nicht. Es gibt auch andere, natürlich, es gibt ein paar, die kriechen vor den Wachen, alles würden sie tun, für eine Zigarettenkippe schmeißen die sich

weg, aber die meisten sind verdammt stolz. Ich weiß nicht auf was. Sie krepieren und sind stolz. Sie gehen an dir vorbei und sehen dich gar nicht, sie sehen durch dich hindurch. In was für Lumpen die da rumlaufen, und den Kopf hoch, ich kriege jedesmal eine Wut . . . Ich sag' dir ganz ehrlich, es ist der einzige Augenblick, wo ich mich vergessen könnte, weil sie es fertigbringen, dich so anzusehen, daß du dir wie ein Schwein vorkommst. Sie ist eine von denen, du möchtest dich verkriechen, wenn sie dich ansieht. Weißt du, was ich manchmal denke? Es ist irre, aber ich denke, sie sieht dich an, als bemitleide sie dich!« Er machte eine lange Pause. »Deshalb bin ich nicht sicher – ob sie dich wirklich sehen will!«

»Würdest du es versuchen?« Ich hatte das Gefühl, als sei ich ihm eine Erklärung schuldig, warum ich das von ihm verlange, und ich begann damit, aber er unterbrach mich: »Willst du das wirklich? Mit ihr sprechen, und dann muß sie zurück! Was ist dann besser? Bist du besser dran? Ich weiß nicht, woher du erfahren hast, daß sie in dem Lager ist. Ich weiß nicht, ob ich nicht zuviel gesagt habe. Vielleicht ist es besser, du vergißt alles und gehst. Für dich besser und für sie. Mensch, Pikola, ob ich jemals aus dieser Scheiße wieder rauskomme?«

»Gibt es keinen Weg, sie rauszuholen?«

Wieder reagierte er anders, als ich erwartet hatte. Er war viel ruhiger als ich, weniger ängstlich. Er grüßte ungerührt zwei Wachen, die vorüberkamen. Es schien ihm nichts auszumachen, mit mir gesehen zu werden.

»Möglicherweise«, sagte er, als ob er schon lange darüber nachgedacht habe. »Als Tote bekämen wir sie heraus. Ich meine, wir haben täglich dreißig Tote, wir zählen sie nicht mehr einzeln, wir geben eine Zahl für die Verpflegungsstärke an, aber die Zahlen stimmen hinten und vorne nicht – ja, so wäre es möglich. Es würde dich etwas kosten, ich kann es nicht allein mache, ich müßte zwei Leute einweihen, es wäre ein Risiko, aber kein zu großes, wenn sie genug dafür bekommen. Ich kenne zwei, die dafür in Frage kommen, keine Deutschen, zwei Letten.«

Mir fiel ein, daß unter den Wachen in der Baracke viele gebrochen deutsch gesprochen hatten und manche auch in einer fremden Sprache. Ich sagte, was Fritz Lehr zu mir gesagt hatte: »Geld spielt keine Rolle.«

»Für Geld würden sie es nicht machen. Kaffee, Seidenstümpfe, Zigaretten, fünf Pfund Kaffee für jeden und zweihundert Zigaretten; Gulbies muß ich vielleicht noch extra was geben, ich will sehen, ob ich damit auskomme, es hat keinen Sinn, ihnen zu wenig zu bieten.« Er sprach so, als sei das alles eine beschlossene Sache.

»Woher soll ich die Sachen bekommen?«

»Von Ewi. Hast du soviel Geld? Sie wird nicht mehr verlangen, als sie muß, aber drunter gehen kann sie nicht, sie macht es für ihren Mann, und der Kerl zählt ihr jede Zigarette nach.«

»Wann kann ich mit ihr sprechen? Ich meine, ich müßte vorher mit ihr sprechen und sie darauf vorbereiten.«

Zielinski überlegte. Er blickte hinüber zu den Waggons, die dunkel neben uns aufragten. Es waren Güterwaggons, vielleicht zwanzig, dreißig, die hier auf dem Nebengleis abgestellt waren. Durch das Fenster der Baracke hatte ich die Wachen gesehen, Männer in Luftwaffenuniformen, eine Baracke, aus der sie kamen, umgeben von einem Splittergraben. Zielinski war mit mir ein Stück zurückgegangen und deutete auf einen der dunklen rechteckigen Schatten. »Sieht du den Wagen? Merk dir die Stelle. Es ist der einzige Waggon, der ein Bremserhäuschen hat. Siehst du es? Ich könnte sie dort hinbringen, und dort könntest du mit ihr sprechen.«

Ich blickte mich um. »Ist das nicht gefährlich?« Ich dachte an die Wachen, die dauernd vorbeikamen.

»Es ist der sicherste Ort. Ihr fallt da drin gar nicht auf. Außerdem, ich wüßte sonst keinen Platz.«

»Was sind das für Waggons?«

»Das? Ein Reichsmarschall-Zug, wenn du weißt, was das ist. Er steht hier seit vier Wochen, sechsundzwanzig plombierte Waggons, vollgepackt, sie wissen wohl nicht, wohin damit. Zwei Waggons stecken voller fabrikneuer Volksempfänger, und weißt du, was in den anderen drin ist? Kaffee-Ersatz. Zigaretten, wenn auch nur Marke ›Deutscher Wald‹, Textilien, Stoffe, ballenweise, Mehl, Nudeln, Zucker . . . Vier Wochen stehen die Waggons schon hier, aber meinst du, einer macht mal den Versuch, daß die was rausrücken! Die Leute haben nichts zu fressen, aber es heißt, nur der Herr Reichsmarschall verfügt darüber, persönlich. Dann soll er sich damit vollstopfen! Aber nein, sie lassen den Zug hier stehen, und sechs Mann müssen ihn bewachen. Aber um die Luftwaffen-Heinis mach dir keine Sorgen . . .«
Ich erinnere mich, wie ich später, Ende April, Zeuge wurde, was mit den Waggons geschah. Ich war gekommen, weil ich gehört hatte, daß die Amerikaner Landsberg genommen hatten, aber das war verfrüht. Sie waren erst im Anmarsch, aber die Leute hatten das auch gehört, und sie zogen zu dem Zug, über den immer schon geflüstert wurde. Immer phantastischere Geschichten hatten die Runde gemacht, und ich sah sie kommen, mit leeren Handwagen, Koffern, Körben, Rucksäkken, auch mit Prügeln, Zaunlatten, Eisenstangen, denn die Wachen waren noch da. Sie kamen zögernd, aber es waren so viele und die hinteren drängten nach; und die Wachen schossen in die Luft, aber wer immer sie anführte, er gab ihnen rechtzeitig den Befehl, sich zu verdrücken, und dann gab es kein Halten mehr.
Sie gebrauchten ihre Prügel und Latten und Stemmeisen und sprengten die Türen auf . . . Es war ein einziges Chaos, Menschen, die sich ineinander verkeilten, Frauen, die sich in die Haare gerieten, ein wüstes Bild; Bahnen von weißem Leinen, die sich aufrollten und schmutzig wurden von all den Stiefeln, die darauf herumtrampelten; Säcke mit Erbsen, die aus den Waggons geworfen wurden und aufplatzten; der

Schotter, der an manchen Stellen aussah wie große Kristalle von dem verschütteten Zucker . . . Und da war der alte Mann mit seinem Handwagen, glücklich davongekommen mit seiner Beute; hinter der Unterführung wagte er endlich anzuhalten und nachzusehen, was er da ergattert hatte, und ich wurde Zeuge, wie er zuerst nur verwirrt war, als er den ersten Sack aufschnitt, mit den Fingern eine Probe nahm, kostete, daran leckte und dann, immer bestürzter, Sack um Sack mit einem Messer aufschlitzte, um doch nichts anderes zu finden als billiges Backaroma; zentnerweise hatte er es weggeschleppt; und nun das! Und nicht einmal echtes, sonder nur *Ersatz* . . . Da hatte es Gulbies besser gemacht, der zur Stelle war, er und drei andere Letten von den Lagerwachen: Sie koppelten einen Waggon los, ließen ihn den leichten Abhang hinunterrollen, bis zu der Stelle, wo sie Bremsklötze auf den Schienen angebracht hatten und mit einem Lastwagen warteten, in den alles umgeladen wurde. Und ob Gulbies es gewußt hatte oder nicht, er hatte einen Waggon mit Büchsenschinken erwischt, die Grundlage seiner Schwarzmarktgeschäfte, die er dann in Augsburg betrieben hatte . . . So jedenfalls hatte er es mir später erzählt, und ich hatte keinen Grund, daran zu zweifeln, damals, als ich ihn mit meinem Vater bekannt machte, weil ich mich von ihm hatte einwickeln lassen oder vielmehr, um ehrlich zu sein, von dem Gedanken, damit reich zu werden . . .

Aber das lag in der Zukunft, in weiter Ferne; an jenem Abend ängstigte mich der Gedanke an die Luftwaffensoldaten, aber Zielinski hatte mich beruhigt, er war überhaupt die Ruhe selbst: »Das ist der sicherste Ort. Du stehst sozusagen unter Bewachung. Ich bringe sie selber dorthin. Das Lager ist gleich drüben auf der anderen Seite der Gleise. Du wartest so lange bei Ewi. Wenn ich komme und sage . . . Nun, du wirst es mir anmerken, ob alles in Ordnung ist. Dann gehst du einfach raus und wirst sie finden. Ich werde bei Ewi warten und sie dann selber wieder zurückbringen. Ja, ich denke, das geht in

Ordnung so. Und morgen ist Sonntag, das ist ein günstiger Tag, der günstigste in der ganzen Woche.«
»Morgen?« sagte ich. Es schien mir unmöglich, so lange zu warten, noch einmal vierundzwanzig Stunden durchzustehen. »Erst morgen?«
»Was dachtest du? Ich muß es vorbereiten, und außerdem, es ist der günstigste Tag. Sonntag, da geht es hoch her bei Ewi, und um die Zeit, wenn ich sie bringe, haben die schon alle einen Zacken in der Krone.«
»Und was soll ich vierundzwanzig Stunden lang tun?« Ich überlegte, daß ich nicht nochmals einen Tag, einen *ganzen* Tag, in dieser Baracke verbringen konnte, abgesehen davon, daß mein Urlaubsschein nur für Augsburg galt. »Wo soll ich so lange bleiben?«
»Ich werde mit Ewi sprechen. Ich nehme an, du kannst mit ihr gehen.«
Ich dachte daran, wie sie sich mit der Zigarette gebückt und ich gesehen hatte, daß ihr ein Bein fehlte; selbst an der Front hatten mich die Toten nie so erschreckt wie Menschen mit fehlenden Gliedern, aber ich sagte nur: »Ist das sicher?«
»Sie ist allein im Augenblick. Ihr Alter ist unterwegs.«
»Sie ist verheiratet?«
»Ja, warum? Weil sie ein Bein verloren hat? Weißt du, wie alt sie ist? Sie ist dreißig, nicht mal ganz dreißig. Sie war mal verdammt hübsch, das hübscheste Nummerngirl vom Hansa-Palast in Leipzig.«
»Wie ist das passiert?«
»Bei einem Bombenangriff. Sie wurde verschüttet. Sie haben sie ausgegraben, aber das Bein war nicht zu retten, sie mußten es amputieren. Seitdem läuft sie mit Krücken und hängt von diesem Kerl ab, mit dem sie verheiratet ist. Er ist Transportführer. Er holt und begleitet die Transporte, und wenn du mich fragst, ist er . . . Na ja, lassen wir das. Wegen ihr brauchst du dir keine Sorgen zu machen. Sie hört eine Menge und sieht eine Menge, und vermutlich wird sie sich ihren Teil

denken, wenn sie uns zusammen sieht und du von ihr die Waren kaufst. Aber sie wird keine Fragen stellen. Trotzdem ist es besser, du sprichst nicht mit ihr darüber. Es ist besser, mit niemandem darüber zu sprechen.«
Wir waren auf dem Weg zurück zu der grüngestrichenen Baracke. Man sah kein Licht, nur die Umrisse, und man roch den Rauch. Wir gingen nebeneinander her, als er sagte: »Du hast mir nie von ihr erzählt früher. Ich hab' immer gedacht, du bist schwer verheiratet. Ist das dein Kind?«
Ich verstand ihn nicht sofort. »Von was redest du da?«
»Von ihrem Kind. Ich hab' mich die ganze Zeit gefragt, warum tut er das? Logisch, daß ich dachte, du hast was mit ihr gehabt und das Kind ist von dir. Warum solltest du das sonst für sie tun?«
»Was für ein Kind?« Ich weiß nicht, was ich tat, ob ich ihn bei den Schultern packte oder einfach nur stehenblieb und ihn anstarrte, ungläubig.
»Wirklich, ich hab' gedacht, du weißt davon. Als sie hier ankam, Ende August, Anfang September, war sie schwanger. Einige von ihnen waren es, es ist keine Ausnahme. Es kommt immer wieder vor, daß auf dem Transport Kinder geboren werden und sterben, Ewi könnte dir davon erzählen. Dieser Kerl, ihr Mann, erzählt ihr noch davon, wenn er nach Hause kommt, wie sie die toten Kinder aus den Waggons werfen. Sie muß sich das anhören, in allen Einzelheiten erzählt er das, dieser Sadist, der eigenen Frau . . . Verdammte Scheiße, warum muß ich immer wieder davon anfangen, warum halte ich nicht die Schnauze . . . Entschuldige . . . Also, sie war schwanger, und irgendwann im Dezember hat sie das Kind bekommen, um Weihnachten herum. Ich sollte nichts davon wissen, die bemühten sich, das geheimzuhalten, aber ich weiß es. Da ist eine Polin im Lager, aus Sasnowitz, als aus meiner Heimat, sie hat die Küche für die Lagerinsassen unter sich, das ist ein wichtiger Posten im Lager, Hedwig Zeligowski heißt sie. Weißt du, Sasnowitz ist nur ein Katzensprung von Katto-

witz, und diese Polin, sie ist ein schlaues Biest, eine von den Stolzen, verstehst du. Sie hat das arrangiert, sie hält sozusagen die Hand über das Kind, und wenn mal Milch da ist oder so etwas, das verschwindet sofort. Sie sind ungeheuer vorsichtig, sie legen es jeden Abend in eine andere Baracke. Wie gesagt, offiziell weiß ich nichts davon . . . Es ist also nicht dein Kind! Ich war sicher, es sei von dir.«

Ich glaube, ich fühlte nichts in dem Augenblick; ich versuchte das aufzunehmen, was er gesagt hatte, und vielleicht auch, mir auszurechnen, wann das passiert sein mußte, wenn das Kinde Ende Dezember geboren worden war.

Ich weiß, daß er fragte: »Willst du sie noch immer sehen?« und daß ich sagte: »Ja«, oder einfach nur nickte.

6

Ich weiß nicht mehr alles von den nächsten vierundzwanzig Stunden. Oder vielmehr, ich weiß Teile, andere sind abgesunken, meine Erinnerung hat Lücken, weiße Stellen. Natürlich dachte ich über das Kind nach, es füllte einen großen Teil meiner Gedanken aus. Und wenn ich an den Augenblick zurückdachte, als Zielinski davon gesprochen hatte, so war es, als schleudere er mir eine Beleidigung ins Gesicht. Ich versuchte mich damit abzufinden – sie hatte ein Kind bekommen, von einem anderen. Was ging es mich an, wer dieser andere war, ich wollte es nicht wissen, ich würde nicht danach fragen; ein Kind von einem anderen Mann, das genügte, oder?

Und ich erinnere mich daran, wie ich an dem Abend hinter der Frau herging; wieder eine schmerzliche Vorstellung: eine Frau, die groben hölzernen Krücken unter die Achseln geklemmt, so ging sie vor mir her, in weiten Schwüngen, so daß ich kaum folgen konnte mit meinem Koffer in der Hand.

Sie hatte die Baracke gegen elf Uhr geschlossen, lediglich ein primitives Vorhängeschloß angebracht. Sie trug einen Pelzmantel, einen Persianer, und ich sah ihn später in ihrem Haus in der Diele hängen, sah, wie das Fell unter den Achseln abgeschabt war.

Wir hatten im übrigen nicht weit zu gehen, an der Bahnstation vorbei, ein paar hundert Meter, dann bog sie in eine Seitenstraße ein. Ich war erstaunt, als ich das Haus sah, so verschieden von der schäbigen Häßlichkeit der Baracke; ein ebenerdiger Bau in einem Garten, der noch einen Rasen hatte und Blumenbeete, während ich bemerkt hatte, daß bei allen anderen Häusern die Vorgärten umgegraben waren und als Kartoffelacker benützt wurden. Das Haus wirkte groß, und es war nicht vorstellbar, daß zwei Menschen es allein bewohnten, daß es nur ein Namensschild hatte und nicht, wie bei den anderen, die vielen kleinen hinzugefügten Karten und Schilder; man mußte schon über einen ziemlichen Einfluß verfügen, um in dieser Zeit mit all den Flüchtlingen ein solches Haus allein bewohnen zu können.

Aber sie lebte wirklich allein dort, man spürte sofort die Leere des Hauses, als wir eintraten. Sie machte nicht sofort Licht, ich hörte, wie sie an etwas anstieß, als sie vorausging, um erst die Verdunklung anzubringen. Ich war ihr gefolgt, und das erste, was ich sah, als dann das Licht anging, war die Fotografie von ihrem Mann. Wir befanden uns in einem großen Wohnraum, und die Fotografie stand auf einem schweren Büfett in einem breiten silbernen Rahmen; die einzige Erinnerung, die ich daran habe, ist, daß er ein untersetzter, kahl werdender Mann war und daß sie eine Bemerkung machte, die Aufnahme stamme von ihm selber.

War das gleich oder später? Sie hatte mir mein Zimmer gezeigt, und ich hörte, wie sie sich durch das Haus bewegte, leiser dort, wo Teppiche lagen, lauter auf den Fliesen der Diele. So bewegungslos sie hinter der Theke gestanden war, sobald sie das Haus betreten hatte, schien sie von einer

Unruhe erfaßt, die sie zwang, sich von Raum zu Raum zu bewegen. Sie hatte bei mir geklopft, ob ich ihr nicht beim Essen Gesellschaft leisten würde, und ich hatte sie in dem großen Wohnraum gefunden, in einer Ecke der Couch.
Auf dem Tisch stand ein Tablett mit Sachen, wie ich sie lange nicht mehr gesehen hatte, dazu eine Flasche echter Champagner. Sie hatte sich umgezogen – wie tat sie es allein? – und trug nun schwarze Hosen und eine schwarze Bluse, was sie schlanker und blonder aussehen ließ. Ihr Haar war hochgekämmt und lockig in der Stirn. Ich sah die Krücken nicht, und als sie später eine zweite Flasche Champagner holte, bewegte sie sich ohne die Krücken, hielt sich dabei an Möbelstücken und Sessellehnen fest, die so in den Raum gestellt zu sein schienen, daß sie an ihnen in bestimmten Abständen Halt fand.
Sie aß im übrigen nichts von den Sachen, sondern rauchte nur und trank und machte die Bemerkung über die Fotografie, ja, jetzt erst, so stimmt es.
»Er hält sich für einen großen Fotografen«, sagte sie. »So haben wir uns auch kennengelernt. Das Foto, das Sie von mir gesehen haben, das hat er gemacht. Ich weiß noch, sie wollten ihm die Kamera abnehmen und ihn aus dem Varieté weisen, weil es verboten war, dort zu fotografieren . . . Sie wundern sich wohl? Ich meine, über das Haus, über den Champagner, den Kaffee?«
Wir hatten darüber gesprochen, daß ich von ihr Kaffee und Zigaretten kaufen wollte, und sie hatte mir den Preis genannt und gesagt, daß ich beides jederzeit haben könnte. Sie schien die Waren vorrätig zu haben, aber ich hatte mir keine weiteren Gedanken darüber gemacht. Warum sollte ich? Ich hatte meine eigenen Probleme, ich wollte nicht die von anderen hören. Ich ahnte, was kommen würde. Ich brauchte sie nur anzusehen, um zu merken, daß sie jemand suchte, um zu reden. Ich dachte, Schweigen sei das beste, aber mein Schweigen hielt sie nicht ab.

»Sehen Sie ihn sich doch an.« Sie deutete auf die Fotografie. »Ist er nicht ein simpler, netter Eisenbahner, der Herr Transportführer! Wissen Sie, was meine Mutter immer gesagt hat? Eisenbahner, hat sie gesagt, das sind die ruhigsten und beständigsten Männer, auf einen Eisenbahner da ist immer Verlaß.«

Ich betrachtete den Raum, die Teppiche, die Couchgarnitur, die Spitzengardinen, kreuzweise gerafft, die Kübel mit Pflanzen, die wie Palmenwedel aussahen; es war vermutlich genau der Raum, den ihre Mutter sich dabei vorgestellt hatte.

»Sie machte sich Sorgen um mich, ein Nummerngirl in einem Varieté. Mein Vater stammt aus einer alten Varieté-Familie, er war Stimmen-Imitator, Frauenstimmen, wissen Sie, Sängerinnen vor allem, die Zarah, das war sein Glanzstück, und die Rosita Serrano, aber meine Mutter lag mir immer mit ihren Eisenbahnern in den Ohren, sie gab keine Ruhe, bis ich einen heiratete . . . Ich hätte gern für den Kaffee weniger verlangt, aber was glauben Sie, was dann los wäre! Wehe, wenn ich nicht die richtigen Preise nehme. Er hat alles im Kopf. Die zwei Flaschen Champagner; er ist noch keine Stunde wieder zu Hause, da hat er alles nachkontrolliert und ist schon draufgekommen, daß ich die nicht eingetragen habe. Aber was will ich machen! Ich sitze fest mit ihm. Ich sollte froh sein, daß ich ihn habe, nicht wahr? So ein guter Kerl! Ein Mann, der seine Frau nicht im Stich läßt, niemals, auch wenn sie ein Bein verloren hat. Würden Sie mit mir schlafen wollen? Sicher nicht. Oder jemand anders? Wie alt, denken Sie, bin ich – fünfzig?« Sie hatte den Champagner fast allein getrunken. Sie lachte. Es klang, als imitiere sie ein Lachen. »Ich sehe wenigstens wie fünfzig aus, oder? Habe ich Ihnen das Foto von mir gezeigt, als Nummerngirl? Vielleicht besser, ich zeig's Ihnen nicht . . .« Sie rauchte und starrte vor sich hin. Ihr Blick kehrte immer wieder zu einem bestimmten Punkt zurück, an die Wand neben der Eingangstür. Dort stand ein Tischchen mit einem Filmprojektor, und daneben ein Ständer mit einer zusammengerollten Leinwand.

»Wissen Sie, wie er all die Sachen herbringt, die ich für ihn schwarz verkaufe? Hat Zielinski Ihnen gesagt, was er tut; daß er diese Transporte aus dem Osten begleitet?«

Wie konnte ich verhindern, daß sie weitersprach? Jeder hätte eine Geschichte zu erzählen, aber warum mußte jeder sie *mir* erzählen! Mir wurde schlecht von all den Geschichten – die von Fritz Lehr und die von Zielinski. Wem konnte *ich* meine Geschichte erzählen. Wer würde mir je zuhören?

»Können Sie sich vorstellen, daß die überhaupt noch etwas anderes haben als die paar Lumpen am Leib? Aber Sie würden sich wundern, mit was der Herr Transportführer alles nach Hause kommt. Broschen und Ringe und Anhänger. Gold, darauf ist er scharf, und Steine, Brillanten; wer weiß, wo sie das noch versteckt hatten und was er ihnen dafür verspricht. Er muß ihnen doch etwas versprechen, oder? Und sie müssen ihm glauben. Oh, er hat ein so treuherziges Gesicht, dem muß man Glauben schenken. Ich sollte ihn danach fragen, wie? Sollte nicht zusehen, wie er das auspackt, hier auf diesem Tisch und strahlt über das ganze Gesicht . . . Würden Sie danach fragen? *Sag mal, Klemens, woher hast du die Sachen, was hat du ihnen dafür versprochen?*«

Ich saß dort und bemühte mich verzweifelt aufzustehen. Ich kam nicht aus der weichen Couch hoch. Meine Hand fühlte das Muster in dem Velours, die Vertiefungen; es konnte ein Blumenmuster sein; ja, es war eine stilisierte Blüte, fünf Blätter und in der Mitte ein Punkt. Wie kann man sich nach so langer Zeit an so etwas erinnern? *Ich erinnere mich!* Es geschieht nicht jetzt. Es ist alles nur Erinnerung, es liegt weit zurück, ich brauch' mir nur zu sagen, daß es Erinnerung ist . . . Aber es gelingt mir nicht, aus der Vergangenheit in die Gegenwart zu kommen. Jetzt ist plötzlich die Gegenwart verschlossen, so wie es früher die Vergangenheit war. Die

Stimme ist da, neben mir, und ich bringe es nicht fertig, daß sie schweigt oder daß sie von etwas anderem redet. Warum frage ich sie nicht nach ihrem Vater? Von allen Nummern in den Varieté-Programmen haben mir die Stimmen-Imitatoren immer am besten gefallen; wenn sie gut waren, imitierten sie nicht nur die Stimme allein, sondern schlüpften auch in die Rolle . . .

». . . aber das Schlimmste sind seine Filme. Wie kann man nur so etwas aufnehmen, diese armen Leute aufnehmen, und dann noch hier zu sitzen und sich das hinterher ansehen. Wie kann man das? Wie kann man Spaß daran haben und noch stolz darauf sein, wenn sie gut gelungen sind, und erzählen, wie schwierig das alles war, besonders die Filme von der Entlausung, Frauen, wenn sie entlaust werden vor dem Transport und nackt im Duschraum stehen . . . Und dann sitzen sie hier, die beiden.«

Sie bekam plötzlich wieder ihren Anfall, das Zittern, das ihren Körper schüttelte, der offenstehende Mund, die Zigarette, die ihren Fingern entglitt und nach der sie sich bückte. Aber er ging vorüber, und sie starrte auf die zusammengerollte Leinwand. »Und dann sitzen sie beide hier, hier auf der Couch im verdunkelten Zimmer, und sehen sich die Filme an und haben Spaß daran. Und manchmal, wenn ich früh nach Hause komme, höre ich sie. Sie lachen und machen dreckige Bemerkungen, und ich hör' sie nach mir schreien, weil sie nichts mehr zu trinken haben. Sie schreien so lange, bis ich ihnen etwas bringe. Ich muß in das Zimmer, in das dunkle Zimmer, und sie beachten mich nicht, haben die Augen auf der Leinwand und merken nichts davon, daß ich mich erbrechen muß, wenn ich wieder draußen bin . . . Dieser Arzt ist noch schlimmer als er, dieser Boettcher, den er sich dazu einlädt.«

»Boettcher?« Ich glaube, es war das erste, was ich an diesem Abend zu ihr sagte, und das einzige.

»Ja, Boettcher. Wenn Klemens nur ein paar Tage länger unterwegs ist, dann ruft er hier jeden Morgen an und will wissen, ob er noch nicht zurück ist und wann ich ihn erwarte. Ein Arzt, stellen Sie sich das vor! Und Klemens ist ungeheuer stolz darauf, mit ihm befreundet zu sein. Sie sollten Zielinski fragen, was das für ein Arzt ist! Zielinski ist doch ein Freund von Ihnen? Er hat gesagt, Sie seien Freunde. Sie werden niemand etwas davon sagen, oder?« Aber den Gedanken streifte sie nur kurz, das war nicht ihre Sorge. »Wissen Sie, wenn ich hier abends allein sitze . . .« Ich weiß nicht, wie lange es dauerte, wie lange sie zu mir sprach. Es war ein Alptraum, und ich konnte die Leinwand nicht anschauen, aus Furcht, ich würde sehen, daß sie sich entrollt hatte und Bilder reflektierte. Ich weiß nicht, wann ich endlich in mein Zimmer kam, weiß nichts über die Nacht, meine Träume und wenig über den folgenden Tag.

Ich blieb im Haus und verließ mein Zimmer kaum. Sie war den ganzen Vormittag da, und manchmal hörte ich sie. Ein paarmal ging das Telefon, und meistens kam eine Viertelstunde später Besuch, jedenfalls hörte ich Stimmen und verstand, daß sie ihre Schwarzmarktgeschäfte abwickelte.

Wir aßen zusammen in der Küche, und ich brachte sie dazu, von ihrem Vater zu erzählen, wo er aufgetreten war und wen er sonst noch imitierte; sie wußte von ihm nur, daß er in Brest in der Festung einschlossen war; ihre Mutter war kurz vor dem Krieg gestorben, ausgerechnet bei einem Eisenbahnunglück, bei einem Ort, der Oschatz hieß.

Sie ging um vier Uhr aus dem Haus, später als sonst, aber es war Samstag, da blieb ihre Baracke länger geöffnet. Sie gab mir einen Schlüssel.

Ich weiß nicht, was ich die restlichen Stunden tat. Vermutlich lag ich auf meinem Bett und schlief oder versuchte zu lesen. Ich betrat das Wohnzimmer nicht mehr, und ich war froh, selber genug Geld zu haben, um später den Kaffee und die Zigaretten bezahlen zu können. Ich hätte Fritz Lehr anrufen können, aber ich tat es nicht. Was hätte ich ihm sagen können? Daß ich Angst hatte? Ich hatte Angst, daß etwas dazwischenkommen konnte, aber auch Angst, Julia zu sehen. Sie zu sehen und nicht zu wissen, was ich sagen sollte, nicht die richtigen Worte zu finden, wenn es die überhaupt gab . . .

7 Ich ging viel zu früh. Die Baracke war voller SS-Wachen, selbst die Tische waren besetzt mit Kartenspielern. Jemand schrie mich an, als ich die Tür zu lange aufließ, in der Tür stand, zögerte, ob ich eintreten sollte: »Rein oder raus!« – bis ich verstand, daß es wegen der Verdunklung war. Ich betrat die Baracke und fand einen Platz an der Theke. Ewi lächelte und schenkte mir ein Glas aus Zielinskis Flasche ein.
»Ich muß gestern nacht viel Unsinn geredet haben«, sagte sie, »tut mir leid.«
Ich gab ihr den Schlüssel zurück. Sie bemerkte die Pelzkappe. Als ich mich auf den Weg gemacht hatte und überlegte, was ich Julia mitbringen könnte, außer den Zigaretten und der Schokolade, die ich bei ihr gekauft hatte, war mir die Pelzmütze in die Hände gefallen; ich hatte sie in meinem Koffer gehabt, mich erinnert an die Pelzkappe, die sie damals in Berlin getragen hatte. Es war eine Mütze aus Luchsfell mit herunterklappbaren Seitenteilen, aber ich dachte, das würde Julia nichts ausmachen, daß es eigentlich eine Männermütze war.
Ewi bemerkte sie, aber sie sagte nichts, und ich war ihr dankbar dafür. Ich hatte die Fotografie, die sie gestern in die Hand genommen hatte, direkt vor mir, und ich fragte, ob ich sie ansehen dürfe. Sie nahm sie hinter den Flaschen hervor. Die Aufnahme war alt, bräunlich und fleckig. Sie zeigte eine Blondine mit Zylinder vor dem geschlossenen Vorhang, ein Schild mit der Nummer 7 in den Händen.
»Eine hübsche Aufnahme«, sagte ich. »Sie sehen nett darauf aus.«

»Für ein Nummerngirl braucht man nicht besonders hübsch zu sein«, sagte sie. »Das Gesicht kann man schminken, von der Figur sieht man sowieso wenig hinter der großen Tafel. Das einzige, auf das sie schauen, wenn sie ein Nummerngirl auswählen, sind die Beine. Sie suchen Mädchen mit schönen Beinen, zwei lange, schöne Beine.«
Sie hatte recht. Das Mädchen auf der Fotografie hatte lange, schöne Beine. Ich gab ihr die Aufnahme zurück und dachte, daß die Sieben eine Zahl war, die kein Glück brachte; mir jedenfalls hatte sie nie Glück gebracht. Ich unternahm nie etwas an seinem Siebten, und wenn ich es tat, dann ging es schief, so war es damals am 7. Mai 1943, als ich in Tunis verwundet wurde. Und ich bin an einem 7. geboren; aber das war selbstverständlich nicht mehr zu ändern.
Ich weiß nicht viel von der nächsten Stunde. Die Männer redeten und Ewi hatte zu tun. Ich hatte die Pelzkappe auf die Theke gelegt, und einer der Wachen sah sie und redete auf mich ein, in gebrochenem Deutsch. Er war mindestens einen Kopf größer als ich, breitschultrig, blond, mit einem breiten Gesicht. Ich kannte damals seinen Namen nicht, und erst später erfuhr ich, daß es Gulbies war. Schließlich verstand ich, daß er die Pelzkappe kaufen wollte.
Ich sagte ihm daß sie unverkäuflich sei, aber er gab sich nicht damit zufrieden, er steigerte seine Angebote, je entschiedener ich ablehnte, und schließlich war er bei drei Pfund Kaffee angelangt – er meinte, das sei genau die Kappe, die er sich schon lange gewünscht hätte, genau so eine. Dann verlegte er sich aufs Bitten, und als er merkte, daß nichts zu machen war, fragte er, ob er die Mütze wenigstens einmal aufsetzen dürfe, nur für ein paar Minuten, wenn ich sie schon nicht verkaufe. Wir hatten jetzt schon so viele Zuhörer, schon so viel Aufmerksamkeit erregt, daß ich nicht wagte, nein zu sagen, und er setzte die Kappe auf. Sie war ihm zu klein, aber das machte ihm nichts aus. Er probierte sie, zog sie in die Stirn, schob sie zurück, setzte sie schräg auf, und Ewi mußte ihm einige der

Flaschen wegräumen, damit er sich besser im Spiegel sah. Er strahlte, und ich mußte ihn ansehen, wie gut sie ihm stand, ich müsse sie einfach verkaufen; und ich sah das Gesicht vor mir und die schwarzen Kragenspiegel mit den Sigrunen darauf. Endlich setzte er sie doch ab und gab sie zurück und erhöhte sein Angebot ein letztes Mal, fünf Pfund Kaffee, denn es sei genau die Mütze, wie er sie schon einmal als Kind besessen habe, sein Vater habe sie ihm geschenkt und . . .
Er kam wieder darauf zurück, solange ich dort wartete, warf begehrliche Blicke auf die Kappe und verstand nicht, *fünf Pfund Kaffee,* wie konnte jemand so ein Angebot ablehnen. Es war heiß, und der Rauch stand im Raum, so daß ich im Spiegel kaum die Tür sah. Ich fragte mich, wo Zielinski blieb, und stellte mir vor, was alles geschehen sein konnte; daß er kommen und sagen würde, tut mir leid, es geht doch nicht; oder daß sie mich nicht sehen wollte. Vielleicht hatte ihn auch einfach der Mut verlassen, es war ihm klargeworden, auf was er sich dort einließ, und er hatte alles gemeldet . . .
Ich verpaßte seinen Eintritt auf diese Weise; ich sah Zielinski erst, als er an der Theke stand und von den anderen begrüßt wurde und er bereits sein Glas vor sich stehen hatte. Er beachtete mich nicht weiter. Ich wartete, aber nichts geschah, er unterhielt sich laut mit den anderen. Ich wußte nicht, was ich tun sollte, bis er mich ansah. Er war beunruhigt, und ich verstand, daß er sich Sorgen um *mich* machte, daß ich im letzten Augenblick alles verderben könnte, durch eine Unklugheit oder . . .
Ich nahm die Pelzkappe und ging hinaus, und diesmal vergaß ich nicht, die Tür schnell hinter mir zu schließen. Das Wetter war am Morgen umgeschlagen. Zuerst hatte es leicht geregnet, dann war der Regen in Schnee übergegangen. Aber es war nicht kalt genug, daß der Schnee liegengeblieben wäre.
Ich stand dort, und meine Kraft und mein Mut schienen schon erschöpft von der Anstrengung, die es mich gekostet hatte, aus der Baracke hinaus ins Freie zu kommen. Ich konnte

keinen weiteren Schritt tun. Mir brach der Schweiß aus. Ich glaube, wenn in diesem Moment plötzlich Wachen erschienen wären und hätten mich abgeführt, weil alles aufgekommen war, ich wäre erleichtert mit ihnen gegangen, ohne Gegenwehr. Aber niemand kam. Ich hörte nur hinter mir die Stimmen und das Lachen aus der Baracke, und ich sah vor mir in der Ferne die abgestellten Waggons.

Ich schlug den schmalen Weg neben den Gleisen ein. Die Waggons sahen alle gleich aus. Ich ging weiter und suchte nach dem einen mit dem Bremserhäuschen und fand ihn nicht. Ich begann zu laufen und war plötzlich am Ende der abgestellten Wagen. Ich sah eine Gestalt, einer der Männer von dem Luftwaffen-Wachkommando. Er hatte sich eine Decke um die Schultern gehängt und hielt sie fest auf der Brust zusammen. Er beachtete mich nicht, sah einfach an mir vorbei und stampfte auf den Boden, um sich die Füße zu wärmen. Ich machte kehrt, und diesmal fand ich den richtigen Waggon.

Der Gleiskörper lag fast einen Meter über dem Weg, und der Waggon mit den Bremserhäuschen an seinem Ende schien hoch über mir zu schweben. Das kleine Fenster an der Seite war beschlagen. Es schien unmöglich, ein unvorstellbarer Gedanke, daß dort in diesem Käfig sich ein Mensch befand, schon lange wartete, die Schritte draußen vernommen hatte. Ich zog mich auf die Plattform hoch und packte den kalten Griff und zerrte daran und bekam die Tür nicht auf und riß weiter daran, bis sie plötzlich aufschwang und anschlug. Und dann sah ich sie.

Einen Augenblick war ich so erstarrt, daß ich nicht wußte, was ich tun sollte. Ich hing dort, halb in der Luft, bis sie meine Hand faßte, und sie war es auch, die sich dann vorbeugte, an mir vorüber, und die Tür hinter mir zuzog. Es war dunkel und eng, und ich war mir bewußt, daß ich schnell und heftig atmete, während ihr Atem ganz ruhig ging; aber in den

Sekunden vorher, als die Tür offenstand, hatte ich ihre ganze Gestalt gesehen, drei Dinge vor allem, das abgeschnittene Haar, den dünnen, grauen Mantel, an ihr herunterhängend, vor allem aber die Stiefel, die in der Höhe meiner Augen gewesen waren, ein Paar alte Schnürstiefel, ausgetreten, mit einer weißen ausfransenden Packschnur verschnürt, die Stiefel eines alten Mannes.
Es war nicht viel Platz in dem Häuschen, gerade für zwei, und diese beiden konnten sich kaum bewegen, und selbst wenn jeder in seiner Ecke lehnte, berührten sich unsere Körper. Ihr Gesicht war ganz nahe vor dem meinen, ich mußte sie ansehen, es gab keinen Raum, wohin der Blick ausweichen konnte, und wenn es auch dunkel war, man sah das abgeschnittene Haar und die Backenknochen, die weiter herausstanden denn je, und Augen, die nicht zu sehen waren, auf dem Grunde der beiden dunklen Vertiefungen; und es gab keine Möglichkeit, vor ihr mein Erschrecken zu verbergen. Es fiel mir nichts ein, was ich hätte sagen können. Wenn ich gekommen war, um ihr Stärkung zu bringen, so war jetzt ich derjenige, der ihrer bedurfte. Ich sah, wie sich ihre Lippen bewegten. Sie sagte etwas; es brauchte eine Unendlichkeit, bis mir klar wurde, daß es ihre Stimme war.
»Du siehst, du hättest nicht kommen sollen. Du bist ein ziemliches Risiko eingegangen, und jetzt fragst du dich, für was?«
Ich hatte noch immer nichts gesagt. Meine Zunge war wie gelähmt. Ich hielt irgend etwas in den Händen – die Pelzmütze, das war der erste klare Gedanke, den ich fassen konnte; die Kappe – und der lettische SS-Mann, der sie mir unbedingt hatte abkaufen wollen.
»Ich habe dir etwas mitgebracht«, sagte ich.
Sie lächelte. Ich sah es natürlich nicht, und doch war ich sicher, daß sie über mich lächelte. »Sie ist alt«, sagte ich, »ich habe sie getragen, aber sie ist warm.« Sie nahm sie nicht, und ich wußte nicht, wohin damit, ich hielt sie in den Händen, und

wieder brach mir der Schweiß aus. »Bitte, nimm sie. Sie paßt dir bestimmt. Es ist Luchs.« Ich redete wie ein Narr. »Ich hab' mir gedacht, du könntest sie brauchen. Bitte, nimm sie.«

»Das ist nett von dir, aber ich könnte sie doch nicht tragen.«

»Warum nicht? Sie ist alt.«

»Sie ist viel zu auffallend. Jeder würde sich sofort fragen, woher ich sie habe.« Sie schüttelte den Kopf, als gebe sie es auf, mir etwas zu erklären, was nicht zu erklären war.

Ich erinnerte mich an die Sachen in der Tasche meines Mantels, und weil es besser war, irgend etwas zu sagen, mich reden zu hören, weil alles besser war als das Schweigen, sagte ich: »Ich hab' etwas Schokolade und Zigaretten. Ich wußte nicht, was ich dir mitbringen sollte.« Wieder sah ich sie den Kopf schütteln.

»Wie soll ich dir nur erklären? Ich wüßte nicht, wohin damit. Ich hätte Angst. Kannst du das verstehen? Ich hätte Angst, etwas zu haben, was die anderen nicht haben. Zigaretten, mein Gott. Wenn ich wüßte, in meiner Baracke wäre jemand, der hätte Zigaretten unter seinem Strohsack, ich wüßte nicht, was ich täte; ich würde an nichts anderes denken. Und umgekehrt, ich könnte nicht schlafen, wenn ich sie hätte, weil ich denken müßte, sie wissen es, wo ich sie versteckt habe, und sobald ich eingeschlafen bin, kommen sie. Gib mir nur eine, bitte.«

»Was meinst du?«

»Eine von den Zigaretten. Ich könnte eine rauchen.«

»Du hast nie geraucht.«

Wieder lächelte sie, und diesmal war ich sicher, denn für einen Augenblick sah ich ihre Augen. »Entschuldige«, sagte ich. Ich legte die Mütze auf das Bremsrad. Ich holte die Schachtel heraus und brauchte unendlich lange, bis ich sie aufgerissen hatte, und dann fiel ein Teil der Zigaretten auf den Boden. Ich sammelte sie auf und gab ihr eine.

Sie hielt sie zwischen den Fingern und wartete, und ich fragte mich, warum raucht sie nicht, wenn sie schon raucht, warum tut sie es nicht, als sie sagte: »Hast du Feuer?« Wieder murmelte ich eine Entschuldigung und fing an, in meinen Taschen herumzusuchen, was in der Enge nicht so einfach war, fand nichts, fing noch einmal von vorne an. Seitentaschen, Brusttaschen, Mantel, Rock, war klatschnaß auf der Haut und suchte, als hinge davon mein Leben ab, und sagte schließlich kläglich: »Tut mir leid, daran habe ich nicht gedacht.« Sie hatte eine Zigarette gewollt, *eine* Zigarette. Es war das einzige, was sie von mir wollte, das einzige, was ich für sie tun konnte, und ich hatte keine Streichhölzer. Es war lächerlich, aber über dieser Lächerlichkeit brach mir die Welt zusammen. Bei dem einzigen, was sie von mir erwartete, hatte ich versagt.

»O Julia«, sagte ich. »Julia.«

Sie sah mich plötzlich ganz anders an. Ich hatte ihre Augen nie sehen können, weil sie ihren Kopf gesenkt gehalten hatte. Jetzt sah ich sie, und als sie sprach, war es ihre Stimme.

»Bitte, sag es noch einmal.«

»Was?«

»Den Namen. Julia. Es ist . . . so wie du ihn gesagt hast, ist es, als hätte ich ihn hundert Jahre nicht gehört.«

Ich sagte ihren Namen, und sie sagte: »Es ist gut, daß ich gekommen bin, allein deswegen.«

»Hör zu«, sagte ich schnell. »Ich bin gekommen, weil . . .«

»Sag nichts. Es ist gut, daß du da bist. Jetzt ist es gut. Ich hatte wahnsinnige Angst. Alles wird weniger, nur nicht die Angst, die du hast. Ich hatte Angst, dich zu sehen, und Angst, daß es nur ein Vorwand war.«

»Hat er dir nicht gesagt, daß ich . . .«

»Sie sagen vieles. Aber du kannst nie sicher sein, was es bedeutet.«

»Ich kann mich auf ihn verlassen.«

»Er trägt die Uniform, das ist das, was ich sehe. Du denkst vielleicht, es ist besser, wenn man sich Hoffnungen macht, aber es ist nur schlimmer. Es gab eine Zeit am Anfang, da

machte ich mir Hoffnungen, und es war furchtbar. Jetzt, wo ich mir keine mehr mache, ist es besser. Also, sag nichts.«
Draußen waren Schritte zu hören, genagelte Stiefel auf dem Schotter, aber das Geräusch verstummte. Die kleinen Fenster waren beschlagen von unserem Atem. Sie streckte die Hände aus und berührte mein Gesicht, so als sagten ihr die Hände mehr als ihre Augen. Ich spürte ihre rauhen Hände und vergaß alles andere, und der einzige Gedanke, den ich hatte, war, daß ich sie liebte, daß ich sie immer geliebt hatte und immer lieben würde.
»Wieviel Zeit haben wir?« fragte sie.
Ich hatte Zielinski nicht danach gefragt. Ich wollte nicht an die Zeit erinnert werden, an die Trennung, an die Tatsache, daß sie zurück mußte. »Ich werde dich herausholen«, sagte ich. »Er wird mir dabei helfen. Wir haben alles besprochen. Er sagt, es sei möglich. Verstehst du! Wenn du zurück mußt nachher, ist es nur noch für einen oder zwei Tage. Es gibt einen Weg. Wir können ihm vertrauen. Er wird mir helfen, dich herauszuholen. Er . . .«
Ihre Hände berührten mein Gesicht nicht mehr. Die Arme hingen an ihr herunter. Ich spürte, wie ihr Körper steif wurde. Sie sah mich an, als hätte ich etwas Entsetzliches gesagt. »Ich glaube, es ist besser, du gehst jetzt«, sagte sie.
»Aber Julia! Ich kann ihm trauen! Du hast es gesehen. Daß wir hier . . .«
»Bitte, geh!«
»Aber warum? Ich begreife dich nicht. Er wird es tun.«
»Und warum?« Ihre Stimme war kalt. »Warum tut er es? Weil ich keine Jüdin bin? Hast du ihm das gesagt? Hat er mich deshalb hierher gebracht? Riskiert er deshalb seinen Kopf, wie? Sie ist was Besseres, eine Deutsche, die Tochter eines Generals, der ist zwar ein Verräter, ein Volksschädling, aber immerhin, sie ist keine von diesen dreckigen Jüdinnen und keine Polackin. Glaubst du, er hätte einen Finger gerührt für eine Jüdin oder Polin, glaubst du das wirklich? Sie ist eine

Deutsche, da kann man ein Auge zudrücken. Er will mich also hier herausbringen?«
»Ja«, sagte ich. »Er wird es tun.«
»Und die anderen? Was ist mit den anderen? Würde er es für sie auch tun? Frag ihn. Tue es, frag ihn.«
»Bitte! Er ist ein großes Risiko eingegangen. Ich kenne niemand, der es sonst getan hätte. Ich weiß nur, daß ich mich auf ihn verlassen kann. Ich kenne seine Gründe nicht. Sie sind mir egal, solange er uns hilft, und sie sollten dir auch egal sein. Was spielt es für eine Rolle, was er sich dabei denkt. Bitte, Julia, laß uns vernünftig darüber reden.«
Ich weiß, daß ich sie beschwor und sie nicht verstand. Aber meine Worte schienen sie nicht zu erreichen; ich denke oft, daß es die falschen Worte waren, aber ich wußte keine anderen.
»du erinnerst dich an meine Njanja«, sagte sie schließlich, »und an Dawidow, der mit ihr ging? Damals konnte ich ihn nicht verstehen; ich meine, ich habe es bewundert, aber verstehen konnte ich es nicht, denn es war nicht menschlich. Er liebte sie, natürlich, aber was sagt das, wenn du weißt, daß es dich das Leben kostet. Es ist menschlich, Angst zu haben und sich an sein Leben zu klammern, und deshalb verstehst *du* mich jetzt nicht. Ich verstehe ihn jetzt. Ich verstehe, wie er sie verachtet hat! Wenn man sie tötete, mußte man ihn auch töten. Ich glaube, nur eines wäre furchtbar für ihn gewesen – wenn er ihren Tod überlebt hätte. – Immer, wenn es besonders schwer war, dann war er es, der mich daran erinnerte, sie zu verachten und meinen Stolz nicht zu verlieren. Mehr bleibt dir nicht. Von allem, was ich gedacht habe, was mir helfen könnte, ist mir nur der Stolz geblieben. Ich hatte immer Angst, ihn zu verlieren, und ich habe die Angst noch. Ich hatte sie, als ich hörte, daß sie Vater aufgehängt hatten, und bei vielen anderen Gelegenheiten, und ich habe sie jetzt, und ich will, daß du verstehst, was du von mir verlangst. Vielleicht ist es nicht zu verstehen. Aber ich kann

nicht anders. Es gibt andere im Lager. Wir sind seit Riga zusammen. Es sind nicht mehr viele, aber niemand von ihnen würde verstehen, wenn ich sie im Stich ließe. Ganz abgesehen davon, daß ich es wegen mir nicht tun könnte.«

»Er kann nicht allen helfen.«

»Ich weiß. Und deshalb kann er auch mir nicht helfen.«

»Ich kann es nicht verstehen. Es geht ohnehin dem Ende zu. Der Krieg dauert nicht mehr lange . . .«

»Dann kann ich warten wie die anderen.«

»Bitte. Was nützt du den anderen damit?«

»Laß uns aufhören, davon zu sprechen. Ich weiß, du kannst es nicht verstehen. Vielleicht verstehe ich es selber nicht. Man hängt am Leben, nicht? Vielleicht hängt es wirklich nur mit meinem Vater zusammen. Es gelang ihm, eine Nachricht für mich herauszubringen, nur einen Zettel; und der Pfarrer, der ihn mir brachte, kannte den Inhalt, und ich weiß, daß er entsetzt war darüber und daß er ihn mir nur brachte, weil er von einem zum Tode Verurteilten stammte. Es war nichts von Gott und Liebe und nichts von Verzeihen, und das mußte ihn entsetzen, sondern einfach nur drei Worte: *Ich verachte sie.* Das hatte mein Vater zu sagen, bevor er starb, es war ihm wichtig genug, es aufzuschreiben, für mich . . . Und jetzt laß uns nicht mehr darüber sprechen. Vergiß es. Vergiß, daß du mich gesehen hast. Ich werde versuchen, es zu vergessen.«

Ich wußte nicht, was ich noch tun konnte. Sicher halfen Worte nicht. Und ich war kein Dawidow, der Gedanke streifte mich nur einen Augenblick. Wenn sie starb, würde ich ihren Tod überleben; aber ich glaube, das sind Gedanken von später. Damals erinnerte ich mich plötzlich an das Kind. Sie hatte nichts davon gesagt, und ich würde nicht davon gesprochen haben, wenn mir nicht plötzlich der Gedanke gekommen wäre, ich könnte damit doch noch erreichen, daß ich sie umstimmte, und so fragte ich sie: »Und das Kind?«

Sie war weniger erschreckt als plötzlich voller Wachsamkeit. »Du weißt davon? Wer noch? Weiß er davon?«

»Zielinski? Ja, er weiß es, und daran siehst du, daß du ihm vertrauen kannst.«
Sie war bei ihren eigenen Gedanken. »Und dabei waren wir so vorsichtig.«
»Was ist es?«
»Wie?«
»Ich meine, er sprach nur von einem Kind. Ist es ein Junge oder Mädchen?«
»Ein Mädchen.«
Die Art, wie sie es sagte, gab mir wieder Hoffnung. »Wie siehst es aus?«
»Wie Kinder eben aussehen. In der Küche arbeitet eine Polin, die ist ganz . . «, aber sie sprach nicht weiter, so als müsse sie sich auch vor mir in acht nehmen.
Wieder hatte ich das Gefühl des Widersinnigen; all dieses geschah nicht wirklich, wir sagten nicht diese widersinnigen Sachen, und doch klammerte ich mich daran, denn ich sah darin die einzige Möglichkeit. »Ist das nicht gefährlich?«
»Es ist ein stilles Kind, Gott sei Dank. Es schreit nie. Das macht alles leichter. Aber natürlich . . .«
»Wenn nun die Möglichkeit bestünde, das Kind herauszubringen?«
Sie hörte mir zu, als müsse sie die Sprache verstehen lernen. Ich ließ ihr Zeit. »Das Kind ist doch etwas anderes. Was du gesagt hast, auf das Kind trifft es bestimmt nicht zu. Wenn wir es herausbringen, ich verspreche dir, ich würde mich um das Kind kümmern.«
»Wie willst du das tun?«
»Eine Schwester meines Vaters ist in einem Kloster.« Es fiel mir erst in dem Augenblick ein. »Dort wäre es sicher, bis du . . . Ich meine, Severa würde alles für das Kind tun, und ich würde nach ihm sehen, das verspreche ich. Wir würden uns alle um das Kind kümmern. Severa wird gut zu dem Kind sein.«
»Ja, das würde sie. Du solltest sehen, was für ein hübsches Kind es ist. Es hat lange dunkle Haare und grüne Augen.«

»Dann muß es dir sehr ähnlich sehen«, sagte ich.
Sie senkte den Kopf. Ich sah ihre Augen nicht mehr. Ihre Stimme war kaum ein Flüstern. »Du hast mich nicht nach dem Vater gefragt. Oder weißt du es?«
»Nein, und es ist nicht wichtig.« Natürlich war es wichtig, aber ich dachte nur daran, daß, wenn erst einmal das Kind aus dem Lager heraus war, sie sich bestimmt anders besinnen würde. Das Kind in dem Lager war etwas, was ich mir nicht vorstellen konnte; aber wenn ich erst das Kind hatte, würde ich sie bekommen. Damals dachte ich es noch.
»Wenn es gelingt – versprichst du mir, daß niemand erfährt, wer der Vater ist? Du mußt es mir versprechen! Ich will nicht, daß es jemand anders weiß als du und ich. Er soll es nie erfahren, und das Kind auch nicht. Versprich es!«
»Natürlich.«
»Nein, schwöre es. Schwörst du es? Gut. Dann sollst du es wissen.«
»Es ist nicht wichtig. Du brauchst mir nichts zu erklären.«
»Aber ich möchte es. Ich möchte, daß du es verstehst. Die Geschichte ist ganz einfach. Sie spricht nicht sehr für mich, aber ich sag dir, wie es war.«
»Wirklich, du brauchst nicht darüber zu sprechen.«
»Damals, als wir uns das letztemal in Berlin sahen – alles, was ich damals zu dir gesagt habe, ist wahr. Ich liebte dich. Aber ich konnte dich nicht heiraten. Aus den Gründen, die ich dir gesagt habe, und auch vielleicht, weil ich ahnte, was geschehen würde. Vater hat immer alle diese Träume und Vorahnungen gesammelt. Ich hätte ihm auch die meinen sagen können. Ich hab' dir gesagt, daß wir nicht zum Glück gemacht sind. Ich glaube, ich wußte, was geschehen würde. Ich liebte dich wirklich.«
»Bitte . . .«
»Und doch war ich einsam. Manchmal mehr, manchmal weniger. Wenn man einsam ist, taucht immer ein Mann auf, nur daß es dann immer der falsche ist. Ich wußte, daß er mich

nicht liebte. Er fand mich nicht einmal besonders attraktiv. Er kam gelegentlich nach Berlin, meist nur für einen Tag, und wenn ein Mädchen, mit dem er gerechnet hatte, ihn sitzenließ, rief er mich an und führte mich aus. Hinterher wollte er mit mir schlafen, und er war jedesmal furchtbar erstaunt, daß ich nein sagte. Nicht, daß er wirklich so großen Wert darauf legte, es kränkte ihn einfach, es gehörte zu seinem Tag in Berlin, und ich verdarb ihm das. Das war drei- oder viermal so. Zwischendurch hörte ich nie etwas von ihm. Wir schrieben uns nicht, er rief einfach eben nur im letzten Augenblick an.

So war es auch beim letztenmal, Ende April. Er war in Berlin, er hatte diese hohe Auszeichnung bekommen und wollte mit mir feiern. Ich ging mit ihm aus, und er wollte, daß ich die Nacht bei ihm in seinem Hotel verbringe. Und diesmal sagte ich ja. Er hatte mit allem gerechnet, nur nicht damit. Ich blieb die Nacht bei ihm. Sein Zug ging sehr früh, und er war ziemlich erleichtert darüber. Er rief mich am selben Abend noch einmal an. Man merkte ihm an, wie peinlich ihm das Ganze war; er hatte Angst, daß ich es zu ernst nehmen könnte und nun etwas von ihm erwartete, und er atmete auf, als ihm klar wurde, daß es nicht so war. Dieser Anruf war das letzte, was ich von ihm hörte. Als ich wußte, daß ich schwanger war, habe ich nicht versucht, mit ihm in Verbindung zu treten. Er weiß nichts von dem Kind. Und ich will nicht, daß er es je erfährt. Ich nehme an, ich brauche dir den Namen nicht zu sagen.«

»Nein, das brauchst du nicht.« Ein Teil der alten Eifersucht kam zurück. Ich wußte, wann Fritz Lehr seine hohe Auszeichnung erhalten hatte.

»Es war verrückt«, sagte sie, »so etwas zu tun, verrückt wie alles, wie die Zeit. Wirklich, ich liebe dich. Verrückt, nicht wahr? Ich liebe jemand und sage nein – und schlafe mit einem anderen. Frauen tun es immer wieder, sie lieben einen Mann und gehen mit einem anderen ins Bett – ich erwarte nicht, daß du mir glaubst, aber so war es. Es hatte auch nichts damit zu tun, daß du geheiratet hattest. Es war so unwirklich für mich wie das andere. Daran siehst du, was für eine Familie wir sind! Es ist gut, daß das Kind in andere Hände kommt. Du glaubst, er wird mir helfen?«

»Bestimmt.«

»Und es macht dir nichts aus? Ich meine, daß es von einem anderen ist? Du wirst es dir nie anmerken lassen? Der Vater wird dich nicht stören. Er weiß nichts von dem Kind und mir. Es ist ganz mein Kind. Du hast geschworen, es nie zu sagen!«

»Ja.«

»Dann versuch es. Es ist ein gutes Kind. Es schreit nicht. Du wirst keinen Ärger damit haben. Es ist sehr still. Es ist daran gewöhnt, daß fremde Menschen da sind, und es wird nicht einen Schrei tun, nicht den leisesten, und es ißt alles, du wirst es mögen.«

»Ich werde es sicher mögen.«

»Und keine Sorge. Sag ihm, wenn er sich Sorgen macht, wegen des Kindes, ich verspreche, es wird nicht schreien und durch sein Schreien alles verderben. Es wird ganz still sein, sich ganz still verhalten und nicht erschrecken, wenn ihr es wegbringt. Es ist daran gewöhnt, daß plötzlich jemand kommt und es nimmt und woanders hinbringt. Es wird nicht weinen . . .«

Aber sie weinte. Ich hörte es nicht. Aber ich spürte die Tränen, als sie etwas tat, was sie schon einmal getan hatte, damals, in Berlin, auf dem Bahnhof unter all den wartenden Menschen. Sie nahm meine Hand, führte sie an ihre Lippen und küßte sie. Und dann sagte sie: »Es tut mir leid. Es gibt keinen Grund zu weinen. Vergiß das nicht. Ich glaube, du solltest jetzt gehen.« Ich weiß nicht, was ich sagte und ob ich etwas sagte. Ich weiß, daß ich ging und nicht wußte, daß ich sie nie wiedersehen würde . . .

In der Baracke waren weniger Wachen als zuvor, und ich

mußte klopfen, ehe man aufschloß. Wieder, wie zuvor, wechselte ich mit Zielinski kein Wort; er verließ seinen Platz an der Theke in dem Augenblick, als ich hereinkam. Vielleicht hatte ich ihm schon zu lange gebraucht. Es gab keine Uhr dort, die es mir angezeigt hätte.
Der hünenhafte Lette war immer noch da, und als er die Pelzmütze sah, fing er wieder davon an, daß ich sie ihm verkaufen müsse. Er war betrunken und lallte, er müsse die Mütze haben, es sei genau die Mütze, die sein Vater ihm einmal gekauft habe, die Winter seien hart in Lettland, und *niemand* könnte sich im Winter ohne eine Pelzmütze nach draußen wagen, und er würde *alles* dafür geben. Als ich sagte, er könne sie haben, wurde er plötzlich still. Sein schwankender Körper kam zur Ruhe, bis er aufrecht und kerzengerade vor mir stand, die Augen zusammengekniffen, und mich musterte, als habe ich mir einen Scherz mit ihm erlaubt. Aber dann, als ihm klar wurde, daß ich meinte, was ich sagte, riß er die Mütze an sich, stülpte sie auf den Kopf, und dann kam er auf mich zu und umarmte mich, drückte mir die Luft ab, und ich ließ es geschehen; ich sah nur die zwei schwarzen Kragenspiegel vor meinen Augen.
Er bestellte Schnaps, für alle, die da waren; und ich konnte mir nicht helfen, ich war froh, da zu sein. Ich wußte, ich hatte alles falsch gemacht; wenn ich nur die richtigen Worte gefunden hätte, dann hätte ich Julia überzeugen können, es war meine Schuld. Aber dann konnte ich nicht länger daran denken; wieder hier zu sein war, als hätte ich einen sicheren Platz erreicht, sicheren Boden unter den Füßen. Ich kann mir nicht helfen – so war es, und ich erinnere mich: als ich mich umsah und sah die dreckigen rotkarierten Tischdecken und Vorhänge, die braun gestrichenen Stühle, die zertretenen Kippen auf dem vom Schneematsch schmutzigen Boden und roch den abgestandenen Rauch, den Schweiß der Männer – da fand ich alles schön; die Dinge, die betrunkenen Wachen, die Frau mit

dem gelockten blonden Haar und dem aufgeschwemmten Gesicht – es war einfach schön . . .

Es gibt nicht mehr viel zu berichten von Julia. Zielinski brachte das Kind heraus, und wie sie gesagt hatte, war es ruhig und schrie nicht. Ich hatte mir einen Wagen besorgt und eine Sondergenehmigung für eine Fahrt, angeblich um in Lauingen eingelagerte Kunstschätze zu fotografieren; und das Kind lag dort sehr ruhig im Fond des Wagens unter all den Fotoapparaten und Vergrößerungsgeräten. Ich ließ es in der Obhut von Severa zurück, und später war sie es, die einen Priester fand, einen Ordenspater, der das Kind taufte, auf den Namen Julia, und eine Standesbeamtin, die den Geburtsschein auf meinen Namen ausstellte; aber das war viel später.
Ich hatte gehofft, daß Julia ihre Meinung ändern würde, wenn das Kind erst in Sicherheit war und sie es vermißte. So fuhr ich zurück und versuchte, sie zu sehen, aber sie weigerte sich. Alles, was Zielinski zurückbrachte, war ein Zettel, die Ecke einer abgerissenen Zeitung, und darauf ein paar Worte mit Bleistift geschrieben: Danke, danke für alles, Julia.
Ich verstand es nicht, und ich tat daraufhin etwas Eigenartiges. Am anderen Morgen, nachdem ich ihre Nachricht erhalten hatte, in aller Frühe, bevor ich zurückfuhr, nahm ich meine Kamera und ging an der Baracke vorbei, den schmalen Weg zu den abgestellten Waggons. Ich trug die Kamera ganz offen. Es war Wahnsinn, denn ich wußte, wenn sie eines nicht wollten und entsprechend bestraften, dann war es, daß jemand Aufnahmen machte; es war eine selbstmörderische Idee.
Es war sehr früh, kurz nach halb sechs, es war noch nicht einmal hell. Ich kroch unter einen der Waggons und sah unten, am Fuße eines steilen Abhangs, das Lager, fünf Baracken jeweils in einer Reihe, kaum Platz zwischen ihnen, und davon sieben Reihen, alles umgeben von Stacheldraht. Ich war nicht zu früh gekommen, ich sah, wie der Platz vor den

Baracken sich füllte, wie die Elendsgestalten mit hängenden Köpfen sich zum Appell aufstellten, und die Wachen mit ihren geschulterten Gewehren.
Ich war vielleicht hundert Meter weg, als ich die Aufnahmen machte, und ich hatte Angst. Ich verwackelte die Aufnahmen vor lauter Angst. Es war sinnlos, was ich tat, eine sinnlose Geste. Aber zu mehr war ich nicht fähig, als auf den Auslöser zu drücken und vor mich hinzustammeln, kommt und holt mich, seht ihr nicht, was ich tue, holt mich – und doch davor Angst zu haben, daß es geschehen könnte.
Ich kam später noch zweimal zurück, Mitte und Ende März. Ich kam beide Male vergeblich. Sie ließ mir durch Zielinski die gleiche Antwort zukommen, und es gab nicht einmal Zettel mehr. Anfang April, um den 5., rief Zielinski mich in Neuschwanstein an. Er sprach von einer öffentlichen Zelle in der Post und nannte seinen Namen nicht, aber das war nicht nötig. Es klang aufgeregt und nervös und irgendwie hilflos. Er sagte, daß Gerüchte umgingen, daß alle Lager im Raum Landsberg-Kaufering von eigenen Flugzeugen bombardiert werden sollten, ehe die Amerikaner die Lager und Häftlinge darin vorfinden könnten. Er persönlich sei überzeugt, es sei mehr als ein Gerücht. Jemand aus der Münchner Gauleitung habe ihm den Plan bestätigt, es werde auf seine Ausführung gedrängt, es sei bisher lediglich immer wieder gelungen, ihn mit Ausreden wie schlechtem Flugwetter, Benzinknappheit und Bombenmangel zu verzögern. Andere Gerüchte sprächen davon, die Häftlinge aus den Lagern sollten nach Tirol gebracht werden. Zu Fuß, wenn es keine Transportmöglichkeiten gebe. Irgend etwas werde geschehen. Man werde die Lager nicht so in die Hände der Amerikaner fallen lassen. Vielleicht sei es das letztemal, daß er sich melden könne.
Ich setzte mich danach mit Fritz Lehr in Verbindung. Ich sagte ihm nichts davon, daß ich Julia gesehen hatte. Ich berichtete ihm nur, was ich gehört hätte. Er müsse mit seinem Vater sprechen. Er versprach, das zu tun. Ich hörte zwei, drei

Tage nichts. Dann kam ein Anruf. Er klang zuversichtlich und aufgekratzt. Nein, er hatte bei seinem Vater nichts erreicht, aber er hätte noch einmal mit seinem Schwager gesprochen – und Julia sei jetzt dort. Wo war sie? Im Lager IV, es sei ein reines Krankenklager, niemand müsse dort arbeiten. Karl Boettcher habe Julia aus dem Lager I herausgeholt und sie im Krankenlager als Ärztin eingesetzt. Alles sei in Ordnung; der ganze Spuk sei ohnehin bald vorbei, es handle sich nur noch um Tage . . .

Ich war nicht beruhigt. Ich dachte an das, was Zielinski mir von Boettcher erzählt hatte, und an das, was ich von Ewi wußte. Ich wußte nicht, wie ich Zielinski erreichen konnte. Ich rief die Nummer von Ewi an, aber ich legte wieder auf, als eine Männerstimme sich meldete.

Ich zählte die Tage und ging nicht vom Radio weg. Die Amerikaner waren schon in Bamberg und Hof, aber diesen Raum hatten sie umgangen. Ich kam aus Neuschwanstein nicht weg; niemand wagte sich von seinem Truppenteil zu entfernen, wegen der Feldgendarmerie und der fliegenden Standgerichte, die überall unterwegs waren und jeden aufschnappten; aber natürlich denke ich heute anders darüber; heute denke ich, daß nichts mich hätte zurückhalten dürfen.

Am 22. April hielt ich es nicht mehr aus. Ich brauchte drei Tage für den Weg. In manchen Orten waren schon Amerikaner, in anderen kämpften noch die Deutschen. Landsberg war noch nicht besetzt, aber es hieß, die Amerikaner stünden in Kaufering. Ich kam hin, als sie gerade die abgestellten Waggons aufbrachen und plünderten. Das Lager I war verlassen, die Baracken standen noch, der Drahtzaun war heruntergetreten.

Hinter der Unterführung sah ich den alten Mann mit seinem Handwagen, und ich fragte ihn, wann das Lager geräumt worden sei. Er starrte mich erschreckt an und sagte, er wisse nichts von einem Lager, er habe nie etwas von Lagern gehört, und dann fuhr er fort, seine Säcke aufzuschlitzen.

Die grüngestrichene Baracke war geschlossen, und zu ihrem Haus wollte ich nicht gehen. Ich fand schließlich jemand, der mir erzählte, daß das Lager vor vier Tagen geräumt worden sei, die Leute seien in einem Zug weggebracht worden und diese verdammten Tiefflieger hätten den Zug beschossen. *Amerikanische Tiefflieger?* – Na klar, was sonst, die schossen doch auf alles. Es war ein Eisenbahner, und er geriet richtig in Feuer, um mir zu erklären, wo es passiert war; am Kilometerstein 46,9, ein flaches und schnurgerades Streckenstück, die ideale Stelle für Jabos; sie seien drei- oder viermal angeflogen, in aller Ruhe; es seien schließlich alte ramponierte Waggons gewesen und eine alte Lokomotive. Sie hätten sich Zeit lassen können, in aller Ruhe seien sie von hinten angeflogen, und dann – *tack, tack tack;* er machte es vor, mit der entsprechenden Handbewegung, drei Finger geschlossen, Zeige- und Mittelfinger ausgestreckt . . . Er war kaum von seiner Schilderung wegzubringen und verstummte erst, als ich ihn nach Lager IV fragte. *Lager IV? Nie gehört,* und überhaupt, über Lager könne er mir eigentlich nichts sagen; es sei da viel geredet worden, aber das sei schließlich alles geheimgehalten worden, und als Eisenbahner sei er viel unterwegs gewesen, ich wüßte ja, die Räder hätten rollen müssen für den Sieg; *einen schönen Sieg, den wir jetzt haben . . .*
Ich wußte aus Fritz Lehrs Beschreibung, wo ungefähr das Lager IV lag. Ich ging die Straße in Richtung Augsburg, um mich die Menschen, die sich mit ihren Körben und Rucksäkken abschleppten, um ihre Beute in Sicherheit zu bringen. Langsam wurden es weniger. In der Ferne war Geschützfeuer zu hören. Ich kam bis zu den Bauernhöfen, hinter denen der Feldweg von der Straße abführt. Dort stand ein amerikanischer Panzer und mehrere Lastwagen mit offenen Ladeflächen. Sie fragten nicht lange nach Papieren; ein paar Amerikaner trieben mich mit vorgehaltener Waffe zu einem der Lastwagen, auf dem schon eine ganze Reihe deutscher Soldaten saßen. Hände streckten sich mir entgegen; sie zogen mich

hinauf, und jemand drückte mir eine Zigarette in die Hand, und ich sah mich umringt von müden, aber lachenden Gesichtern.

Ich versuchte herauszufinden, ob einer von ihnen etwas von Lager IV wußte. Irgend jemand deutete schließlich auf den Feldweg; es schien, wir waren keine fünfhundert Meter entfernt davon – so weit war ich gekommen –, aber man sah nichts von den Baracken und der Kiesgrube wegen einer leichten Bodenerhebung. Dahinter mußte es sein.

Ich sah einen Jeep dahinfahren, einen offenen Jeep – denn es war ein schöner, sonniger Tag – mit einer hohen wippenden Antenne. In der Ferne waren Panzer zu sehen. Jetzt verschwand der Jeep hinter der Bodenerhebung, zuerst der Jeep und dann auch die Antenne . . .

Es scheint, daß die zwei Amerikaner in jenem Jeep als erste das Lager und die Kiesgrube entdeckten. Die Kiesgrube und die Leichen, dreihundertsechzig Tote, die sie dann zählten, Julia unter ihnen. Ich wußte in jenem Augenblick nichts davon, hörte nur in einem der abgestellten Jeeps das Telefon schnarren und sah einen Amerikaner hineilen und den Hörer von der Gabel nehmen; und dann war der Platz voller Stimmen, und andere Jeeps rasten den Feldweg entlang und wirbelten Staub auf; jemand gab ein Kommando, und der Lastwagen, auf dem wir saßen, fuhr an, auf die Straße hinaus; sie brachten uns weg in die Gefangenschaft, und ich weiß, daß die Männer um mich herum sangen . . .

Ich erfuhr das alles viel später, aber das Datum stimmte; sämtliche Häftlinge des Lagers IV waren einen Tag zuvor in der Kiesgrube erschossen worden; bis ich zurückkam aus der Gefangenschaft, waren sie begraben. Josef Zielinski war bei dem Angriff auf den Zug am Kilometerstein 46,9 schwer verwundet worden. Ich besuchte ihn und sagte später in dem Prozeß für ihn aus, und dort erfuhr ich auch, daß Karl Boettcher verschwunden war. Ich war voller Haß und Rachegefühle, und das waren die Wochen und Monate, in denen ich die Akten durchsah, dann und später, um meinen Haß nicht abkühlen zu lassen, auf einen Mann, den ich nie in meinem Leben gesehen hatte.

Dann, fast zwei Jahre später, Ende 47, hörte ich, daß sie Karl Boettcher gefunden hatten – seine Leiche. Es war ihm anscheinend damals gelungen, in der Uniform eines Luftwaffen-Obergefreiten in Gefangenschaft zu kommen. Er wurde in ein Lager nach Garmisch gebracht; von dort war er geflohen, weil einer der Gefangenen ihn erkannt hatte. Er mußte sich dann die ganze Zeit in einem einsamen, weglosen Waldstück verborgen gehalten haben; jedenfalls fanden Holzfäller die Leiche in einer abgelegenen Blockhütte in einem Waldstück bei Steingaden.

Die Hütte war niedergebrannt, und gefunden wurden zwei Leichen, zum Teil entstellt durch Verbrennungen. Eine wurde nie identifiziert, bei der anderen wurde ein Ehering gefunden, der auf die Spur wies. Zwei Personen, seine Ehefrau und der Chauffeur Horst-Dieter Winter, gaben eine eidesstattliche Erklärung ab, daß es sich bei dem Toten um den neununddreißigjährigen Karl Heinrich Boettcher handele; ein Richter gab seine Unterschrift, die Leichen wurden beerdigt und Karl Boettcher für tot erklärt.

Die Zeitungen hatten kaum davon Notiz genommen. Ich weiß, daß ich damals meine Zweifel hatte. Sie waren nicht auf Tatsachen begründet, sondern nur ein Gefühl. Meine Zweifel entstammten meinem Haß und meinem Schwur, Rache zu üben, und sein Tod nahm mir das Ziel . . .

8 An der Festschrift war nichts mehr zu tun. Ich hatte den Haupttext und die Unterschriften zu den Bildern in einem Schreibbüro abtippen lassen. Das Manuskript steckte noch in dem Kuvert, in dem es gekommen war; ich hatte es nicht mehr angesehen. Es war, alles in allem, ein ziemlich kurzer, sehr nüchtern gehaltener Text, nicht mehr als zwanzig Schreibmaschinenseiten, und er berücksichtigte im wesentlichen alle Punkte, die Fritz in seinem Entwurf aufgeführt hatte. Dennoch hatte mich der Text viel Mühe gekostet und die meiste Zeit verschlungen.

Was mich zufriedenstellte, was das Layout, als ich es jetzt noch einmal ansah – ich hatte einen Blindband machen lassen; hundertzwanzig Seiten. Die Stellung des Haupttextes – dreispaltig, für die drei Sprachen – war auf den ersten Seiten im Blindsatz aufgeklebt und auf den restlichen Seiten mit Linien markiert. Die Stellung der Fotos und Illustrationen war ebenso ausgeführt; die Schwarzweiß-Aufnahmen waren durch einen schwarzen Filzschreiber bezeichnet, die farbigen durch einen roten. Das Ganze war dazu in drei Farbteile gegliedert. Kopien der Tabellen und Statistiken, die ich hatte zeichnen lassen, waren in den Band eingeklebt. Von dem Bildmaterial, in einem eigenen Kuvert, waren die Ausschnitte und Größen festgelegt. Das Ganze gefiel mir so, in diesem unfertigen Zustand; es ließ der Phantasie noch allen Spielraum; es war perfekt so, es sagte alles aus, mehr als das fertige Produkt, das dann gegenüber dem Layout immer enttäuschte . . .

Schließlich hörte ich den Wagen, das Schlagen der Tür. Fritz Lehr hatte von unterwegs angerufen. Als ich ans Fenster trat, sah ich ihn mit Winter zusammen vor dem Wagen stehen. Sie sprachen miteinander. Dann kam er auf das Haus zu.

Er sah an diesem Vormittag müde aus, abgespannt. Er machte keine Bemerkung über das Gartenfest, übersah den Stuhl, den ich ihm anbot, und zeigte kein Interesse für die Sachen, die ich auf einem großen Tisch in der Mitte des Zimmers ausgebreitet hatte. Er stand dort, die Hände in den Seitentaschen des engen taillierten Anzugs, die vier Finger in den Taschen, den Daumen heraussstehend, und sagte: »Ich mach' dir einen Vorschlag – wir setzen uns in den Wagen und fahren ein Stück hinaus.«

Ich sah ihn überrascht an und deutete auf den Tisch. »Wollten wir nicht darüber sprechen?«

»Pack alles zusammen. Wir nehmen es mit.«

»Wir brauchen Platz dazu. Ich hab' alles vorbereitet. Es wird schnell gehen, wenn du es eilig hast. Die Texte kannst du ja später ansehen, aber ich muß dir doch den Aufbau erklären, und dazu brauche ich Platz.« Er schien jedes Interesse an der Festschrift verloren zu haben, vielmehr sah er sich in dem Raum um, als prüfe er ihn daraufhin, ob er für das, was er mir zu sagen hatte, geeignet sei.

»Muß ich mir das überhaupt noch ansehen?« sagte er schließlich. »Ich nehme an, es ist in Ordnung. Du bist der Fachmann.« Er blätterte den Blindband durch. »Das sieht doch alles sehr gut aus! Pack alles zusammen. Ich muß mit dir reden. Es ist wichtig.«

»Warum nicht hier?«

»Ich würde den Wagen vorziehen.« Er lächelte. »Eine Marotte von mir, aber ich kann dort besser reden. Ich diktiere während der Fahrt ins Büro meine ganze Post, ich bin einfach daran gewöhnt. Warte, ich helfe dir.«

Ich bin nicht sicher, warum er für dieses Gespräch den Wagen vorzog. Die Trennwand schirmte uns von Winter ab, aber ich frage mich, ob es ihm nicht dennoch möglich war, etwas von unserer Unterhaltung zu hören. Vielleicht lag das sogar in Lehrs Absicht, vielleicht wollte er einen Zeugen haben; ich weiß es nicht, es ist auch nicht mehr wichtig. Ich mußte immer wieder auf Winters Rücken sehen, auf den Nacken zwischen dem weißen Hemd und der Mütze, die er trug. Die Haare hatten einen schnurgeraden Ansatz, so als habe sie ihm seine Frau geschnitten.

»Du erinnerst dich, wie ich dir erzählt habe, daß ich meine frühere Frau in Madrid getroffen habe«, begann Fritz Lehr. »Du weißt, Jinx. Es war auf dem Platz vom Tennis-Club Chamartin. Wir haben einige Großbaustellen in Spanien, und außerdem nehme ich die Gelegenheit wahr und suche Facharbeiter für Deutschland aus; meist bleibt mir also nicht viel Zeit, aber ich wollte mir Santana ansehen, er hat eine Spielweise, die mir gefällt. Es war leider ein schwacher Gegner, er hatte den ersten Satz glatt gewonnen und führte klar im zweiten, da kam dieser Junge und rief mich raus. Es war eine gute Gelegenheit, wegzukommen von Jinx, und außerdem, ich habe nie gehört, daß Santana noch so ein Spiel verloren hat . . . Ich will damit nur sagen, daß ich andere Dinge im Kopf hatte und ziemlich unvorbereitet war auf das, was dann passierte.«

Ich hatte keine Ahnung, worauf er hinauswollte. Wir waren jetzt auf der Autobahn. Lehr hatte Winter nicht gesagt, wohin er fahren sollte; es war anscheinend zwischen ihnen abgesprochen. Ich stellte keine Fragen. Es war er, der redete.

»Draußen vor dem Club warteten ein Wagen und ein Mann auf mich, ein alter Dodge, und der Mann sah . . . nun, ich will es kurz machen – ich fuhr mit ihm, weil ich ahnte, was kommen würde. Kennst du dich in Madrid aus? – Nein, also es war ein kurzer Weg, die Nationalstraße 1 nach Burgos, vielleicht fünf Kilometer, dann setzte er mich vor einem Motel ab. Er hatte nur gesagt, er habe den Auftrag, mich zu Senor Clemente Stoeber zu bringen.«

Fritz Lehr sah mich nicht an. Er saß neben mir, vorgebeugt, die Hände auf die Knie gestützt. Er sah wirklich müde aus, übernächtigt, älter als fünfzig. »Siehst du, der Name war mir unbekannt. Und dennoch verriet der Name mir alles. Er hat in der Vergangenheit viele Namen benutzt, und sie klangen alle gleich. Ein spanischer Vorname und ein deutsch klingender Familienname. Verrückt, nicht wahr? Es wäre ihm sicher nicht schwergefallen, einen falschen Paß auf einen spanisch klingenden Namen zu bekommen; es waren sowieso gefälschte Pässe. Es wäre weniger auffallend gewesen. Aber es war immer so, er behielt diese verräterischen deutschen Nachnamen bei. Und so konnte ich mir denken, wer sich hinter dem Namen verbarg. Das Überraschende war nur, daß er sich aus Südamerika herauswagte. Es war das erstemal nach einundzwanzig Jahren.«

»Kann man die Heizung zurückstellen?« Ich glaube nicht, daß ich schon wußte, was er mir damit gesagt hatte; es war nur, als hätte mein Körper eher davon eine Ahnung gehabt als mein Verstand. Fritz Lehr bediente ein paar Knöpfe. Aber mir wurde nur noch heißer.

»Du weißt, von wem ich spreche?« fragte er und fügte hinzu: »Ja, er lebt.«

Ich hörte mich fragen: »Wie kann er leben?« Ich blickte auf den Nacken von Winter. Ich saß auf der Seite hinter ihm. Ich sah den Nacken, das Stück Haut zwischen Hemd und Haaransatz. Ich glaubte, das Rasierwasser zu riechen, das er immer benützte. Ich dachte daran, daß Winter eine der beiden Personen gewesen war, die seinen Tod bezeugt hatten. Ich muß meine Frage wiederholt haben. »Wie kann er leben?«

Fritz Lehr lehnte sich in die Lederpolster zurück. »Er hat Deutschland Ende 1947 verlassen. Er ist bei Lindau über die Schweizer Grenze gebracht worden, von der Schweiz nach Italien, nach Bari, und von dort nach Südamerika. Er hat seither dort gelebt, zuerst in Argentinien, und die letzten Jahre dann in Paraguay, an der Grenze zwischen beiden Ländern. Ich will dir keinen Sand in die Augen streuen, es geschah mit unserer Unterstützung, die ganze Familie war daran beteiligt.« Er machte eine Pause und sagte dann: »Damals tauchte sein Name immer wieder auf, in einem Prozeß im Zusammenhang mit dieser scheußlichen Sache – du weißt schon; ein paar, die sie geschnappt hatten, beriefen sich auf seine Befehle. Wir mußten uns davor schützen. Er zog uns da in etwas hinein, mit dem wir nichts zu tun hatten:

Ehrengard, die nun wirklich von all dem keine Ahnung hatte, ihre fünf Kinder – und überhaupt unser Name, der Name Lehr. Vater saß in Landsberg, ein Treuhänder in der Firma, das war eine kritische Zeit, wir konnten es uns nicht leisten, mit ihm in Zusammenhang gebracht zu werden. Deshalb gaben wir das Geld. Dieser Mann in Lindau arrangierte alles, das war sozusagen die Luxusroute für gesuchte SS-Leute, mit einem vollständigen Satz ausgezeichnet gefälschter Papiere. Was blieb uns übrig, als zu zahlen? Wir haben auch später gezahlt. Es war sozusagen unser Übereinkommen – wir zahlen, und er verschwindet für immer aus unserem Leben.«
»Wer waren die beiden Toten?«
»Was meinst du?«
»Du weißt, was ich meine! Die beiden Toten, die in der abgebrannten Waldhütte gefunden wurden.«
»Das – nun, das war ein glücklicher Zufall, ein Geschenk des Himmels, das wir uns zunutze machten. Einer von unseren Waldarbeitern hatte sie gefunden. Wir waren die ersten, denen er es meldete. Gottfried und ich haben es uns angesehen; die Hütte war da noch nicht abgebrannt. Es waren zwei SS-Leute, an der eintätowierten Blutgruppe zu erkennen. Wir fanden sonst nichts, keine Papiere, keinen Hinweis; doch, da war noch etwas; sie hatten sich vergiftet. Und Boettcher hatte immer laut hinausposaunt, daß er niemals lebend in die Hände der Amerikaner fallen würde, und jedermann seine Giftkapseln gezeigt. Das brachte uns auf die Idee! Das einzige, was wir taten, war, daß wir von meinem Schwager, der sich in der Nähe verbarg, den Ehering holten und daß wir den Brand legten.«
Ich erinnerte mich an eine Bemerkung, die Gottfried Lehr gemacht hatte, als ich ihn wegen der Festschrift aufgesucht hatte. Er hatte es also auch gewußt. »Und Winter und seine Frau haben es beschworen?«
»Ihm zur Flucht zu verhelfen war eine Sache«, sagte er. »Das hieß nicht, daß sie nicht weiter nach ihm suchen würden. Das

Suchen mußte aufhören. Nach einem Toten sucht man nicht mehr. Ja, sie haben es beschworen. Ich glaube, wir haben uns alle gewundert, wie glatt es ging. Ich erinnere mich, daß der Tote, den wir ausgewählt hatten, sogar einen Bruch des linken Schlüsselbeins aufwies – genau wie Boettcher.«

Ich sah den Nacken von Winter vor mir. Ich konnte mir erklären, warum er es getan hatte und warum er dann all die Jahre geschwiegen hatte. Aber sie? Ich versuchte mich an den Abend zu erinnern, draußen auf der Veranda, als sie mir die Fotografie gezeigt hatte. »Und sie hat dem zugestimmt, seine Frau?«

»Sie mußte – es war ihr Preis. Sie glaubte nichts von dem, was man ihm vorwarf. Sie verschloß einfach die Augen, wollte es nicht glauben, aber sie fürchtete doch, daß man ihn dafür verurteilen würde. Und sie wußte, sie hatte, wenn sie nicht zustimmte, von uns nichts mehr zu erwarten. Sie stand vor der Wahl: Die Familie und damit ihr Anteil an der Firma oder er! Und sie ist jemand, der am Geld und an der Familie hängt. Sie hatte ihn geheiratet, aber sie war eine Lehr! Die Lehrs kommen zuerst, das wußte sie. Wir sind eine Familie, die in solchen Situationen zusammenhält. Heute haßt sie uns, weil wir alle gegen sie standen und sie gezwungen haben, mitzumachen, aber damals konnte sie nicht anders. Der CIC hat sie später noch mehrmals verhört, und sie wirkte sehr überzeugend. Das ist für einen Außenstehenden schwer zu verstehen, der nicht weiß, was das für uns bedeutet – die Familie und der Name!«

Hörte ich ihm zu? Verstand ich, was das alles sollte? Ich weiß nur, ich dachte: Boettcher lebt! Ich merkte, ich hatte mich nie mit der Tatsache seines Todes abgefunden, und deshalb war ich nicht eigentlich überrascht. Die Schwierigkeit war nur, Boettcher mit diesem Mann in dem Motel an der Straße nach Burgos in Verbindung zu bringen. Clemente Stoeber und Karl Boettcher – was hatten die beiden miteinander zu tun? Und – warum erzählte er mir das alles? Was bezweckte er damit?

Ich sah Fritz Lehr an und versuchte, in seinem Gesicht zu lesen. Er sah müde aus, aber sehr ruhig und gefaßt.
»Er will zurückkommen«, sagte er.
»Er will zurückkommen? Hierher?«
»Das war das, was er mir in Madrid eröffnete.«
»Wann war das?«
»Vor drei Wochen.«
Fuhren wir überhaupt? Ich wußte nur, daß wir uns in einem Gehäuse bewegten, das wie eine luftleere Kapsel war, zugeschraubt, versiegelt, das sich in Bewegung befand, einen Weg steuerte, der nicht von uns abhängig war. Vor drei Wochen, hatte er gesagt; damals war Christina aufgetaucht und hatte die Idee mit der Festschrift gehabt, und mit ihr hatte es begonnen, mit ihr war die Vergangenheit zurückgekommen. Teile zuerst, Bruchstücke, einzelne Steinchen, und dann immer weitere, so lange, bis die Vergangenheit stärker als die Gegenwart geworden war. So als habe alles auf diesen Augenblick zugeführt. »So lange schon?«
»Wir haben nach einer Lösung gesucht«, sagte der Mann neben mir. »In Madrid damals war mein erster Gedanke, es ginge nur um Geld. Wir hatten die ganzen Jahre nie einen direkten Kontakt mit ihm, aber von Zeit zu Zeit stellte er Forderungen. Irgendwo im Ausland, bei einer unserer Niederlassungen, erschien jemand und gab eine Nachricht für mich ab. Es passierte alle drei, vier Jahre. Manchmal vergingen längere Zeiträume. Die Summen waren hoch, aber nicht unverschämt. Ich habe stillschweigend gezahlt. Wie es sich jetzt herausstellt, war es ein Fehler. Aber er hielt sich an unsere Abmachung und versuchte nie, einen direkten Kontakt herzustellen. Bis vor drei Wochen.« Er wartete auf eine Reaktion von mir, aber da ich nichts sagte, fuhr er fort: »Er wartete in diesem Motel auf mich. Er ist jetzt einundsechzig. Ich fand, er sieht älter aus. Ich weiß nicht, ob er krank ist oder ob es einfach die Furcht ist, in der er gelebt haben muß. Ich weiß es nicht. Ich hatte den Eindruck, die Vergangenheit

existiert nicht mehr für ihn, das einzige, das ihn beschäftigt, ist, daß er zurück will. Das hat er sich in den Kopf gesetzt. Er will zurück. Er will Deutschland wiedersehen. Er will seine Frau sehen, seine Kinder . . . Mein erster Gedanke war, es sei nur eine neue Art, mir Geld abzunehmen.«

»Aber man würde ihn sofort . . .«

»Nein«, unterbrach er mich, »eben nicht. Die Sache ist, daß er vermutlich zurückkommen könnte, ohne daß ihm etwas geschieht.«

»Du meinst, es würde nichts geschehen?« Ich konnte nicht klar denken; ich spürte nur, daß mein Haß wuchs.

»Ich hatte ein Gespräch, gleich nach meiner Rückkehr aus Madrid. Sagen wir, eine offizielle Stellungnahme unter vier Augen. Punkt eins: Sein Paß ist gültig, und er kann einreisen und sich hier aufhalten. Punkt zwei: Karl Boettcher ist tot, und die Rechtsgültigkeit einer Todeserklärung aufzuheben ist gar nicht so einfach. Natürlich ist es möglich. Und dann? Es würde Anklage erhoben werden, aber es ist fraglich, ob sie mit einem Schuldspruch enden würde. Überlebende gab es nicht, sie müßten sich also an die Leute halten, die zum Wachkommando des Lagers gehörten. Die, die man damals gefunden hat, sind zum Tode verurteilt worden. Einige Urteile sind nicht vollstreckt worden. Aber leben die Leute noch? Und wenn sie leben, werden sie zu ihren Aussagen von damals stehen? Aber was auch dabei herauskäme, das darf nicht geschehen. Es darf diesen Prozeß nicht geben! Wir könnten die Familie gar nicht da heraushalten. Stell dir das doch mal vor! Das Ganze hätte zu keinem heikleren Zeitpunkt geschehen können. Das gäbe ein Familienjubiläum. Wir bräuchten die Festschrift erst gar nicht zu verschicken. Es muß einen anderen Weg geben.«

Ich hörte ihm zu und stellte keine Fragen. Ich war plötzlich sicher, daß er das Wichtigste noch zurückhielt. Fritz Lehr war kein Mann, der sich lange mitteilte, ohne einen Zweck damit zu verbinden. Aber welchen? Winter fuhr ruhig und stetig,

immer dieselbe Geschwindigkeit. Einmal hatte ich gesehen, wie er den Hörer des Autotelefons abnahm und in die Muschel sprach; er hatte nicht verbunden und keine Mitteilung gemacht. Andere Fahrzeuge überholten uns.
Der Wagen hatte eine Bar. Lehr klappte ein Gestell heraus und goß sich ein Glas ein. Er trank nicht, sondern hielt es in der Hand. »Das Hauptproblem ist meine Schwester Ehrengard«, sagte er dann. »Sie hatte sich irgendwie abgefunden, an den Gedanken gewöhnt, daß er tot sein könnte. Wenn sie erfährt, daß er lebt, würde sie darauf bestehen, daß er zurückkommt, und verlangen, daß man ihn rehabilitiert. Ich sag' dir, sie hat nie begriffen, wer er ist! Für sie war er immer ein herzensguter Mann. Er ist es heute, nach so langer Zeit, mehr denn je. Ich weiß, daß er auf ihre Hilfe baut. Er hat ihr geschrieben, aus Madrid, aber der alte Herr hat den Brief abgefangen. Er kann wieder schreiben. Er kann anrufen. Er sitzt in Madrid, zwei Flugstunden entfernt. Ich hab' mit ihm eine Art Stillhalte-Abkommen ausgehandelt, aber das läuft jetzt ab.«
Der Geruch des Kognaks breitete sich im Fond aus. Er trank das Glas aus und stellte es zurück. »Ja«, sagte er, als hätte ich ihm eine Frage gestellt. »Ich habe mit dem alten Herrn darüber gesprochen. Ich habe ihn früher damit in Ruhe gelassen, diesmal mußte ich es tun. Er hat das alles aufgebaut. Es ist sein Name. Er hat seine eigene Meinung dazu, und demnach liegt die Schuld bei mir. Und ich muß ihm nachträglich recht geben. Es war ein Fehler von mir, ihm immer wieder Geld zu geben. Solange er Geld hatte, fand er dort unten Unterstützung. Das ist Südamerika, nicht Europa. Er konnte alles bekommen, Pässe, Protektion, Sicherheit – solange er sich das erkaufen konnte. Hätte er nichts mehr gehabt, hätten sie ihn einfach fallen lassen, und dann säße er in irgendeinem Urwaldnest fest. Es war bestimmt ein Fehler von mir, der alte Herr hat recht. Er sagte, noch besser wäre es gewesen, jemand einen Tip zu geben, den Israelis zum Bei-

spiel. Er hat im Ernst nie daran gedacht; er meint nur, jemand, der Grund hatte, ihn zu hassen, so jemand auf seine Spur zu hetzen, das wäre besser gewesen als alles Geld.«
Ich glaube, bei diesen Worten begann ich zu ahnen, worauf er hinauswollte. Das Eigenartige war, daß ich mich immer noch ganz unbeteiligt fühlte, daß ich sicher war, er könne mich, gegen meinen Willen, in nichts hineinziehen.
»Und doch wird es wieder darauf hinauslaufen«, sagte er, Bedauern in der Stimme, über etwas, das unabänderlich war, mit dem er sich abgefunden hatte. »Es wird wieder aufs Geld hinauslaufen. Ich war noch zweimal in Madrid und habe versucht, ihn von der Unsinnigkeit seines Plans zu überzeugen. Er reagierte erst, als ich ihm sagte, daß keiner von uns ihn aufnehmen würde, auch Ehrengard nicht. Und erst recht nicht eines seiner Kinder. Er sei gestorben für sie, damals. Er muß darüber nachgedacht haben, vor allem weil sie auf seinen Brief nicht geantwortet hatte. Beim zweitenmal hatte ich ihn soweit. Es lief, wie gesagt, auf Geld hinaus. Er bekommt zweihundertfünfzigtausend Dollar und läßt uns in Ruhe. Er ist schließlich darauf eingegangen, und doch ist mir nicht wohl dabei. Es ist viel Geld, und vielleicht sieht er ein, daß es immer aussichtlos war, was er sich da vorgestellt hatte. Aber es ist keine Lösung . . .«
Ich weiß, daß ich die Frage stellte: »Warum? Warum erzählst du mir das alles? Du mußt einen Grund haben. Du erzählst mir etwas, was eure ganze Familie geheimhalten möchte. Was ist der Grund?«
Er sah mich an, als sei er verwundert über meine Frage. »Aber es geht dich an, oder? Es geht dich mehr an als alle anderen. Er hat Julia Dresslers Tod verschuldet. Wenn einer einen Grund hat, ihn zu hassen, dann du . . .«
»Gut, es betrifft mich. Aber was soll das, nach all dieser Zeit?«
Er nickte, als müsse er mir recht geben. »Ja, was soll das? Du hast recht. Und trotzdem. Sie ist tot – und er lebt. Ändert das nicht alles, daß er lebt? Aber sprechen wir nicht mehr davon.«

Er beugte sich vor und klopfte gegen die Trennwand. Winter wandte sich nicht einmal um, ich sah ihn nur leicht mit dem Kopf nicken; er schien auch jetzt zu wissen, was er zu tun hatte, was das Zeichen bedeutete. Er beschleunigte den Wagen, wohl um bei der nächsten Ausfahrt abzubiegen.
»Aber du erwartest doch etwas von mir?« sagte ich.
»Würdest du ihm das Geld überbringen?«
Ich erinnere mich an meine Reaktion nur verschwommen. Er hatte es nebenbei gesagt, so als bitte man einen Freund um eine Gefälligkeit. Ich weiß nicht, was in mir vorging. Ich saß in den tiefen Polstern, in diesem komfortablen Käfig, der einen nicht klar denken ließ. Für die Fahrer in den Wagen, die uns überholt hatten, mußten wir ein ganz alltägliches Bild abgeben: Zwei Männer, die über Geschäfte redeten. Vielleicht redeten wir über Geschäfte und nicht über Gefühle. Irgendwie war ich infiziert; vielleicht sah ich auch schon die Möglichkeit, die sich mir bot – zweihundertfünfzigtausend Dollar, eine Viertelmillion amerikanischer Dollar. Sicher ist, daß ich die Frage stellte: »Ich soll es ihm in Madrid überbringen?«
»Mir wäre lieber, jemand würde es mir abnehmen. Ich möchte nicht noch einmal mit ihm zusammentreffen. Ich habe es offengelassen, ob ich ihm das Geld persönlich übergebe oder durch einen Boten. Es handelt sich um Bargeld. Keine Schecks oder so etwas, bares Geld.«
Ich widersprach ihm nicht, sondern sagte nur: »Wie würde sich das abspielen?«
Er faßte hinter sich und legte eine flache, schwarze Tasche auf seine Knie. Er nahm einen weißen Briefbogen heraus, nun wirklich ganz so, als besprächen wir ein Projekt. »Er erwartet das Geld bis zum 7. Oktober.«
»Bis wann?«
»Bis zum Siebten. Das ist heute in einer Woche, Dienstag. Es ist abgesprochen, daß ich es bringe oder ein Bote. Er wird sich also nichts dabei denken, wenn du erscheinst. Er hat

dich nie zuvor gesehen. Es gibt keine Verbindung zwischen dir und ihm – das ist dir doch klar?«
»Wie komme ich nach Madrid, und wo übernehme ich das Geld?« Ich war jetzt ungeduldig, alles zu erfahren.
Er blickte auf den weißen Bogen. »Du würdest am Sonntag mit dem TEE von München nach Zürich fahren, dort übernachten und am Montag von Kloten nach Madrid weiterfliegen. Es wird ein Zimmer im Hotel Fénix reserviert sein. Das Fénix liegt am günstigsten, in der Paseo de la Castellana 2. Du hast nur ein paar Schritte zur Bank, der Español de Crédito in der Castellana Nummer 7, und du hast dort die Metro-Station. Du fährst mit ihr bis zur Plaza de Castilla, von dort mit dem Bus, Linie 29, bis nach Chamartin. Da nimmst du ein Taxi und läßt dich bis an die Avenida de Burgos, also die Nationalstraße 1, Kreuzung Avenida Manoteras, fahren. Es ist eine ziemlich triste Gegend, Industriezone mit Gasspeichern und Öllagern und vielen Autowerkstätten. Wenn du die Nationalstraße stadtauswärts gehst, siehst du nach zweihundert Metern linker Hand eine Renault-Werkstatt. Es ist gar nicht zu verfehlen. Gleich dahinter liegt dann das Motel. Es ist hier alles vermerkt.«
»Und das Geld?«
»Liegt in einem Safe in der Bank. Du brauchst es nur zu holen, hinauszufahren, ihm übergeben oder . . .«
»Oder?«
Aber er ging nicht darauf ein, so als habe er mich nicht gehört. Er blickte auf das Papier in seiner Hand. »Ich trage alle Spesen und zahle dir ein Honorar, sagen wir, fünftausend Dollar. Ich hasse den Gedanken, ihm eine solche Summe in den Rachen zu schmeißen, und vielleicht umsonst. Ich wollte, es gäbe eine andere Lösung.« Er schüttelte den Kopf, und wieder war es, als denke er laut. »Ein Jammer. Ein Jammer um das Geld. Zweihundertfünfzigtausend Dollar – wenn es nur einen anderen Weg geben würde! Ich würde liebend gern das ganze Geld dafür hergeben. Ich habe es sowieso abge-

schrieben, verstehst du! Wenn es eine andere Lösung gäbe . . .«
Der Wagen hatte die Autobahn an einer Ausfahrt verlassen, und wir fuhren jetzt auf der anderen Seite zurück. Lehr schob den Bogen in die Tasche zurück. »Ich nehme an, du hast einen gültigen Reisepaß.«
»Als Fotograf hat man immer einen gültigen Paß.« Ich hatte bisher nicht ja gesagt, aber für ihn schien es eine beschlossene Sache zu sein, daß ich seinen Auftrag annehmen würde. Ich glaube, ich verstand ihn nun. Vielleicht wollte ich wissen, wie weit er gehen würde, als ich sagte: »Nehmen wir an, es gäbe eine andere Lösung.«
Er zuckte nur die Achseln. »Es wäre mir das Geld wert. Aber ich sehe sie nicht. Vielleicht fällt dir eine ein. Du wirst das Geld also überbringen?«
»Kann ich es mir noch überlegen?«
»Sicher.« Er reichte mir die schwarze Tasche. »Du findest hier alles, Abflugzeiten, Adressen, Geld für deine unmittelbaren Ausgaben. Die Bestätigung von der Bank und den Safeschlüssel wirst du im Hotel Fénix vorfinden. Entschließt du dich, nicht zu fahren, gibst du mir die Tasche einfach zurück, sagen wir, bis Freitag. Höre ich nichts von dir, weiß ich, daß du reisen wirst, und wir brauchen nicht mehr darüber zu sprechen. Ach so, daß ich es nicht vergesse. Hier ist noch der Scheck über die restlichen fünftausend für die Festschrift. Ich werde mir alles ansehen, nachher in aller Ruhe, aber das wird sicher in Ordnung sein. Was ich gesehen habe, sah sehr gut aus, ziemlich überzeugend. Es war eine gute Idee von Christina, dich dafür vorzuschlagen.« Ich erinnere mich nicht, daß sonst noch etwas gesprochen wurde. Alles, was ich wollte, war, aus dem Wagen herauszukommen, Zeit zu haben zum Überlegen. Er ließ mich vor dem Haus aussteigen. Ich wartete, bis der Wagen wieder anfuhr. Ich erinnere mich an den Tag, an dem Christinas Wagen dort gestanden hatte, genau an der gleichen Stelle, der silbergraue Mercedes. War es wirklich erst drei Wochen her?
Ein Mann war dabei, die großen Plakatflächen mit einer

Zigaretten-Reklame zu überkleben. Die rostroten Plakate der Sozialdemokraten und die schwarz-weißen der F.D.P. waren schon zugedeckt. Kiesinger hatte nur noch eine Gesichtshälfte, die andere, die linke, verschwand unter einem Korb von Tabakblättern. Der Mann hatte eine Leiter gegen die Fläche gelehnt und fuhr mit einem Leimbesen über das Plakat; noch war die Fläche naß und ließ die Konturen des Gesichtes durchscheinen.

Wieviel hatte Christina gewußt? Wieviel Gottfried? Der alte Herr? War es möglich, daß all dies geplant war, von Anfang an? Oder sah ich Hirngespinste? Und war es überhaupt wichtig, jetzt? War irgend etwas anderes wichtig, außer der Möglichkeit, an das Geld heranzukommen, plötzlich, unerwartet, an ein Vermögen?

Das ganze Geheimnis besteht darin, Geld zu haben. Sie müssen nichts anderes haben als eine Menge Geld.

Ich erinnerte mich an die Worte des Arztes auf dem Gartenfest. Hier war das Geld, zweihundertfünfzigtausend Dollar. Ich dachte an ein schönes, rechteckiges Safefach, glattes mattglänzendes Zink, und die Scheine darin. Ich kannte den Dollarkurs nicht, aber es war, umgerechnet, sicher eine Million. Hat eine Million in einer Reisetasche Platz? Sicher genügte die alte Reisetasche. Und ich würde nicht lange überlegen, wie das Geld anzulegen sei, wie man Teuerung, Geldentwertung, Aufwertungsverlusten begegnen konnte, von denen auf den Wahlplakaten soviel die Rede gewesen war; man konnte es nie, nicht Leute wie ich. Ich würde das Geld einfach in ein anderes Safe legen und nehmen, was wir brauchten, Julia und ich; wenn wir fünfundzwanzigtausend Dollar im Jahr verbrauchten, dann waren das zehn Jahre. Zehn Jahre, über diesen Zeitpunkt wollte ich nicht nachdenken . . . Ich könnte mit ihr nach Tunis gehen. Tunis um diese Jahreszeit hatte sicher dreiundzwanzig Grad, die Wassertemperatur lag nicht viel darunter, einundzwanzig vielleicht. Tunis war eine gute Idee. Wenn sie auf dem Flugplatz Carthage landete, würde ich ihr die Stelle zeigen, wo ich am 7. Mai 1943 auf einer Bahre gelegen hatte, mit drei Kugeln im Bauch, an viele Schläuche angeschlossen; und keiner rechnete mehr damit, daß das Blut, das sie mir spendeten, wirklich etwas nützen würde. Es war nur folgerichtig, daß ich dort, wo ich eigentlich hätte sterben müssen, nun versuchte, ein neues Leben anzufangen . . .

Später, allein in meinem Atelier, kam mir alles unwirklich vor, die Fahrt in dem Wagen, das Gespräch mit Fritz Lehr; so unwirklich und so lange her, daß ich den weißen Bogen aus der schwarzen Tasche nahm. Ich las das Getippte, saubere, klare Buchstaben, mit einer elektrischen Schreibmaschine – und plötzlich war alles vorstellbar.

Ich sah mich, wie ich dem Plan folgte, den Instruktionen, ich sah es geschehen; ich brauchte schon gar nicht mehr auf das Blatt zu schauen; und obwohl ich nie in Madrid gewesen war, klangen die Namen für mich schon vertraut: Hotel Fénix, die Español de Crédito. Ich stieg den Schacht zu der Metro hinunter, ich bestieg den Bus an der Plaza de Castilla und das Taxi in Chamartin. Die Gasbehälter waren da und die Autowerkstätten, das Motel . . . Und dann hörte es auf – über diesen Punkt hinaus konnte ich nicht denken, versagte meine Vorstellungskraft. Die Bilder hörten einfach auf, ich kam nicht weiter; ich trat auf der Stelle, das Motel war da, und ich kam nicht näher. Aber ich fühlte etwas, was in dieser Klarheit nicht dagewesen war, während der ganzen Fahrt, während ich neben Fritz Lehr saß und er mir sagte, daß Karl Boettcher lebte – es war Haß, der alles andere auslöschte, purer, reiner Haß, eine Flamme, die ihre Nahrung in sich selber fand.

9 Ich besaß die Tasche seit vielen Jahren. Es war nicht mehr dieselbe, die ich einmal in Tunis gekauft hatte, 1942, obwohl ich es manchmal erzählte und manchmal auch fast selber glaubte; ich hatte sie in den fünfziger Jahren nach dem alten Modell fertigen lassen, dasselbe grobnarbige Schweinsleder, die verstärkten Seitenteile, die verschiedenen Fächer für die Kameras und Objektive. Sie war nun auch schon wieder so alt und verstoßen, und sie stand immer fertig gepackt, so daß ich nur noch ein paar Filme hineinwerfen mußte, der Paß steckte immer in einer der Seitentaschen, der internationale Impfschein und das Kursbuch, in dem alle internationalen Flüge verzeichnet waren.

Ich hatte entschieden, daß ich nicht mehr brauchte als diese Tasche. Es hatte einige Zeit gedauert; ich hatte Koffer gepackt, Sachen herausgenommen, andere hinzugefügt – bis schließlich einfach doch nur die Tasche blieb. Die Kameras und Objektive hatte ich weggeräumt, und der Inhalt bestand nur aus dem Paß, Rasier- und Waschzeug, Unterwäsche, einem zweiten Hemd, einem zweiten Paar leichter Schuhe, einem Pullover, den zwei schwarzen Heften mit diesen Notizen. Die fertig gepackte Tasche stand auf dem Bett, war wie ein Versprechen, das endlich eingelöst wurde; alles andere war unwichtig dagegen.

Ich hatte noch mit Thea zu sprechen. Aber ich fürchtete mich nicht mehr davor, nach dem, was ich in den letzten zwei Tagen getan hatte. Es kam mir jetzt vor, als hätte ich über die Hinterlassenschaft eines Toten verfügt: Der Verkauf der Fotoausrüstung, des Postkarten-Verlages; der Auftrag, die Uhren zu versteigern; das Zusammenstellen der Unterlagen für die Steuererklärung; die Daueraufträge für die verschiedenen Versicherungen und die Bankvollmacht für Thea. Alle diese Dinge waren mir immer, wenn ich früher daran gedacht hatte, als ein unüberwindliches Hindernis erschienen, und doch hatte ich nicht mehr als eben diese zwei Tage dazu gebraucht; ich hatte nichts vergessen, alles lag bereit in einem

Ordner, die Kontoübersichten, die Policen, bis zur Bestätigung, daß die Grabgebühren bezahlt waren.
Ich legte den Mantel neben die Tasche und wartete auf Theas Rückkehr. Es schien mir sinnlos zu warten, und ich weiß, daß ich mir überlegte, daß ich auch so gehen könnte; aber ich fand, ich war es ihr schuldig, nicht einfach nur einen Brief zu hinterlassen. Sie hatte ein Anrecht darauf, es von mir selbst zu hören, daß ich sie verlassen würde. Es änderte nichts, aber ein Anrecht darauf hatte sie. Ich hatte sie schließlich von Anfang an betrogen, sie hatte nie eine Chance gehabt – gegen einen Traum kann niemand an. Es war unfair von mir, unfair vom ersten Augenblick an.

Als ich damals Berlin verlassen hatte, an dem Tag, an dem in Werder die Bäume weiß waren vom Rauhreif und ich Julia an der Seite von Fritz Lehr aus dem Portal des Hospitals kommen sah, damals war mir zum Sterben elend gewesen – und es wäre mir beinahe gelungen . . .
Ich hatte nie zu dem forschen, wagemutigen Typ von PK-Bildberichterstattern gehört, die sich immer in den vordersten Linien herumtreiben müssen; in den über zwei Jahren in Afrika hatte ich nie etwas anderes abbekommen als eine Ruhr, und alle wunderten sich nach meiner Rückkehr über die Art, wie ich plötzlich keiner Gefahr mehr aus dem Weg ging. Es war mir nichts geschehen in den letzten Gefechten, bis auf den letzten Tag, als unsere Panzer bei Tunis noch einmal vordrangen – und ich sehe noch das Gesicht des britischen Leutnants der 11. Husaren, die Überraschung, als ich aus der Deckung des Bildberichter-Einsatzwagens, ein Horch mit Allradantrieb, herauskam, die Kamera umgehängt . . . aber so überrascht war er dann auch nicht gewesen, daß er nicht doch noch den Finger an den Abzug der Maschinenpistole gebracht hätte.
Ich weiß nicht mehr, wie sie mich zurückbrachten; das erste, was ich wieder bewußt wahrnahm, war die Sonne über mir,

die Flaschen mit dem Blutplasma und die Schläuche, an die ich angeschlossen war. Ich lag auf einer Bahre im Schatten einer Nissenhütte am Rande eines Flugfeldes.

Es schien, als habe man mich dort vergessen. Wenn ich den Kopf wandte, sah ich das Flugfeld, das Flimmern der Hitze über den Bahnen, aber nicht ein einziges Flugzeug. Ich sah Hunderte von Soldaten, aber nicht eine einzige Maschine; für mich hieß das, daß ich meinen Platz zum Sterben gefunden hatte, am Rande des Carthage-Flugplatzes, sechs Kilometer außerhalb von Tunis, in der Sonne, voller Morphium und voller fremdem Blut, das mir nichts mehr nützte. Und ich erinnere mich, daß es viele Tage gegeben hatte, an denen ich Angst vor dem Sterben gehabt hatte, aber jener Tag gehörte nicht dazu.

Ich fühlte mich ziemlich gut – besonders, als *sie* kam und sich über mich beugte und meine Hand hielt. Sie hatte den weißen Kittel an, den sie in Berlin unter dem Mantel getragen hatte, und eine weiße Haube, unter der das Haar hervorquoll; ich hörte ihre Stimme, wie sie sagte, daß es ein Unsinn sei, ans Sterben zu denken. Sie war da, die ganze Zeit, und sagte, alles würde gut, wenn ich nur den Willen hätte durchzuhalten; sie selber würde mich pflegen nachher. Aber das war nicht so entscheidend wie das andere: Sie beugte sich zu mir herunter, wurde rot dabei und flüsterte mir zu, daß wir gleich heiraten würden, in Bajohren sei das nächste Standesamt, und Dawidow würde zum Tanz aufspielen . . .

Dawidow? Aber war Dawidow nicht tot?

Unsinn! Was redete ich dauernd für einen Unsinn! Wer hatte mir nur so etwas eingeredet – Dawidow spielte besser denn je auf seiner Fiedel, und die Njanja würde ihr das Hochzeitskleid nähen, und . . .

Zwei Männer nahmen die Bahre auf; *Vorsicht*, mahnte sie, ging neben mir her und hielt meine Hand. Auf der Piste stand eine Maschine, plump und häßlich, die Motoren ölverspritzt – was für ein lieblicher Anblick, die gute Ju 52. Sie hoben

mich hinein, und sich sagte, *bitte, laß meine Hand nicht los.* Die Motoren sprangen mit einem lauten häßlichen Stottern an, und dann wurde es still.
Ich erinnere mich kaum an den Flug. Später erfuhr ich, daß es die einzige und letzte Maschine war, die an diesem 7. Mai 1943 noch Tunis verließ, und daß mehr Generale und hohe Stabsoffiziere an Bord gewesen waren als Verwundete. Daran erinnere ich mich, die Bahre war in der Mitte des Ganges abgestellt, und vor meinen Augen sah ich die vielen rotgestreiften Hosen, die karminroten Biesen . . . Das nächste, an das ich mich erinnere, ist, daß ich auf den Glasbehälter blickte, der vor meinen Augen schwebte, mit einer dunkelroten Flüssigkeit gefüllt, fast schwarz, Blutplasma, und an eine Stimme, die sagte: »Das will ich nun aber genau wissen! Wer ist sie?« Es stellte sich heraus, daß es Dr. Blum, der Stabsarzt vom Lykabettos-Lazarett in Athen, war, und daß ich immer wieder im Fieber gesprochen hatte, wobei er nur den Namen Julia verstanden hatte; was ihn schon damals mehr interessiert hatte als die Operation. Es schien, daß die alte robuste Rodenstock mir mein Leben gerettet hatte; die Kugeln hatten die Kamera zuerst getroffen, die äußerlichen Wunden war zwar größer, aber der Aufschlag hatte den Geschossen viel von ihrer Kraft genommen. Ich verlor zwei Drittel meines Magens, aber nicht mein Leben, wie ich vielleicht gehofft hatte; aber das erzählte man keinem Stabsarzt damals. Und ich traf Thea.

Nach zehn Tagen konnte ich das erstemal aufstehen, und nach weiteren acht Tagen lag ich in einem Reserve-Lazarett in einem Vorort Athens. Es war ein ehemaliges Hotel, mit hohen großen Zimmern, fünf Betten auf jeder Seite. Es gab nicht viel mehr zu tun, als auf den Betten zu sitzen und Karten zu spielen, abgesehen davon, daß in dem ehemaligen Ballsaal des Hotels zweimal in der Woche Filme gezeigt wurden und von Zeit zu Zeit Fronttheatergruppen gastierten.

Sie gehörte dazu, eine Nummer, die sich das »Siebenbürger Quartett« nannte, drei Musiker und eine Sängerin. Ihr Name stand kleingedruckt im Programmheft, Thea Pichler. Ich weiß nicht mehr viel von dem anderen Programm, es waren die üblichen Sketche, Jongleure, Schleuderbrett-Artisten, und eine Damenkapelle dazu, die größte Attraktion von allen; sechs Damen, drei dunkelhaarig und drei blond, mit drei Saxophonen; sie rissen die Männer zu wahren Begeisterungsstürmen hin, und irgendein Idiot hatte das Quartett genau vor ihrem Auftritt ins Programm genommen – und da stand sie nun, vorne an der Rampe – armes Ding.
Ich hatte eine neue Kamera und ging vor zur Bühne, nach ihren ersten Liedern, die nur mageren Applaus erhalten hatten. Sie stand da, etwas mager und sehr rührend, wie sie sich immer wieder das blonde Haar aus der Stirn strich, das ihr gar nicht in die Stirn gefallen war, sondern ganz streng an den Kopf gekämmt war mit einem Mittelscheitel. Sie war nervös von der Unruhe im Saal, von der Langeweile, die sich in Räuspern und Unterhaltungen äußerte, und wußte nicht, ob sie weitersingen sollte oder nicht, und irgendein Witzbold hinten im Saal schrie: *Weitermachen!*, und alles lachte.
Es war ihr Pech, daß man sie gleich hinter der Damenkapelle auftreten ließ und daß sie nicht *Heimat, deine Sterne, Abends in der Taverne* und *Wer ist hier jung, war hat hier Schwung* sang, sondern Lieder, die »Unsere Brüder, die Karpaten« hießen, und »Das Lämmchen«, das so begann: »Sag ihnen frei, daß ich vermählet sei / mit einer Fürstin traut, mit einer Himmelsbraut. / Als es die Hochzeit gab, fiel hell ein Stern herab, / Sonnen- und Mondenglanz hielten den Hochzeitskranz.«
Der Applaus war noch dünner und das Gelächter noch größer. Ich hob meine Kamera und machte das Bild, wie sie da stand an der Rampe. Das Blitzlicht erschreckte sie, sie wartete auf den Vorhang, aber es gab keinen, und so zog sie sich zurück in die Seitenkulissen; sie sah sich von dort noch einmal um,

blickte zu mir her, als frage sie sich, ob ich mich nicht auch nur habe lustig machen wollen über sie.
Sie traten noch einen zweiten Abend auf, und es erging ihr nicht anders als am ersten. Ich hatte die Aufnahme entwickeln und vergrößern lassen, bekam sie aber zu spät. Ich wußte, in welchem Hotel sie abgestiegen waren; ich kam am anderen Morgen gerade noch zeitig genug. Der Bus, der sie in eine andere Stadt bringen würde, zu einer anderen Vorstellung, bei der sie sicher auch nicht mehr Applaus bekommen würde, stand schon draußen vor dem Hotel. Sie war eine der letzten und wollte gerade einsteigen. Sie schleppte eine schwere Tasche, niemand half ihr, wie ich es bei den Mitgliedern der Damenkapelle gesehen hatte, deren Gesichter ich hinter den beschlagenen Scheiben des Busses sah, denn es war früh und ein kühler Morgen.
Aus der Nähe sah sie noch schlanker aus, zierlicher. Ich sprach sie an; sie blieb stehen, wandte sich unsicher um, erkannte mich zuerst nicht wieder. Ich sagte, daß ich eine Aufnahme von ihr gemacht hätte. Sie stellte die Tasche ab und betrachtete den Abzug, überrascht, so als blicke sie auf die Fotografie einer Fremden. Ich erinnere mich, daß ihr Siebenbürger Dialekt durchkam, als sie sagte: »Das bin ich?«
»Gefällt Ihnen die Aufnahme nicht?«
Sie schütteltel den Kopf, und ich dachte, was für ein Jammer, daß sie ihre Haare nicht offen trägt, warum sagt ihr das niemand. Sie lassen sie nach der Damenkapelle auftreten, und dazu diese unmögliche Frisur!
»So hat mich noch niemand fotografiert«, sagte sie. »Ich meine, das ist sehr schmeichelhaft. Sehe ich wirklich so aus?«
»Sie sehen noch besser aus in Wirklichkeit. Aber Sie sollten Ihr Haar offen tragen.« Der Fahrer hupte, sie wollte mir das Bild zurückgeben, aber ich sagte: »Das ist für Sie. Ich habe es für Sie gemacht.«
Ein Mann erschien in der Tür und forderte sie auf, endlich einzusteigen. Ich sah die Gesichter der Mädchen von der

Damenkapelle, die ihre Stirnen gegen die Scheiben preßten, all die netten Mädchen, die heute abend wieder allen Beifall einheimsen würden, und so sagte ich:
»Sagen Sie, können wir uns wiedersehen?«
»Ich weiß nicht. Wollen Sie wirklich?«
»Ja, bestimmt. Schreiben Sie mir. Oder rufen Sie an. Bald, ja!«
Sie rief noch am gleichen Abend an. Der Telefonanschluß befand sich am Gang in einem Alkoven voller wild wuchernder Pflanzen und hoher Gummibäume. Es war spät, als der Anruf kam, und mein erster Gedanke war, daß es Julia sei, aber eine fremde Stimme sagte: »Ich hab' versprochen anzurufen.«
»Ja, natürlich. Wo sind Sie?«
»In Larissa.«
»Wie war es heute abend?«
»Hoffnungslos. Ich sollte es aufgeben.«
»Schön, daß Sie anrufen.«
»Sind Sie sicher, daß das wirklich ich war auf der Fotografie?«
»Aber ja.«
»Ich nicht.« Es gab eine Pause, und das Gespräch hätte genausogut zu Ende sein können, aber dann sagte sie: »Ich hab' das Haar offen getragen.« Ich hörte sie lachen. »Aber es hat nichts genützt. Es ist wirklich hoffnungslos mit mir. Sie müssen sich geirrt haben.«
»Geht es morgen weiter?«
»Ja.«
»Machen Sie nie eine Pause?«
Sie zögerte und sagte dann: »Doch.«
»Wann?«
»In zehn Tagen.«
»Und wo?«
»In Schulerau.«
»Wo liegt das?«

»Bei Kronstadt. Wo die Lieder herstammen, wissen Sie. Ich bin dort zu Hause.«
»Das liegt gar nicht so weit weg. Was würden Sie sagen, wenn ich hinkomme?«
»Ist so etwas möglich?«
Ich sagte irgendeine Banalität, so etwas wie *Wo ein Wille ist, da ist auch ein Weg* – und nach meiner Entlassung verbrachte ich die drei Wochen meines Genesungsurlaubs in Schulerau, und am vorletzten Tag heirateten wir.
Ich hatte Julia geschrieben, daß ich heiraten würde, und wartete auf Antwort. Ich weiß nicht viel von den drei Wochen dort, außer eben, daß ich jeden Tag auf einen Brief von Julia wartete, in dem stehen würde, was für einen Unsinn ich schon wieder mache, jemand andern zu heiraten, wo sie mich doch liebe. Der Brief kam nicht.
Thea und ich wohnten im »Butschetsch« in Schulerau, einem der beiden Hotels, die ihrem Vater gehörten und zu dem die Leute aus Kronstadt am Sonntag hinauswanderten, um dort zu essen und die Karpatenhirsche und die Bären in den Gehegen, die zum Hotel gehörten, zu besichtigen; Gebirgsbären, die, wie Thea sagte, zu den schönsten und größten der ganzen Welt gehörten. Der Brief kam nicht, und so heirateten wir. Wir fuhren in einem offenen Tatra zur Trauung in die »Schwarze Kirche« nach Kronstadt; Thea sah glücklich aus und schön. Sie trug viele bunte Bänder im Haar; sie flatterten im Fahrtwind hinten über das offene Verdeck des Tatra hinaus. Arme, glückliche Thea – selbst an diesem Tag hing ich meinem Traum nach; ich weiß, daß ich immer wieder in die linke Seitentasche meines Rockes griff, nicht, um nachzuprüfen, ob ich die Ringe nicht vergessen hatte, sondern um festzustellen, ob das Schmucktelegramm von Julia, mit dem sie mir gratuliert hatte, noch dort war.
Thea kam zu einem Besuch zu meinen Eltern, und wir verbrachten gemeinsam noch einen Urlaub, dann sollten wir uns fünf Jahre nicht wiedersehen. Als Gottfried Lehr meine

Versetzung nach Neuschwanstein erreichte, hatte ich ihr vorgeschlagen, zu meinen Eltern zu ziehen; aber sie wollte ihren Vater nicht allein lassen. Sie hatte das Fronttheater aufgegeben und arbeitete in dem Hotel in Schulerau. Als dann Ende 1944 die deutsche Front im Südosten zusammenbrach, hätten sie immer noch die Möglichkeit gehabt zu fliehen, aber ihr Vater wollte seine Hotels nicht im Stich lassen, und er hoffte wohl, daß alles nicht so schlimm kommen würde.
Ich wußte dann fast zwei Jahre nicht, ob sie überhaupt noch lebte, bis über das Rote Kreuz ein Lebenszeichen von ihr kam. Ihr Vater lebte nicht mehr, ihre Mutter schlug sich mit Gesangsstunden durch; es vergingen fast weitere drei Jahre, bis ich sie beide herausholen konnte, bis ich nach Kronstadt fahren konnte, Braşov natürlich dann.

Damals, 1950, nach fünf Jahren, waren wir uns wie Fremde gegenübergestanden. Wir hatten beide den Willen, neu anzufangen – aber zuviel war geschehen, ihr und mir. Ich sprach nie von Julia, berührte nie ihren Tod, und sie sprach nicht vom Tod ihres Vaters und von den Tagen, als die Russen die beiden Hotels beschlagnahmt und sie auf die Straße gesetzt hatten. Wir versuchten, die zerbrochenen Stücke wieder zusammenzufügen; wir versuchten es und scheiterten.
Sie hatte damals zu trinken begonnen, für mich etwas völlig Neues; sie hatte früher nicht einen Tropfen angerührt, an unserer Hochzeit war sie von einem Glas Champagner beschwipst gewesen. Die Kolleginnen vom Fronttheater tranken alle mehr oder weniger kräftig, abends nach den Vorstellungen, mit den Offizieren. Sie hatte sich immer davon ausgeschlossen, sie glaubte, es schade ihrer Stimme. Doch jetzt trank sie, und sie begann Schlager in amerikanischen Clubs zu singen.
Es war ihre Idee. Sie meinte, sie wollte nicht von mir abhängig sein und etwas tun – und sie begann von heute auf morgen zu »tingeln«, wie sie es nannte. Der Mann, der

damals im Südosten die Fronttheater organisiert hatte und jetzt ein bekannter Agent war, hatte ihr das Engagement vermittelt. Auch das war seltsam; denn wenn Thea früher etwas verachtet hatte, so waren es *gute* Sängerinnen, die sich dazu hergeben, *billige* Schlager zu singen. – Sie sang in amerikanischen Clubs, an denen die Namen immer das Glanzvollste waren. Das Sechs-Mann-Orchester, mit dem sie sang, nannte sich *The Alpine Swingers*, und sie sang *Don't fence me in* und *I'm in the mood for love* anstelle von *Sag ihnen frei, daß ich vermählet sei.*

Es gibt Schnappschüsse von ihr aus jener Zeit: Eine schlanke Blondine in einem langen Kleid, die Arme an den Seiten herabhängend, das immer ernste Gesicht über das Mikrofon geneigt; im Hintergrund fünf Männer an ihren Instrumenten, hohlwangig, kurzgeschoren, wie es heute scheint, und nur auf die Pausen wartend, auf das *free meal* und das Päckchen *Amis* für jeden von ihnen. Thea lächelte auf keinem der Schnappschüsse; denn sie vergaß nie, daß sie ihre Stimme *vergeudete* vor auf den Fingern pfeifenden GIs. Das Höchste, was sie erreichte, war ein Drei-Wochen-Engagement in der Casa Carioca in Garmisch – damals *der* Club der U.S.-Zone – und zwei Schallplatten mit ihr und dem Orchester; Schelllackplatten, die sie später, beabsichtigt oder nicht, in einem Rausch zertrümmerte; denn das war mir klargeworden, sie betrieb das Ganze als eine Art Selbstbestrafung, weil sie es als ernsthafte Sängerin nie weit genug gebracht hatte.

Was sie dann bewog, damit aufzuhören, und, von einem Tag auf den anderen, auch das Trinken einzustellen, war das Kind – Julia. Ich hatte ihr nicht sofort davon erzählt. Ich fuhr fast jedes Wochenende nach Lauingen, um Julia zu besuchen, oder schützte Reisen vor. Es war jedesmal eine Qual, sie dort allein zurücklassen zu müssen, zu sehen, daß man schon wieder ihre schönen langen dunklen Haare abgeschnitten hatte, die häßlichen Nesselkleider, in die man sie steckte. Sie nannten sie auch nicht Julia – was für ein weltlicher Name –, sondern

immer *Die Kleine Schwester Severa.* Sie war jetzt fast sechs, und mit jedem Besuch wurde es schwerer, sie beim Abschied dann am Ende der langen Allee stehen zu sehen, wie sie mir nachwinkte, bis eine der Schwestern sie an die Hand nahm und wegzog.
So raffte ich mich endlich auf und sprach mit Thea darüber. Ich hatte so lange dazu gebraucht, über ein halbes Jahr, weil das erste, was Thea mir nach ihrer Rückkehr gesagt hatte, war, daß sie keine Kinder wünsche: Nicht in dieser Zeit und nicht in dieser Welt; es war unfair, so sagte sie, jemand auf die Welt zu bringen, der nicht die Möglichkeit habe, sich dagegen zu wehren. So war ich nicht sicher, wie sie reagieren würde, als ich endlich mit ihr über Julia sprach; halbherzig, unsicher, denn sie trank zu jener Zeit mehr denn je. Ihre Reaktion kam vollkommen überraschend für mich. Sie drängte darauf, sofort nach Lauingen zu fahren, noch am selben Tag. Ich hatte ihr wenig erzählt von der Mutter, sie fragte nicht danach, weder damals noch später. Sie wußte nicht, wer der Vater war, nur, daß ich es nicht war, daß das Kind aber nie etwas anderes erfahren dürfe. Für Julia war ich ihr Vater, und das sollte so bleiben.
Als wir am Abend zurückfuhren, saß Julia bei uns im Auto. Thea hatte darauf bestanden. Sie hatte sich mit den Nonnen auseinandergesetzt: Keinen Tag länger sollte das Kind bleiben, jetzt, wo es einen Vater *und* eine Mutter hatte. Ich hatte mich gründlich in ihr getäuscht. Sie brach sofort mit den *Alpine Swingers*, und sie hörte von heute auf morgen mit dem Trinken auf. Als Julia zu uns kam, änderte sich alles.
Denke ich heute daran, so weiß ich, diese nächsten zehn Jahre waren die besten in Theas Leben, und, nebenbei, auch in unserer Ehe. Es war für jeden immer erstaunlich, wie ähnlich Julia mir als Kind sah; dieselbe Gesichtsfarbe, der gleiche Körperbau, die gleiche Art, zu gehen und sich zu bewegen, und diese Neigung, bei Dingen, die man sehr konzentriert tat, die Lippen offen zu haben. – Es hinderte Thea nicht daran, in

Julia ihr Kind zu sehen. Julia war genau so, wie Thea sich eine Tochter wünschte: Sehr scheu und zurückhaltend gegenüber anderen Menschen; sehr ernsthaft und besonnen, in allem, was sie tat – Julia kam nie eine Minute zu spät; sie verlangte, als sie älter wurde, nie, allein ausgehen zu dürfen am Abend; sie aß kein Eis, wenn es noch zu kalt dazu war; sie protestierte nie gegen ein Kleid, das Thea für sie aussuchte, oder gegen die Frisur, die diese bestimmte. Und sie belohnte Theas Anstrengungen: Bei Julias Zeugnissen brauchte man die Noten gar nicht zu lesen – man sah auf einen Blick die doppelte Reihe kleiner, aufrecht stehender Symbole, lauter Einser. Und was das schon für eine Tragödie war, wenn auch nur eine einzelne unbeholfene Zwei dazwischen das Bild störte.
Die erste Unstimmigkeit gab es, als Julia begann, Tennis zu spielen. Von Anfang an hatte Thea sich dagegen ausgesprochen; es lenke das Kind von wichtigeren Dingen ab, stehle ihr wertvolle Zeit für die Schule und, davon war sie nicht abzubringen, es *verunstalte* Julias Körper. Ich verstand lange nicht Theas übertrieben heftige Reaktion, verstand nicht, daß es die ersten Anzeichen einer tiefen Eifersucht waren, die sich gegen alles richtete, was Julia und mich zusammenbrachte.
Es kam dann fast zum Bruch, als Julia verkündete, sie werde die Schule nach der mittleren Reife verlassen, trotz ihrer vielen Einser. Es war dies allein Julias Entschluß, unbeeinflußt von mir. Thea kämpfte um Julia, mit Beschwörungen und Tränen: Sie mußte einfach die Schule zu Ende machen. Sie mußte studieren. Nur ein Studium sicherte ihr Unabhängigkeit. Aber Julia war mit sechzehn kein Kind mehr. Sie hatte sich entschieden, stellte uns vor vollendete Tatsachen. Sie würde nach Pforzheim gehen, eine Lehre und ihr Diplom als Goldschmiedin machen und Tennis spielen. Es war alles geregelt, der Besitzer einer großen Schmuckwarenfabrik, ein Mann aus der großen Zeit des Tennissports, ein Tennispionier und jetzt ein Förderer des *Weißen Sports*, hatte sie auf einem Jugendturnier spielen sehen und ihr seine Unterstützung

angeboten. Sie würde alle Zeit bekommen, die sie zum Training und zum Reisen brauchte, und sie würde trotzdem einen Beruf lernen. Natürlich hätte die Möglichkeit bestanden, die ganze Diskussion mit einem Verbot zu beenden, aber dazu kam es nicht; Thea stimmte zu. Es war nicht endgültig, sie versuchte weiter, Julia umzustimmen, sie zu überzeugen, daß sie eine falsche Entscheidung getroffen hatte, aber ihr Widerstand wurde immer schwächer. Sie gab es schließlich ganz auf und fand sich damit ab, daß wir beide, Julia und ich, nun viel zusammen auf Reisen waren, daß ich, wo immer es ging, Julia zu den Turnieren begleitete. Arme Thea – sie hatte mich ein zweites Mal an Julia verloren.

Sie hatte damals, als Julia wegzog, wieder zu arbeiten begonnen und, wie ich bald bemerken sollte, zu trinken. Sie machte ihren Führerschein, vor sechs Jahren jetzt, mit einundvierzig, und sie wurde eine jener Avon-Damen – *Avon läutet an Ihrer Tür.* Sie war oft eine ganze Woche unterwegs, übernachtete in kleinen Hotels; es war nicht schwer, sich die Zimmer vorzustellen, die langen Abende, Gespräche mit anderen Reisenden. Hin und wieder blieb sie ein paar Tage zu Hause – kleinere Reparaturen an ihrem Wagen, Blechschäden, die sich häuften. Ich kam erst dahinter, was das bedeutete, als sie längere Zeit ganz zu Hause blieb und ein Gerichtsreporter mir von der Verhandlung erzählte: Ein Unfall, den sie abends auf der Heimfahrt gehabt hatte, Totalschaden: Niemand sonst war daran beteiligt, niemand verletzt worden, aber da die Blutprobe 2,8 Promille ergab und es schon vorher eine ganze Reihe von Übertretungen derselben Art gegeben hatte, lautete das Urteil diesmal auf Entzug der Fahrerlaubnis für acht Jahre. Danach hatte sie dann die Stelle in München angenommen, im Instiut Ilona, fuhr jeden Morgen nach München und kehrte mit dem Zug zurück.

Ich stand am Fenster, als das Taxi vorfuhr. Es war derselbe Fahrer in der schwarzen Lederjacke, und sie trug dasselbe

Kostüm. Sie verabschiedete sich nicht gleich von ihm, sondern sie standen eine Weile auf dem Bürgersteig vor dem Wagen und redeten miteinander. Und ich dachte, was kann ich sagen, was noch nicht gesagt worden ist. Ich blickte auf die gepackte Tasche und den Mantel, und wieder war ich in Versuchung, ohne eine Wort zu gehen. Ich hatte die Gewißheit, daß sie besser dran sein würde, wenn ich sie erst verlassen hatte, nicht sofort, nicht morgen, aber sicher in der Zukunft.

Als ich auf den Vorplatz hinaustrat, stand sie vor der Tür auf der anderen Seite und suchte nach dem Schlüssel in ihrer Handtasche. Sie hörte mich, aber wandte sich nicht um, sondern suchte weiter, nervös jetzt. Ich dachte, besser, du läßt sie erst ihr erstes Glas haben, und sagte nichts. Aber dann, den Schlüssel in der Hand, sah sie mich an. Sie versuchte zu lächeln, dieses leicht erschreckte, verquere Lächeln, das sie immer aufsetzte, wenn es darum ging, sich einem zu entziehen.

»Hallo«, sagte ich, wie zu einer Fremden. »Wie war der Tag?«

»Nicht anders als sonst.«

Ich wunderte mich, daß sie nicht aufschloß, sondern immer noch den Schlüsselbund in der Hand hielt, an dem aus Gewohnheit noch die alten Autoschlüssel hingen. »Ich hätte dich gerne gesprochen«, sagte ich, »irgendwann in der nächsten Stunde, wenn du Zeit hast.«

Sie kam herüber. Der Rock war sehr eng, und sie machte kleine Schritte. Jetzt erst fiel mir auf, daß sie keine Perücke trug. Ich hielt die Tür für sie auf. Als sie das Atelier betrat, war das erste, was sie sah, die Tasche auf dem Bett und der Mantel, und sie schien sich klar zu sein, was es bedeutete. Sie stand davor. Und immer noch mit dem Rücken zu mir, hörte ich sie sagen: »Du verläßt mich?«

»Ja. Ich nehme den nächsten Zug.«

Alles, was sie darauf sagte, war: »Ist das alles, was du mitnimmst?«

»Ja.«
»Was ist mit den anderen Sachen? Wirst du sie holen lassen?«
»Nein. Ich habe alles, was ich brauche.« Ich sagte ihr, was ich in den letzten drei Tagen getan hatte, und zeigte ihr den Ordner. »Auf dem laufenden Konto sind siebenundzwanzigtausend Mark«, sagte ich schließlich, »auf dem Depotkonto sechzigtausend in Papieren. Ich schätze, daß die Uhrensammlung zwanzigtausend bringen wird, für die Fotoausrüstung bekommst du zehntausend, und ich hab' den Postkarten-Verlag für vierzigtausend verkaufen können, zahlbar in vier Jahresraten. Dazu kommen die auf die Lebensversicherung eingezahlten Beträge.« Es schien grausam, es ihr so aufzuzählen, aber es mußte sein.
»Willst du keine Scheidung?«
»Für mich ist es nicht wichtig.« Ich hatte daran gedacht, aber es würde schwierig sein, Julias Geburtsschein zu ändern, ohne Erklärungen abzugeben, die ich nicht abzugeben wünschte. »Wenn es wichtig für dich ist, du kannst sie haben. Böswilliges Verlassen ist ein guter Grund.«
Sie sah sich im Raum um. »Und das alles? Die Bücher, die Fotografien?«
»Ich brauche nichts davon.«
Sie schien zum erstenmal erschreckt, so, als sei es weniger schrecklich, daß ich sie verlassen würde, als daß sie nun dastünde mit all den Sachen und nicht wisse, wohin damit. Sie gehörte zu den Menschen, die nichts wegwerfen konnten. »Was soll ich mit den Sachen machen? Wo soll ich hin damit?«
»Ich kann jemand anrufen, der die Sachen abholt, wenn das deine Sorge ist«, und sie sagte wirklich: »Ja, bitte, tu das, ich wüßte nicht, an wen ich mich da wenden könnte.«
Es war absurd, daß das ihr Kopfzerbrechen machte, aber es war so, und es erleichterte alles; aber dann sagte sie unvermittelt: »Du verläßt mich also. Liebst du sie?«
Sie brauchte den Namen nicht auszusprechen. »Ja«, sagte ich.

Es schien mir einfacher, ja zu sagen, als jetzt noch lange mit ihr zu diskutieren.
»Wirst du es ihr sagen?«
»Ich wäre ohnehin gegangen. Ich hätte es schon lange tun sollen. Hätte ich es früher getan, hättest du noch eine Chance gehabt. Vielleicht hast du sie noch. Jedenfalls ist es das beste, was ich tun kann, und ich hätte es schon lange tun sollen.« Sie wandte sich um, und sie lächelte. Ein etwas mühsames Lächeln, aber nicht mehr das verquere von zuvor. Ich hatte nicht damit gerechnet, daß sie alles so ruhig hinnehmen würde, und dieses Lächeln überraschte mich noch mehr.
»Ich hatte meine Chance«, sagte sie, »oder nicht?«
Wäre ich ehrlich gewesen in diesem Augenblick, hätte ich gesagt, nein, du hattest nie eine, denn selbst damals, als wir heirateten, liebte ich eine andere; aber ich sagte nichts. Ich nahm meine Hausschlüssel und legte sie neben den Ordner. Es gab für unsere Hausbesitzerin nicht Schlimmeres, als wenn Schlüssel verlorengingen und nachgemacht werden mußten. Ich hätte beinahe eine Bemerkung darüber gemacht. Sonst fiel mir nichts ein, was ich noch hätte sagen können.
»Hast du je daran gedacht, daß du sie verlieren könntest, wenn du ihr sagt, daß du nicht ihr Vater bist, sondern du sie liebst?«
Natürlich hatte ich daran gedacht. Ich war vertraut mit dem Gedanken – was, wenn ich Julia verlor? Ich hatte mir diese Frage in den letzten Jahren oft gestellt, immer dann, wenn ich soweit gewesen war, es ihr zu sagen. – Ihrer Liebe zu mir als Vater konnte ich sicher sein, aber könnte ich erwarten, daß sie mich auch anders lieben würde? »Ja«, sagte ich. »Ich habe oft daran gedacht.«
»Und was geschieht, wenn du sie verlierst?«
»Es wird nicht geschehen. Und wenn, wird es mich nicht zurückbringen.« Ich wunderte mich wieder über ihre Ruhe und vor allem darüber, daß sie nicht unruhig wurde, weil sie immer noch nichts zu trinken bekommen hatte. Aber viel-

leicht würde sie auch damit aufhören, wenn ich nicht mehr da war.

»Das weiß ich. Davon spreche ich nicht.« Sie schüttelte den Kopf, wie über etwas, das ihr Kopfzerbrechen machte. »Es ist nicht möglich«, sagte sie, »das, was du willst, es ist nicht möglich.«

Ich blickte sie verwundert an. »Was ist nicht möglich?«

»Es ist hoffnungslos. Wenn du nur es begreifen würdest. Ich hasse es, es zu sagen, da es so klingen muß, als wolle ich noch etwas für mich. Du glaubst, du liebst sie, aber das ist nicht die Wahrheit. Du meinst nicht sie, sowenig wie du mich gemeint hast. Es war hoffnungslos für mich, und es würde hoffnungslos für sie sein. Begreif es doch endlich! Du hast immer nur eine Frau geliebt, und du tust es noch. Es klingt abnormal, aber ich weiß, daß es so ist. Und vielleicht hast du recht – vielleicht ist es die einzige Art, jemand zu lieben und sicher zu sein, daß sich nie etwas ändert daran . . . Es ist unmöglich, dagegen anzukommen. Es war mir unmöglich, und es wird Julia unmöglich sein.«

Ich sah sie an. Ich hatte sie lange nicht mehr richtig angesehen. Selbst mit all den Jahren auf ihrem Gesicht und der Schminke und dem Puder war etwas da von dem Mädchen, das dort oben auf der Bühne gestanden hatte, ganz vorne an der Rampe, und krampfhaft lächelte und wartete, daß der Vorhang endlich fiel, während es im Saal immer unruhiger wurde und immer mehr lachten. Einmal war ich fähig gewesen, sie es vergessen zu lassen, diesen Abend und andere Dinge. Und dann, plötzlich, konnte ich es nicht mehr. Das war unsere Geschichte. Mehr gab es nicht zu sagen darüber. Man konnte einen Menschen glücklich machen, und dann konnte man es nicht mehr. Ich fühlte Trauer, nicht um sie, nicht um mich, fühlte einfach Trauer, weil so etwas geschehen konnte. Aber es geschah. Es geschah jeden Tag. Das war der Weg, den alle Liebe ging. Und es erschreckte mich – daß eines Tages, in der Zukunft, es wieder geschehen würde mit Julia und mir.

Vielleicht hatte sie recht. Mit *Julia* war dies nie geschehen. Aber auch der Gedanke war nur bitter und traurig.

10

Den Freitag verbrachte ich zum größten Teil in der Klinik, und am Samstagmorgen holte ich mir von Professor Blum das Ergebnis. Ich hatte viele Tests durchlaufen, Blutproben, Abstriche, EKG und EEG, Augenuntersuchung, Röntgenaufnahmen vom Knie, vom Magen, der Lunge, die ganze lange Liste, die Blum angekreuzt hatte. Und weil ich einer seiner bevorzugten Patienten war, hatte Blum die wichtigsten Ergebnisse in vierundzwanzig Stunden vorliegen: Ich hatte etwas Untergewicht, mein Blutdruck war etwas zu niedrig, aber das war er seit vielen Jahren, und Blum hatte mir immer versichert, damit könne man sehr alt werden, und er versicherte es mir an diesem Morgen. Er fand mich ein wenig nervös, überreizt, und er stellte seine alten Fragen: Haben Sie Schwierigkeiten beim Schlafen? Kopfschmerzen? Schlechte Träume? Plötzliche Erinnerungslücken? Er war etwas enttäuscht, als ich alles verneinte.
Er fragte mich dann, ob ich bereit sei, diesen neuen amerikanischen Test zu machen, von dem er auf dem Gartenfest gesprochen hatte. Ich erinnerte mich kaum, aber das kannte ich schon von ihm: Er unterwarf Patienten, die er gut kannte, Tests, natürlich ohne, wie er dabei immer betonte, den Kollegen von der Psychiatrie ins Handwerk pfuschen zu wollen. Er interessierte sich nun einmal *für meinen Fall,* seit damals in Athen. Er überreichte mir ein dickes Bündel, von einem Computer ausgedruckte Fragen. Fünfhundert Fragen, die ich ganz spontan mit RICHTIG oder FALSCH zu beantworten hätte. Es sei das Neueste und Beste, und ein IBM-Computer würde dann in Sekunden sagen, ob ich normal sei oder non

compos mentis. Das heißt, der Computer würde genauer sein und ausdrucken, ob ich introvertiert, hysterisch, hypochondrisch, paranoid, psychasthenisch, psychopathisch, manisch depressiv oder schizophren sei; das waren die acht Möglichkeiten; nicht in so kurzen Begriffen natürlich, sondern in umständlichen medizinischen Ausdrücken. Ich hatte nur einen Blick auf einige Fragen geworfen – *Ich habe das Gefühl, die Leute reden hinter meinem Rücken/Ich glaube an Engel/Ich wünschte, ich wäre tot* – und dann das Ganze in einem Kuvert mitgenommen, fünfhundert Fragen, ohne die Absicht, sie zu beantworten . . .

Ich hatte mich mit Julia im Doerner-Institut verabredet. Es war Samstag, aber sie wollte an diesem Morgen mit dem Holbein fertig werden; wir wollten uns dann zusammen die Wohnung ansehen – sie hatte endlich die richtige gefunden, und der Makler verlangte noch heute eine Entscheidung.

Ich hatte sie gestern nicht mehr gesehen, nach den Untersuchungen in der Klinik, die mich immer deprimierten. Ich hatte den Abend allein im Hotel verbracht. Ich brauchte Zeit; Zeit zum Überlegen, was ich ihr sagen sollte; ich hatte mir ausgedacht, daß es das beste war, mit ihr zu verreisen, irgendwohin, an einen fremden Ort, so daß, wie immer sie aufnehmen würde, was ich ihr zu sagen hatte, es an einem Ort geschah, an den ich dann nie mehr zurückkehren mußte; es gab genug Plätze in meinem Leben, die mit schmerzlichen Erinnerungen verbunden waren, ich wollte ihnen keine neuen hinzufügen.

Das Institut befindet sich in einem der beiden Gebäude, die man früher als »Führerbauten« bezeichnet hatte, häßliche Steinklötze mit zwei Fahnenstangen, die über die beiden Eingänge hervorragten wie zwei Galgen. Die Räume und Keller hatten einmal die Zentralkartei der NSDAP enthalten und im Krieg dann waren sie, wie das Schloß Neuschwanstein, mit Kunstschätzen angefüllt worden. Wenn ich früher Julia dort abholte, hatte ich nie daran gedacht, aber jetzt

schien es überhaupt nicht mehr möglich zu sein, einen Ort zu finden, der bei mir keine Erinnerungen auslöste.
Ich ging auf den Bau zu, als der Wagen vorfuhr; es war der Mercedes, und Lehr und Winter stiegen aus. Winter öffnete den hinteren Kofferraum und holte ein flaches, in braunes Papier verpacktes Paket heraus. Er trug es Lehr voraus die breiten Treppen hinauf, und dann verschwanden beide unter den Säulen. Ich hatte Lehr am Freitag nicht angerufen. Er wußte also, daß ich seinen Auftrag angenommen hatte und nach Madrid fahren würde. Er hatte sicher nichts anderes erwartet; Fritz Lehr war ein Mann, der sich seiner Sache immer sehr sicher war.
Ich wartete; nach einer Weile sah ich Winter wieder herauskommen, allein. Er setzte sich hinter das Steuer, nahm eine Zeitung und begann darin zu lesen. Ich blickte hinauf zu den Fenstern im zweiten Stockwerk, die zwei Fenster auf der äußersten rechten Seite, hinter denen Julia arbeitete. Ich war sicher, daß er jetzt dort war, und einen Augenblick dachte ich, daß sich dieselbe Szene wiederholen könnte: Julia, die an der Seite von Fritz Lehr aus dem Portal trat, Winter, der ihnen den Schlag öffnete und mit ihnen wegfuhr . . . ich brauchte wirklich einen Computer-Test, und es war klar, was er sagen würde – ein Mensch, der sich dauernd erinnerte, konnte nur schizophren sein.
Ich wartete. Ein Polizist kam zweimal vorbei, einen Block in der Hand, und ich sah ihn Zettel hinter die Windschutzscheibe von zwei Wagen stecken. Winter hatte das Seitenfenster heruntergedreht. Er und der Polizist unterhielten sich angeregt, und Winter erklärte ihm irgend etwas am Wagen; vielleicht die Vorteile des hydraulischen Systems. Ich sah nicht, daß er einen Strafzettel bekam. Wenn Julias Wagen nur zehn Minuten dort stand und wir zurückkamen, hing bestimmt einer dran. Es war sicher kein Zufall, es waren der Mercedes, Winter – und der Geruch von Reichtum, der davon ausging. Und ich dachte plötzlich: Ich werde auch reich sein!

Der Gedanke überraschte mich. Ich hatte das Geld in den vergangenen Tagen vergessen. Wegzugehen, die Gespräche mit Thea hinter mich zu bringen, mit Julia zu sprechen – das hatte mich beschäftigt, nicht der Gedanke an das Geld. Aber jetzt dachte ich daran und an alles, was es bedeutete, eingeschlossen freundliche, nette Polizisten. Ich dachte nicht daran, was von mir erwartet würde für das Geld. Es schien keinen Zusammenhang zu geben. Ich sah einfach das Geld, das Safe, die vielen gebündelten Scheine; es wartete auf mich, ohne daß eine Verpflichtung daran hing.
Wie lange brauchte er eigentlich? Das Institut nahm nur in seltenen Ausnahmefällen Aufträge von Privatpersonen entgegen. Sie hatten mit den eigenen Bildern genug zu tun; die Depots standen voller Bilder, die nie gezeigt worden waren, weil sie mit dem Restaurieren nicht nachkamen.
Aber natürlich würden sie bei Fritz Lehr eine Ausnahme machen. Er würde seinen Willen bekommen. Er bekam ja immer alles.
Was hatten sie miteinander zu reden, Julia und er? Er hatte kein Recht, bei ihr zu sein – und dann kam mir der Gedanke, daß er ihr Vater war. Ihr Vater? Der Gedanke schien so absurd wie der andere, daß er ihr Liebhaber werden könnte! Ihr Vater! Das gab ihm kein Recht. Julia selber hatte es gesagt, *der Vater wird dich nicht stören. Er weiß nichts von dem Kind. Es ist ganz mein Kind, und ich will nicht, daß er es je erfährt.* Aber mußte es Julia jetzt nicht erfahren? Lehr bekam, was er wollte, Julia hatte ihn nicht geliebt, und doch war es geschehen. Ich mußte es ihr sagen. Aber wie konnte ich es, ohne mein Versprechen zu brechen? Mein Versprechen an Julia – sie zählten immer noch mehr als alles andere.
Vielleicht sollte ich doch die Testfragen beantworten: Ich habe das Gefühl, die Leute reden hinter meinem Rücken: FALSCH. Ich glaube an Engel: FALSCH. Sie haben manchmal Selbstmordgedanken: RICHTIG. Sie wünschten, Sie wären tot: FALSCH. Sie sitzen möglichst immer mit dem

Rücken zur Wand: FALSCH. Sie haben manchmal das Gefühl, Sie müßten flüchten: RICHTIG. Sie wollten sich als Kind nicht vor anderen ausziehen: RICHTIG. Sie lehnen ihren Vater ab: FALSCH. – Ich würde nie die Antwort des Computers zu Gesicht bekommen, ich war auch nicht interessiert daran. – Der Angeklagte befindet sich außer Landes: RICHTIG, dachte ich.
Winter war ausgestiegen, und nun erst sah ich Fritz Lehr. Er war allein und ohne das Paket. Er trug wieder einen dieser blauen Anzüge, aber er hatte sich verändert seit Dienstag, als er abgespannt und müde ausgesehen hatte; er schritt energievoll und schnell aus, und es schien, als habe er in der kurzen Zeit abgenommen. Ich dachte, daß ein Mann wie er dazu fähig war, wenn er es sich in den Kopf gesetzt hatte. Es wurde Zeit, daß ich damit aufhörte, an ihn zu denken. Es wurde Zeit, daß ich alles vergaß, die Festschrift und Leute wie Lehr. Ich ließ den Wagen abfahren und überquerte dann die Straße und stieg die Stufen hinauf.

Der Raum, in dem Julia arbeitete, war groß, fast ein Saal, mit hohen Fenstern. Mitten im Raum befand sich ein großer Arbeitstisch, an dem mehrere Personen gleichzeitig arbeiten konnten; sie saß auf der linken Seite, hinter sich den hohen Schrank, in dem die pulverisierten Farben in Flaschen aufgehoben wurden, Reihen um Reihen, in allen Schattierungen; ich zählte allein elf verschiedene Sorten Grün. Das, was der Farbe ihrer Augen am meisten entsprach, hatte ein Etikett, auf dem *Schweinfurter Grün* stand. Und als sie von ihrem Gemälde aufblickte und mich ansah, vergaß ich alles andere; ich hatte mir unnötig Gedanken gemacht.
»Komm, setz dich noch einen Moment«, sagte sie. »Ich bin gleich fertig. Wir haben noch Zeit genug. Wir treffen den Makler um elf.«
Ich trat hinter sie. Sie trug einen dünnen, grünen, ärmellosen Pullover; über ihrem Stuhl hing eine Jacke mit langen

Ärmeln in der gleichen Farbe. Ich betrachtete ihre Hände; mir war nie so aufgefallen, daß auch sie die großen weißen Halbmonde hatte.

»Was hat Professor Blum gesagt?«

»Er war zufrieden. Es klingt bei ihm jedesmal, als sei er enttäuscht.«

Auf einer Fensterbank lagen ihre Tennisschläger. Das Paket, das Winter aus dem Wagen genommen hatte, lag auf einem Tisch, immer noch eingepackt. »Ich sah Lehr wegfahren«, sagte ich. Sie blieb auf das Gemälde vor sich konzentriert, auf das sie mit einem feinen Pinsel eine durchsichtige Flüssigkeit auftrug. »Ich bin mir nicht klar, ob ich ihn mag oder nicht«, sagte sie. »Auf dem Gartenfest war er sehr nett, ich meine, netter, als man sich einen Mann wie ihn vorstellt. Heute war er hier und wollte ein Bild restauriert haben. Ich sagte ihm, daß wir keine Aufträge annehmen und daß er auch beim Direktor kein Glück haben wird. Er lachte und meinte, das solle ich getrost ihm überlassen. Ich kenne die Typen. Es kommen eine ganze Reihe hierher und machen sich wichtig, und das Schlimmste ist, daß sie oft erreichen, was sie wollen, und das kann ich nicht ausstehen.«

»Und was gefällt dir an ihm?«

»Ich weiß nicht. Ich hab' darüber nachgedacht, ich komm' nicht drauf. Vielleicht seine unkomplizierte, direkte Art. Man kann sich nicht vorstellen, daß bei ihm etwas kompliziert wird. Er macht keine langen Umwege. Er schafft keine Probleme, er räumt sie aus. Ich weiß nicht.« Sie stand auf. Sie nahm das Bild und trug es zu einer Staffelei. Sie blieb davor stehen und betrachtete es. »Ist es nicht gut geworden?« Sie wandte sich halb zu mir um. »Schau her! Keine Talare mehr, keine Rosenkränze und Nonnenhauben, einfach die Familie Schwarz, mit Mann und Frau und vielen Kindern und dem ganzen Anhang.« Sie begann die Figuren auf dem Gemälde zu zählen, und ich vermerkte die Farbtupfer an ihrer Hand. »Vierunddreißig Personen! Stell dir so eine Familie vor! Ich habe jetzt fast zwei Monate an dem Bild gearbeitet und mir ist, als kenne ich sie alle!« Sie ging hinüber zu einem Waschbecken, um ihre Hände zu säubern. Ein leichter Geruch nach Terpentin war im Raum.

»Du magst große Familien«, sagte ich.

»Ja, ich glaube.«

»Ich habe mit Thea gesprochen.«

Sie blieb über das Becken gebeugt. »Du hat mir gestern nichts davon gesagt.«

»Ich sage es dir jetzt. Ich habe sie verlassen. Es ist endgültig. Und ich weiß jetzt, daß ich es schon lange hätte tun sollen.«

Ich merkte, daß es ihr schwerfiel, dazu etwas zu sagen. Sie hatte recht, was gab es dazu schon zu sagen? »Ich hab' mir überlegt, daß wir zusammen wegfahren könnten.« Ich ging zu ihr hinüber. Ich bemerkte einen weiteren Farbtupfer auf ihrer Stirn, von einem ins Bräunliche gehenden Rot, so wie ein Kastenzeichen. Ich nahm einen Lappen und etwas Terpentin. Sie hielt sehr still, als ich die Farbe wegwischte. Ein Rest blieb, aber sie beachtete es nicht. Sie sah mich an, etwas hilflos und verlegen.

»Du bist mit deinem Bild fertig. Wir könnten irgendwohin fahren, du und ich. Weißt du, daß wir immer nur zusammen weggefahren sind, wenn irgendwo ein Turnier war?«

»Wohin?«

»Wohin du willst. Was sagt du zu Tunis?«

»Tunis?« Aber dann sagte sie. »Tunis klingt sehr gut. Ich wollte immer schon nach Afrika. Ich glaube, ich würde die Farben mögen, das Licht . . . Jeder, der einmal in Tunis war, schreibt über die Farben und das Licht. Das hast du gut erraten.«

»Ich habe noch einen Auftrag.« Wenn sie fragen würde, so hatte ich mir überlegt, konnte ich den Hamburger Auftrag vorschützen, den ich abgesagt hatte. »Ich muß nach Madrid, und ich würde von dort direkt hinfliegen. Du nimmst eine Maschine von hier, und ich erwarte dich dort.«

Sie lächelte. »Dies scheint der Tag zu Einladungen zu sein«, sagte sie.
»Wer hat dich noch eingeladen?«
»Lehr überführt sein Schiff nach Genua. Es ist spät im Jahr, aber noch nicht zu spät, wie er meint. Man hat Anfang Oktober oft noch das beste Wetter. Er hat mich eingeladen, nach Genua zu kommen und eine Kreuzfahrt mit ihm zu machen. Korsika. Sardinien.«
»Was hast du ihm gesagt?«
»Er ist verheiratet und hat eine nette Frau und zwei Kinder.«
»Das hast du ihm gesagt?«
»Nein, nein, und wenn ich wirklich etwas für ihn übrig hätte, würde mich das sicher nicht zurückhalten, ich glaube wenigstens nicht. Seinen Vater zum Beispiel mag ich. Es tut mir fast leid, daß ich sein Angebot abgelehnt habe. Eigenartig, nicht?«
»Was ist eigenartig?«
»Daß ich mir überhaupt den Kopf darüber zerbreche. Daß ich daran denken muß. Wir waren nur einmal dort. Es sind Menschen, mit denen ich sonst nie zusammenkomme, Fremde eigentlich. Und dabei denke ich oft an den alten Herrn und den Abend, den wir dort verbrachten, an die große Tafel, an der wir alle zusammen saßen. Ich vermute, es hängt wirklich damit zusammen, was du gesagt hast – daß ich große Familien mag, so wie es sie früher einmal gab, wie auf dem Gemälde, die Eltern und die Kinder, einen Großvater, eine Großmutter, viele Tanten und Hauspersonal; eine Frau für die Wäsche, eine Köchin, einen Kutscher, und das alles in einem großen Haus, unter einem Dach, und Gärten dabei, einen Park und Volieren mit Singvögeln . . . Altmodisch eben. – Vermutlich gibt es das alles nicht mehr. Oder gibt es so etwas noch?«
»Nein«, sagte ich. »So gibt es das nicht mehr.«
»Schade.«
»Wirst du nach Tunis kommen?«

»Aber ja.«
»Du hast Fritz Lehr abgesagt?«
»Hast du etwas anderes erwartet?« Sie lachte. Sie ging zur Türe und nahm den Mantel, der dort hing. Es war einer jener roten glänzenden Lackmäntel, und sie sah darin sehr jung aus.

Das Haus, in dem die Wohnungen sich befanden, lag hinter dem Englischen Garten. Die Lage war ideal, auf der einen Seite der Park, auf der anderen Seite nur ein paar Straßenzüge bis zur Isar. Es war ein altes Haus, eine große Villa, von außen unverändert bis auf die neuen Fenster, die man beim Umbau eingesetzt hatte. Die beiden Wohnungen lagen im obersten Stockwerk, große Räume, hohe Decken, große Fenster, alles in Weiß. Jede hatte zwei Zimmer; es gab also auch zwei Bäder und zwei Küchen, aber die eine konnte leicht zu einer Dunkelkammer umgebaut werden. Es gab keine Verbindung zwischen den beiden Wohnungen, aber sie konnte hergestellt werden, indem man in der Diele die Mauer durchbrach; es war keine Stützmauer, und die Erlaubnis des Hausbesitzers dazu lag vor.
Es war nicht billig, aber doch in vernünftigen Grenzen, genau das, was wir suchten, und alles war sofort beziehbar . . . Aber während ich mit Julia durch die leeren Räume ging, konnte ich mir nicht vorstellen, daß ich hier jemals leben würde. Ich weiß nicht, woran es lag, vielleicht daran, daß ich mir vorstellte, daß alles das nun wieder von vorne beginnen würde – diese leeren Räume anzufüllen, Gardinen, Möbel, Bilder, Hausgeräte . . . immer mehr, bis eines Tages alles wieder zuviel wurde; ich dachte an die Tasche auf dem Bett – und wie gut ich mich gefühlt hatte, alles andere zurücklassen zu können.
In einem der leeren Räume, an einem Fenster stehend, das auf den Park hinausging, fühlte ich doch nur, daß ich nie mehr hier stehen würde, daß ich dieses alles nur ein erstes und letztes Mal sah: Es war ein schöner Tag, der Himmel war

zwar grau, trotz der Sonne, aber er war höher als sonst, ein hohes, angestrahltes graues gewölbtes Dach. Man sah den Park, den Wasserlauf an seinem Rand, die Wege, die Bäume, die sich rot und gelb zu färben begannen – und ich fühlte dennoch nicht, daß dies sich wiederholen würde.
»Der Blick ist herrlich, nicht wahr?«
Ihre Stimme klang laut in den leeren Räumen. Ich wandte mich vom Fenster ab und sah sie, in dem roten Lackmantel, dessen Rot noch intensiver war in all dem Weiß. Ich weiß jetzt, daß es der letzte Augenblick war, in dem ich hätte sprechen können, die letzte Gelegenheit. Ich weiß, daß mir die verschiedenen Möglichkeiten, wie sie reagieren könnte, durch den Kopf gingen; es schien wirklich zu geschehen, daß ich auf die zuging, sie umarmte und sagte: *Ich liebe dich, Julia.* Sie lachte und sagte: *Aber ja, natürlich liebst du mich, glaubst du, ich würde sonst mir dir zusammenziehen.* Sie erwiderte meine Umarmung und sprach dann von etwas anderem, von dem Makler, der eine Entscheidung wollte.
Das war die eine Möglichkeit. Die andere war, daß ich fortfuhr: *Nein, du verstehst mich nicht. Ich bin nicht dein Vater, und ich liebe dich nicht wie ein Vater. Ich weiß, ich hätte es längst sagen sollen, aber ...* Und sie versuchte zu lachen und löste sich aus meiner Umarmung und sah mich erschreckt an. *Aber dann ist es ja unmöglich, daß wir zusammenziehen, oder? Warum mußtest du das sagen? Mußtest du alles verderben, jetzt, in diesem Augenblick, wo alles so gut war ...* Ich dachte auch an die dritte Möglichkeit: Julia in meinen Armen aufgelöst, aber glücklich. *Ich habe es gefühlt, die ganze Zeit! Ich kam mir schon ganz unnormal vor, an so etwas zu denken, wenn ich mit dir allein war.* – Was ich wirklich sagte, war: »Ja, ein herrlicher Blick.«
»Was meinst du also? Wir müssen uns entscheiden. Sollen wir sie nehmen? Es ist ein Glücksfall. Wenn du die anderen Wohnungen gesehen hättest! Wir sind die ersten hier. Die

Maler sind erst gestern fertig geworden. Wir sollten unterschreiben. Was meinst du?«
»Ja, unbedingt«, sagte ich, und ich dachte: Sollte sie nie hier einziehen, so würde es ihr sicher leichtfallen, aus dem zweiten Vertrag herauszukommen oder die Wohnung weiterzuvermieten. Sie umarmte mich und zog mich mit, um mir etwas zu zeigen, und ich dachte: Vielleicht wird sie auch die zweite Wohnung behalten. Sie liebte große Familien . . .

11

Eine Aufnahme hätte den Augenblick für immer bewahrt: Die Münchner Bahnhofshalle am Sonntagnachmittag: selbst ein Fremder hätte das später bestimmen können, die Uhr wäre zu sehen gewesen, die Halle, schwarz gefüllt, Gruppen von dunkelhaarigen Männern in dunklen Anzügen, weißen Hemden, blankpolierten Schuhen. Sie standen zusammen oder saßen auf den Kofferablagen vor den Schaltern, unterhielten sich oder lasen ihre Zeitungen, den *Expres Español*, den *Corriere d'Italia*, den *Cumhüriyet*.
Die Frau, die am Auslandsschalter bediente, trug eine blonde Perücke; sie saß ihr nicht gut, und ein paar dunkle Haare waren zu sehen. Sie war im Alter von Thea.
»Einmal Zürich.«
»Einmal Zürich und zurück?«
»Nicht zurück!« Ich bekam nie das richtige Gefühl, wie nahe ich an die Scheibe herangehen mußte, um verstanden zu werden.
»Sie meinen Zürich einfach? Sie sparen, wenn Sie eine Rückfahrkarte nehmen.«
»Nur einfach.«
»Erster oder zweiter Klasse?«
»Zweiter.«

Sie zögerte, blickte auf die Uhr und sagte: »Sie fahren jetzt? Das ist der TEE. Er hat nur erster Klasse.«
»Gut, dann erster Klasse.«
Julia, die neben mir stand, lächelte. Sie hatte darauf bestanden, mich zum Zug zu begleiten.
Ich hatte die Nacht im Hotel in der Nähe des Bahnhofs verbracht; sie war am Morgen gekommen mit Plänen der beiden Wohnungen; sie hatte Skizzen angefertigt, von jedem Raum, von den Möbeln, die sie besaß; sie verbrachte den ganzen Vormittag damit, die verschiedenen Möglichkeiten auszuprobieren. Sie plante meine Bücher ein, mein Fotoarchiv, ohne daß ich widersprach, und sie legte Farbmuster an, kleine Kärtchen, auf denen sie die Teppiche, Vorhänge und Lampen in Einklang brachte. Ich war froh, als gegen drei Uhr das Telefon ging und jemand sagte, daß ich das Zimmer zu räumen oder noch für einen Tag zu bezahlen habe.
Ich hatte die Rechnung bezahlt, das Kuvert an Professor Blum aufgegeben, mit den Fragen, die ich am Abend zuvor und in der Nacht beantwortet hatte, und dann waren wir hinüber zum Bahnhof gegangen.
Jetzt, als Julia neben mir stand und lächelte, bedauerte ich fast, keine Kamera dabeizuhaben. Ich hätte jeden hier bitten können, uns aufzunehmen; ich habe nie erlebt, daß jemand einen solchen Wunsch abschlägt. Die einen lächeln, suchen sofort ein Fachgespräch, über Marken, die Vorteile einer Spiegelreflex-Kamera und versichern, man brauche ihnen nichts zu erklären. Und selbst die anderen, die nervös werden, sich zweimal den Auslöser zeigen lassen, die Angst haben, sie könnten die Aufnahme verwackeln, hätten sich die Kamera unter keinen Umständen mehr entreißen lassen: Sie müssen das erlösende Klicken vernehmen; ja sie waren dann meist enttäuscht, daß alles so schnell zu Ende ging. Ich sah es förmlich, all die Fotografien, die in den Brieftaschen der Menschen hier steckten, hinter dem Cellophan von Führerscheinen, in Klapp-Portemonnaies, Bilder, die sie bei sich

trugen, am Leibe, am Herzen, alle gleich darin, Momente des Lebens festhalten zu wollen, zu konservieren – das warst du, zu jener Zeit, an jenem Ort, und du warst glücklich!

Nein, es war gut, daß ich die Kameras zurückgelassen hatte. Ich brauchte keine Kamera mehr. Ich wußte, warum ich sie zurückgelassen hatte.

Ich kaufte Zeitungen und Zeitschriften. Es war ein sonniger Tag, aber ich spürte das Knie, als wir durch die Sperren gingen, und wußte, das Wetter würde umschlagen. Der Zug stand auf dem Gleis, sechs rote Wagen. Ich ging die Reihe ab und suchte nach einem Nichtraucherabteil auf der linken Seite. Auf der linken Seite würde ich die Gräber nicht sehen. Ich legte meine Tasche ab und öffnete das Fenster.

»Du solltest nicht warten«, sagte ich.

»Rufst du mich an?«

»Ja«, sagte ich. »Ich rufe dich an und sage dir, wann ich dich in Tunis erwarte. Du hast ja noch mit der Wohnung zu tun!« Ich hatte ihr die Schecks von Fritz Lehr gegeben, die für die Festschrift. »Du bekommst auf jeden Fall Nachricht von mir.« Ich wollte nicht mehr sagen, und deshalb hoffte ich, daß sie gehen würde. Vielleicht dachte ich immer noch an Tunis und an das Geld und daß sechsundzwanzig Jahre eigentlich kein so großer Altersunterschied waren. *Ein Mann gewinnt nur mit dem Alter* – das hatte sie gesagt. *Was das Gesicht einer Frau zerstören kann, das Alter, das kann einem Mann nichts anhaben.* – Das hatte Julia gesagt, Julia, die so jung war und weise mit ihren vierundzwanzig.

»Was lächelst du?«

»Ich hab' an etwas gedacht, was du gesagt hast.«

»Etwas Nettes?«

»Etwas sehr Nettes.«

»Ich merke, du willst, daß ich gehe.«

»Ja. Man weiß doch nicht, was man sagen soll.«

Sie ging, und am Ende des Bahnsteigs wandte sie sich noch einmal um, ihr roter Mantel leuchtete, ich winkte, aber ich dachte nur an einen anderen Bahnhof zu einer anderen Zeit. Das Abteil war leer. Ich setzte mich vom Fenster weg, auf den Platz neben dem Gang, mit dem Rücken zur Fahrtrichtung. Dann bewegte sich etwas; ich wußte nicht, waren es schon wir oder ein anderer Zug.

Der Himmel sah blau aus, aber wenn wir uns erst von der Stadt entfernten, würde man sehen, daß er in Wirklichkeit grau war. Ein anderer Zug schloß auf, einen Augenblick schienen die beiden Züge stillzustehen, dann verschwanden die grünen Wagen aus dem Blickfeld. Ich sah Häuserfronten, eingezäunte Areale, große Container und dann die gestapelten Betonteile; darüber, in der Mitte des in Schienen laufenden Hebekrans, die Schriftzeichen: Friedr. Lehr KG. Jemand hatte vergessen, den Strom abzuschalten, und die Neonröhren brannten; es war ein Blau, das etwa die Farbe des Himmels hatte, aber es würde fast weiß werden in der Dunkelheit.

Ich nahm die Zeitungen. Ich suchte die Devisentabelle. Die D-Mark-Aufwertung war weitergegangen, der Dollarkurs war gefallen, er bewegte sich um DM 3,80. Das bedeutete, daß zweihundertfünfzigtausend Dollar nicht ganz eine Million waren, nicht genau jedenfalls.

Der Zug bewegte sich leise; so weich waren die Polster noch nie gewesen, das kleine weiße Kissen in meinem Nacken. Ich war allein im Abteil, hatte Platz, unendlich viel Platz; ich wünschte, ich hätte die Strecke nicht noch einmal fahren müssen, den Raum, den ich so gut kannte.

Mir fiel plötzlich ein, was mein Vater mir vor nur zwei Tagen gezeigt hatte. Ich war zu ihm gegangen, um ihm zu sagen, daß ich den Postkarten-Verlag samt den Klischees und allem verkauft hatte; er war nur erleichtert gewesen, einer Bürde ledig, und er hatte wie immer von alten Zeiten gesprochen und dabei ein Kuvert hervorgeholt. Es enthielt ein dickes Bündel 4,5-Prozent-Eisenbahnprioritäts-Obligationen aus

dem Jahre 1873 – *Kapital und Zinsen jederzeit in Gold zurückzahlbar.* Sie waren natürlich wertlos, längst verfallen; er hatte sie aufgehoben, weil alles für ihn wichtig war, was mit diesem Raum und mit dieser Landschaft zusammenhing. Es waren Obligationen über die Bahnlinie, auf der ich fuhr, München-Kaufering-Buchloe. Er hatte mir auch eine Fotografie gezeigt, vielmehr den Ausschnitt aus einer Zeitung, eine Aufnahme: Sie zeigte den Bahnhof Kaufering, einen geschmückten Zug, eine Gruppe von Menschen. Die Unterschrift besagte, daß am 1. Mai 1873 die Bahnstrecke unter »großer Anteilnahme der Bevölkerung« mit einer Premierenfahrt in Betrieb genommen worden war, und über dem Kopf eines der Herren war ein Kreuz, es handelte sich um den Betriebsingenieur Dr. Johann Pikola, einen Bruder meines Großvaters, der Beamter der Königlich Bayerischen Verkehrsanstalten und für den Bau der Bahn verantwortlich war, was ich bis dahin nicht gewußt hatte. So war es eben – alles, was diesen Raum, diese Landschaft betraf, war den Pikolas wichtig; dieser Raum – wie es mein Vater bei dieser Gelegenheit pathetisch formulierte – »hat uns befruchtet, und wir haben ihn befruchtet«. Es war der Raum, den ich jetzt durchfuhr, ein letztes Mal. Dreißig Minuten; in den weißen Zugblättern, die auf den leeren Sitzen lagen, stand es; dreißig Minuten, und von denen waren zehn schon vorbei. Bei Buchloe endete die Moränenlandschaft des Lechs mit ihren starken Kiesvorkommen, tauchten auf den Stationsschildern keine Namen mehr auf, die zu viele Erinnerungen hatten.
Ich verfolgte die Zahlen auf den weißen Markierungssteinen neben der Strecke. 46,5 . . . 46,7 . . . 46,9 . . . Ich konnte nicht anders.
Es war sinnlos gewesen, sich vorzumachen, es genüge, ein Abteil auf der anderen Zugseite zu wählen. Ich wußte nur zu genau, wann die Gräber kommen würden, direkt neben den Gleisen, dort, wo die Tiefflieger den Zug angegriffen hatten und Zielinski seine schwere Verletzung erhalten hatte.

Sie liegen direkt neben den Gleisen, zu groß, um übersehen zu werden. Ich stand jetzt vor dem Fenster. Das Glas hielt beides fest, mein Gesicht und die Landschaft, wie eine doppelt belichtete Platte. Da war es, das flache Streckenstück, schnurgerade, *die ideale Stelle* hatte jemand gesagt, und ich sah die drei hohen Gedenksteine; dreihundert Tote brauchen Platz, auch in einem Massengrab; nein, Zielinski hatte sich wirklich nichts vorzuwerfen; selbst wenn Boettcher sie nicht ins Lager IV geholt hätte, wäre sie vielleicht hier gestorben, in dem Zug, der nicht schnell genug gewesen war; eine alte Lokomotive, zehn Viehwagen, achtzig bis hundert Menschen in jedem, keine Chance gegen die schnellen Tiefflieger . . .
Noch stand mir die andere Stelle bevor, das Gleisdreieck bei Kaufering, das Nebengleis, auf dem die Waggons abgestellt gewesen waren, der Wagen mit dem Bremserhäuschen, Ewis Baracke, das Lager . . .
Denk nicht daran, sagte ich mir, du befindest dich in jener Altmoränenlandschaft voll Harmonie zwischen Ammersee und Lech. Das stammte von mir! *Eine Landschaft, die besonders liebenswert ist und Harmonie und Frieden atmet.* Landsberger Heimat; Kalender für das Jahr 1969, Postkarten- und Kalender-Verlag Hans Pikola, Satz und Druck Gebrüder Pikola, Augsburg.
Die Moränenablagerungen bedeuteten Kies, jeder Hügel, den man hier anstach, war reiner bester Baukies . . . Du solltest nicht mehr daran denken! *Hier wird Bayern zur Augenweide.* Landsberg und das Lechwehr: Winkl im verlorenen Bach; St. Alban am See; Hochaltar der Klosterkirche Dießen; Segelboote bei Utting – wenn Sie je eine Postkarte aus dieser Gegend gekauft haben, so hätten Sie meinen Namen finden können, kleingedruckt; ich habe keine Kapelle, keine Putte, keinen Johannes, kein Tor, keine bemerkenswerte Fassade, keine Lechschleife ausgelassen.
Und sollten Sie hier wohnen, so habe ich mit Sicherheit Ihr Haus aus der Luft fotografiert – eine echte Luftaufnahme in

Farbe, Artikel Nr. 15. Ausschnitt Rohkopie 35 x 50, mit Rahmen DM 305, einschließlich Mehrwertsteuer, ausschließlich Porto und Verpackung . . .
Wir Pikolas haben die Landschaft befruchtet und sind von ihr befruchtet worden. Wir haben sie förmlich in uns aufgesogen, belichtet, reproduziert, umgegraben. Wir haben eine alte Tradition darin. Und vergessen Sie nicht, es war mein Vater, dem wir die Entdeckung jenes Pestfriedhofs von Kaufering aus dem Jahre 1630 verdanken, nebst dem mit Filz beschlagenen Karren, in welchem man zur Pestzeit die Leichen bei Nacht zur Ruhestätte führte, »um die Lebenden nicht über Gebühr zu ängstigen«. Also halte dich daran, ängstige die Lebenden nicht über Gebühr.
Wie könnte ich es vergessen, und trotz der Schnelligkeit des Zuges sah ich die Schrebergärten, dort, wo früher die Baracken des Lagers I gestanden hatten, und das Nebengleis war noch da, ein paar abgestellte Waggons. Die grüngestrichene Baracke war abgerissen. Und dann war auch das vorbei. Die Landschaft veränderte sich, der Himmel bezog sich, mein Knie schmerzte; es war möglich, daß wir noch Schnee bekommen würden, bei Hergatz kam der Zug bis auf zwanzig Meter an die Tausendmetermarke heran.
Ich nahm die Zeitungen und suchte die Wetterprognosen. Ich fand nichts über die Temperatur in Tunis. Aber es gab in einer der Samstag-Zeitungen eine Aufstellung über die europäischen Hauptstädte. Madrid hatte zwölf Grad, und der Himmel war bedeckt.

Madrid, 7. Oktober 1969

Ich blickte auf die Unterschrift, auf den fremden Namen in dem schwarzen Empfangsbuch des Motels und fragte mich, warum all diese Mühe, warum so einen weiten Weg, um einen Mann zu töten, der seinen Namen wie ein Kind schreibt.

Aber ich konnte jetzt nicht mehr zurück. Durch eine Seitentür trat ich auf den Gang vor den Zimmern des Motels hinaus. Der Mann in dem öligen Overall, der den Wagen vollgetankt hatte, war in seine Holzbude zurückgekehrt; ich sah ihn durch das Fenster, wie er sich eine Zigarette anzündete, ehe sein Kopf verschwand. Er konnte durch eine Glocke gerufen werden, die außen an der Wand angebracht war und die immer dann ertönte, wenn ein Wagen über ein vor der Parkbucht angelegtes Kabel fuhr.

Auf der Avenida de Burgos floß ein stetiger Verkehr, der meiste stadtauswärts; wenn schwere Laster vorbeifuhren, spürte man die Erschütterung in den Holzbohlen des Ganges vor den Zimmern. Die Holzdielen klafften einen Spalt auseinander, so daß ich auf die Dächer der darunter parkenden Autos sehen konnte, als ich weiterging.

Die Zimmer, an denen ich vorbei mußte, schienen leer zu sein. Ich hörte keine Stimmen, kein Radio, nichts, nur den Lärm von der Ausfallstraße und das Geräusch, das meine Füße machten. Ich fühlte die Waffe hinter dem Gürtel meiner Hose. Der Lauf mit dem Schalldämpfer drückte gegen meinen linken Oberschenkel. Ich erinnerte mich, wie echt und wirk-

lich die Waffe ausgesehen hatte, als ich sie in der Kassette dort unten in der Stahlkammer der Bank entdeckt hatte; aber jetzt schien sie zu einem eigenartigen Spiel zu gehören, zu einem Wettbewerb; so als sei es das Laufholz in einer Staffel. Ich war der letzte Läufer, der Schlußläufer, und welchen Namen immer dieses Spiel hatte, wer immer die Regeln dazu erfunden hatte – mein Vorsprung war zu groß, so daß ich es mir leisten konnte, langsam zu gehen, mir Zeit zu lassen, alle Zeit der Welt, und doch würde ich am Ende der erste am Ziel sein.
Nummer 16 war das letzte Zimmer am Ende des Ganges und das einzige, aus dem Geräusche kamen. Stimmen, in Spanisch, zwei oder drei verschiedene Stimmen! In meiner Vorstellung war er immer allein gewesen, hatte ich ihn immer allein angetroffen, ein Mann, der für sich allein lebte und allein blieb. Es änderte nichts an dem, was ich zu tun hatte, es ließ mich nur eine Sekunde zögern; es war einfach, daß ich enttäuscht war, daß es möglich war, daß an meiner Vorstellung, wie sich die Dinge hier abspielen würden, etwas nicht gestimmt hatte. Alles andere hatte sich bisher genau so zugetragen: Die Ankunft in Madrid, das Hotel, die Bank, die Fahrt in der Metro, im Bus, das letzte Stück im Taxi und der Weg die Avenida de Burgos hinauf, bis das Motel zu meiner Linken aufgetaucht war.
Ich stand jetzt vor der Tür. Ich klopfte. Die Stimmen redeten weiter, aber eine andere kam hinzu und sagte auf Spanisch: »Kommen Sie herein. Die Tür ist offen.« Es war ein Spanisch mit ziemlich starkem Akzent. Es war das zweite, was anders war. Nach einundzwanzig Jahren sollte man eigentlich die Sprache des Landes beherrschen, in dem man sich versteckt hält; es schien besonders wichtig für einen Mann, dem daran gelegen sein mußte, nicht aufzufallen; aber er sprach das Spanische so, daß jeder sofort erkennen mußte, daß er ein Deutscher war oder zumindest ein Ausländer. Vielleicht lag der Grund darin, daß er nie viel Gelegenheit gehabt hatte, mit Menschen zu sprechen in den letzten einundzwanzig Jahren,

in seinen verschiedenen Verstecken. Ich machte mir zu viele Gedanken über einen Mann, der gleich sterben würde.

Ich öffnete die Tür, trat ein und schloß die Türe hinter mir. Ich mußte durch einen kleinen Vorraum und kam dann in das Zimmer. Es war halb abgedunkelt, und der hellste Fleck war der Fernseher, der in einer Ecke stand. Er war eingeschaltet, und aus seinem Lautsprecher kamen die anderen Stimmen. Der Mann war allein.

Er saß dem Fernseher gegenüber auf dem ungemachten Bett, aber noch vermied ich es, ihn direkt anzusehen. Ich blieb unter der Tür stehen, die Tasche in der linken Hand, die ihn täuschen, ihn glauben lassen sollte, ich bringe das Geld. Es war ein kleiner quadratischer Raum, nicht groß genug für die Bildröhre des Fernsehers, für die Entfernung zwischen dem Schirm und dem Betrachter. Der Apparat stand auf einem kleinen Tisch, und daneben gab es nur noch das Doppelbett, zwei Nachtkästchen, einen Stuhl und die Fotografie einer Stierkampfarena. Das Fenster im Hintergrund war halb von schmutziggelben Vorhängen bedeckt; man blickte auf einen Hof mit aufgestapelten Ölfässern, und dahinter war unbebautes Land und in der Ferne die dunstverhangenen Guadarrama-Berge; und wieder sah es aus, als seien die Spitzen schneebedeckt.

Auf dem einzigen Stuhl lag ein Stapel Zeitungen und Zeitschriften, andere lagen auf dem Boden verstreut herum; ich sah, daß es deutsche Zeitungen waren, nicht eine spanische; er mußte sie sich geholt haben oder, was wahrscheinlicher war, sie sich haben bringen lassen: der ganze Raum und der Mann auf dem Bett machten den Eindruck, als hätte er dieses Zimmer seit Wochen nicht verlassen.

Ich sah ihn nun an, wie er gegen die Rückkante des Bettes lehnte, auf der zerwühlten Decke die Knie angezogen, mit Schuhen an den Füßen. Er trug beige Khakihosen und ein ebensolches Hemd. Ich stand da und rührte mich nicht von der Stelle, und auch er saß dort bewegungslos und sah mich an, ohne etwas zu sagen, so als habe er seine Kraft mit den ersten und einzigen Worten erschöpft. Er hielt ein kleines schwarzes Kästchen in der Hand; seine Fingernägel waren unsauber, mit gebrochenen Nägeln, die Venen auf den Handrücken waren geschwollen. Er nahm den Ton vom Fernseher weg, aber er ließ das Bild dort und blickte von Zeit zu Zeit auf die Scheibe. Ich sagte nichts, und ich hatte das Gefühl, solange er nicht sprach, solange sich seine Lippen nicht bewegten, sei er sicher vor mir, so als könne man nicht auf einen schweigenden Mann schießen.

In meiner Vorstellung hatte ich es getan. Es war alles sehr einfach gewesen, draußen bei den letzten Schritten auf dem Gang. Ich war nie so lange dagestanden wie jetzt, sondern hatte die Türe geöffnet, die Waffe gezogen, abgedrückt und war wieder gegangen. Aber meine Vorstellung existierte jetzt nicht mehr.

Es war heiß in dem Raum, heiß und stickig, viel heißer als draußen. Als er den Arm hob und das schwarze Kästchen weglegte auf das Nachtkästchen neben sich, sah ich, daß sein Hemd unter dem Armen dunkel vor Schweiß war. Das Hemd stand über seiner Brust offen, und man sah graue Haare, die ebenfalls von Schweiß glänzten. Er sah viel älter aus, als ich erwartet hatte, irgendwie immer noch die Fotografie vor Augen, die seine Frau mir gezeigt hatte. Sein Gesicht war gelb, von ungesunder Farbe, mit großen hängenden Augensäcken. Es war überhaupt kein Gesicht, nur ein Schädel, der mit einer dünnen gelben Haut überspannt war. Ich sah den Toten an, der immer noch nichts gesagt hatte. Er wandte sich nun halb von mir ab, drehte seinen Kopf langsam zur linken Seite zum Fenster hin; langsam, Zentimeter um Zentimeter, wandte er den Kopf, als bereite es ihm unendliche Mühe, und sein Gesicht, das Gesicht, das kein Gefühl mehr auszudrücken imstande gewesen war, nicht mal ein Gefühl der Angst, verzerrte sich dabei vor Schmerzen; er drehte den Kopf weiter und weiter, bis er fast über die linke Schulter blickte, hinaus

aus dem Fenster, dorthin, wo man die Berge sehen konnte; aber mir war plötzlich klar, daß er nichts sah, daß er die Augen geschlossen hatte, daß er mir den Nacken, das Genick zukehrte; es war, als wollte er mir Gelegenheit geben, die Waffe zu ziehen, in aller Ruhe zu zielen und abzudrücken. Ich wußte, so war es, er wartete darauf, er hatte die ganzen Wochen darauf gewartet, hatte dort gesessen auf seinem Bett und gewartet, auf die Schritte draußen, auf das Klopfen, auf den Mann, der kommen würde; drei Wochen in diesem Raum, und vielleicht schon Monate und Jahre in anderen Räumen, die alle ausgesehen hatten wie dieser, nur daß es dort keinen Fernseher gab und keine deutschen Zeitungen. Ich war sicher, daß es so war, daß ich mich nicht täuschte; und ganz sicher war ich, als er endlich den Kopf wandte, ebenso langsam, und mich ansah, zum erstenmal wirklich anblickte, zum erstenmal eine Regung auf seinem Gesicht, Angst – nein, Enttäuschung, eine tiefe Enttäuschung.

»Sie bringen das Geld?« sagte er.

Ich antwortete nicht. Ich hob die Tasche, die leicht und leer war und die ihn hatte täuschen sollen. Ich sah ihn nicht mehr an. Unter dem Bett ragte zur Hälfte ein Koffer hervor. Auf dem Nachttisch standen Speisereste. Durch den offenen Spalt einer Türe blickte ich in eine Dusche. Ich sah ein zweites Khakihemd und Unterwäsche auf einer Leine.

Ich nahm meinen ganzen Haß zusammen; es war, als müsse ich viele versprengte kleine Teilchen sammeln und zusammenfügen. Es gab Teilchen, aber sie paßten nicht zusammen. Ich dachte an Julia und wie sie gestorben war; ich dachte an den Augenblick, wie der Jeep hinter der Bodenerhebung verschwunden war, mit der wippenden Antenne, und daran, wie ich vor der Kiesgrube stand. Aber da war auch das andere, Julia, die sagte: »Ich verachte sie« und der letzte Augenblick, als sie meine Hände genommen und an ihre Lippen führte.

Es war noch Haß da – und der Wille und die Anstrengung, ihn neu zu beleben, aber es schien, als habe ich das Ziel

meines Hasses aus den Augen verloren. Es hatte jedenfalls nichts mit dem Mann dort zu tun. Und da war noch etwas anderes!
Ich dachte an das Geld in dem Safe! An die vielen, neuen Bündel. Ich sah es vor mir, all das viele schöne Geld, die neuen Noten, fünfundzwanzig Bündel. Ich dachte so intensiv daran, weil es meine letzte Chance zu sein schien, weil ich glaubte, es würde mir helfen, mich doch noch aufraffen zu können und ihn zu töten. Aber das Eigenartige war, es machte das Ganze noch unmöglicher! Ich wußte, ich hätte es tun können, ohne dieses Geld. Wenn ich einfach hierhergekommen wäre, mit meinem reinen Haß, vielleicht hätte ich es dann tun können. Es wäre auch dann, nach all dieser Zeit, die vergangen war, nicht leicht gewesen; aber möglich, daß sich alle Teilchen des Hasses doch noch einmal zusammenfügen hätten lassen, in der Hoffnung, es würde mich Julia näherbringen. Ich wußte jetzt, das war meine Hoffnung gewesen – ihn zu töten, um Julia noch einmal nahe zu sein. Es war ein reines Gefühl gewesen, aber das Geld machte es unmöglich. Mein ganzer Haß stürzte zusammen und zerbrach. Das Geld hatte alles verdorben. Fritz Lehr hatte einen Fehler gemacht, es mir anzubieten; er machte nicht viele Fehler, aber dieses war einer. »Sagen Sie mir nur eines – kennen Sie meine Frau und meine Kinder?«
Seine Stimme war alt, trocken, tot. Ich antwortete nicht. Wovon er sprach, woran er sich klammerte, es ging mich nichts an. Ich hätte eine Frage an ihn gehabt, eine einzige, aber ich brauchte ihn nur anzusehen, um zu wissen, daß er sie nicht beantworten würde, vielleicht nicht einmal beantworten konnte, nach so vielen Jahren. Er würde sie nicht einmal verstehen. Er würde sich an den Namen nicht erinnern, und ich wollte ihn nicht vor ihm aussprechen.
Ich hob die rechte Hand, um den Safeschlüssel aus der Tasche zu holen. Er hatte die Bewegung beobachtet, und wirklich war noch einmal so etwas wie Hoffnung in seinen toten Augen; so

als erfülle sich seine Hoffnung doch noch, daß ich nach der Waffe greifen und ihn töten würde. Seine Hand bewegte sich. Neben ihm auf dem Bett lag eine Zeitung, und als er sie jetzt wegnahm, sah ich die Waffe, die darunter gelegen hatte; sie hatte einen langen Lauf und war ein schweres Kaliber. Es war anzunehmen, daß ein Mann wie er eine Waffe bei sich trug, aber sie war so sinnlos wie die Zyankalikapsel, die er damals mit sich herumgeschleppt hatte; er war nicht der Mann, der sich tötete.
Er sagte nicht, sondern hoffte, daß der Anblick der Waffe mich zu etwas verleiten würde; aber damit konnte er mich nicht zwingen, etwas zu tun, was keinen Sinn mehr ergab. Ich schüttelte den Kopf und warf ihm den Safeschlüssel zu. Ich nannte ihm den Namen der Bank und daß ich eine Vollmacht für ihn ausstellen würde. Das letzte, was ich von ihm sah, war, daß er das schwarze Kästchen wieder in die Hände nahm und den Ton des Fernsehers wieder aufdrehte. Als ich hinausging, hörte ich die Stimmen hinter mir.

Das Fénix in der Paseo de la Castellana 2 ist ein großes Luxushotel. Fritz Lehr hatte das Zimmer bestellt. Es war ein Zimmer nach seinem Geschmack, ein übergroßer Raum, dicke, weiche Teppiche von Wand zu Wand, und natürlich gab es eine Bar und auch einen Fernseher. Ich stellte ihn an und drehte ihn ziemlich laut.
Ich hatte auf dem Rückweg eines dieser gefütterten Kuverts gekauft und Briefmarken. Ich adressierte es an Julia, Luftpost, und klebte so viele Marken darauf, daß sie auf jeden Fall reichen würden. Ich würde später nur noch die beiden Hefte hineintun und das Kuvert mit den Klammern verschließen müssen.
Fénix ist nichts anderes als das spanische Wort für Phönix. Ich nehme nicht an, daß Fritz Lehr damit eine Anspielung machen wollte, sondern daß er es wirklich nur gewählt hatte, weil es so günstig lag. Man sagt, wenn ich mich richtig

erinnere, daß der golden- und purpurrote Vogel, wenn er den Tod nahen fühlt, einen Horst aus wohlriechenden Hölzern errichtet, sich in den Flammen verbrennt und verjüngt aus der Asche erhebt. Doch das ist nicht meine Hoffnung.

Das einzige, was ich denke, ist Julia. Sie wird meine Angst verstehen. Es ist immer noch die alte Frage, warum zog sie das Sterben vor, wenn sie hätte leben können; und die andere, was hätte ich tun müssen, damals.

Ich liebte sie. Nur sie. Was ich tun würde, geschah nicht jetzt, nicht in Madrid, nicht in diesem Raum; die Kugel, die mein Herz stillstehen lassen würde, hatte mich bereits vor fünfundzwanzig Jahren getroffen, damals, in jener Nacht, als sie meine Hand genommen und an ihre Lippen führte und ich nichts getan hatte.

Kein Hotel liebt es, einen Toten in einem der Zimmer aufzufinden. Aber ich nehme an, es ist leichter für ein Fünf-Sterne-Hotel wie das Fénix, damit fertig zu werden; sie sind daran gewöhnt, den Gästen alle Wünsche zu erfüllen, auch die absonderlichsten, und so werden sie wissen, was sie zu tun haben.

Ich werde nun das Kuvert verschließen. Ich werde das »Nicht stören«-Schild nach draußen hängen. Dann werde ich mich rasieren. Ich hatte es zwar bereits am Morgen getan, aber der Gedanke, daß jemand entdecken könnte, daß mein Bart schon grau ist, stört mich . . .

Roman

Als Band mit der Bestellnummer 10 621 erschien:

Hans Herlin

DER LETZTE FRÜHLING IN PARIS

Ein Thriller aus der Welt der Geheimdienste

Paris 1944 – für die deutschen Soldaten ist es nach vier Jahren der letzte Frühling in der französischen Hauptstadt. Noch ist die Szene äußerlich ruhig, Franzosen wie Deutsche genießen den Zauber der Seine-Metropole. Aber der Schein trügt: Die Macht der Besatzer zerfällt rapide, und allerseits erwartet man die alliierte Invasion. Während SS und SD den harten Kurs bis zuletzt beizubehalten versuchen, beginnt die Abwehr ein gefährliches Spiel einzufädeln . . .

Außerdem erschienen von Hans Herlin:

10 360 Nachtgeschichten
10 590 Der letzte Mann von der ›Doggerbank‹